suhrkamp taschenbuch 441

Stanisław Lem, geboren am 12. 9. 1921 in Lwów, lebt heute in Kraków. Lem, der während des Krieges der Widerstandsbewegung angehörte, arbeitete bis zur Befreiung Polens als Autoschlosser. Nach dem Krieg studierte er Medizin in Kraków. Nach dem Staatsexamen war er als Assistent für Probleme der angewandten Psychologie am *Konserwatorium Naukoznawcze* tätig. Privat beschäftigte er sich mit Problemen der Kybernetik, der Mathematik und übersetzte wissenschaftliche Publikationen. Seit Januar 1973 liest Lem als Dozent am Lehrstuhl für polnische Literatur der Universität Kraków. Wichtige Veröffentlichungen: *Die vollkommene Leere* (1973), *Sterntagebücher* (1973), *Robotermärchen* (1973), *Das Hohe Schloß* (1974), *Die Untersuchung* (1975), *Das Hospital der Verklärung* (1975), *Solaris* (1975), *Der futurologische Kongreß* (1976), *Der Unbesiegbare* (1976), *Summa technologiae* (1976), *Imaginäre Größe* (1976), *Der Schnupfen* (1977), *Phantastik und Futurologie I* (1977), *Mondnacht.* Hör- und Fernsehspiele (1977), *Die Maske. Herr F.* Zwei Erzählungen (1977), *Golem XIV und andere Prosa* (1978), *Der phantastische Lem* (1980), *Phantastik und Futurologie II* (1980), *Essays* (1981), *Die Stimme des Herrn* (1981), *Provokation* (1981), *Dialoge* (1981), *Mehr phantastische Erzählungen* (1981), *Kyberiade* (1983).

Im Jahre 1908 geht in Sibirien ein Riesenmeteor nieder und vernichtet weite Gebiete der Taiga. Mehrere Expeditionen werden ausgesandt, um nach seinen Überresten zu forschen. Sie kehren ohne Erfolg zurück. Hundert Jahre später wird bei Bauarbeiten in der Taiga ein Fund gemacht, der beweist, daß der »Meteor« eine Weltraumrakete gewesen ist, die zu Erkundungszwecken von der Venus kam und einer Katastrophe zum Opfer fiel. Ein geheimnisvoller ›Rapport‹ läßt eine Bedrohung der Erde vermuten. Das erste Raumschiff der Erde sollte ursprünglich nach dem Mars starten. Nun aber wird dieser Plan geändert; das neue Ziel heißt Venus. Mit einer achtköpfigen internationalen Besatzung verläßt der ›Kosmokrator‹ den Heimatstern, um seine Bewohner vor einer furchtbaren Gefahr zu bewahren. Eine unheimliche Welt empfängt die kleine Menschenschar auf dem Planeten. Jeder Tag bringt neue Rätsel. Bald werden Anzeichen für eine hochstehende Kultur entdeckt. Die Suche nach ihren Schöpfern beginnt. Eines Tages sitzen acht Menschen wieder im ›Kosmokrator‹, glücklich, in eine Welt zurückzukehren, in der die Schrecken, die ihnen auf der Venus begegneten, für immer gebannt sind.

Stanisław Lem
Die Astronauten

Phantastische Bibliothek
Band 16

Suhrkamp

Titel der polnischen Originalausgabe:
Astronauci, Spoldzielnia Wydawnicza ›Czytelnik‹, Warschau 1951
Titel der deutschen Ausgabe bei Volk und Welt, Berlin, DDR:
Der Planet des Todes
Aus dem Polnischen von Rudolf Pabel
Umschlagzeichnung von Hans Ulrich & Ute Osterwalder

suhrkamp taschenbuch 441
Erste Auflage 1978

Suhrkamp Taschenbuch Verlag
Satz: IBV Lichtsatz KG, Berlin
Druck: Ebner Ulm · Printed in Germany
Umschlag nach Entwürfen von
Willy Fleckhaus und Rolf Staudt

7 8 9 10 11 – 88 87 86 85

Die Astronauten

Anläßlich der Neuauflage hatte ich die Absicht, dieses vor fünfundzwanzig Jahren geschriebene Buch ein wenig zu überarbeiten, also gewissermaßen zu aktualisieren, doch nachdem ich es durchgesehen hatte, begriff ich, daß sich das nicht machen läßt. Ich habe es zu einer Zeit geschrieben, als es den Terminus »Astronauten« eigentlich nicht gab, so daß viele, sogar gebildete Leute ihn mit dem vertrauteren »Argonauten« verwechselten. Darüber hinaus ist der Planet Venus, auf dem ich die Handlung spielen ließ, kein gänzlich weißer Himmelsfleck mehr, da wir schon manches von ihm wissen, besonders dank den sowjetischen Sonden, die ihn erforschten. Wir haben also genug erfahren, um die vollständige Fiktivität der Bedingungen und der Landschaften auf der Venus, wie der Roman sie darstellt, zu begreifen. Außer Kenntnissen, zu denen niemand Zutritt hatte, gab es auch andere, die ich als Autor nicht angepackt habe – über den Bau von Raketen und sogar über die technische Seite der Astronautik hätte ich mich schon vor einem Vierteljahrhundert besser informieren können, als ich das getan habe. Und schließlich das Jahr zweitausend... Aus der Perspektive der fünfziger Jahre schien es mir eine so weit entlegene Zukunft, daß man in ihr optimistische Träumereien von einer friedlich geeinten Welt unterbringen konnte. Jetzt aber, da es von Heeren gelehrter Futurologen aufs Korn genommen wird, gebietet es dem Optimismus Zurückhaltung und Dämpfung früherer, allzu naiver Hoffnungen. Wenn ich mich also wirklich an die Aktualisierung der »Astronauten« machen wollte, müßte ich ganz einfach einen völlig neuen Roman schreiben, da ich weder auf der Erde noch in der Rakete, noch am Himmel viele Einzelheiten, also die Bausteine, aus denen das Ganze errichtet ist, so lassen könnte, wie sie sind. Doch was geschähe dann mit den »Astronauten«? Und lohnt es überhaupt, ein irgendwann geschriebenes Buch noch einmal zu schreiben? Mir scheint, es lohnt nicht. Solange man dazu in der Lage ist, sollte man neue schreiben, die geschriebenen aber ihrem natürlichen Schicksal überlassen – mag jedes sich wehren, so gut es kann. Heute ist diese fantastische Geschichte nicht nur voll technischer Irrtümer und voller Vorhersagen, die von der Zeit umgestoßen worden sind, sondern sie ist auch sehr – in geradezu märchenhafter Weise – naiv. Der Leser, auch und vielleicht sogar vor allem der junge, wird schnell bemerken, daß sein Wissen von der Raumfahrt als realem Phänomen, selbst wenn es den Tageszeitungen entnommen ist, das Wissen des Autors vor fünfundzwanzig Jahren weit übertrifft. Wenn aber davon nicht mehr die Rede sein kann, dieses Buch sei eine fantastisch kühne Prognose, mag erlaubt sein, es als ein spezifisches Dokument von ein bißchen historischem Wert anzusehen, nämlich als einen von der Zeit in wesentlichem Umfang bestätigten Versuch, der seine Mängel und Fehler enthüllt hat, die wissenschaftlichen und technischen ebenso wie die literarischen. Was die erzählerischen Naivitäten angeht – die werden nie durch irgend etwas gerechtfertigt und werden sich immer als ungenügende Arbeit erweisen. Die zahlreichen Abschnitte indessen, deren rein sachliche Unrichtigkeit die Zeit festgenagelt und entblößt hat, sind vielleicht nicht wertlos, weil sie am Ende eine recht interessante Untersuchung der Beziehungen zwischen dem Schwung der in die Zukunft gerichteten Vorstellungskraft und ihrem Rivalen und Gegner, der Wirklichkeit, erlauben. Ein solcher Vergleich zeigt, daß auf dem Gebiet des technischen Fortschritts gewöhnlich alles schneller und in stärker revolutionärer Weise verläuft, als die Fantasie sich das vorstellen kann, während gleichzeitig im Bereich der gesellschaftlich-bewußtseinsmäßigen Angelegenheiten alles langsamer und mit großen Beschwerlichkeiten vor sich geht. Doch ich will aus diesen Bemerkungen keine systematische Abrechnung mit den »Astronauten« machen, ich will ihr Soll und Haben nicht gegeneinander aufrechnen. Dieses Buch versucht stellenweise, in *fantastischen* Vorträgen von dem zu lehren, was heute bereits existiert (nicht nur für den Kosmonauten – so sind z. B. die technischen Parameter meines Marax von den mathematischen Maschinen der jüngsten Generation der siebziger Jahre bereits überholt). Es ist darin auch ein Problem enthalten, das den Antrieb zur Abfassung bildete, das Problem der atomaren Bedrohung, denn die Geschichte der Vernichtung des Lebens auf dem Planeten Venus stellt ja nur eine Allegorie der irdischen Probleme dar. Diese Bedrohung schwebt auch nach dem Ablauf fast eines Vierteljahrhunderts noch über uns. Vielleicht fördert sie den Roman, weil sie ihn aktualisiert? Vielleicht aber sehen diejenigen, die heute noch die »Astronauten« lesen mögen, in ihnen ganz einfach eine Geschichte voller Abenteuer, die allerdings von der Wahrscheinlichkeit weit entfernt sind? Ich kann zu dieser Frage nichts Vernünftiges sagen. Zugegeben, es würde mich wundern, wenn die »Astronauten« eine dauerhafte Position in meinem Werk einnähmen. Wenn nach weiteren zwanzig Jahren überhaupt noch jemand nach diesem Band greift, dann – meine ich – nicht mehr, um sich in kühnes Fantasieren zu versenken, sondern vielmehr, um über seinen Seiten zu lächeln, so wie wir manchmal über Jules Vernes Seiten lächeln. Denn dann werden der Kosmokrator und der Marax bereits die Patina des Altertümlichen angesetzt haben. Doch ob sie eine so geschätzte Position erleben werden – das ist die Frage.

Stanisław Lem

Vorwort zur 8. polnischen Auflage.
Übersetzt von Klaus Staemmler

Erster Teil:
Erde in Not

Der tungusische Meteor

In den frühen Morgenstunden des 30. Juni 1908 konnten Zehntausende von Bewohnern Mittelsibiriens eine außergewöhnliche Naturerscheinung beobachten. Am Himmel stieg eine blendendweiße Kugel auf, die sich mit rasender Geschwindigkeit von Südosten nach Nordwesten bewegte. Sie überflog das Jenisseier Gouvernement – eine Strecke von mehr als fünfhundert Kilometern – und brachte unter ihrer Bahn den Erdboden zum Beben, die Fensterscheiben zum Klirren; der Putz fiel von den Wänden, die Mauern bekamen Risse. In den Orten, wo der Meteor sichtbar wurde, versetzte ein gewaltiges Dröhnen Mensch und Tier in panischen Schrecken. Die Bergleute in den Goldgruben ließen ihre Arbeit stehen und liegen... Man hielt das Ende der Welt für gekommen.

Kurze Zeit nach dem Verschwinden des glühenden Balles erhob sich hinter dem Horizont eine riesige Feuersäule, und im Umkreis von siebenhundertfünfzig Kilometern waren Detonationen zu hören.

In allen meteorologischen Stationen Europas und Amerikas registrierten die Seismographen die Erschütterung der Erdrinde. Die Luftwelle breitete sich mit Schallgeschwindigkeit aus und erreichte das 970 Kilometer entfernte Irkutsk nach einer Stunde, das 5000 Kilometer entfernte Potsdam nach 4 Stunden 41 Minuten, Washington nach 8 Stunden. Als die Welle nach 30 Stunden 28 Minuten erneut in Potsdam verzeichnet wurde, hatte sie, rund um die Erde, 34 920 Kilometer zurückgelegt.

Während der folgenden Nächte zeigten sich über den mittleren Breiten Europas silbern leuchtende Wolken von so starkem Glanz, daß der deutsche Astronom Wolf in Heidelberg für einige Zeit das Fotografieren von Planeten unterbrechen mußte. Gigantische Staubmassen waren durch die Explosion in die höchsten Schichten der Atmosphäre emporgeschleudert worden und drangen nach einigen Tagen bis zur anderen Hälfte der Erdkugel vor. Der amerikanische Astronom Abbot, der sich damals gerade mit derartigen Untersuchungen beschäftigte, beobachtete, daß die Durchsichtigkeit der

Atmosphäre gegen Ende Juni erheblich abnahm. Die Ursache dieser Erscheinung war ihm zunächst noch unerklärlich.

Trotz ihrer riesigen Ausmaße fand die Katastrophe in der wissenschaftlichen Welt kaum Beachtung. Im Jenisseier Gouvernement kursierten noch geraume Zeit hindurch phantastische Gerüchte über den Meteor, in denen er zuweilen die Größe eines Hauses, ja sogar eines Berges erreichte. Man berichtete auch von Leuten, die ihn angeblich nach seinem Absturz gesehen hatten; die Einschlagstelle wurde jedoch in diesen Erzählungen gewöhnlich weit hinter die Grenze des eigenen Bezirkes verlegt. Die Zeitungen schlachteten zwar das Ereignis weidlich aus; aber niemand unternahm ernsthafte Nachforschungen, und allmählich geriet die ganze Angelegenheit in Vergessenheit.

Dreizehn Jahre später las der Geophysiker Kulik die Beschreibung des Meteorenfalls von 1908 zufälligerweise auf einem alten Kalenderblatt. Nicht lange danach bereiste Kulik Mittelsibirien und überzeugte sich, daß im Volke die Erinnerung an die ungeheure Naturerscheinung noch immer lebendig war. Kulik erkundigte sich bei vielen Augenzeugen und konnte schließlich feststellen, daß der Meteor, von der Mongolei kommend, die weiten Ebenen überflogen hatte und irgendwo im Norden in die unwegsame, menschenleere Tundra gestürzt war.

Von nun an forschte Kulik unermüdlich nach dem Meteor, der in der Fachliteratur als »tungusischer Meteor« bekannt wurde. Er entwarf eine provisorische Skizze des Geländes, in dem seiner Meinung nach der Meteor niedergegangen sein mußte. Diese Skizze gab er dem Geologen Obrutschew, den das Geologische Komitee beauftragt hatte, Untersuchungen im Flußgebiet der Steinigen Tunguska durchzuführen. Obrutschew unternahm im Jahre 1924 eine Expedition und drang bis zur Faktorei Wanowary vor, in deren Umgebung nach den Berechnungen Kuliks der Krater des Meteors zu vermuten war. Er versuchte vorerst, unter den Einheimischen Berichte zu sammeln, was ihm durchaus nicht leichtfiel: Die Tungusen hielten die Einschlagstelle für heilig und wollten den Ort nicht verraten, wo »der Feuergott zur Erde herabgestiegen« sei. Obrutschew brachte in Erfahrung, daß die Bäume der ewigen

Taiga, einige Tagereisen von der Faktorei entfernt, auf einer vielhundert Kilometer langen Strecke in Reihen zu Boden geworfen waren. Der Meteor mußte also mindestens hundert Kilometer weiter nördlich, als Kulik angenommen hatte, abgestürzt sein.

Als Obrutschew seine Berichte veröffentlichte, wurde der tungusische Meteor wieder aktuell. Im Jahre 1927 sandte die russische Akademie der Wissenschaften eine Expedition aus, die unter Kuliks Leitung versuchen sollte, die Einschlagstelle aufzufinden.

Jenseits der bewohnten Gebiete erreichte die Expedition nach Wochen beschwerlichen Marsches durch die Taiga den Windbruchstreifen. Der Wald war entlang der Meteorbahn auf einer Strecke von mindestens hundert Kilometern umgelegt. Kulik schrieb in seinem Tagebuch: »Ich kann das Ungeheure dieser Erscheinung noch immer nicht fassen... Eine stark hügelige, beinahe gebirgige Landschaft, die sich viele Werst, bis weit hinter den Horizont erstreckt... Im Norden leuchten die schneebedeckten Berge am Chuschmofluß. Von unserem Beobachtungsstand aus erblicken wir ein einziges Chaos: Die Bäume der Taiga sind zu Boden geschleudert. Zehntausende entwurzelte, versengte Stämme und rings herum ein viele Kilometer breiter Gürtel von Jungholz, das sich zur Sonne, zum Leben empordrängt... Erstaunen packt einen, wenn man diese dreißig Meter langen Waldriesen mit ihren nach Süden gekehrten Wipfeln daliegen sieht... Weiter in der Tiefe der Landschaft geht das Dickicht des jungen Waldes in die verschont gebliebene Taiga über, und nur auf den fernen Gipfeln treten die Kahlflächen noch als helleuchtende Narben hervor...«

Viele Tage lang kämpfte sich die Expedition durch das Gewirr der umgestürzten, versengten Stämme, die den moorigen Grund bedeckten. Alle diese Bäume zeigten mit ihren Wipfeln nach Südosten, nach der Seite also, aus der der Meteor gekommen war. Am 30. Mai, einen vollen Monat nach dem Aufbruch aus der Faktorei Wanowary, erreichte die Expedition die Mündung des Tschurgumaflusses und schlug dort ihr dreizehntes Lager auf. Nördlich davon dehnte sich ein weiter Talkessel, der wie ein Amphitheater von einem Hügelkranz umgeben war. Dort konnte zum erstenmal festgestellt werden, daß sich die Vernichtung strahlenförmig ausgebreitet hatte.

»Ich begann«, so schrieb Kulik, »den großen Talkessel in westlicher Richtung auf den Hügelketten zu umkreisen, wanderte Dutzende Werst über kahle Bergrücken: Die Wipfel der gestürzten Stämme lagen nach Westen gekehrt. Dann umschritt ich in riesigem Bogen den Kessel in südlicher Richtung. Dort wendeten seltsamerweise die umgestürzten Bäume ihre Kronen nach Süden. Ich kehrte ins Lager zurück und machte mich von dort aus in östlicher Richtung auf den Weg – hier wiesen die Bäume nach Osten. Ich strengte alle meine Kräfte an und wanderte nochmals nach Süden. Die dort liegenden Stämme wandten ihre Wipfel tatsächlich nach Süden.

Es war kein Zweifel mehr möglich: Ich hatte die Stelle des Einschlags umkreist! Als feurige Ballung brennender Gase und fester Stoffe war der Meteor hier niedergegangen, in diesen Talkessel mit dem Hügelkranz, der Tundra, den Sümpfen. Wie ein Wasserstrahl, gegen eine glatte Oberfläche gerichtet, strahlenförmig nach allen Seiten auseinanderspritzt, so hatte auch der Strom brennender Gase den Wald im Umkreis von vielen Meilen entwurzelt und dieses furchtbare Bild der Vernichtung hervorgerufen...«

An jenem Tage waren sämtliche Expeditionsteilnehmer fest überzeugt, daß sie die größten Schwierigkeiten bereits überwunden hätten und nun bald die Stelle sehen würden, wo die gigantische, kosmische Masse mit der Erdrinde zusammengeprallt sei. Tags darauf traten sie den Marsch zum tiefsten Punkt des Talkessels an. Mühsam bahnten sie sich den Weg durch den toten Wald, dessen Stämme zum Teil nur geknickt waren. Ständig drohte das stürzende Holz die Wanderer unter sich zu begraben, zumal über Mittag, wenn der Wind auffrischte. Sie durften die Bäume nicht aus dem Auge verlieren; denn bald hier, bald dort brachen die Stämme mit ohrenbetäubendem Krach zusammen, und oft konnten die Expeditionsteilnehmer erst in letzter Sekunde beiseite springen. Außerdem mußten sie unausgesetzt den Erdboden beobachten, da es in der Tundra von Giftschlangen wimmelte.

Das Innere des Talkessels bestand aus kleinen Hügeln, ebener Tundra, Sümpfen, Seen und überschwemmten Flächen. Auch dort lagen die Bäume in verschiedenen Richtungen am

Boden; aber sämtliche Wipfel wiesen nach dem Kesselrand. Die kleineren Äste waren verkohlt, die stärkeren und die Stammrinde nur versengt. Gegen die Kesselmitte zu entdeckte man zwischen zerspellten Bäumen eine größere Anzahl von Trichtern, die einen Durchmesser von einem oder Dutzenden Metern hatten. Das war alles, was diese erste Expedition feststellen konnte, bevor sie infolge Lebensmittelmangels und Erschöpfung der Teilnehmer zur Umkehr gezwungen war. Kulik und seine Gefährten nahmen mit Sicherheit an, daß die versumpften, hier und da mit trübem Wasser gefüllten Trichter Krater seien, in deren Tiefe die Bruchstücke des Meteors ruhten.

Die zweite Expedition brachte mit größter Mühe und Anstrengung Maschinen in diese unwegsame Gegend der Taiga. Nachdem man die Trichter trockengelegt hatte, war es möglich, die ersten Probebohrungen vorzunehmen. Diese Arbeiten wurden während des kurzen, heißen Sommers durchgeführt, als die drückende, schwüle Luft von ganzen Wolken blutgieriger Mücken wimmelte. Die Bohrungen verliefen ergebnislos. Man fand weder Bruchstücke des Meteors noch Spuren in Form von Gesteinsmehl! (Beim Aufschlag eines Meteors entsteht ein Gemengsel von Schlamm und Gesteinssplittern, die infolge der hohen Temperatur geschmolzen und dann wieder erhärtet waren). Statt dessen drohte das Grundwasser, auf das man nun gestoßen war, die Maschinen zu überfluten. Man machte sich an die gewaltige Arbeit, die betreffende Schicht zu verschalen und abzusteifen – da trafen die Bohrer schließlich auf vereisten Lehm. Und was noch schlimmer war: Als die Spezialisten für Torfentstehung, die Bodenforscher und Geologen, ankamen, gaben sie übereinstimmend das Gutachten ab, daß die angeblichen Krater nichts mit dem Meteor zu tun hätten und daß man ähnlichen Erscheinungen, die ihr Entstehen den normalen Prozessen der Torfablagerung verdankten, in den nördlichen Regionen überall begegnen könne. Solche Trichter bildeten sich ständig, wenn Torfschichten von Grundwasser unterspült würden. Nun begann eine systematische Suche nach dem Meteor mit Hilfe magnetischer Deflektometer. Es war anzunehmen, daß eine so riesige Eisenmasse die Magnetnadel der Kompasse beeinflussen müßte. Aber die Apparate zeigten nichts an. Eine viele

Kilometer breite Bahn niedergerissener Bäume führte von Süden her entlang der Flüsse und Bäche zu dem Kessel. Diesen selbst umgab ein Fächer von entwurzelten Stämmen. Man berechnete die Energieentwicklung bei der Katastrophe auf 1000 Trillionen Erg; die Masse des Meteors mußte also ungeheuer groß gewesen sein. Trotzdem wurde auch nicht das geringste Bruchstück, kein Splitter, kein Krater, keine Stelle gefunden, die Spuren dieses furchtbaren Absturzes gezeigt hätten.

Eine Expedition nach der anderen begab sich, mit den empfindlichsten Geräten ausgerüstet, in die Taiga. Sie legten ein Netz von Triangulationspunkten an, untersuchten die Berghänge und den Grund der moorigen Seen und Bäche, sogar den Boden der Sümpfe bohrten sie an. Alles war vergeblich. Es wurden Stimmen laut, daß der Meteor vielleicht aus Stein bestanden habe; allerdings hätte in diesem Falle die Aufschlagstätte mit Bruchstücken übersät sein müssen. Indessen erschien die ganze Vermutung unwahrscheinlich, da man bisher keinen Steinmeteor in dieser Größe kannte. Als die Ergebnisse der Untersuchungen veröffentlicht wurden, standen die Meteorenforscher vor einem neuen Rätsel.

Schon vorher hatten die Expeditionsteilnehmer festgestellt, daß die Bäume der Taiga nicht gleichmäßig entwurzelt oder niedergebrochen waren und daß die auf dem Boden liegenden Stämme nicht immer nach der Mitte des Kessels zeigten. Ja, mehr noch: Da und dort war, wenige Kilometer vom Kessel entfernt, ein Waldkomplex stehengeblieben und nicht einmal versengt worden, während man einige Dutzend Kilometer weiter wieder auf Tausende umgestürzter Lärchen und Kiefern stieß. Die Wissenschaftler versuchten dies mit dem sogenannten »Schatteneffekt« zu erklären. Danach hätte die Explosionswelle jene Teile der Taiga verschont, die durch Bergrücken abgeschirmt waren. Daß an einigen Stellen die Bäume nach einer anderen Richtung gestürzt waren, stünde mit der Katastrophe in keinem Zusammenhang, es handle sich um gewöhnliche Windbrüche, so behauptete man.

Die Fliegeraufnahmen des Geländes warfen alle diese Hypothesen über den Haufen. Auf den Stereofotos war zu erkennen, daß die vernichteten Waldstreifen tatsächlich konzentrisch um den Kessel lagen, während dazwischen andere

Waldstreifen unversehrt erschienen. Die Taiga war auf eine Art und Weise zerstört worden, als hätte die Explosion nicht nach allen Richtungen hin mit der gleichen vernichtenden Kraft gewirkt. Man gewann den Eindruck, als wären breitere und schmalere Strömungen vom Mittelpunkt des Kessels ausgegangen und hätten die Bäume in langen Bahnen niedergemäht.

Viele Jahre lang blieb das Problem des tungusischen Meteors ungeklärt. Von Zeit zu Zeit entwickelten sich darüber in der Presse wissenschaftliche Diskussionen. Die verschiedenartigsten Hypothesen wurden aufgestellt. Die einen meinten, es sei der Kern eines kleinen Kometen gewesen, andere wieder sahen in dem Meteor eine Wolke verdichteten kosmischen Staubes. Keine dieser Annahmen aber konnte dazu führen, alle Begleitumstände richtig zu deuten. Im Jahre 1950, als es bereits um die Geschichte des Meteors still geworden war, veröffentlichte ein junger Gelehrter eine neue Hypothese, die alle Erscheinungen und Vorgänge auf unerhört kühne Art erklärte.

Zwei Tage vor dem Erscheinen des tungusischen Meteors hatte ein französischer Astronom einen kleinen Himmelskörper bemerkt, der mit großer Geschwindigkeit in seinem Teleskop auftauchte und dann verschwand. Kurze Zeit später veröffentlichte der Astronom seine Beobachtungen; aber weder er noch irgendein anderer brachte sie mit der sibirischen Naturkatastrophe in Zusammenhang. Wenn jener Himmelskörper tatsächlich ein Meteor gewesen wäre, so hätte er in einer ganz anderen Gegend auf die Erde fallen müssen. Nur unter einer Voraussetzung konnte er mit dem tungusischen Meteor identisch sein, nämlich dann, wenn dieser Meteor imstande gewesen war, Richtung und Geschwindigkeit wie ein Flugzeug beliebig zu ändern. Diese Annahme war jedoch viel zu unwahrscheinlich, als daß jemand auch nur einen Augenblick daran gedacht hätte.

Und nun stellte der junge Gelehrte eben diese Behauptung auf. Nach seiner Hypothese war der tungusische Meteor nichts anderes gewesen als ein Weltraumschiff, das auf parabolischer Bahn aus dem Sternbild des Walfisches kam und, in der Absicht zu landen, immer engere Ellipsen um unseren Planeten beschrieb. Gerade zu diesem Zeitpunkt hatte es der französische Astronom in seinem Teleskop entdeckt. Das Weltraumschiff mußte für irdische Begriffe gewaltige Ausmaße gehabt haben: Seine Masse konnte auf Tausende Tonnen geschätzt werden. Die Lebewesen, die sich darin befanden und die Erdoberfläche aus großer Höhe beobachteten, wählten die weiten, waldlosen, aus der Ferne gut sichtbaren Ebenen der Mongolei zur Landung, die wie dazu geschaffen schienen, in ihren Sandwüsten das Weltraumschiff aufzunehmen.

Das Geschoß gelangte nach langer Reise, während der es eine Geschwindigkeit von einigen Dutzend Kilometern in der Sekunde erreicht haben mußte, in Erdnähe. Vielleicht waren die Bremsvorrichtungen bereits beschädigt, oder aber die Insassen hatten die Ausdehnung unserer Atmosphäre unterschätzt. Jedenfalls wurde der Flugkörper durch die gewaltige Reibung und den Luftwiderstand bis zur Weißglut erhitzt.

Infolge der außerordentlichen Geschwindigkeit gelang es dem Weltraumschiff nicht, in der Mongolei zu landen, sondern es überflog dieses Gebiet in einer Höhe von über fünfzig Kilometern. Wahrscheinlich hätte es vor der Landung noch einige Male die Erde umkreisen müssen, ein Motorendefekt aber oder irgendein anderer Grund hatte die Besatzung zur Eile gezwungen. Nun bemühten sie sich, die Geschwindigkeit zu verringern, und schalteten die Bremsvorrichtungen ein, die aber nur stoßweise, mit Unterbrechungen arbeiteten. Der ungleichmäßige Widerhall klang den Bewohnern Sibieriens wie Donnerrollen. Als sich das Raumschiff über der Taiga befand, entwurzelten die glühenden Gase, die den Bremsdüsen entströmten, die Bäume und warfen sie um. So entstand die Hunderte Kilometer lange Gasse von umgestürzten Stämmen, durch die sich später die sibirischen Expeditionen mühsam ihren Weg bahnen mußten.

Über dem Flußgebiet der Steinigen Tunguska verlor das Schiff an Geschwindigkeit. Das hügelige, mit Wald und Sumpf bedeckte Gelände eignete sich jedoch nicht zur Landung. Deshalb versuchten die Reisenden, es zu überfliegen und wieder größere Höhe zu gewinnen. Sie ließen erneut die Antriebsmotoren an. Aber es war bereits zu spät. Das Schiff, eine ungeheure Masse weißglühenden Metalls, wurde manövrierunfähig, sackte durch, taumelte und drehte sich, von den unregelmäßig arbeitenden Motoren hin und her geworfen, um seine Achse. Die Auspuffgase knickten den Wald bald in der Nähe, dann wieder in größerer Entfernung, warfen die Bäume in breiten Bahnen nieder oder versengten ihre Kronen und Zweige. Das Raumschiff überflog den äußeren Ring der Hügel und erhob sich zum letztenmal. Dort, hoch über dem Talkessel, trat dann die Katastrophe ein. Aller Wahrscheinlichkeit nach explodierten die Treibstoffvorräte mit einer solchen Wucht, daß die glühenden Metallklumpen in kleinste Teile zerrissen wurden.

Diese Hypothese brachte Licht in alle bisher rätselhaften Erscheinungen des Absturzes. Sie erklärte, auf welche Weise der Wald vernichtet worden war, warum er an manchen Stellen geknickt oder entwurzelt, an anderen nur versengt war, und schließlich deutete sie auch den eigenartigen Umstand, daß hier und da ganze Waldinseln heil und unberührt geblieben waren. Warum aber war dieses Weltraumschiff in so kleine Teile zerfallen, daß man auch nicht die geringsten Spuren davon auffinden konnte? Was für ein Treibstoff mochte das sein, der im Augenblick der Explosion heller als die Sonne aufstrahlte und die Taiga im Umkreise von vielen Kilometern versengte? Auch diese Frage beantwortete der Gelehrte. Nur ein ganz bestimmter Treibstoff, so behauptete er, könne bei seiner Explosion die starke Konstruktion eines Weltraumschiffes so restlos auflösen: Atomzerfall. Als die Motoren der Rakete aussetzten, kam es unter den Vorräten an Atombrennstoff zu einer Kettenreaktion. Eine zwanzig Kilometer hohe Feuersäule stieg auf, und das riesige Weltraumschiff verdampfte darin wie ein Wassertropfen auf einer glühenden Herdplatte.

Die Hypothese des jungen Gelehrten rief keineswegs den Widerhall hervor, der zu erwarten gewesen wäre. Sie war zu kühn. Einige Gelehrte behaupteten, sie sei auf zuwenig wissenschaftliche Fakten gestützt, andere wieder, sie setze nur an die Stelle des Meteorenrätsels das Rätsel eines Weltraumgeschosses. Manche bezeichneten die Hypothese sogar als ein Phantasiegebilde, das eher eines Romanschreibers als eines nüchternen Meteorenforschers würdig sei.

Allen skeptischen Stimmen zum Trotz unternahm der junge Gelehrte eine neue Expedition in die Taiga, um die radioaktive Strahlung an der Absturzstelle zu untersuchen. Er mußte allerdings damit rechnen, daß die unbeständigen Atomzerfallsprodukte im Laufe der vergangenen zweiundvierzig Jahre bereits verwittert waren. Auch dieser Forschungszug verlief ergebnislos. Die Lehm- und Mergelschichten an der Oberfläche des Talkessels zeigten einen so unbedeutenden Grad an Radioaktivität, daß sich daraus keinerlei Schlüsse ziehen ließen; denn verschwindend kleine Mengen radioaktiver Substanzen finden sich auch in gewöhnlichem Boden. Die Unterschiede lagen innerhalb der Grenzen des kaum noch Meßbaren.

Bald verstummte auch das letzte Echo der Diskussionen in den wissenschaftlichen Blättern. Einige Zeit hindurch erörterte die Tagespresse noch das Problem, woher dieses Weltraumschiff gekommen sein könnte und was für Insassen es wohl gehabt hätte. Diese unfruchtbaren Spekulationen machten jedoch bald wichtigeren Dingen Platz: Berichten über den Bau der riesigen Wasserkraftwerke im Wolga-Don-Gebiet, über den Durchstich des Kanalbettes am Turgaitor mit Hilfe der Atomenergie und über die Umleitung der Gewässer des Ob und Jenissei in das Bassin des Toten Meeres.

Im hohen Norden überwucherte die Tundra von Jahr zu Jahr dichter die umgebrochenen Baumstämme, die immer tiefer in dem moorigen Boden versanken. Die Ablagerungen des Torfes, Unterwaschungen der Eismassen, die Schneeschmelzen – alle diese unaufhörlichen Erosionsprozesse verwischten allmählich die letzten Spuren der Katastrophe. Es schien, als sollte das Rätsel für immer in Vergessenheit geraten.

Der Rapport

Im Jahre 2003 wurde die Sahara schon zum großen Teil durch das Mittelmeer bewässert. Die Hydrokraftwerke von Gibraltar gaben zum erstenmal elektrische Energie an das nordafrikanische Stromnetz ab. Durch keinerlei Grenzziehungen behindert, weiteten sich die kontinentalen Hochspannungsnetze. Atomkraftwerke entstanden, menschenleere, vollautomatische Fabriken. In den fotochemischen Transmutatoren wandelte die Sonnenenergie Kohlensäure und Wasser in Zucker um. Das Geheimnis dieses Prozesses, der seit Milliarden Jahren in den Pflanzen vor sich ging, war Eigentum der Menschen geworden.

Fast schien es, als ob die Bewässerung der Sahara und die Nutzbarmachung des Mittelmeergefälles in den Turbinen von Gibraltar Unternehmungen wären, die für lange Zeit unübertroffen bleiben würden. Aber bereits ein Jahr später wurden die Arbeiten an einem neuen Projekt begonnen, das in seiner unerhörten Kühnheit sogar das Gibraltar-Nordafrikanische Hydrokombinat in den Schatten stellte.

Das Internationale Büro für Klimaregulierung ging von den bescheidenen, lokalen Versuchen der Witterungsbeeinflussung, der Lenkung von Regenwolken und Bewegungen von Luftmassen zum Frontalangriff gegen den Hauptfeind der Menschheit über, gegen die Kälte, die sich seit ungezählten Millionen Jahren an den Polkappen des Planeten festgesetzt hatte. Als Hunderte Meter starker Panzer bedeckte das ewige Eis die Arktis – den sechsten Teil der Erde –, umschloß Grönland und den gesamten Archipel des Eismeeres und bildete auch die Quelle der kalten Meeresströmungen, die die nördlichen Ufer Asiens und Amerikas abkühlten. Dieser Eispanzer sollte für immer verschwinden. Um dieses Ziel zu erreichen, war es erforderlich, riesige Flächen der Ozeane und der Kontinente zu erwärmen und Tausende Kubikkilometer Eis zu schmelzen. So ungeheure Energien hätte man aus dem Uran nie herausholen können; die Grundstoffvorräte waren viel zu gering. Inzwischen aber hatte die Astronomie – die man lange Zeit für eine lebensfremde Wissenschaft hielt – jene Energiequelle entdeckt, die das unverlöschbare Feuer der Gestirne unterhält: die Umwandlung von Wasserstoff in Helium durch Atomspaltung. In der Gesteinsrinde und Atomsphäre der Erde ist freier Wasserstoff kaum vorhanden; aber die Ozeane bilden ein unerschöpfliches Reservoir dieses Elementes.

Der Gedankengang der Gelehrten war einfach: In Polnähe sollten riesige »Atomfeuer« von Sonnentemperatur Wärme und Licht in der Eiswüste erzeugen. Die Schwierigkeiten, die der Verwirklichung dieses Projektes im Wege standen, schienen anfangs unüberwindlich. Es zeigte sich, daß kein Stoff imstande war, den Temperaturen von einigen Millionen Grad, die bei der Spaltung des Wasserstoffatoms frei werden, zu widerstehen. Dauerhafte Schamotteziegel, gepreßter Asbest, Quarz, Glimmer, edelster Wolframstahl – alles verwandelte sich bei der Berührung mit dem blendendhellen, ungeheure Hitze ausstrahlenden Atomfeuer sofort in Dampf.

Man besaß wohl eine Energiequelle, die es ermöglichte, die Eismassen zu schmelzen, Ozeane zu erwärmen, ja ganze Meere auszutrocknen, das Klima zu verändern und auf den Polen tropische Dschungel entstehen zu lassen, aber das Baumaterial für entsprechende Verbrennungsherde besaß man nicht.

Außerdem war man zu der Einsicht gelangt, daß es viel zu gefährlich wäre, derartige Atombrände auf der Erde anzulegen. Die entfesselte Hitze würde die Erdoberfläche zum Schmelzen bringen, sich in die Tiefe fressen und unvorstellbare Katastrophen verursachen. Da aber nichts die Menschheit aufhalten kann, wenn es gilt, das einmal gesteckte Ziel zu erreichen, wurde auch vor dieser Barriere nicht haltgemacht. Wenn es nicht möglich war, die Energiequelle auf die Erde zu bannen, so mußte man sie eben in die Atmosphäre verlegen.

Die Wissenschaftler beschlossen, künstliche Polarsonnen in Gestalt glühender Gaskugeln von einigen hundert Metern Durchmesser zu schaffen, die durch Wasserstoffgebläse gespeist werden sollten. Energetische Zentralen würden in sicherer Entfernung die gewaltigen elektromagnetischen Kraftfelder erzeugen, um die künstlichen Sonnen in der gewünschten Höhe zu halten.

Im ersten Abschnitt der auf zwanzig Jahre berechneten Abschmelzarbeiten im Norden Grönlands, auf dem Grantland, dem Franz-Joseph-Land und in Sibirien wurde mit dem Bau von Kraftwerken begonnen, die die Energie für die Steuervorrichtung liefern und gemeinsam den sogenannten Atomsteuerkreis bilden sollten. Bald wanderten ganze Fabriken auf Rädern und Raupenbändern in die eisigen, menschenleeren, gebirgigen Gegenden. Maschinen rodeten die Taiga und planierten das Baugelände. Maschinen erzeugten die erforderliche Wärme, um den seit Millionen Jahren gefrorenen Boden aufzutauen. Maschinen legten fertige Betonblöcke, aus denen Autostraßen, Gebäudefundamente, Dämme und Schutzwälle in den Gletschertälern entstanden. Maschinen, die sich auf stählernen Füßen fortbewegten, Bagger, Exkavatoren, Bohrtürme, Kräne, Traktoren, Förderbänder arbeiteten Tag und Nacht. Gleich hinter ihrer Front gingen andere Maschinen vor; sie errichteten Hochspannungsleitungen, Transformatorenstationen, Wohnhäuser, erbauten komplette Städte mit Flugplätzen, auf denen sofort die ersten großen Transportflugzeuge landeten. Die Aufmerksamkeit, die diese Arbeiten erregten, war ungeheuer. Die ganze Welt blickte nach dem hohen Norden, wo inmitten von Kälte und Schneestürmen, bei Temperaturen, die bis zu sechzig Grad unter Null sanken, ein Bohrturm nach dem anderen und die Stahlantennen des Atomringes emporwuchsen, der in Zukunft die frei schwebenden, glühenden, mit Platinglanz leuchtenden Wasserstoffkugeln lenken sollte.

Einer der Bauplätze befand sich im Gebiet der Steinigen Tunguska. Inmitten von Mergel- und Lehmwällen, die man in tiefen Baugruben aus dem steinharten, ewig gefrorenen Boden ausgeschachtet hatte, wurden auf mächtigen Betonpfeilern Katapultstationen montiert. Raketenflugzeuge waren damals bereits an die Stelle der Eisenbahn getreten. Während dieser Arbeiten holte ein Bagger einen großen Erdblock aus der Sohle des etwa sieben Meter tiefen Schachtes. Der Block polterte auf das Förderband, gelangte in den Kollergang, wo die größeren Steine zu feinem Schotter zermahlen wurden, und klemmte sich dort fest. Die starke Maschine blieb sofort stehen. Als der Maschinist auf höhrere Tourenzahl schaltete, knirschten die Zahnräder, die aus härtestem Zementstahl waren, und einige Zähne brachen aus. Man nahm die Maschine auseinander und bemerkte einen Felsbrocken, der sich zwischen zwei Walzen eingekeilt hatte. Er war so hart, daß man ihn mit den besten Feilen kaum zu ritzen vermochte. Zufälligerweise hörten einige Wissenschaftler von dem Fund. Sie sahen sich den rätselhaften Brocken an und nahmen ihn mit. Am nächsten Tag lag er bereits im Laboratorium eines Instituts für Meteorenforschung.

Anfänglich glaubte man, einen Meteor vor sich zu haben. Dieser entpuppte sich jedoch als ein Basaltblock irdischen Ursprungs, in dem eine an beiden Enden zugespitzte Walze eingeschmolzen war. Sie erinnerte in Größe und Gestalt an eine Granate und setzte sich aus zwei unlösbar ineinanderverschraubten Teilen zusammen. Man mußte den Mantel durchschneiden, um an das Innere heranzukommen. Erst nach langen Bemühungen – sogar das Institut für Angewandte Physik wurde zu Rate gezogen – gelang es den Wissenschaftlern, das Geheimnis dieser Metallhülse zu lüften. Es befand sich darin eine Spule aus porzellanähnlichem Schmelzgut, um die ein fast fünf Kilometer langer Draht aus einer stahlähnlichen Legierung gewickelt war. Nichts weiter.

Schon vier Tage später befaßte sich ein internationales Komitee mit der Untersuchung dieser Spule. Sehr bald wurde festgestellt, daß der aufgewickelte Draht magnetisiert worden war. Die oberen Windungen hatten – offenbar unter dem Einfluß hoher Temperaturen – ihren Magnetismus bereits verloren. Die tieferen Schichten waren noch gut erhalten.

Die Gelehrten ergingen sich in allerlei Mutmaßungen über den Ursprung der geheimnisvollen Spule. Niemand wagte als erster die Vermutung, die sich allen auf die Lippen drängte, auszusprechen. Erst eine chemische Analyse des Materials, aus dem der Draht bestand, brachte Klarheit: Eine derartige Legierung wurde nirgends auf der Erde hergestellt. Der geschoßähnliche Körper mußte also mit dem einstmals so berühmten tungusischen Meteor in irgendeinem Zusammenhang stehen. Niemand wußte, wer es zuerst ausgesprochen hatte, auf einmal kursierte das Wort »Rapport«. Tatsächlich, der Draht war so magnetisiert, als sei er in seiner ganzen Länge mit elektrischen Schwingungen beschrieben: ein einzigartiger, »interplanetarer Brief«. Er erinnerte an die Bespielung eines Stahlbandes, wie sie bereits seit langer Zeit im Radio und beim Telefon gebräuchlich war. Sehr bald verbreitete sich die Annahme, die Insassen des unbekannten Weltraumschiffes hätten in dem kritischen Augenblick, da die Motoren den Gehorsam verweigerten, das zu retten versucht, was sie für das Wertvollste hielten. Daher hätten sie dieses mit magnetischen Schwingungen auf dem Draht festgehaltene »Dokument« vor der Katastrophe abgeworfen. Es fehlte aber auch nicht an anderen Stimmen, die behaupteten, die Spule sei durch die Explosion aus dem Schiffskörper geschleudert worden. Als Beweis führten sie die offensichtliche Veränderung der Hülle unter dem Einfluß hoher Temperaturen an.

In der Tagespresse wie auch in den wissenschaftlichen Blättern kam es zu langen Diskussionen über die Herkunft des Weltraumschiffes. Es gab wohl keinen Planeten unseres Sonnensystems, der nicht verdächtigt wurde, es ausgesandt zu haben. Selbst den fernen Uranus und den riesigen Jupiter nahm man nicht aus. Im großen und ganzen teilten sich jedoch die Ansichten in zwei Lager: Venus und – fast doppelt so stark – Mars. Noch nie hatte die Astronomie so viele Anhänger gehabt wie in diesem Jahr. Es wurden unwahrscheinlich hohe Auflagen von populär- ja auch fachwissenschaftlichen Büchern herausgebracht, und die Nachfrage nach astronomischen Amateurinstrumenten, besonders Fernrohren, stieg derartig an, daß die bestversorgten Lager ausverkauft waren.

Es erschienen phantastische Romane über rätselhafte Lebewesen auf dem Mars, denen die Autoren die verblüffendsten Eigenschaften zuschrieben. Einige Fernsehstationen nahmen in ihre Wochenprogramme spezielle Astronomiesendungen auf. Eines außerordentlichen Erfolges erfreute sich eine Berliner Fernsehübertragung »Die Reise zum Mond«, die von allen Stationen der nördlichen Halbkugel übernommen wurde. Die Zuschauer konnten zu Hause die Oberfläche des Mondes in dreitausendfacher Vergrößerung betrachten, da die Fernsehsendeapparatur unmittelbar mit dem großen Teleskop des Heidelberger Observatoriums gekuppelt war.

Die inzwischen gebildete Internationale Übersetzungskommission begann ihren berühmten »Kampf mit dem Draht«, wie ihn der wissenschaftliche Sonderkorrespondent der »Times« nannte. Die Arbeit der besten Ägyptologen und Sanskritforscher, der Spezialisten für tote und verschollene Sprachen, erschien wie ein Kinderspiel im Vergleich zu der Aufgabe, die jene Gelehrten erwartete. Der Rapport setzte sich aus mehr als achtzig Milliarden magnetischen Schwingungen zusammen, die in der kristallinischen Struktur des Metalldrahtes festgehalten waren. Die einzelnen Gruppen dieser Schwingungen waren durch kurze Intervalle nichtmagnetisierten Drahtes voneinander getrennt. Unwillkürlich drängte sich der Gedanke auf, daß jede Gruppe ein Wort darstelle. Diese Annahme konnte aber ebensogut irrig sein – wenn der angebliche Rapport nichts als eine Aufzeichnung verschiedener Meßinstrumente war. Selbst dann, wenn der Rapport mit Hilfe von Worten abgefaßt wäre, so urteilten viele Wissenschaftler, könne der Aufbau seiner Sprache ein ganz anderer sein als bei allen auf der Erde bekannten Sprachen. Aber auch diese Gelehrten waren sich darüber einig, daß eine solche Chance, wie sie sich der Wissenschaft zum erstenmal in der Geschichte bot, auf keinen Fall versäumt werden durfte.

Am schwierigsten war der Anfang. Als die Kommission die Arbeit aufnahm, bestand ihr gesamtes Material in einer Spule magnetisierten Drahtes. Zunächst wurde der ganze Draht durch eine Apparatur geleitet, die die magnetischen Schwingungen auf einem Filmstreifen registrierte. Das wertvolle Original wanderte in den unterirdischen Tresor, während die Gelehrten von nun an ausschließlich mit den Filmkopien arbeiteten.

Bei den einleitenden Beratungen wurde beschlossen, den einzigen Weg, der Erfolg versprach, zu beschreiten. Die Worte einer jeden Sprache sind Symbole, die bestimmte Gegenstände und Begriffe bezeichnen. Deshalb stützt sich die Entzifferung der Sprachen ausgestorbener Völker, von Chiffren und ähnlichen Kryptogrammen auf Regeln, die allen Sprachen gemeinsam sind. Man forscht vorerst nach Symbolen, die am häufigsten auftreten, untersucht, ob die betreffende Sprache Bild-, Buchstaben- oder Silbencharakter besitzt, und – was das wichtigste ist – man sucht nach einem Anhaltspunkt, der es ermöglicht, wenigstens die Bedeutung *eines* Ausdrucks zu verstehen.

In früheren Fällen war den Forschern gewöhnlich ein glücklicher Zufall zu Hilfe gekommen. So hatte man einst, auf einem Grabstein eingemeißelt, den gleichen Text in ägyptischen Hieroglyphen und in griechischer Schrift gefunden. Ähnlich verhielt es sich mit der Entzifferung der babylonischen Keilschrift.

Überall dort aber gab es einen grundsätzlichen Gesichtspunkt: Die Schöpfer dieser unbekannten Sprachen waren Menschen gewesen, genau wie die Forscher; sie hatten einmal auf demselben Planeten gelebt, unter derselben Sonne hatten sie dieselben Gestirne, die gleichen Gewächse, das Meer geschaut, und diese gleichen Daseinsbedingungen waren der Bildung allgemeingültiger Symbole günstig. Ganz anders lagen die Dinge jetzt. Welche Begriffe konnten diesen unbekannten Wesen und den Menschen gemeinsam sein? An welcher Stelle mußte man die Brücke über den Abgrund schlagen, der die Geschöpfe verschiedener Himmelskörper voneinander trennte? Ein Bindeglied nur gab es: die Materie.

Das ganze Weltall, vom kleinsten Sandkorn unter unseren Füßen bis zu den entferntesten Sternen, ist aus den gleichen Atomen aufgebaut. In allen, auch in den verborgensten Winkeln wird die Materie von den gleichen Gesetzen beherrscht, und sie alle können mit Hilfe der Mathematik in Formeln ausgedrückt werden. Wenn bei der Niederschrift des Rpports mathematische Ausdrucksmittel verwendet wurden, so sagten sich die Wissenschaftler, dann gab es eine Chance. In jedem anderen Fall würde der Rapport für alle Zeiten unentziffert bleiben.

Der Gedanke, von dieser Seite an die Lösung heranzugehen, stellte jedoch nur den ersten Schritt auf einem unerhört schwierigen und langen Weg dar. Es hätte den Anschein haben können, daß man den Rapport nur im Hinblick auf die wichtigsten physikalischen Gesetze zu überprüfen brauchte. Das war aber in diesem Anfangsstadium der Untersuchungen nicht möglich, zumal es sich um zu viele solcher Gesetze gehandelt hätte. Das schlimmste war, daß man nicht wußte, was für ein logarithmisches System die Verfasser benutzt hatten. Das Dezimalsystem, das sich aus neun Grundzahlen und der Null aufbaut, scheint nur dem Laien selbstverständlich, ist es aber keineswegs für den Mathematiker. Wir haben es angenommen, weil wir zehn Finger an den Händen haben und die Hände in längst vergangenen Zeiten den Menschen als »Rechenmaschine« dienten. Theoretisch ist jedoch eine beliebige Anzahl solcher Systeme möglich, vom Zweiersystem, in dem nur zwei Zahlen, die Eins und die Null, bestehen, über das Dreier-, Vierer-, Fünfersystem und so weiter, bis ins Unendliche fortschreitend. Während ihrer Arbeiten beschränkte sich die Übersetzungskommission aus praktischen Gründen auf neunundsiebzig Systeme, vom Zweier- bis zum Achtzigersystem. Die Aufgabe lautete also: Millionen magnetischer Schwingungen zu überprüfen und für jede dieser Schwingungen ihren Wert in neunundsiebzig Zahlensystemen zu berechnen. Schon das allein ergab ungefähr eine Billion Berechnungen, war aber erst der Anfang; denn die gewonnenen Ergebnisse mußte noch überprüft und unter ihnen die herausgesucht werden, die physikalischen Konstanten entsprachen. Von solchen Konstanten, wie Ladungen, Atomgewichte und Elemente, gibt es einige hundert. Doch auch das genügte noch nicht. In dem riesigen Zahlenmeer konnten sich Resultate finden, die ganz zufällig einigen Konstanten entsprachen. Man mußte also außerdem noch Kontrollberechnungen anstellen. Die Gesamtheit dieser Arbeiten, die erst den Beginn der eigentlichen Übersetzung bildeten, hätte Tausende der besten Mathematiker ihr ganzes Leben lang beschäftigt. So aber wurde sie im Verlauf von siebenundzwanzig Tagen bewältigt.

Der Übersetzungskommission stand das damals größte Elektronengehirn der Welt zur Verfügung, eine mächtige Maschine, die vier Stockwerke des Mathematischen Instituts in Berlin einnahm. Die Arbeit dieses gigantischen Denkapparates wurde von einer Zentrale aus geleitet, die sich im obersten Stockwerk des Instituts befand. Von dort aus erteilte ein Stab von Spezialisten dem Elektronengehirn den Befehl, alle Zeichen des Rapports zu untersuchen und unter ihnen Analogien physikalischer Konstanten festzustellen. In jedem einzelnen Fall sollte es diese Aufgabe in allen neunundsiebzig Zahlensystemen durchführen, die auf diese Art gefundenen Resultate überprüfen, jeden Teilabschnitt seiner Arbeit vermerken und das Ergebnis sofort bekanntgeben.

Die Zentrale war ein runder Saal aus weißem Marmor. An den Wänden flimmerten grünliche Leuchtschirme, auf denen die Ergebnisse der fortschreitenden Operationen abzulesen waren. Von dem Augenblick an, als die ersten perforierten Streifen mit den Befehlen in der Tiefe des Mechanismus verschwanden und die Signallampen aufflammten, bis zu dem Augenblick, in dem die roten Kontrollämpchen erloschen, waren sechshundertdreiundvierzig Stunden ununterbrochener Arbeit vergangen, hatte das Elektronengehirn fünf Millionen Berechnungen in der Sekunde durchgeführt, ohne auch nur ein einziges Mal auszusetzen, während die diensthabenden Wissenschaftler sechsmal täglich wechselten.

Das Riesenmaß der geleisteten Arbeit wiederzugeben ist unmöglich. Es genügt zu erwähnen, daß die Sprache des Rapports weniger an gesprochene Laute als vielmehr an eine ungewöhnliche Musik erinnerte; denn das, was irdischen Worten entsprach, war dort durch verschiedene Töne ausgedrückt. Einige Male erwies sich sogar das riesige Fassungsvermögen des Elektronengehirns zur Durchführung aller erforderlichen Berechnungen als unzureichend. In solchen Fällen schalteten Sicherungen unterirdische Kabel ein, die das Zentralhirn mit anderen Elektronengehirnen in Deutschland verbanden.

Endlich kam der Augenblick, in dem auf den Leuchtschirmen die Ergebnisse auftauchten. Hohe Summtöne alarmierten die Zentrale; aber die diensthabenden Wissenschaftler waren ohnedies von ihren Pulten aufgesprungen, als sie die erste, menschlichem Begriffsvermögen faßbare Entzifferung des Rapports vor Augen sahen. Der erste »Satz«, der auf den Leuchtschirmen erschien, lautete: Silizium, Sauerstoff, Aluminium, Sauerstoff, Stickstoff, Sauerstoff. Das bedeutete also sinngemäß: Erde.

Bei der viermaligen Wiederholung war der Begriff Sauerstoff durch eine wechselnde Anzahl von Schwingungen wiedergegeben. Die Wissenschaftler folgerten daraus, daß es an dieser Stelle um die physikalischen Eigenarten der Erde ging. Silizium- und Aluminiumoxyde sind die Hauptbestandteile der Erdrinde, Sauerstoff und Stickstoff bilden die Lufthülle, Wasserstoff und Sauerstoff die Ozeane. Dieser scheinbar einfache Satz bedeutete aber noch erheblich mehr. Erstens enthielten Begriffe wie Silizium, Aluminium und Sauerstoff bestimmte Zeichen, die, in Verbindung mit einer Formel, Materie schlechthin bezeichnen mußten. Zweitens war dieser ganze, aus acht Ausdrücken bestehende Satz einer bestimmten höheren Funktion untergeordnet, die der einer gekrümmten Oberfläche entsprach. Es handelte sich um die Formel der Kugelfläche, also um die Erdrinde.

Von nun an ging die Entzifferung des Rapports leichter vor sich, obwohl es nicht an Stellen fehlte, die erbitterte Diskussionen auslösten. Im Verlaufe der weiteren Arbeiten trat das Gesamtbild der Erde und des Weltalls immer klarer zutage, zum erstenmal in der Geschichte von Wesen gesehen, die keine Menschen waren. Der Rapport bestand aus mehreren Teilen. Der erste enthielt die physikalische Beschreibung der Erdkugel, des Reliefs der Landmassen, der Gestaltung von Kontinenten und Ozeanen sowie der chemischen Zusammensetzung der Erdrinde. Hier ergaben sich noch keinerlei Schwierigkeiten. Die erste Differenz unter den Übersetzern entstand, als sie zu einer Stelle kamen, wo der Rapport über die irdischen Städte berichtete. Den unbekannten Wesen war es trotz der großen Geschwindigkeit und Höhe des Fluges gelungen, die sinnvolle Bewirtschaftung unseres Planeten, die Fabriken, Häuser, Straßen, ja sogar die Menschen auf den Feldern und Straßen zu beobachten. Eines aber war äußerst rätselhaft: Warum wurden in der Schilderung der wahrgenommenen Erscheinungsformen gerade die Menschen als das Unwesentlichste behandelt? Man schien ihnen die Rolle von Erbauern und Konstrukteuren der irdischen Zivilisation nicht zuzuschreiben. Der Rapport bezeichnete die Menschen als »lange Tropfen« und hielt sie für Teilchen irgendeiner größeren, gleichförmigen Masse, einer »dehnbaren weichen Substanz«, von der sie sich nur zeitweilig in Gestalt jener »Tropfen« losgelöst hätten. Diese Masse mußte den Verfassern des Rapports etwas Bekanntes sein; denn sie sprachen die Annahme aus, daß die Menschen aus einer ähnlichen Substanz bestünden wie... hier folgte ein unübertragbarer Begriff, der in keiner der irdischen Sprachen vorkommt.

Im nächsten Teil des Rapports wurden Städte, Wohnhäuser und verschiedene andere Einrichtungen, wie zum Beispiel das Eisenbahnnetz, Bahnhöfe, Hafenanlagen, so exakt beschrieben, daß die Lesenden große Bewunderung für die Präzision der Beobachtungsinstrumente empfanden, deren sich die Insassen des Weltraumschiffes bedient haben mußten. Auch hier lag der Beschreibung die gleiche, vollkommen unverständliche Umkehrung der Begriffe zugrunde. Die Verfasser des Rapports suchten eifrigst nach den Schöpfern der irdischen technischen Zivilisation, ohne sie in den Menschen auch nur zu mutmaßen. Daß sie die Menschen bemerkt hatten, unterlag keinem Zweifel; denn einige Sätze weiter erwähnten sie: »– im Gesichtsfeld kriecht eine ziemlich große Menge langer Tropfen herum.«

Nach einer genauen Untersuchung dieses Teiles des Rapports kamen die Wissenschaftler zu der Ansicht, daß diese Umkehrung der Begriffe, dieses »Mißverständnis« keineswegs ein Zufall sei, sondern das Geheimnis der unbekannten Wesen berge. Auf eine neue, wenn auch nicht sehr ausgeprägte Spur wurden sie durch eine kurze Bemerkung im weiteren Teil des Rapports geführt. Die Verfasser des Rapports wiederholten ihre Meinung, daß sie nirgends die Schöpfer der technischen Einrichtungen bemerken könnten, und fügten hinzu: »Vielleicht deshalb, weil sie... (hier folgte wieder der unübertragbare Begriff)... Dimensionen sind...« Eben dieser rätselhafte Begriff konnte der Schlüssel zur Lösung des Geheimnisses sein. Die Annahme, daß es sich um ein Adjektiv wie zum Beispiel »klein« oder »winzig« handeln könnte, mußte verworfen werden, da in der Sprache des Rapports Eigenschaftswörter durch anders geformte magnetische Schwingungen ausgedrückt waren. Wenn es aber ein Pronomen war, so konnte der Satz vielleicht lauten: »Weil sie von unserer Dimension sind.«

Die weiteren Untersuchungen zeigten, daß die kleinsten Gegenstände, die die unbekannten Wesen bemerken konnten, sieben bis acht Zentimeter groß waren. Wenn die Verfasser also vermuteten, daß sie die »Schöpfer der irdischen Zivilisation« nur deshalb nicht entdecken könnten, weil sie von ihrer Dimension seien, so ging daraus hervor, daß die unbekannten Wesen selbst verhältnismäßig klein, auf jeden Fall nicht größer als acht Zentimeter waren. Dies blieb die einzige Stelle im Rapport, aus der man auf ihre Größe schließen konnte. Leider erwies sich diese Annahme als brüchig; denn in der Sprache des Rapports wurde nicht ein einziges Pronomen wie »wir«, »ich«, »unser« und so weiter aufgefunden.

Im letzten Teil des Rapports trafen die Übersetzer immer häufiger auf »weiße Flecken«, das heißt auf Stellen, die wegen einer Abschwächung der magnetischen Aufzeichnungen nicht mehr abgelesen werden konnten. Außerdem aber tauchten nun immer mehr Begriffe auf, die mit Hilfe der Analyse der Schwingungen nicht entziffert werden konnten. Hier versagte auch die Methode der »Proben und Fehler«, das Einsetzen wahrscheinlicher Begriffe, eine Methode, die von der gemischten Gruppe von Mathematikern und Sprachwissenschaftlern mit einer hartnäckigen Geduld angewandt wurde.

Den Schluß des Rapports bildete eine kurze, sachliche Beschreibung der Katastrophe, die den Flug des Weltraumschiffes beendet hatte. Es handelte sich um Angaben der Meßinstrumente: gewaltig anwachsende Schnelligkeit des Atomzerfalls, ungeheurer Temperaturanstieg, Störungen in den Antriebsmotoren... Dann wurden die magnetischen Zeichen undeutlich. Es folgte ein kurzer leerer Streifen, zuletzt nur noch zwei deutlich ablesbare Worte: »Sicherung durchgebrannt.«

Wie wir bereits erwähnten, kannten die Gelehrten den Inhalt schon in seinen allgemeinen Umrissen. Da die Übersetzung der bisher noch rätselhaften Abschnitte – von Einzelheiten abgesehen – wahrscheinlich nichts grundsätzlich Neues bringen würde, ging die Übersetzungskommission an die nächste Phase ihrer Arbeiten. Sie teilte sich in drei Sektionen, von denen sich jede der Lösung eines bestimmten Problems zuwandte. Die erste, unter dem Vorsitz des Professors Kluever, hatte die Aufgabe, sämtliches Material über die unbekannten Wesen zu sammeln und zu erweitern.

Diese Sektion bestand vorwiegend aus Naturwissenschaftlern, also Biologen, Zoologen, Botanikern und Ärzten. Auch ein Spezialist auf dem Gebiet der jungen, sich vielversprechend entwickelnden Wissenschaft der Astrobiologie, die Lebenserscheinungen auf anderen Himmelskörpern erforschte, war in diesem Gelehrtenkollektiv vertreten.

Die zweite Sektion kontrollierte die Übersetzung des Rapports und verglich sie mit dem Original, dem berühmten magnetischen Draht, der aus dem Tresor des Instituts für Meteorenforschung hervorgeholt worden war. Die dritte Sektion arbeitete an den bis dahin noch nicht entzifferten Abschnitten des Rapports. Dort waren vor allem Mathematiker und Physiker vertreten; sie hielten ihre Sitzungen hauptsächlich in der Zentrale des Elektronenhirns ab und befahlen diesem, unausgesetzt die kompliziertesten Berechnungen zu verdauen. Dies führte sogar zu einem kleinen Zusammenstoß mit den Biologen, die behaupteten, daß die Physiker das Institut für sich allein in Beschlag genommen hätten und es den anderen unmöglich machten, das Elektronenhirn zu benutzen.

Während sich in der ganzen Welt Millionen Menschen dank Radio, Presse und Fernsehen über den Inhalt des veröffentlichten Teils des Rapports unterrichten konnten, kam es im weiteren Verlauf der Arbeiten in der Übersetzungskommission zu einer Wendung, wie sie niemand erwartet hatte.

Den Anstoß zu der anscheinend wesentlichsten Entdeckung gab eine Diskussion in der biologischen Sektion, zu der als Gast und Berater der berühmte indische Mathematiker Chandrasekar eingeladen worden war. Einer der Gelehrten ging von dem schon vorher erwähnten Abschnitt des Rapports aus, der auf die erstaunlich geringe Größe der unbekannten Wesen hinzuweisen schien. Er vertrat die Ansicht, daß es sich um Insekten handle, die in Gemeinschaft lebten, Wesen wie Bienen oder Ameisen, aber mit unvergleichlich höherer Intelligenz.

Der Vorsitzende der Sektion, Professor Kluever, erwiderte darauf: »Eine große Intelligenz setzt ein großes Gehirn voraus. Die Insekten vermögen jedoch kein größeres Gehirn zu entwickeln, als es ihren sonstigen Körperausmaßen angepaßt wäre. Ihre Atmungsorgane könnten einem Körper, dessen Größe einige Zentimeter übersteigt, nicht genügend Sauerstoff zuführen. Das ist auch der eigentliche Grund, warum keine sehr großen Insekten leben oder einmal lebten.« Sein Gegner wandte ein, daß das Atmungssystem der unbekannten Wesen ein ganz anderes sein könnte. Professor Kluever wiederum entgegnete, daß Insekten, die ein anderes Nerven- und Atmungssystem besäßen als eben Insekten, seiner Meinung nach keine Insekten mehr seien. Ebensogut könnte man dann auch Tiere »mit Nerven-, Blutkreislauf- und Muskelsystem ausgestattete Pflanzen« nennen. Denn was für ein Merkmal bliebe dann in dem einen wie im anderen Fall außer der leeren Benennung übrig?

Es entbrannte eine hitzige Diskussion, in der beide Seiten ihre Argumente zäh verteidigten. Man hätte bereits annehmen können, daß der Abend mit einem fruchtlosen Streit enden würde, als Professor Chandrasekar, der bisher nur schweigend zugehört hatte, ums Wort bat.

»Ich kam mit einer ganz bestimmten Idee hierher«, sprach er, »vielleicht bringt sie etwas Licht in das behandelte Problem. Ich untersuchte die Augenzeugenberichte über den Absturz des tungusischen Meteors sehr genau. Bei allen wurde während der Meteorenerscheinung beobachtet, daß sich die Schatten von Bäumen und Häusern entgegengesetzt zur Flugrichtung des Meteors verlängerten. Daraus folgt: Der Rapport, zumindest aber sein Schluß, kann nicht von Lebewesen verfaßt worden sein.«

Diese Behauptung setzte die Anwesenden in höchstes Erstaunen. Ihre Blicke folgten dem Mathematiker, der an eine Tafel trat, ein größeres Stück Kreide aus dem Kästchen heraussuchte und sofort mit seiner Beweisführung begann: »Im Augenblick der Katastrophe schien die Sonne. Wenn also im Lichte des Weltraumschiffes Gegenstände auf sonnigen Plätzen Schatten warfen, dann war dieses Licht stärker als das der Sonne.« Daraus folgte, daß auch die Temperatur des Schiffskörpers höher als die der Sonne gewesen sein mußte. Die Zeitspanne, während der sich das Schiff im Bereich der Erdatmosphäre befunden hatte, war bekannt. Aus diesen Angaben berechnete der Professor, daß, unabhängig von der Mantelstärke der Rakete, eine Temperatur von nicht weniger als sechshundert Grad in seinem Innern geherrscht hatte. Einer solchen Hitze konnte natürlich kein Lebewesen standhalten. Der Rapport aber war während des ganzen Fluges, bis zum Augenblick der Katastrophe aufgenommen worden. »Daraus ergibt sich«, fuhr der Professor fort, »daß entweder automatisch arbeitende Instrumente die Urheber waren und sich in der Weltraumrakete überhaupt niemand befand oder daß die unbekannten Wesen einen vollkommen anders gearteten Organismus als den der Tiere oder Pflanzen besaßen.«

Die Biologen hatten den Ausführungen Chandrasekars mit gespannter Aufmerksamkeit zugehört. Da sie seine Beweisführung anerkannten, beschlossen sie, am nächsten Tag die Vollversammlung der Übersetzungkommission darüber zu unterrichten.

Als sie aber am nächsten Morgen im kleinen Saal des Instituts erschienen, wurden sie, wie auch die anderen Wissenschaftler, in den großen Säulensaal zu einer außerordentlichen Sitzung mit geheimer Tagesordnung gebeten. Dies erweckte allgemeine Verwunderung, da man während der bisherigen Arbeit der Kommission noch nie so strenge Maßnahmen getroffen hatte. Die Sitzung fand bei verschlossenen Türen, ohne die für gewöhnlich geladenen Gäste statt. Professor Ramon y Carral vom Instituto Nacional del Astronomia in Vera Cruz führte an diesem Tage bei den Beratungen den Vorsitz. Er gab bekannt, daß die dritte Sektion im Verlauf ihrer Arbeiten eine Entdeckung gemacht habe, deren sofortige Überprüfung unerhört wichtig sei, da das Schicksal der ganzen Erde von dem Ergebnis abhängen könne. Dann erteilte er Professor Tsu das Wort.

Der chinesische Physiker sprach nicht von seinem Platz aus durch das Mikrophon, wie es sonst üblich war, sondern stieg auf das Präsidialpodium. Mit seiner nicht sehr lauten, aber überall im Saal gut vernehmbaren Stimme erklärte er, daß er durch die dritte Sektion ermächtigt worden sei, der verehrten Versammlung eine Entdeckung zu unterbreiten, deren Tragweite noch nicht abzuschätzen sei.

Die großen Worte, mit denen Professor Ramon y Carral den Vortrag eingeleitet hatte, wunderten niemanden besonders; denn das südländische Temperament des alten mexikanischen Astronomen war bekannt. Dagegen elektrisierten bereits die ersten Sätze des Physikers alle Anwesenden. Lao Tsu war als einer der nüchternsten und kritischsten Denker der Übersetzungskommission bekannt. Lao Tsu berichtete, daß es der dritten Sektion gelungen war, jene Drahtteile des Rapports, deren Magnetisierung unkenntlich geworden war, mittels Röntgenfotografie lesbar zu machen. Anschließend gab er den Wortlaut des Abschnittes bekannt, der mit Hilfe dieser neuen Methode entziffert werden konnte. Er lautete: »Nach dem zweiten Umdrehungselement wird die Bestrahlung des Planeten aufgenommen. Wenn die Intensität der Ionisierung auf die Hälfte gefallen ist, beginnt die ›Große Bewegung‹...«

In dem dichtbesetzten Saal herrschte Totenstille. Kein Atemzug, nicht einmal das übliche Knarren der Sessel war zu hören. Einige der Wissenschaftler hatten vor Spannung die Augen geschlossen und hielten ihre Kopfhörer mit beiden Händen an die Ohren gepreßt. Andere notierten sich fieberhaft die Worte des chinesischen Physikers. Nachdem Lao Tsu den übersetzten Abschnitt zweimal wiederholt hatte, erklärte er, daß die dritte Sektion geneigt sei, den Text wie folgt zu verstehen: »Unter dem Umdrehungselement ist irgendeine Zeiteinheit von längerer Dauer anzunehmen, die man möglicherweise mit einem Erdenjahr vergleichen kann. Was bedeutet der Begriff ›Bestrahlung des Planeten‹? Selbstverständlich die Einwirkung einer Art Strahlungsenergie, die eine Ionisierung hervorruft. Um welchen Planeten handelt es sich? Das steht nicht eindeutig fest, da der Abschnitt zu den rekonstruierten gehört, zu einem Teil des Rapports, der vorher völlig unleserlich war. Bestimmte Anzeichen sprechen aber dafür, daß es sich um unseren Planeten, die Erde, handelt. Welchem Zweck könnte eine solche Bestrahlung dienen? Auch darüber läßt sich nichts Genaues sagen. Die unbekannten Wesen drücken anscheinend die Absicht aus, gewaltige Energieballungen gegen die Erde zu richten. Wenn die Einwirkung nach einer bestimmten Zeit nachläßt, soll die ›Große Bewegung‹ beginnen. Sollte unter dem Begriff ›Große Bewegung‹ eine Invasion auf unseren Planeten zu verstehen sein, so kann der vorliegende Abschnitt nur eine Bedeutung haben. Die unbekannten Wesen verfolgen das Ziel, alles irdische Leben zu vernichten, um sich selbst auf der Erde anzusiedeln.«

Das alles klinge phantastisch und unwahrscheinlich, sagte der Physiker, auch hingen einzelne Glieder dieser Gedankenkette, aus denen sich Schlüsse über eine Invasion auf die Erde ergäben, nur lose zusammen. Gleichwohl dürfe man in dieser Situation, da es um etwas in der Geschichte bisher völlig Unbekanntes, nämlich um die Bedrohung der gesamten Menschheit gehe, nicht übermäßig kritisch sein und nicht schärfste wissenschaftliche Strenge bei der Beurteilung anwenden. Es handle sich um eine so ungeheure Gefahr, daß ihre Möglichkeit auch dann untersucht werden müsse, wenn sie sehr unwahrscheinlich anmute.

Nachdem Professor Lao Tsu seine Ausführungen beendet hatte, ergriff der Vorsitzende, Professor Ramon y Carral, das Wort und ermahnte die Anwesenden zur Ruhe und Besonnenheit. Dann begann die Diskussion.

Einige der Gelehrten hielten zwar die gezogenen Schlußfolgerungen für an sich richtig, vertraten aber den Standpunkt, daß die Lage durchaus nicht bedrohlich erscheine. Dieses Weltraumschiff sei nur ein erster Kundschafter gewesen, und eine Masseninvasion auf die Erde wäre sicher erst nach einer glücklichen Rückkehr von dieser Expedition in Aussicht genommen worden. Auf Grund der Katastrophe aber müßte die Gefahr, falls eine solche jemals bestanden habe, vorüber sein. Als besten Beweis dafür bezeichneten sie die Tatsache, daß seitdem beinahe hundert Jahre in vollständiger Ruhe verflossen waren. – Andere Gelehrte gaben zu bedenken, daß einige Dutzend Jahre nur für menschliche Begriffe einen verhältnismäßig langen Zeitabschnitt bedeuten. Es könne ebensogut der Fall sein, so argumentierten sie weiter, daß ein Umdrehungselement mehreren Jahrhunderten gleichkomme. Die unbekannten Wesen konnten ja sehr langlebige Geschöpfe sein. Wo war die Sicherheit, daß sie ihr Dasein nicht nach Tausenden von Jahren bemaßen?

Der Vorsitzende bat die Mitglieder der ersten Sektion, ihre Meinung über die Natur der unbekannten Wesen zu äußern, der Wanderer aus dem Weltall, die sich plötzlich in Todfeinde der Menschheit verwandelt hatten.

Professor Chandrasekar, von den Biologen delegiert, machte die Versammlung mit seiner Beweisführung bekannt. Daraufhin bemerkte einer der Physiker, das Problem sei möglicherweise von Anfang an unter völlig falschen Voraussetzungen in Angriff genommen worden. Vielleicht sei das Weltraumschiff nichts als ein riesiges, mechanisches Hirn gewesen, mit der Initiative und der Befähigung zu selbständigem Handeln ausgestattet. Die Schöpfer brauchten sich also keineswegs an Bord befunden zu haben. Bei einer solchen Auffassung ergaben sich alle Eigenarten des Rapports als Merkmale des mechanischen Hirns, das ihn aufgezeichnet hatte, und von den unbekannten Wesen war nach wie vor so gut wie nichts bekannt. Die ganze Angelegenheit kehrte somit zu ihrem Ausgangspunkt zurück.

Die Übersetzungskommission befand sich in einer unerhört schwierigen Lage. Wie sollte sie sich zu dem Problem einer möglichen Invasion verhalten? War die Menschheit tatsächlich in Gefahr? Es war durchaus möglich, daß die unbekannten Wesen einstmals beabsichtigt hatten, die Erde zu kolonisieren. Waren aber diese Absichten überhaupt ausführbar?

Um ein Uhr nachts unterbrach der Vorsitzende die Diskussion. Er erklärte abschließend, daß die nächste Versammlung erst in zwei Tagen stattfinden werde, wahrscheinlich würde das Kollektiv der Astrophysiker, verstärkt durch die besten Mathematiker, dann bereits der Vollversammlung neue Tatsachen in bezug auf die Herkunft der unbekannten Wesen vorlegen können.

Fast keiner wußte, daß die Astrophysiker schon seit Mitternacht des vorangegangenen Tages, das heißt von dem Augenblick an arbeiteten, in dem das Präsidium der Kommission von dem letzten Abschnitt des Rapports Kenntnis erlangt hatte.

Im obersten Stockwerk des Mathematischen Institutes waren elf Gelehrte, isoliert von der Außenwelt, ununterbrochen tätig.

Für die Zeit, in der Lao Tsu und Chandrasekar an der Vollversammlung der Übersetzungskommission teilnahmen, leitete der Astrophysiker Arsenjew die Arbeiten, die mit dem Elektronenhirn durchgeführt wurden. Er verglich die Zahlenwerte über die Flugbahn der Rakete, die vermutliche Geschwindigkeit und Antriebsenergie mit den Sternkarten des Jahres 1908. Diese außerordentlich schwierige Berechnung, die darauf beruhte, unausgesetzt einige bestimmte Größen aus vielhunderttausend möglichen auszuwählen, wurde nach 29 Stunden rastloser Arbeit gelöst. Anderthalb Tage nach jener denkwürdigen Sitzung, auf der die Mitglieder der Kommission die unheilvolle Meldung aus dem Weltall vernommen hatten, standen drei Wissenschaftler vor dem Leuchtschirm des Elektronenhirns und lasen die letzten Zeichen des Resultats ab. Schweigend blickten sie sich an. Arsenjew trat näher und spähte nochmals in die grünflimmernde Öffnung des Kathodenschirmes. Es konnte keinen Zweifel mehr geben: Die Rakete war aus unserem Sonnensystem abgeschossen worden, und zwar von einem Planeten, dessen Bahn innerhalb der Erdbahn lag. Es kamen also nur zwei in Frage, Merkur und Venus. Die Wissenschaftler beugten sich erneut über die metallenen Tische, kurze Worte fielen.

Auf den Steuerpulten hoben und senkten sich die weißen Tasten der Kontakte. Mit kaum wahrnehmbarem Geräusch schalteten sich Tausende neuer Stromkreise in die Arbeit ein.

In den breiten Schlitzen der Schalttafeln glühten purpurrot die Kontrollämpchen.

Als auf den Leuchtschirmen die letzten weißen Linien zitterten, war alles klar. Merkur kam nicht in Betracht. Dieser vulkanische, aus Asche und Lava bestehende Planet liegt der Sonne am nächsten und kehrt ihr immer die gleiche Halbkugel zu. Eine Atmosphäre besitzt der Merkur nicht. Es blieb also nur der von leuchtendweißen Wolken umhüllte Planet übrig, der seine Oberfläche seit jeher dem menschlichen Auge verbirgt: der Morgen- und Abendstern, die Venus.

Der Planet Venus

Mitternacht war vorüber. Die Sitzung der Kommission dauerte bereits sieben Stunden. Auf den Tischen lagen ganze Stöße von Zeichnungen, Aufstellungen und Filmstreifen. Als die Mitglieder der astronomischen Sektion den Saal betraten, verstummten die Anwesenden. Alle blickten auf Arsenjew, Chandrasekar und Lao Tsu, doch aus deren Gesichtsausdruck war nichts zu entnehmen. Von einer Anzahl Mitarbeitern und Assistenten gefolgt, begaben sie sich zu ihren Plätzen. Als Arsenjew das Ergebnis der Berechnungen mitteilte, herrschte tiefe Stille.

»Es handelt sich also um die Venus?« fragte jemand im Saal.

Arsenjew antwortete nicht; er setzte sich und breitete die mitgebrachten Papiere vor sich aus.

»Besteht nicht die Möglichkeit eines Irrtums?« fragte dieselbe Stimme am Tisch der Biologen.

Dozent Sturdy, ein kleiner Mann mit rotem Gesicht und buschigem Haar, hatte die Fragen gestellt.

»Das Elektronenhirn kann sich hier und da irren«, entgegnete Arsenjew. »Allerdings entfällt im Durchschnitt erst auf sechs Trillionen Berechnungen ein Fehler. Wir ziehen aber auch diese Möglichkeit in Betracht und werden noch heute nacht die Berechnungen wiederholen.«

»Daran dachte ich weniger«, beharrte der Biologe. »Mir geht es um die theoretischen Grundlagen der Berechnungen. Kann nicht darin ein Fehler stecken?«

Arsenjew glättete mit beiden Händen die vor ihm liegenden Papiere. Er war eine der charakteristischsten Persönlichkeiten der Kommission. Hellblond, riesengroß, mit leicht vornübergeneigten Schultern, schien er nach den längst verschollenen Proportionen eines edlen Übermaßes gebaut. In seinem dreißigsten Lebensjahr hatte er bereits sein Hauptwerk vollendet, das durch eine neue Theorie eine Reihe ultraatomarer Erscheinungen erklärte. Arsenjew zählte nun siebenunddreißig Jahre. Sogar im Sitzen überragte er seine Nachbarn noch um Hauptes länge. Er blickte den Opponenten eine Weile schweigend an, als bereite er sich zu einer ausführlichen Entgegnung vor. Alle überlief ein leichter Schauer, als Arsenjew mit seiner tiefen Stimme nur das eine Wort sprach: »Nein.«

Professor Kluever, ein Leipziger Biologe, der an diesem Tag den Vorsitz führte, schlug vor, daß einer der Astronomen den Nichtfachleuten alles über den Planeten Venus mitteilen möge, was mit dem zur Beratung stehenden Problem zusammenhing. Der Vorschlag wurde angenommen. Die Sektion der Astrophysiker wählte nach kurzer Beratung Dr. Behrens, der sich sofort von seinem Platz erhob und das Mikrophon einschaltete. Er war noch ein jugendlicher Mensch, von fast jungenhaftem Aussehen, schlank, beinahe hager, mit fahrigen Bewegungen. Während seines Vortrages spielte er mit seiner Brille und blickte, wie es bei Kurzsichtigen der Fall ist, unsicher um sich. Arsenjew, der inzwischen mit einigen Kollegen geflüstert hatte, neigte seine Riesengestalt über die Armlehne des Sessels und gab den Assistenten irgendwelche Anweisungen, die sie stenografierten. Dann entfernten sie sich auf den Fußspitzen. Obwohl alle Anwesenden Dr. Behrens aufmerksam zuhörten, war Unruhe im Saal zu spüren. Köpfe neigten sich einander zu, da und dort wurde gewispert. Unterdessen sprach der junge Astronom zu den Versammelten, während seine Rede automatisch in fremde Sprachen übersetzt wurde.

»Die Venus«, begann er, »der zweite Planet unseres Sonnensystems, besitzt einen um drei Prozent kleineren Durchmesser und eine um dreiundzwanzig Prozent geringere Masse als die Erde. Da sie sich am Himmel immer in Sonnennähe befindet, ist sie ein undankbares Objekt für die Beobachtung. Ihre Entfernung von uns schwankt zwischen zweihundertfünfzig Millionen Kilometern bei größter Erdferne und vierzig Millionen Kilometern bei Erdnähe.«

Hier blickte Dr. Behrens leicht mißtrauisch zu den Sprachwissenschaftlern hinüber. Er wußte nicht recht, ob sie die astronomischen Fachausdrücke auch verstehen würden. Die ergrauten Gelehrten hörten aber mit solcher Aufmerksamkeit zu, daß er befürchtete, sie durch nähere Erläuterungen zu kränken. Er fuhr also fort: »Nach dem neuesten Stand der Forschungen beträgt ein Venustag achtzehn Erdentage, das heißt, die Umdrehungsgeschwindigkeit ist achtzehnmal geringer als die der Erde. Mit den optischen Methoden war es früher unmöglich, dies festzustellen, da die eigentliche Oberfläche des Planeten nie sichtbar wird. Sie ist von einer dichtgeschlossenen Wolkendecke umhüllt. In letzter Zeit versuchte man, mit Hilfe von Teletaktoren bis zur Oberfläche der Venus vorzudringen. Den geschätzten Kollegen ist sicher bekannt, daß es sich hierbei um den neuen Typ eines Radarteleskopes handelt, das ultrakurze Radiowellen sendet. Aber auch diese Versuche mißlangen und bestätigten erneut die seinerzeitige Annahme Wildts, daß die Wolken der Venus nicht aus Wasserdampf oder sonst einer tropfbarflüssigen Substanz bestehen, sondern sich aus größeren beständigen und festen Teilchen zusammensetzen, aus Kristallen, die Strahlen sehr stark reflektieren und zerstreuen. Deshalb besitzt die Venus einen so intensiven Glanz und ist nach der Sonne und dem Mond der am hellsten leuchtende Himmelskörper. Die Atmosphäre dieses Planeten gleicht hinsichtlich ihrer Ausdehnung der Erdatmosphäre, unterscheidet sich aber von dieser in bezug auf ihre chemische Zusammensetzung grundsätzlich. Die spektroskopische Analyse stellte in der Venusatmosphäre nicht mehr als fünf Prozent der in unserer Atmosphäre vorhandenen Menge an Wasserdampf und Sauerstoff fest. Dafür bildet das Kohendioxyd, von dem bei uns kaum 0,03 Prozent nachweisbar sind, auf der Venus den Hauptbestandteil der Atmosphäre. Es wäre nun noch die Zusammensetzung der Wolken zu erörtern, die lange Jahre hindurch ein unlösbares Rätsel war. Die Kenntnisse, die wir heute darüber besitzen, gestatten uns, anzunehmen, daß diese Wolken aus schneeflockenähnlichen Kristallen des Formaldehyds oder, besser gesagt, aus der Verbindung bestehen, die Formalin unter dem Einfluß ultravioletter Strahlen bildet. Da sich die Venus nur sehr langsam um ihre Achse dreht, entstehen zwischen der Tag- und Nachthälfte Temperaturunterschiede bis zu neunzig Grad. Sie verursachen außerordentlich starke Bewegungen in der Atmosphäre, besonders an der Tagundnachtgrenze, das heißt dem Gebiet, das die beschienene Halbkugel von der unbeschienenen trennt. Man kann deshalb annehmen, daß jede Morgen- und Abenddämmerung auf der Venus von ungeheuren Orkanen und Gewittern begleitet wird. Der Wind kann dort eine Stundengeschwindigkeit von zweihundertfünfzig Kilometern erreichen, eine Geschwindigkeit, der man auf der Erde nur bei den heftigsten Schneestürmen in der Nähe des Südpols begegnet. Über die Oberflächengestaltung des

Planeten können wir unseren Herren Kollegen leider nichts Bestimmtes mitteilen. In letzter Zeit veröffentlichten Jellington und Schraeger eine sehr interessante Arbeit darüber. Sie nehmen an, daß die feste Rinde der Venus aus einem Stoff aufgebaut sein könnte, der hier auf der Erde ein künstliches Produkt von Menschenhand ist, aus einer plastischen Masse nämlich, die dem Galatith und Vinolit ähnelt. Ich teile dies meinen verehrten Kollegen gewissermaßen als eine Art Kuriosum mit, denn wir besitzen keinerlei Beweise zur Unterstützung einer solchen Hypothese.«

Kaum hatte Dr. Behrens mit einer unbeholfenen Verbeugung wieder Platz genommen, als auch schon der Dozent Sturdy ums Wort bat, der vorher Arsenjew über die Möglichkeit eines Irrtums in den Berechnungen befragt hatte.

»Der Vortrag des Herrn Dr. Behrens hat meine Vorbehalte voll und ganz bestätigt«, meinte er. »Es ist offensichtlich, daß die darin zum Ausdruck gekommenen physikalischen Bedingungen, besonders aber der Mangel an Sauerstoff und Wasser wie auch das Vorhandensein von Wolken, die aus diesem Planeten geradezu ein Formalinreservoir machen, jede Existenzmöglichkeit und somit auch das Vorhandensein lebender Wesen ausschließen. Herr Dr. Behrens, Sie sind doch der gleichen Meinung, nicht wahr?«

Dr. Behrens nahm wieder seine Brille ab und putzte sie sorgfältig. Dann antwortete er Sturdy: »Gegen Ende des neunzehnten Jahrhunderts schrieb ein hervorragender Gelehrter eine äußerst logisch aufgebaute Abhandlung, in der er ›bewies‹, daß der Mensch nie imstande sein werde, ein Flugzeug zu bauen, das schwerer sei als die Luft, und daß sich ein solches, selbst wenn seine Konstruktion gelingen sollte, niemals von der Erde loslösen könnte. Selbst dann, wenn es sich, was an sich vollkommen ausgeschlossen wäre, entgegen allen Voraussetzungen doch in die Luft erheben sollte, selbst dann bestünde keine Möglichkeit, es zu lenken. Weil ich«, so schloß Dr. Behrens, »diesem Gelehrten nicht ähneln möchte, ziehe ich es vor, dem Herrn Dozenten die Antwort auf seine Frage schuldig zu bleiben.«

»Die giftige Atmosphäre der Venus schließt doch aber jedes Leben aus«, sträubte sich Sturdy. »Anstatt sich mit Anekdoten zu beschäftigen, wäre es besser, zu den Tatsachen überzugehen! Tatsache ist, daß vor fast hundert Jahren eine Weltraumrakete auf die Erde fiel...«

»In der sich, wie Professor Chandrasekar nachwies, keine Lebewesen befanden«, unterbrach ihn sein Nachbar.

»Gut! Einverstanden! Die Rakete konnte aber nicht von der Venus stammen, denn dann müßten ja auch ihre Konstrukteure, das heißt also *Lebewesen* diesen Planeten bewohnen. Das ist doch selbstverständlich!« Für eine Weile war nur das beschleunigte asthmatische Atmen des alten Biologen in allen Kopfhörern zu vernehmen. Und dann sagte Arsenjew, seine dichten Augenbrauen zusammenziehend, zum zweitenmal seit Beginn der Beratung kurz und bestimmt: »Nein.«

Er maß den verblüfften Dozenten mit einem ruhigen Blick und fügte hinzu: »Das ist nicht selbstverständlich.«

So viel Nachdruck und Sicherheit lag in Arsenjews Stimme, daß die Gelehrten vor dem Bild, das er heraufbeschwor, dem Bild einer unfaßbaren, umheimlichen Welt, in der denkende, schaffende und doch tote Wesen existierten, für Sekunden wie gelähmt erstarrten.

Der Vorsitzende, Professor Kluever, stand auf, blickte zuerst nach der einen, dann nach der anderen Seite des Saales und hob die Hand: »Verehrte Kollegen, soeben wurde der dringende Antrag gestellt, der Vollversammlung der Übersetzungskommission drei Fragen vorzulegen, über die getrennt diskutiert werden soll. Erstens: Kann man annehmen, daß die unbekannten Wesen darauf abzielen, das Leben auf der Erde zu vernichten? Zweitens: Ist unter solcher Voraussetzung anzunehmen, daß der Menschheit von dieser Seite tatsächlich Gefahr droht? Drittens: Wenn das der Fall ist, was können wir dagegen tun?«

Der Dozent Dschugadse aus der Sektion der Logiker bat ums Wort. »Ich bin der Ansicht«, führte er aus, »daß nur die erste Frage auf dem Wege einer Abstimmung entschieden werden kann, da es hier mehr um unsere Überzeugungen als um Fakten geht. Wir kennen die Sprache des Rapports zuwenig, um voll und ganz der richtigen Auslegung des Abschnittes, in dem von einer sogenannten Invasion auf die Erde die Rede ist, sicher zu sein. Da wir die Wahrheit nicht genau kennen, sind wir auf Vermutungen angewiesen, und deshalb können wir alle unsere Meinung über dieses Thema aussprechen.

Die anderen Fragen hingegen kann man nicht auf diese Weise entscheiden, genauso wie man auch nicht durch eine Abstimmung entscheiden kann, ob das Dach dieses Gebäudes aus Glas oder Metall besteht. Um dies festzustellen, müßte der Architekt gefragt werden, der es gebaut hat. Es handelt sich hier um Fakten, die nur den Spezialisten bekannt sind. Also müssen sich die Spezialisten in dieser Angelegenheit äußern.«

Der Vorschlag des Logikers wurde angenommen. Da der Saal mit einer besonderen Einrichtung ausgestattet war, ging die Abstimmung außerordentlich rasch vor sich. Jeder der Anwesenden hatte auf seinem Pult drei Knöpfe vor sich. Drückte er auf den linken, so stimmte er mit Ja, auf den rechten, mit Nein. Betätigte er den mittleren, so bedeutete dies Stimmenthaltung.

Als der Vorsitzende das Zeichen zur Abstimmung gab, streckten alle die Hand nach den Knöpfen aus, und schon nach wenigen Sekunden zeigte ein Automat das Ergebnis an. Von den sechsundsiebzig Mitgliedern der Kommission hatten achtundsechzig die erste Frage mit Ja und zwei mit Nein beantwortet. Sechs enthielten sich der Stimme. Es war eine charakteristische Tatsache, daß die Stimmenthaltungen ausnahmslos von den Logikern kamen. Die überwältigende Mehrheit vertrat demnach die Ansicht, daß der unheilvolle Abschnitt des Rapports von einer beabsichtigten Invasion auf die Erde sprach. Nach Bekanntgabe des Abstimmungsergebnisses vertagte der Vorsitzende die Fortsetzung der Debatte bis zum Abend des nächsten Tages. Bis zu diesem Zeitpunkt sollte ein Komitee zur Abfassung der Antworten auf die zweite und dritte Frage gebildet werden. Die Astrophysiker, Atomphysiker, Chemiker, Technologen und Ingenieure konstituierten sofort eine Sondersektion, die im »Kleinen Saal« des Instituts die ganze Nacht über, bis elf Uhr vormittags, beriet. Erst dann begaben sich ihre Mitglieder zur Ruhe, um an der Vollversammlung um zweiundzwanzig Uhr teilnehmen zu können.

Am Abend berichtete Professor Lao Tsu über die Arbeit der Sondersektion. In den Gesichtern seiner Kollegen waren deutliche Spuren von Schlaflosigkeit zu erkennen. Er allein sah in dem nicht sehr gutsitzenden dunklen Anzug, mit dem schwarzen, straffgekämmten Haar wie immer aus.

»Bevor ich auf das Hauptproblem eingehe«, sprach Lao Tsu, »möchte ich mir gestatten, auf eine Interpellation zu antworten, die mir vor einer Woche vorgelegt wurde. Sie ist unterschrieben vom Kollegen Sturdy und einigen Mitgliedern der sprachwissenschaftlichen Sektion. Beachten Sie bitte, welche logischen Schlußfolgerungen diese Kollegen ziehen: Da die physikalischen Bedingungen auf der Venus für uns tödlich wären, müßten umgekehrt auch die Bedingungen auf der Erde für die Venusbewohner tödlich sein. Daraus ergibt sich, daß kein vernünftiger Grund diese anscheinend doch sehr vernünftigen Wesen dazu bewegt haben könnte, auf die Erde zu kommen, da ja für sie nichts Gutes daraus entstehen würde.

Meine verehrten Kollegen, zu dem ersten Teil dieser Beweisführung kann ich nur eines sagen: non sequitur! Das folgt nicht daraus! Die geschätzten Kollegen meinen, wenn sie nicht auf der Venus leben können, dann können auch die Bewohner der Venus nicht auf der Erde leben. Das folgt nicht aus dieser Prämisse. Wir können zwar nicht im Wasser leben, aber die Fische mit Kiemen- und Lungenatmung können auf dem Lande leben. Ich muß mein Bedauern ausdrücken, daß der Dozent Sturdy seine Partei nicht wenigstens durch einen Logiker verstärkt hat.« Ein leises Gemurmel durchlief den Saal. Der chinesische Gelehrte sprach mit unerschütterlicher Ruhe weiter: »Es bleibt noch das Problem zu lösen, ob sich für die Bewohner der Venus tatsächlich nichts Gutes auf der Erde hätte ergeben können. In der Hoffnung, daß ich die verehrte Versammlung nicht langweile, möchte ich mir hier gestatten, eine alte Parabel meines großes Landsmannes, des Philosophen Tschuangtse, zum besten zu geben:

Zwei Philosophen standen einmal auf einer kleinen Brücke, die über einen klaren Bach führte, und sahen dem Spiel der Fische zu. Da sagte der eine: ›Sieh nur, wie die Fischlein dort im Kreise herumschwimmen und plätschern. Das ist ein Vergnügen für sie.‹ – Darauf versetzte der zweite: ›Woher weißt du, was für die Fische ein Vergnügen ist?‹ – ›Und wieso weißt du‹, entgegnete ihm der erste, ›der du doch nicht ich bist, daß ich nicht weiß, was den Fischen Vergnügen bereitet?‹ –

Ich, verehrte Kollegen, stehe auf dem Standpunkt des zweiten Philosophen. Ich kann unseren geschätzten Kollegen

Sturdy nur darum beneiden, daß er so genau weiß, was für die Venusbewohner ein Vergnügen ist.«

Ein gedämpftes Lachen der Versammelten antwortete ihm. Lao Tsu legte die Karte mit dem Einwand Sturdys beiseite und fuhr ruhig und unbeirrt fort: »Es wurden uns zwei Fragen gestellt. Ich sage ›uns‹, da ich im Namen der Sondersektion spreche. Wir haben diese beiden Fragen zusammengefaßt und als eine einzige behandelt. Das Kernproblem ist, ob man von einem Planeten aus einen anderen vernichtend treffen, das Leben auf ihm paralysieren kann. Diese Frage beantworten wir mit einem Ja; man kann es. Einige von den verehrten Anwesenden hatten das Vergnügen, unsere große Bewatronstation zu besuchen. Sie werden wissen, daß wir dort vor anderthalb Jahren mit dem Bau einer gewaltigen Anlage begannen, die uns gestattet, schnelle Deuteronen als geballte Elektronenladungen in den Weltraum zum schleudern. Wir beabsichtigen, eine Ladung schneller Deuteronen auf die Pallas abzuschießen, einen der kleinen Planeten, die zwischen Mars und Erde um die Sonne kreisen. Das Geschoß muß die Pallas vollkommen in Staub verwandeln. Wir erwarten, daß diese Reaktion uns die Möglichkeit gibt, einen kleinen Spiralnebel zu beobachten, und werden also künstlich ein Modell schaffen, an dem wir die Bildung von Planetensystemen studieren können. Dieses Projekt ist bereits so weit fortgeschritten, daß man den Versuch wagen kann. Ich erwähne es deshalb, weil es klar und eindeutig die Möglichkeit beweist, einen Planeten von einem anderen aus zu vernichten. Die Pallas besitzt zwar nur einen Durchmesser von kaum vierzig Kilometern, im Gegensatz zu Venus und Erde mit zwölftausenddreihundert beziehungsweise zwölftausendsechshundert Kilometern. Während es bei der Pallas darum geht, das kleine Gestirn in Atome zu zertrümmern, käme es bei einem Planeten wie der Erde nur darauf an, jegliches Leben auszuschalten. Und dazu würde es genügen, ihn mit einer Deuteronenladung zu bestrahlen, die doppelt so groß sein müßte wie die, die wir auf den Planeten Pallas abzuschießen gedenken. Deshalb beantworten wir beide uns gestellten Fragen mit Ja.

Die Sektion, deren Ansichten ich ausspreche, ist der Meinung, daß uns drei Wege des Handelns offenstehen. Zuerst drängte sich uns der Gedanke auf, eine Botschaft in der magnetischen Sprache des Rapports abzufassen und mit Hilfe einer ferngelenkten Rakete auf die Venus zu senden. Der Wortschatz aber, über den wir in dieser Sprache verfügen, ist leider unzureichend und erlaubt uns nicht, das auszudrücken, was wir den Bewohnern der Venus in einem solchen Dokument mitteilen müßten. Die Versuche, die in der vergangenen Nacht durchgeführt wurden, bestätigen es. Man könnte freilich die Botschaft auch in einer der irdischen Sprachen abfassen; aber es ist sehr ungewiß, ob die Bewohner der Venus versuchen würden, sie mit einem derartigen Aufwand an Sorgfalt und Mühe zu entziffern, wie wir es bei ihrem Rapport getan haben. Zweitens können wir das Raumschiff zur Venus entsenden, das schon seit einem Jahr Probeflüge unternimmt und bereits den Flug Erde-Mond-Erde, ohne zu landen, durchgeführt hat. Wie den verehrten Herren Kollegen bekannt ist, denke ich hierbei an den ›Kosmokrator‹, der in den ersten Monaten nächsten Jahres nach dem Mars starten soll. Es besteht noch eine dritte Möglichkeit, und zwar die, von einer Bewatronstation aus eine volle Deuteronenladung auf die Venus abzuschießen. Dieser Weg wäre natürlich der einfachste und radikalste. Unsere Sondersektion hält jedoch ein derartiges Vorgehen schon deshalb für ungerechtfertigt, weil die sogenannte Invasion der Venusbewohner auf die Erde einstweilen nur eine durch nichts bestätigte Hypothese ist.«

Der Physiker verstummte. Einer der Gelehrten benutzte die eingetretene Pause und fragte, ob es nicht möglich wäre, zur Entscheidung dieser Kernfrage sich des Elektronenhirns zu bedienen.

»Das ist leider nicht möglich«, antwortete Lao Tsu. »Weder das Elektronenhirn noch irgendein anderer Apparat besitzt die Fähigkeit, dürftiges Wissen in ergiebiges zu verwandeln.«

Der Chinese senkte den Kopf. »Damit beende ich die Berichterstattung der Sondersektion.« Er schwieg, setzte sich aber noch nicht; er blickte sich im Saal um, zwinkerte einige Male mit den Augen und sagte dann: »Als Mitglied der Übersetzungskommission wünsche ich nun, der Versammlung folgende Frage zur Abstimmung vorzulegen.« Er blickte auf den Zettel, den er in der Hand hielt, und las: »Die Mittel, über die wir verfügen, sind so gewaltig, daß wir uns in bezug auf unsere technischen Möglichkeiten vollständig frei bewegen können. Das bedeutet, daß die Wahl unserer Abwehrmittel gegen die unbekannten Wesen durch keinerlei Bedenken materieller Art behindert ist. Daher verschiebt sie sich auf das Gebiet moralischer Wertung und Beurteilung: Sollen wir in dieser Situation als erste angreifen oder aber eine friedliche Lösung des Konflikts anstreben, selbst dann, wenn ein solches Vorgehen mit großen Schwierigkeiten oder Gefahren verbunden ist?«

Lao Tsu ließ die Hand mit dem Zettel sinken. In die Stille klang das leise Ticken des großen Chronometers, das hoch über den Köpfen der Mitglieder des Präsidiums hing.

»Über diese Frage bitte ich abstimmen zu lassen. Ich weiß, daß wir nicht ermächtigt worden sind, einen derartigen Beschluß zu fassen; aber ich bin überzeugt, daß die Menschheit unseren Ansichten Beachtung schenken wird. Das ist alles, was ich noch zu sagen hatte.«

Der Vorsitzende erklärte, daß das Präsidium den Bericht der Sondersektion zur Kenntnis nehme, dankte ihr für die geleistete Arbeit und stellte gleichzeitig im Verlauf der weiteren Beratungen den von Professor Lao Tsu verlesenen Antrag zur Diskussion. Da keine Abänderungsvorschläge kamen, wurde über die beiden Möglichkeiten abgestimmt. Es war inzwischen fast drei Uhr nachts geworden. Die Wolken, die vordem heller als der Himmel gewesen waren, wurden dunkel. Hinter den hohen Fenstern des Saales zeichnete sich im Osten die Grenze zwischen Himmel und Erde in Gestalt eines tiefen, von violetten Nebeln umrahmten Risses ab.

Der Vorsitzende ließ, während er mit seinem Sekretär sprach, keinen Blick vom Leuchtschirm der Abstimmungsapparatur. Als das Zählwerk bestätigte, daß alle abgestimmt hatten, erhob er sich: »Sechsundsiebzig Stimmen wurden für eine friedliche Lösung des Konfliktes abgegeben. Diese Entscheidung ist natürlich nicht die endgültige. Aber darum geht es im Augenblick nicht. Seit ungefähr achthunderttausend Jahren lebt das Menschengeschlecht auf der Erde. Während eines an Mühsalen und Leiden reichen Weges lernten Generationen auf Generationen nicht nur die Naturkräfte zu beherrschen, sondern auch die gesellschaftlichen Kräfte zu lenken und zu einer friedlichen Zusammenarbeit der Völker zu kommen. Es ist uns aber nicht beschieden, nun auszuruhen und uns mit dem Erreichten zufriedenzugeben. Gleich an der Schwelle dieser neuen Ära kam es zu einer ersten Berührung der menschlichen Zivilisation mit einer außerirdischen. Dabei wurde ein Vernichtungsurteil über uns gesprochen. Was sollen wir tun? Sollen wir die Drohung, die von einem anderen Planeten ausging, mit einem Schlag, der die Angreifer vernichtet, beantworten? Wir könnten das um so leichter und unbehinderter, als wir es mit Wesen zu tun haben, die gänzlich verschieden von uns sind, denen wir weder menschliche Gefühle und Empfindungen noch geistige Fähigkeiten in unserem Sinne zusprechen können. Und dennoch haben wir, vor die Wahl zwischen Krieg und Frieden gestellt, den Frieden gewählt. In dieser Entscheidung erblicke ich das feste Band, das den Menschen mit dem Weltall verbindet. Die Epoche, in der wir die Erde für ein vor allen anderen auserwähltes Gestirn betrachteten, ist vorüber. Wir wissen, daß in der Unermeßlichkeit des Raumes Milliarden Welten kreisen, die der unseren ähnlich sind. Was tut es, daß die auf ihnen bestehenden Formen tätigen Daseins, die wir Leben nennen, uns nicht bekannt sind. Wir Menschen halten uns weder für besser noch für schlechter als die anderen Bewohner des Weltalls. Es läßt sich nicht leugnen, daß mit unserem Entschluß ein noch nicht absehbares Risiko, ungeheure Mühen und Gefahren verbunden sind. Trotzdem sind wir eines Sinnes. Wir, die Wissenschaftler, dienen wie alle Glieder der menschlichen Gesellschaft der Allgemeinheit. Wir sind Gleiche unter Gleichen; aber etwas ist uns reichlicher, freigebiger zuteil geworden als den anderen: Verantwortung. Nehmen wir sie, unserer Pflicht der ganzen Welt gegenüber bewußt, auf uns.«

Der Vorsitzende schwieg eine Weile. Durch die Fensterscheiben drang der blaßviolette Schimmer der ersten Morgendämmerung. In der Ferne, am Rande der Stadt, die man von der Höhe des Turmhauses überblicken konnte, zog langsam ein dunkelrubinroter Schein am Osthimmel herauf.

»Ich verlese anschließend die Liste der Kollegen, die ich bitte, im Saal zu bleiben. Wir müssen sofort mit der Vorbereitung des Berichtes über unsere Arbeit beginnen, der morgen, das heißt eigentlich heute, denn der neue Tag bricht bereits an, dem Obersten Wissenschaftlichen Rat vorgelegt werden soll. Vorher möchte ich aber an alle hier Versammelten noch eine Frage richten. Es ist möglich, daß der Beschluß gefaßt wird, das Weltraumschiff nicht nach dem Mars, wie ursprünglich vorgesehen, sondern nach der Venus zu entsenden.

Deshalb möchte ich wissen, wer von den verehrten Anwesenden wünscht, an einer solchen Expedition teilzunehmen.«

Ein dumpfes Schurren von Sesseln ließ sich vernehmen. Als ob sich alle verabredet hätten, bedienten sich die versammelten Wissenschaftler nicht der Abstimmungsapparate, sondern erhoben sich von ihren Plätzen, eine Reihe nach der anderen, bis der ganze Saal in Bewegung geraten war.

Inmitten dieser vielen auf ihn gerichteten Augenpaare ließ der Vorsitzende, der sich ebenfalls erhoben hatte, seine Blicke von einem Gesicht zum anderen gleiten, erstaunt darüber, wie alle, Alte und Junge, vom gleichen Gefühl erfüllt, in diesem Moment einander ähnlich wurden. Seine Lippen bebten kaum merklich. »Ich wußte es«, flüsterte er. Dann richtete er sich hoch auf, um würdig zu sein, diesen Menschen in die Augen zu sehen, und sagte laut: »Ich danke euch, Kollegen.«

Er drehte sich um, als suchte er hinter seinem Rücken irgend jemanden; es war aber niemand da. Nur der schwache Schimmer der schwindenden Nacht fiel durch die hohen Fenster.

Der Vorsitzende trat an den Tisch zurück, schlug mit beiden Händen das große Buch zu, in dem alle, die sich zum Wort gemeldet hatten, eingetragen waren, und sagte: »Hiermit schließe ich die letzte Sitzung der Übersetzungskommission.«

Beim Verlassen des Saales blieben die Wissenschaftler in den Gängen zwischen den Sesselreihen stehen und bildeten lebhaft diskutierende Gruppen. Um den Tisch des Präsidiums versammelten sich alle, die an der Abfassung des Berichtes teilnehmen sollten. Endlich leerte sich der große Saal; der letzte der Hinausgehenden schaltete das Licht aus.

In das Dunkel des weiten Raumes hinein glomm die Morgenröte. Die schweren, tief herabhängenden Wolken zerstreuten sich, und am dunkelblauen Himmel begann ein weißer Funke zu leuchten, ein Stern von so reinem und starkem Glanz, daß die Fensterkreuze schwache Schatten in die Tiefe des Saales warfen und verschwommene Umrisse von leeren

Sesselreihen und kleinen Tischen in der grauen Morgendämmerung sichtbar wurden. Es war die Venus, die den Sonnenaufgang anzeigte. Plötzlich glühte eine feuriggolden umsäumte Wolke auf. Der unbewegliche Funke verblaßte immer mehr, bis er im blendenden Glanz des neuen Tages verschwand.

Zweiter Teil:
Das Tagebuch des Piloten

Der Start

Ich heiße Robert Smith und wurde vor siebenundzwanzig Jahren als Sohn einer Architektin und eines Flugplatzleiters geboren.

Nach Abschluß meines Studiums der Mathematik und Physik besuchte ich einen einjährigen Kursus im Zentralen Luftfahrtdienst und wurde Einflieger für neue Flugzeugtypen. Jeden Urlaub aber verbrachte ich in den Bergen. Ich nahm an vielen Expeditionen teil, und mein Name wurde bald, auch außerhalb des Hochtouristenklubs, bekannt. Als ich einmal an irgendeinem Schalter nach meinem Beruf gefragt wurde, sagte ich in meiner Zerstreutheit »Alpinist« anstatt »Pilot«. Obwohl ich mich sofort berichtigte, entsprach eigentlich beides der Wahrheit; denn jetzt kenne ich mich bereits ein wenig und weiß, daß mich unbezwungene Gipfel ebenso reizen wie Flugzeuge, in denen noch niemand aufgestiegen ist.

Mit fünfundzwanzig Jahren zog ich mit einer Expedition nach dem »Dach der Welt«, dem nördlichen Teil des Pamir. Ein Jahr später befand ich mich unter denen, die den dritthöchsten Berg der Erde, den Kantschindschinga, bezwangen. Diese Expedition hatte den tragischen Tod eines meiner Gefährten zur Folge; ich selbst trug einen Herzschaden davon, so daß ich ein halbes Jahr in den Sanatorien des Südens zubringen mußte. Ich war kaum zum Flugdienst zurückgekehrt, als ich erfuhr, daß eine Expedition nach der Venus geplant sei und daß man einen Piloten für das Aufklärungsflugzeug brauche. Ich meldete mich und wurde aus einigen tausend Freiwilligen ausgewählt.

Dies alles schreibe ich in der achtundzwanzigsten Stunde unseres Fluges. Wenn ich den Kopf hebe, sehe ich auf dem Schirm des Fernsehgerätes, wie die weiße Scheibe der Erde immer kleiner wird. Mir ist, als hätte ich mein bisheriges Leben abgeschlossen und begänne ein völlig neues. In einem solchen Augenblick ist es wohl erlaubt, einen dicken Strich unter all das zu ziehen, was gewesen ist. Ich weiß, daß ich viele Dinge nie zustande bringen werde, weil mir die Fähigkeiten dazu fehlen. Deshalb habe ich auch nicht versucht, den Weg der Wissenschaft zu beschreiten. Ich weiß, daß ich solche

Menschen wie Chandrasekar, Arsenjew oder Lao Tsu, mit denen ich nun im guten wie im bösen zusammen sein werde, daß ich solche Menschen nie erreichen werde.

Der Startplatz lag in der früheren Wüste Gobi und war eine erhalten gebliebene Sandfläche von ungefähr tausend Hektar. Ein Flugzeug brachte mich dorthin. Der Pilot, ein Kollege vom Zentralen Luftfahrtdienst, schwieg den ganzen Weg über, zum Teil, weil ihn die schlechte Witterung zur Aufmerksamkeit zwang, zum Teil aber auch, weil er sich ebenfalls um den Platz in der Expedition beworben hatte und abgelehnt worden war. Ich konnte zunächst ein unbehagliches Gefühl ihm gegenüber nicht loswerden; dann aber erblickte ich aus der Höhe von sechstausend Metern die silberne Rakete – und alles andere war für mich vergessen.

Unser Flugzeug landete, rollte auf sie zu und ging gleich wieder an den Start. Mit einem gewissen Zögern reichte ich meinem Kollegen die Hand. Wir hatten uns schon vorher gekannt und waren auf dem besten Wege gewesen, Freunde zu werden, und nun schien diese Sache zwischen uns zu stehen, vielleicht gerade deshalb, weil er erst einundzwanzig Jahre alt war. In dem Augenblick aber, als er von seinem Sitz aufstand und sich zu mir herausbeugte – ich war bereits auf die Tragfläche geklettert –, da fühlte ich, daß alles in Ordnung war, und wir umarmten uns zum Abschied. Er hatte sich selbst überwunden und gönnte mir nun neidlos das große Erlebnis. Daher wurde es mir auch besonders schwer ums Herz, als die Maschine verschwand und ich auf die Rakete zuschritt.

Die Menschen, mit denen ich fliegen sollte, waren fast alles Fremde für mich. Soltyk hatte ich schon früher in der Zentralen Luftfahrtschule flüchtig kennengelernt, die Wissenschaftler aber erst vor einigen Monaten bei der technischen Umschulung. Dieser Kursus hatte einen sehr förmlichen Charakter gehabt, und so waren wir uns persönlich nicht viel nähergekommen. Ich watete durch den tiefen Sand auf die kleine Gruppe von Menschen zu, die sich von der Wand des »Kosmokrator« abhob. Erst als mich nur noch etwa hundert Schritte von ihnen trennten, überlegte ich, daß meine Befürchtungen dem einen oder anderen lächerlich erscheinen könnten. Ich hatte Lampenfieber, nicht vor dem Flug nach der Venus, sondern vor diesen unbekannten Menschen. Mir war zumute wie bei einer schwierigen Kletterpartie, wenn es gilt, durch sich selbst den anderen zu sichern, um dadurch selbst gesichert zu sein. In solchen Augenblicken gewinnt das Wort, sich auf jemanden verlassen zu können wie auf sich selbst, erst seinen tiefsten Sinn.

Die offizielle Verabschiedung der Expedition hatte schon vor einer Woche stattgefunden. Ich hatte an dieser Feier nicht teilnehmen können, da ich die Formalitäten, die mit meinem Ausscheiden aus dem Flugdienst verbunden waren, erledigen mußte. Nun standen inmitten der weiten Sandfläche kaum einige Dutzend Leute – die Familienangehörigen der Abfliegenden, der Präsident und einige Mitglieder der Akademie der Wissenschaften. Ich kam mir sehr verlassen vor. Niemand erwartete mich. – Meine Mutter war vor zwei Jahren gestorben, und der Vater war an seinen Flugplatz gebunden. In diesem Augenblick ertönte das Brummen eines Flugzeugmotors. Die Maschine, die mich hergebracht hatte, ging tiefer. Genau über der Rakete sandte mir der Pilot den letzten Fliegergruß zu, indem er mit den Tragflächen »wackelte«. Ich stand noch immer da und starrte dem Flugzeug nach, als Arsenjew auf mich zutrat und mir die Hand reichte.

»Na, da ist er ja endlich, der Mann vom Kantschindschinga«, rief er. Ich konnte ihm nur mit einem Lächeln antworten.

Der Start sollte um ein Uhr nachmittags erfolgen. Man hatte dafür dieses menschenleere Stück Wüste vorgesehen, da man die Atmosphäre mit großer Kraft durchstoßen mußte und die aus der Rakete geschleuderten Atomwolken gefährliche Verwüstungen verursachen konnten.

Als ich alle begrüßt hatte, begab ich mich mit Ingenieur Soltyk in den Vorderteil des Weltraumschiffes, um zum letztenmal das für mich bestimmte Aufklärungsflugzeug zu überprüfen. Ich war noch nicht damit fertig, als man mich abrief. Auf einer Sanddüne unter der Wandung der Rakete trafen wir uns zu einem kurzen Abschied. Selbstverständlich hielt niemand eine Ansprache. Nur wenige Worte fielen, wir hoben die Gläser mit goldgelbem Südwein, und dann sahen wir von der Plattform des Eingangs aus zu, wie die Raupenfahrzeuge die Zurückbleibenden hinter die Grenze der Startzone brachten.

Wir stiegen in das Innere der Rakete. Bevor ich die Klappe schloß, drehte ich mich noch einmal um. Obwohl mir diese öde Landschaft vollkommen fremd war, fühlte ich mich doch sonderbar eng und fest mit ihr verbunden, und irgend etwas preßte mir die Kehle zusammen. Menschenleer lag die Wüste unter uns; aber ich wußte ja, daß einige Kilometer hinter dem Horizont in weitem Umkreis Radarstationen bereitstanden, um das Geschoß mit ihrem Wellenbündel zu erfassen und es den langen Weg über zu leiten.

Als wir die Zentrale betreten hatten, übernahm Soltyk die Leitung. Wir lehnten uns alle in den Sesseln zurück, schnallten uns mit den Gurten fest, und nun kam das, was ich am meisten hasse, das Warten. Der Uhrzeiger rückte vor und maß Viertelsekunde um Viertelsekunde. Endlich wandte sich Soltyk, dessen Hand auf den Schalthebeln des Prädiktors ruhte, ganz kurz nach uns um. Er lächelte. Meine ganze Erregung zerstob, als ich dieses Lächeln sah. Das war sein größter Augenblick, der Moment, von dem er geträumt hatte. Die Zeiger auf dem Zifferblatt erreichten den vorgeschriebenen Punkt. Soltyk drückte einen roten Knopf. An den Schalttafeln flammten sämtliche Lichter auf, und dann begann es.

Zuerst ein kurzes Donnern. Das waren die Serien der Knallgasraketen. Der »Kosmokrator« wühlte sich tief in den Sand, erhob sich, sackte, von den Explosionen hin und her geschleudert, wieder durch und setzte sich ungleichmäßig und schwerfällig in Bewegung. Die Explosionen folgten einander in immer schnellerem Wechsel. Höllisches Sichaufbäumen, Scheuern auf dem Boden, Sprünge und Zurückfallen... Wir flogen nach allen Seiten, obwohl wir mit elastischen Gurten festgeschnallt waren.

Plötzlich erklang ein gewaltiger, singender Ton. Die Erschütterungen hörten auf, dafür wurde mein Körper von Sekunde zu Sekunde schwerer. Unentwegt starrte ich auf den kreisrunden Schirm vor mir, erblickte als schmalen, gleißenden Saum die Seitenwand der Rakete, unten die vorbeirasenden Landflächen, und alles zitterte und flimmerte wie große Bogen zerknitterten Zellophans. Das machten die Luftschichten, die das Geschoß infolge seiner Geschwindigkeit vor sich verdichtete.

Das Sehen wurde schwieriger. Eine furchtbare Kraft drückte mich tief in die weiche Polsterung, füllte meine Glieder mit unsichtbarem Blei, drängt sich immer gewaltsamer in jeden

Muskel, in jeden Nerv, bis sich eine Zentnerlast auf die Brust wälzte und der Atem laut hervorkeuchte. Einmal schielte ich zur Seite: Auch die anderen lagen hilflos in ihren Sesseln.

An den Schalttafeln blinkten die Lichter, und durch den ganzen Rumpf der Rakete drang wie ein mächtiger Strom das singende Brausen, mit dem die Atomgase in den Raum strömten.

Es dauerte lange, so lange, bis der Schweiß, der sich auf der Stirn angesammelt hatte, zwischen den Augenbrauen herabzurinnen begann. Ich wollte ihn abwischen; aber ich konnte die Hand nicht heben. Soltyk drückte einen Schalthebel nieder, und auf einmal wurde mir leicht. Ich blickte auf die Uhr. Wir flogen bereits sechzehn Minuten. Dort unten lag etwas... ich weiß wirklich nicht, wie ich es bezeichnen soll. Das war nicht die Erde, wie ich sie vom Flugzeug her kannte, als eine unendliche Ebene mit schwachen Linien von Straßen und Flüssen. Himmel und Erde schienen vertauscht. An Stelle der leichten, blauen Kuppel spannte sich ein flaches Dunkel über uns, in dem kaum wahrnehmbar die Sterne glommen, und unten schien sich ein riesenhafter, gewölbter roter Felsblock bis ins Unendliche auszudehnen, auf seiner Oberfläche traten verwischte dunkle Flecke hervor, und was am meisten ins Auge fiel – das waren die weißen Fetzen, die unbeweglich wie aufgeklebte Wattebäusche blieben.

Ich fragte Soltyk danach. Der blickte kurz auf den Schirm. »Das sind Wolken«, sagte er und wandte sich wieder seinen Meßinstrumenten zu.

Ich begriff. Natürlich, die Höhe der Wolken, die über dem Planeten dahinzogen, war nichts im Vergleich zu der von uns bereits erreichten Entfernung. Wenn man genau hinsah, konnte man da und dort die Schattenflecke unter einem solchen winzigen Bausch erkennen, der in Wirklichkeit eine viele Kilometer breite Wolke war.

Wir flogen nun, wie der Leuchtschirm des Prädiktors anzeigte, wie ein künstlicher Mond in elliptischer Bahn um die Erde. Das dauerte ungefähr eine Stunde, während der unter uns ein Drittel des Planeten vorüberzog. Mit den bunten Ebenen Chinas verschwand das Land, und wir befanden uns über dem Stillen Ozean, über einer stahlblauen gewölbten Wasserfläche, die wie poliertes Metall funkelte. Was für ein eigenartiger Anblick! – Als die Küste Amerikas auftauchte, drückte Soltyk wieder auf den roten Knopf, und erneut erklang das machtvolle Lied der Atommotoren. Der »Kosmokrator« hob seinen Bug gegen den Zenit des schwarzen Himmels und schoß aus der Bahn, die er noch eben um die Erde beschrieben hatte. Dieser Flug dauerte etwa bis Mitternacht und war infolge des ständigen Wechsels der Beschleunigung außerordentlich erschöpfend.

Die Rakete, die schon längst die Erdatmosphäre verlassen hatte, kämpfte noch immer gegen den Einfluß der irdischen Schwerkraft. Die Motoren unterbrachen ihre Arbeit auch nicht eine Minute. Da wir aber die Schallgeschwindigkeit erheblich überschritten und außerdem im leeren Raum flogen, konnten wir uns mühelos, ohne sonderliche Lautstärke verständigen. Einige Minuten nach Mitternacht bat uns Soltyk, die Gurte zu lösen. Wir standen auf und begannen, vorerst noch etwas unsicher, unsere Umgebung näher zu betrachten.

Die Zentrale lag in ruhiges Licht getaucht. Wären nicht die schwarzen, mit den Funken der Sterne übersäten Schirme gewesen, so hätte man annehmen können, daß die Rakete unbeweglich in der Halle ruhe. Von der gigantischen Kreisfläche der Erde unter uns war nur ein Viertel erleuchtet. Der andere, in Nacht gehüllte Teil stach mit dunkelgrauem Glanz vom Licht der Sterne ab.

Wir hörten die Nachrichten der Radarstationen ab und begaben uns in die Gemeinschaftskabine. Nach dem Abendessen ergriff Arsenjew das Wort: »Liebe Freunde, unser Flug wird vierunddreißig Tage dauern. Während dieser Zeit erwartet uns leider nicht viel Arbeit. Trotzdem wollen wir nicht müßig sein, sondern uns die Reise durch Diskussion verkürzen. Ich werde den Anfang machen und den Kollegen Lao Tsu zum Zweikampf über das Thema der Wellenbewegung der Materie herausfordern. Nun sind wir freilich hier in keinem Laboratorium, sondern in einem Schiff, das sich ständig von der Erde entfernt, und deshalb schlage ich vor, daß wir abends in Gedanken zu ihr zurückkehren, indem ein jeder von uns, der Reihe nach, eine Erinnerung erzählt, die er für wertvoll hält.

Alle waren mit diesem Vorschlag einverstanden. Nur ich schwieg; denn was ging mich das an? Man würde doch sicher nur über wissenschaftliche Arbeiten und Entdeckungen sprechen. Wie groß war daher meine Verwunderung, als sich Arsenjew an mich wandte, um den »Zyklus der vierunddreißig Nächte« – wie er ihn nannte – zu beginnen. Verwirrt suchte ich mich auszureden, als hätte ich bis zur letzten Woche das Leben eines Büromenschen geführt, in dem sich noch nie etwas ereignete.

»Soso, Sie sind hier unter lauter Professoren«, wiederholte der Astronom mit leichtem Spott meine letzten Worte. »Merken Sie sich eines: Hier gibt es keine Professoren, hier gibt es nur Reisegefährten. Im übrigen weiß ich sehr gut, daß wir alle Sie um Ihre Erinnerungen beneiden können.«

Trotzdem wehrte ich mich, versprach aber, in den nächsten Tagen etwas zu erzählen, wenn ich selbst erst einmal zugehört hätte und die richtige Stimmung des Erzählens gekommen sei. Vielleicht würde es mir dann leichter sein; denn es falle mir immer schwer, als erster zu beginnen. Mit offensichtlichem Tadel über meine Unbeholfenheit schüttelte Arsenjew den Kopf und wandte sich an Doktor Rainer, unseren Chemiker.

Ich war erfreut, daß gerade Rainer sprechen sollte; denn ihn hatte ich vorher gar nicht gekannt. So wie ich, war er, durch irgendwelche Angelegenheiten in Deutschland aufgehalten, erst am Vortage des Abfluges auf dem Startplatz eingetroffen. Doktor Rainer ist ein unscheinbarer, überaus ruhiger Mann von ungefähr vierzig Jahren, mit Brille und leicht angegrautem Haar. Er wollte eben beginnen, als Soltyk, der in der Zentrale Dienst hatte, mit der Nachricht erschien, daß in Kürze das Radio der nördlichen Halbkugel eine Sondersendung für uns bringen werde. So schalteten wir den Lautsprecher zur Gemeinschaftskabine um, und hier, in den tiefen Polstersesseln um den runden Tisch sitzend, lauschten wir der Musik Beethovens, die auf Ätherwellen durch die Leere des interplanetaren Raumes zu uns drang.

Als das Konzert endete, war es ein Uhr nachts. Niemand von uns aber fühlte sich müde, und wir baten Rainer, seine Geschichte zu erzählen. Er wurde jedoch wieder von Soltyk gestört. Die Rakete mußte nunmehr in die Kreiselbewegung versetzt werden. Der Prädiktor hatte bereits vor einer Viertelstunde die Antriebsmotoren ausgeschaltet. Wir waren schon so weit von der Erde entfernt, daß die Anziehungskraft merklich nachließ. Einigen von uns geschah es, daß sie die Tasse, die sie zum Munde führen wollten, in die Luft warfen. Unsere Körper, alle Gegenstände wurden von Sekunde zu Sekunde leichter. Soltyk begab sich in die Zentrale, und nach ungefähr einer Minute spürten wir, daß sich die Bewegung des Geschosses änderte. Das unangenehme Schwindelgefühl, das durch die Zentrifugalkraft hervorgerufen wurde, dauerte nur kurze Zeit. Dann erlangte der Körper wieder seine normale Schwere. Als Soltyk zu uns zurückgekehrt war, konnte Rainer endlich mit seiner Erzählung beginnen.

»Ich weiß nicht, ob meine Geschichte Sie interessieren wird. Es ist eine ziemlich eigenartige und sonderbare Geschichte. Ich könnte sie ›Polymere‹ benennen – ein ziemlich abschrekkender Titel, nicht wahr?« wandte er sich mit einem schüchternen Lächeln, das ihn mir gleich sympathisch machte, an uns. »Ich lebte damals in dem alten Hafenviertel Hamburgs. Ich war Doktorand und übernahm das Laboratorium für organische Synthese bei meinem Lehrer, dem Professor Hummel. Ungefähr ein Jahr vorher hatte dieses Laboratorium an der Synthese des Siliziumgummis gearbeitet, einer Gummiart, in der die Kohlenstoffatome durch Silizium ersetzt werden. Die Flugzeugindustrie hatte alle ihre chemischen Institute zu dieser Forschungsarbeit verpflichtet; denn von der Schaffung dieses Gummis hing die Zukunft der Luftfahrt ab. Wie Ihnen allen bekannt ist, landen die modernen Flugzeuge mit einer derartigen Geschwindigkeit, daß Reifen aus gewöhnlichem Gummi infolge der Reibung auseinanderfliegen oder infolge der entstehenden Wärme verbrennen würden. Der Theorie nach sollte der Siliziumgummi unempfindlich gegen derartige Höchsttemperaturen sein. Wenn es nicht gelang, diesen Gummi herzustellen, so mußten die Konstrukteure alle bestehenden Systeme von Fahrgestellen verwerfen.

Als ich in das Institut kam, hielt man die Sache bereits für aussichtslos. Man hatte riesige Summen verausgabt, Unmengen von Reagenzien verbraucht, eine große Anzahl von Spezialapparaten vernichtet und Dutzende von Berichten geschrieben – ohne das geringste Resultat. Auf dem Papier sah alles sehr schön aus; aber in der Praxis kam nichts dabei heraus. Meine erste Aufgabe war, das Laboratorium in Ordnung zu bringen und es für Arbeiten auf einem anderen Gebiet vorzubereiten. Ganze Wochen schuftete ich mit den Studenten zusammen als Ausfeger, um diesen Augiasstall zu säubern. Ihr könnt euch vorstellen, was sich dort alles zugetragen hatte, wenn ich erwähne, daß das gesamte wissenschaftliche Personal die letzten Monate über fast gar nicht aus dem Laboratorium herausgekommen war und drei meiner älteren Kollegen, Jaensch, Hoeller und Braun, einfach dort wohnten. Sie hinterließen riesige Stöße morscher, verkohlter oder angebrannter Gummiproben, Hunderte zerschlagener Kolben, viele Kilometer plastischen Bands, und noch einen Monat nach der Übernahme des Laboratoriums konnte es vorkommen, daß wir unter irgendeinem Schrank oder in einem Thermostat wahre Lager dieses unglückseligen Gummis entdeckten.

Ich selbst steckte, wie man so sagt, bis über die Ohren in den Polymeren; aber sie interessierten mich mehr vom theoretischen Gesichtspunkt aus. Es handelt sich, wie Sie ja alle wissen, um Stoffe, die durch die Zusammenlagerung einer großen Anzahl chemisch gleicher Teilchen gebildet werden. Auf diese Weise entstehen Moleküle gigantischen Ausmaßes, deren Verhalten man keineswegs auf Grund der Kenntnisse über die ursprünglichen Teilchen voraussagen kann.

Mir ging es um bestimmte Forschungen über das Polyisobutylen und Polystyren, auch über den gewöhnlichen Gummi, der wohl das bekannteste Polymer ist. Ich wollte eine Theorie des Verhaltens aller Polymere schaffen. Vielleicht rechtfertigt mich der Umstand, daß ich damals erst vierundzwanzig Jahre alt war. In diesem Alter schießen dem Menschen nach dem Lesen einer wissenschaftlichen Arbeit die Möglichkeiten von Entdeckungen wie ein Feuerwerk durch den Kopf. Schon bevor ich ins Laboratorium kam, umgab ich mich mit Fachliteratur, und langsam begann ich, ohne recht zu bemerken wie, darin zu versinken. Ich sammelte Fakten auf kleinen quadratischen Kärtchen, die ich zuerst in Zigarettenschachteln, dann in besonderen Ordnern, dann in Schubfächern, auf Regalen, auf Tischen ablegte – und schließlich war das ganze Zimmer voll von diesen Karten, in denen ich mich eben noch zurechtfand. Ich ahnte jedoch den Augenblick voraus, da sie mich überfluten würden.

Indessen war ich von meiner erträumten und heißersehnten Theorie noch immer gleich weit entfernt. Meine geliebten Polymere benehmen sich auch zu sonderbar! Einige von ihnen verhalten sich in zwei räumlichen Dimensionen wie Flüssigkeiten, in der dritten aber wie feste Körper. Gummi dagegen hat die Eigenschaften eines idealen Gases; denn er kühlt sich beim Dehnen ab und erwärmt sich beim Zusammenziehen.

Am meisten interessierte mich gerade der Gummi. Im stillen dachte ich, daß es mir gelingen würde, auf theoretischem Wege das zu erreichen, was meinen Kollegen auf dem experimentellen nicht geglückt war. Anfangs machte ich, um mich etwas in der Technik der Versuche zu üben, so wie sie vordem, Röntgenaufnahmen kleiner Gummiwürfel unter den verschiedensten Bedingungen. Ich dehnte sie aus, dann unterwarf ich sie hohem Druck, dann wieder setzte ich ihnen mit Säuren zu, sorgfältig notierte ich die Ergebnisse und träumte ganze Abende von meiner Theorie.

Ein nicht ausgedehntes Stück Gummi ergibt auf einer Röntgenaufnahme das gleiche Bild wie eine Flüssigkeit: ein Chaos zusammengeballter Teilchen. Dehnt man jedoch den Gummi, so wird seine Struktur der eines Kristalls ähnlich. Das erklärt sich daraus, daß die langen, verwickelten Atomketten sich unter dem Einfluß der Dehnung spannen und ausrichten. Ich röstete also Gummistückchen, preßte sie, ließ sie abkühlen und trocknete und röstete immer wieder neue, bis eines Abends mein Vorrat erschöpft war. Der Laborant sagte mir, daß oben in der Rumpelkammer noch einige Kolben mit Proben von diesem alten Siliziumgummi seien. Ich machte nur eine abwehrende Handbewegung. Dennoch fand ich am nächsten Morgen auf meinem Arbeitstisch fünfzehn verstaubte Glaskolben vor. Der Laborant hatte sie, um mir gefällig zu sein, von oben heruntergeholt.

In all diesen Kolben war eigentlich kein Gummi, sondern etwas wie eine klebrige schwarze Schmiere, die ich lieber nicht berührte. Dafür befand sich im letzten Kolben ein vertrauenerweckend aussehendes Stückchen einer dunkelgrauen Masse. Ich legte es in den Apparat, erhitzte es, machte eine Aufnahme und ging nach Hause. Zwei Tage später konnte ich die Aufnahme abholen. Ich erwartete das gleiche Ergebnis wie bisher, den restlosen Zerfall der Atomketten zu einem völlig amorphen Brei. Statt dessen aber erblickte ich ein ideales Kristallgitter.

Ich traute meinen Augen nicht. Der Gummi war doch einer Temperatur von ungefähr achthundert Grad und einem Druck von tausend Atmosphären ausgesetzt gewesen, hätte sich also in Kleister auflösen müssen. Aber keine Spur davon. Ich öffnete den Apparat, was ich tags zuvor wegen der erhitzten Kammer nicht hatte tun können, und fand dort das frischeste, elastischste und kernigste Gummistück vor, das ich jemals gesehen hatte. Ich rief den Laboranten und fragte ihn, ob er etwas in den Apparat gelegt habe. Er verneinte es, er sei überhaupt nicht in der Nähe gewesen. Ich war noch immer im Zweifel und setzte das wunderbare Gummistückchen erneut hohen Temperaturen und hohem Druck aus. Diesmal wartete ich ab, bis die Kammcr ausgekühlt war. Um acht Uhr nahm ich den Gummi heraus. Er war noch heiß, aber so elastisch, als käme er nicht aus dem Ofen, sondern aus der Schublade. Für alle Fälle machte ich noch eine chemische Analyse. Es war Siliziumgummi.

Trotz der späten Stunde packte ich die Probe, die die Größe einer Streichholzschachtel hatte, und sämtliche Röntgenaufnahmen zusammen und lief zum Professor, der in der Nähe des Laboratoriums wohnte. Anfangs wollte er es nicht glauben; aber als ich am nächsten Tage vor scinen Augen sämtliche Experimente wiederholte, mußte er sich geschlagen geben: Wir hatten eine authentische Probe von Siliziumgummi vor uns, und zwar mit Eigenschaften, die in geradezu idealer Weise den theoretischen Vorhersagen entsprachen.

Der große Wunsch der Flugzeugkonstrukteure schien erfüllt. Indessen nützte uns jenes Probestück herzlich wenig. Das Geheimnis der organischen Chemie besteht bekanntlich darin, die Atome zu der Verbindung zu zwingen, die wir brauchen. In diesem Stückchen Gummi, das wir besaßen, war eine solche Erscheinung vor sich gegangen; wir wußten nur nicht, wie es geschehen war. Mit anderen Worten, uns fehlte das Produktionsrezept, und wir hatten nicht die geringste Ahnung, wie man dazu gelangen könnte. Selbstverständlich beriefen wir sofort Jaensch, Hoeller und Braun nach Hamburg, die zu der Zeit im Berliner Institut für flüssige Brennstoffe arbeiteten.

Das Telegramm verfaßte ich selbst, und zwar in einer Form, daß alle drei noch in der gleichen Nacht mit dem Flugzeug ankamen und mich am frühen Morgen aus dem Schlaf trommelten. Nachdem sie mich eine Weile mit Ausrufen und Fragen bestürmt hatten, stellte sich heraus, daß sie nicht mehr wußten als ich selbst und mein Professor, das heißt – nichts. Die Protokolle der Versuche fanden wir ohne Schwierigkeiten. Das bewußte Stückchen Gummi war seinerzeit als Probe Nummer sechstausendvierhundertneununddreißig eingetragen und als wertlos weggeworfen worden. Auch aus der beiliegenden Röntgenaufnahme ging hervor, daß von einem Irrtum keine Rede sein konnte. Wir hatten uns derart festgefahren, daß einem von uns der im Munde eines Fachmannes geradezu humoristisch klingende Satz entschlüpfte: ›Vielleicht ist der Gummi inzwischen ausgereift?‹ Dieser Nonsens wurde zum geflügelten Wort. Wenn einmal jemand in eine Sackgasse geraten war, hieß es: ›Vielleicht ist es inzwischen ausgereift!‹ Nach vier Tagen gaben die Kollegen das Herumtappen im finstern auf und flogen nach Berlin zurück. So stand ich denn allein auf weiter Flur – mit einem elenden Stück Gummi, einem ungeduldig gewordenen Professor und einem rauchenden Schädel, der mich weder essen noch schlafen ließ.

An meine Theorie dachte ich nun überhaupt nicht mehr, sondern machte mich an die Wiederholung sämtlicher Etappen der Versuche, aus der diese eine Probe hervorgegangen war. Die Fertigungsrezepte hatte ich ja in den Protokollen. Ich will mich nicht lang und breit darüber auslassen, was ich alles unternahm, ich will nur erwähnen, daß ich die gleiche Synthese fünfhundertachtzehnmal durchführte, wobei ich mit einer geradezu blinden und sklavischen Exaktheit die Vorschriften befolgte. Ich quälte die Berliner Kollegen mit Telegrammen: Sie sollten mir genau alle Begleitumstände mitteilen, die bei ihrer Arbeit an dieser Probe eine Rolle gespielt hatten.

Leider sind Sie keine Chemiker, meine Herren, sonst würden Sie mich noch besser verstehen. Es ist bekannt, daß in der Chemie, wo die Anzahl der möglichen Kombinationen aufeinander reagierender Stoffe, praktisch gesehen, unendlich groß ist, zuweilen Zufallsentdeckungen gemacht werden, zum Beispiel deshalb, weil jemand ein Stäubchen Zigarettenasche in den Kolben fallen ließ, das dann zum Kristallisationskern der Reaktion wurde, oder weil man ein Stockwerk tiefer den

Korridor mit einem Lack gestrichen hatte, der irgendein seltenes Element in unerhört geringfügiger, aber zur Katalysierung einer bestimmten Reaktion ausreichender Menge enthielt. Die Kollegen antworteten mir nach bestem Wissen und ich versuchte alles, was Sinn hatte, änderte die Temperatur, den Druck, die Katalysatoren, ich ging die seltsamsten Wege und war bald so weit, daß ich anfing, abergläubisch zu werden. Selbst dem pedantischsten Wissenschaftler, wenn er wirklich besessen von einem Problem ist, kann es passieren, daß er nach einer gewissen Zeit einfach den Überblick über sein Material verliert.

In meinem Laboratorium machte sich allmählich eine Unordnung bemerkbar, die Professor Hummel zunächst hinter meinem Rücken und dann sogar vor mir selbst als heilloses Durcheinander bezeichnete. Er fragte mich, wie lange die Regierung noch Geld für mein kostspieliges Vergnügen ausgeben solle. Ich nannte einen Zeitraum von vier Monaten, den ersten besten Termin, der mir einfiel. Ehrlich gesagt, ich pflegte die Unordnung, die sich im Laboratorium ausbreitete, bis zu einem gewissen Grade selber, in der geheimen Hoffnung, daß mir vielleicht gerade in diesem urweltlichen Chaos ein glücklicher Zufall zu Hilfe kommen könnte. Vielleicht würde ich auf diese Weise doch noch das geheimnisvolle Etwas entdecken, unter dessen Einwirkung jenes Stück vollkommenen Siliziumgummis entstanden war.

Die Probe lag auf meinem Schreibtisch, unter einer Glasglocke. Sooft ich nach einem mißlungenen Versuch die übelriechenden Rückstände in den Ausguß schüttete und mich wieder an den Schreibtisch setzte, fiel mein Blick auf den kleinen, dunklen Würfel, und dieser wurde für mich der Ansporn zu erneuter Arbeit.

Es ist ein sehr schmerzlicher Augenblick, wenn ein junger Mensch begreift, daß sich eine Entdeckung durch bloße Willenskraft und helle Begeisterung auch nicht um einen Millimeter vorantreiben läßt. Als die Zahl meiner mißlungenen Versuche die Tausend überschritt und die Laboranten, die immer mehr Körbe mit verkohltem Gummi hinausschafften, sich bereits vielsagend zuzwinkerten, da erinnerte ich mich an die Nordsee. Ich sagte Ihnen ja bereits, daß sich die ganze Sache in Hamburg zutrug.«

Bei diesen Worten wandte sich Rainer zur Seite, dem Leuchtschirm des Televisors zu und zeigte mit einem Stäbchen, mit dem er bis jetzt gespielt hatte, auf das Abbild der Erde. Die nördliche Halbkugel, obwohl durch Wolken verschleiert, trat hell aus dem dunklen Hintergrund hervor. Ganz am Rande der Scheibe, zwischen dem Arm der Skandinavischen Halbinsel und dem dunklen Massiv Europas, drang das Meer ein, und Rainers Stäbchen glitt bestimmt auch über die Stelle, wo an der Basis der Halbinsel Jütland die Stadt Hamburg liegt. Das erstemal in seiner Geschichte bediente sich der Mensch der Erdkugel aus einer Entfernung von Tausenden Kilometern als Landkarte. Diese einfache Geste Rainers riß uns plötzlich aus den Erinnerungen und brachte uns zurück in die Tiefen des interplanetaren Raumes. Unterdessen setzte der Chemiker, der eine ganze Weile mit dem Stäbchen über den Leuchtschirm gefahren war, als bereitete ihm dies ein kindliches Vergnügen, seine Erzählung fort.

»Ich begann das Meer und den Hafen aufzusuchen, um meinen heißen Kopf zu kühlen. So wie ich früher der Meinung gewesen war, alles zu wissen, wie ich glaubte, daß mich nur noch ein Schritt von der Tür trennte, hinter der die Lösung des Rätsels zu finden sei, so sicher schien es mir nun, daß ich nichts wußte, ja noch schlimmer, daß aus meinem Vorhaben nichts werden könne, daß ich, mit einem Wort, zu dumm dazu sei.

Es ging auf den Herbst zu, und die See war ziemlich bewegt. Durch das ölige, dunkle Wasser des Hafens tuckerten die Pinassen, draußen auf dem Meer zogen die großen Dampfer ihre Bahn. Von Zeit zu Zeit tauchten auch die Segel von Fischkuttern auf. Ich wanderte weit hinaus und blieb lange am äußersten Ende der Mole stehen, so daß ich die Aufmerksamkeit der Wachtposten auf mich zog, die mich wohl für einen unentschlossenen Selbstmörder hielten. Ich hatte aber meinen Kopf so gerammelt voll von Silikaten und Polystyrenen, daß ich weder die Posten noch das Meer oder die Schiffe sah. Das heißt, ich glaubte sie nicht zu sehen. Ich war wie ein Kind, dem man ein durcheinandergeworfenes Puzzlespiel gegeben hat, das es beim besten Willen nicht wieder zusammensetzen kann. Ich wußte nicht, wie ich das eine an das andere fügen sollte, und nur so, zum Teil aus Gewohnheit, zum Teil aus

Verzweiflung, setzte ich im Kopf bald dieses, dann wieder ein anderes Fragment zusammen; aber ich mühte mich vergeblich ab: es war alles nicht das, was ich suchte.

Ich lief bei den Professoren herum und löcherte sie mit Fragen, bis einer von ihnen die Geduld verlor und mich anfuhr: ›Also, was ist los, soll ich es vielleicht für Sie machen?‹ – Auf diese Weise wurde er mich für immer los und erlöste auch die anderen von mir.

Ich kehrte wieder an das Meer zurück. Heute weiß ich es – damals wußte ich es nicht –, daß ich stets erst dann nach Hause ging, wenn eine bestimmte Fischfangflottille einlief, darunter ein kleiner Segler, der schneller war als die anderen Kutter. Er hatte eine sehr merkwürdige Takelage. Einige Male blieb ich, obwohl es bereits dunkelte, noch draußen, als wartete ich auf ihn. Ich verfolgte seinen Weg durch die Wellen mit einem gewissen, mir selbst unverständlichen Interesse; denn ich verstehe nichts vom Segeln, und seine eigentümliche, beinahe flügelförmige Segelstellung sagte mir nichts, was ich mit meinen Angelegenheiten bewußt in Verbindung hätte bringen können. Gleichwohl war das Auftauchen dieses kleinen Schiffes für mich jedesmal das Signal, daß mein Spaziergang auf der Mole zu Ende sei.

Eines Abends stand ich wieder an der betonierten Spitze der Mole und wartete, als es auf einmal zu regnen begann. Der Wind wurde zum Sturm. Es war schon beinahe Nacht, als die Flottille in Sicht kam. Der kleine Segler, der schnellste der Kutter, war gut zu erkennen; denn er stach mit seinen weißen Segeln am deutlichsten vom dunklen Meer ab. Die Wellen gingen sehr hoch und schlugen mit solcher Wucht an den Wellenbrecher, daß mein Anzug schon nach einer Viertelstunde vollkommen durchnäßt war. Ein unbestimmtes Gefühl erlaubte es mir jedoch nicht, fortzugehen.

Der Sturm nahm noch immer zu, er heulte schrill und durchdringend, das ganze Meer schien sich zu heben und zu senken. Alle Kutter zogen die Segel ein; nur das weiße Schiffchen fuhr unter vollen Segeln weiter, ja setzte sogar noch neue. Es sah nun aus wie ein weißer Vogel, der mit mächtigen Flügelschlägen versucht, sich aus dem Wasser in die Luft zu erheben. Vielleicht war das Bild weniger poetisch, als ich es schildere. Aber ich bin eben eine Landratte und verstehe, wie gesagt, überhaupt nichts vom Segeln. Als ich bemerkte, wie das kleine Schiff immer schneller wurde, sich mit geblähten Segeln von den anderen löste, sie überholte und schließlich im Nachtnebel verschwand, da befahl mir eine innere Stimme, unverzüglich nach Hause zurückzukehren. Eigentlich hätte ich gern noch ein wenig diese lyrischen Eindrücke genossen. Aber war das nicht die Stimme des geschwächten Organismus gewesen, der nun energisch sein Recht auf Ruhe geltend machte?

Zu Hause angekommen, ordnete ich meine Kärtchen und – lachen Sie mich ruhig aus – notierte mir neue Literatur, mit der ich mich so bald als möglich beschäftigen wollte. So, mit der Feder in der Hand, inmitten eines angefangenen Wortes schlummerte ich am Schreibtisch ein. Ich hatte einen ganz sonderbaren Traum. Ich träumte von Polystyrenen und Butadienen. Gut, daran wäre zu damaliger Zeit noch nichts Sonderbares gewesen. Eigenartig war nur, daß sie sich so verhielten, als bliese ein mächtiger Sturm zwischen sie. Und da ordnen sie sich in einer seltsamen Weise nicht so, wie es der Herrgott oder besser gesagt, die Formeln in den Lehrbüchern verlangen, sondern wie geblähte Segel. Je stärker der Sturm pustet, um so weiter breiten sich die Moleküle aus. Zwischen ihnen fliegt etwas Längliches hin und her, wie das Schiffchen eines Webstuhles. Ein Weberschiffchen? Aber nein, das ist ja der weiße Kutter – und dann entsteht auf einmal ein großes Kristallgitter... Im Aufwachen verspürte ich ein durchdringendes Angstgefühl, daß ich den Traum vergessen könnte, und sofort begann ich – auf einmal hellwach geworden – zu schreiben. Ich sah mit einer gewissen, allerdings freudigen Bestürzung, daß unter meiner Feder Formeln über das Papier liefen...«

Rainer stockte.

»Großartige Formeln«, sagte er dann mit einem leichten Seufzer und lächelte wieder, als wollte er um Entschuldigung bitten. »Ich kann sie nicht anders bezeichnen: großartige Formeln waren es. Ich hatte kaum die letzte niedergeschrieben, da sprang ich zur Tür, eilte durch das Vorzimmer, ergriff den Mantel, und ohne Mütze, mit bloßem Kopf trabte ich den ganzen Weg durch den strömenden Regen. Ich hätte es nicht fertiggebracht, ruhig in der Straßenbahn zu sitzen. So kam ich endlich zum Institut. Es war vier Uhr morgens.

Ich weckte die Laboranten. Die wagten nicht einmal, sich verständnissinnig anzusehen, so erschrocken waren sie durch mein frühes Erscheinen und mein Aussehen. Ich lief vor ihnen her, bat, flehte, schrie, daß sie doch nachdenken und sich erinnern möchten, ob nicht vor einem Jahr, als dort noch Jaensch, Hoeller und Braun arbeiteten, in einem der unteren Säle ein starkes Elektronengerät gestanden habe, irgendeine große Vakuumröhre, zum Beispiel eine Crooksche Röhre oder vielleicht ein neues Elektronenmikroskop.

Ich versichere Ihnen, es dauerte mindestens eine halbe Stunde, ehe es mir gelang, die Schlaftrunkenheit und das Erstaunen dieser phlegmatischen Hamburger zu überwinden. Dann endlich erinnerte sich der älteste unter ihnen, Wolf – sein Name sei gepriesen –, daß in den Sälen zwar nichts Derartiges vorhanden gewesen war, daß man aber einen Monat vor Abschluß der Forschungsarbeiten unten, im Erdgeschoß, einen linearen Atombeschleuniger vom Typ V, das heißt also einen vertikalen, mit senkrechter Mündungsröhre aufgestellt hatte. Nach zweitägiger Überprüfung brachte man ihn in ein anderes Gebäude, da man festgestellt hatte, daß seine Strahlung so stark war, daß sie durch alle Stockwerke drang und daher eine schädliche Wirkung auf die in den oberen Sälen Beschäftigten haben konnte.

›Das Datum! Das genaue Datum! Wann war das?‹ rief ich. Zögernd nannte er es. Ich sauste an den verblüfften Laboranten vorbei, riß die Schlüssel aus dem Kasten, stürzte ins Laboratorium und war kurze Zeit darauf schon inmitten des großen Geheimnisses: An dem Tage, an dem der Beschleuniger aufgestellt worden war, hatte man die Proben von Nummer 6419 bis 6439 gemacht. Darunter befand sich also auch jenes wunderbare Stück Gummi, und zwar als letzte Probe dieser Versuchsreihe. Es taugte ebensowenig wie die anderen. Nachdem die Röntgenaufnahmen beendet waren, blieb dieses Stück Gummi im heißen Ofen, und die Chemiker verließen das Laboratorium. Als niemand mehr oben war, begannen die Techniker im Erdgeschoß mit der Überprüfung des Beschleunigers. Der Strom der ausgeschleuderten elektrischen Teilchen drang durch die drei Stockwerke, gelangte auch in das Innere der noch heißen Kammer und polarisierte die Polystyrene so, daß Siliziumgummi entstand.

Am nächsten Morgen wurde diese Probe, ohne daß man auch nur eine Ahnung von ihrer wunderbaren Verwandlung hatte, mit den anderen als wertlos in die Rumpelkammer gebracht. Damit ist eigentlich meine Geschichte zu Ende. Der mächtige Sturm, der die Atome zum kristallinischen Gitter ordnete, war ein Strom elektrischer Teilchen. Auf diese Weise entstand das Herstellungsverfahren des Siliziumgummis, das manchmal auch das Rainersche genannt wird... Ein kleiner Kutter mit einer kühnen Besatzung, einer eigentümlichen Takelage und das stürmische Wetter an der See haben dabei Pate gestanden. Ich habe auf der Erde bis jetzt noch nie unter Kollegen darüber gesprochen, ich hätte es nicht gewagt; aber hier...«

Rainer verstummte. Nach längerer Zeit sagte Chandrasekar: »Ich freue mich, daß Sie diese Geschichte erzählt haben. Sie ist ein schönes Beispiel für den Reichtum und die planvolle Vielfältigkeit der Erscheinungen, die im menschlichen Geiste vor sich gehen. Gestatten Sie mir einen Vergleich: Irgendwo rollte ein schweres Gefährt durch die Straßen, und unter all dem Kristall und Porzellan in einem Büfett klingt ein kleines Weinglas auf, leise, ganz leise. Selbstverständlich ist es eine Resonanzerscheinung; aber das gleiche, Kollege Rainer, war auch mit Ihrem Segelschiff der Fall. Sehen Sie, im Zimmer muß es vollkommen still sein, damit man die feine Stimme des Glases, das durch eine ferne Erschütterung aus der Ruhe gebracht worden ist, auch vernehmen kann. Und genauso ist es bei Ihnen gewesen: Der Schlaf war für Sie unbedingt notwendig. Er unterbrach den in sich geschlossenen Kreislauf der Gedanken, der sich Ihnen eingeprägt hatte und in dem Ihr Geist sich ständig im Kreise bewegte. Endlich fand er nun einen völlig neuen Weg. Ihr Unterbewußtsein ahnte schon längst das Richtige, als Sie sich noch mit einer Hartnäckigkeit, die einer besseren Sache wert gewesen wäre, einzureden versuchten, daß Sie nichts wüßten. Das heißt, Sie wußten es wirklich nicht...«

»Das erinnert mich an eine andere Sache«, begann Arsenjew, schüttelte aber, nachdem er auf die Uhr gesehen hatte, den Kopf. »Halb vier«, sagte er. »Ich glaube, es ist höchste Zeit, schlafen zu gehen, nicht wahr?« Wir stimmten ihm alle zu. Ich denke, daß wohl ein jeder von uns etwas aus Rainers

Erzählung mitnahm und nun seinen eigenen Gedanken nachhängen wollte.

»Obwohl es hier bei uns weder Nacht noch Tag, noch Tageszeiten gibt, wünsche ich euch gute Nacht, liebe Freunde«, sagte Arsenjew und reckte seine mächtige Gestalt. Schweigend begaben wir uns in die Kabinen. Das Geschoß raste weiter auf seiner Bahn; die Sterne aber standen unbeweglich auf dem Leuchtschirm. Noch einmal blickte ich zu ihnen hinüber, bevor mein Kopf, voll von den Eindrücken dieses Tages, auf das Kissen sank. In dieser Nacht träumte ich von meinem ersten Flug.

Das tote Gestirn

Die ganze Zeit über schien die Erde zu wachsen. Ein immer ausgedehnterer Teil ihrer Oberfläche wurde sichtbar, je weiter wir uns von ihr entfernten. In der siebzehnten Stunde unseres Fluges erreichte sie ihren größten Durchmesser. Es war geradezu beängstigend, auf diesen sich immer furchtbarer heranwälzenden Koloß zu blicken, aus dem ein dichter, weißer Glanz hervorbrach. Dann trat das ein, wovon Soltyk erzählt hatte, was man aber nicht begreifen kann, wenn man es nicht miterlebt hat. Die Teilung der Welt in Himmel und Erde verschwand, die Erde fing an, selbst ein Teil des Himmels zu werden, ein Stern – zuerst als eine riesige, drei Viertel des Gesichtsfeldes bedeckende Kugel –, dann flachte sich ihre Wölbung scheinbar ab, das Leuchten wurde matter, und um sieben Uhr morgens fand bereits die ganze weißlichtrübe Scheibe mit den dunklen Flecken der Ozeane im Schirm des Fernsehgerätes Platz.

Unterdessen näherte sich die Rakete dem Mond. Anfangs sah es aus, als würden wir an seiner rechten Seite vorbeifligen. Ich ließ meine Aufzeichnungen liegen und beobachtete nun, wie sich der Mond im Schirm des Televisors verschob, so daß der Bug der Rakete schließlich auf den Nordpol gerichtet war.

Ich ging in die Zentrale, wo ich Soltyk und Arsenjew traf. Sie stellten vor dem Leuchtschirm eine riesige Kamera mit einem Teleobjektiv auf. Der »Kosmokrator« sollte in einer Entfernung von knapp fünfhundert Kilometern am Mond vorbeifliegen, und bei dieser Gelegenheit wollte der Astronom eine Reihe von Aufnahmen machen.

Von Viertelstunde zu Viertelstunde vergrößerte sich die Scheibe des Mondes und verstärkte sich der stechende, quecksilberne Glanz, der an die kalte Glut einer Quarzlampe erinnerte. Kurz nach elf Uhr begannen sich die dunklen Flekken und Streifen auf der Oberfläche zu zergliedern. Bald hoben sie sich immer klarer und schärfer als ringförmige Bergketten mit zentralen, vulkanischen Kegeln vom Hintergrund ab. Es war, als verdrängte die weißglühende Halbkugel des Mondes den schwarzen Himmel aus dem Leuchtschirm.

Um zwei Uhr hatten wir uns ihr bereits auf dreißigtausend Kilometer genähert. Da die Antriebsmotoren wieder ständig arbeiteten, machte sich die Anziehungskraft des Mondes recht unangenehm bemerkbar. Die Schwere unseres Körpers und aller Gegenstände war einem raschen Wechsel unterworfen, was sich bei uns als ein zeitweiliges Schwindelgefühl äußerte. Als die Entfernung nur noch etwas über zwanzigtausend Kilometer betrug, schaltete Soltyk, der für kurze Zeit die Motoren abgestellt hatte, die Kreiselbewegung des Geschosses aus. Da gab es eine andere Überraschung. Ich wollte mich auf die Lehne des Sessels stützen – und erhob mich plötzlich in die Luft; denn mein Körper hatte nur noch den sechsten Teil seines normalen Gewichtes. Ich beachtete jedoch diese Erscheinung kaum, da ich von dem überwältigenden Anblick gefesselt war, der sich dort unten bot. Während man am Morgen die Bewegung der Rakete überhaupt nicht gemerkt hatte, machte der Flug jetzt, da uns vom Mond nur noch einige tausend Kilometer trennten, den Eindruck eines furchtbaren Absturzes.

Wir befanden uns über dem Altaigebirge. Es sah aus wie versteinerter Straßenschmutz mit darin erstarrten Hufspuren. Diese Spuren waren in Wirklichkeit Krater von vielen hundert Kilometern Durchmesser. Im Gesichtsfeld gab es aber nichts, was gestattet hätte, ihre wirkliche Größe vergleichsweise abzuschätzen. Die Motoren schwiegen. Von der erreichten Geschwindigkeit weitergetragen, folgten wir der Richtung der Tangente und sollten wie eine abgeschossene Gewehrkugel ganz dicht am Rande des Mondes vorbeifliegen. Unsere Eigengeschwindigkeit summierte sich mit der Umdrehungsgeschwindigkeit des Mondes, und die Bewegung der Scheibe unter uns beschleunigte sich mit jeder Sekunde.

Um zwei Uhr vierzig betrug die Entfernung nur noch eintausendeinhundert Kilometer. Plötzlich tauchten Bergformationen hinter dem Horizont auf, der sich als gigantischer Bogen nach beiden Seiten hin spannte; ihre Gipfel funkelten in der Sonne wie die weißglühenden Zähne einer Säge, die die Fläche unter uns zerriß, um nach einigen Minuten auf der anderen Seite des Horizontes zu verschwinden. Unheimlich war dieser tote Lauf der Kraterränder, deren rauhe Außenhänge im grellsten Sonnenlicht hervortraten, während ihr Inneres in undurchdringlichem Dunkel lag. Wenn man länger zusah, schwindelte einem. Dieses rasende Dahinhetzen steinerner Formen in der grenzenlosen, von tiefen Rissen und Spalten zerfressenen Wüste, dieses Chaos von Licht und Schatten zog einen wie ein Abgrund in die Tiefe. Überall an den Felshängen rund um die Kegel der Vulkane und auf der steinigen Ebene warfen blitzende Lavastreifen das Licht zurück.

Wie uns der ununterbrochen arbeitende Radarhöhenmesser unterrichtete, hatte sich die Entfernung einige Minuten nach drei bis auf zweihundert Kilometer verringert. Nördlich von uns schob sich der Krater Tycho de Brahe vorüber, mit seinem gigantischen, mehr als tausend Kilometer im Umkreis ausgebreiteten Fächer erstarrter Lava, die ringsum die niedrigen Höhenrücken und Gebirgswälle bedeckte. Wir näherten uns dem Terminator, der Linie, die den beleuchteten Teil des toten Gestirns von dem unbeleuchteten scheidet. Dort, an der Grenze zwischen Tag und Nacht, meißelten die waagrechten, fast parallel zum Boden verlaufenden Sonnenstrahlen eine gespenstische Architektur in die Felsen. Aus den Nachtgebieten stachen, weißglühenden Nadeln gleich, die Spitzen der höchsten Gipfel hervor.

Unter und vor uns lag die Ebene der Südsee, auf der ich einen dunklen nadeldünnen Strich gesichtet hatte, der sich mit ungeheurer Geschwindigkeit fortbewegte. Gespannt verfolgte ich ihn... auf einmal begriff ich: Es war der Schatten der Rakete. Ich wollte Soltyk darauf hinweisen, der dicht neben mir stand; aber er hatte es bereits bemerkt. Er wendete mir sein strenges Gesicht zu, auf dem die Erregung der letzten Stunden stand, über das aber schon wieder ein leichtes Lächeln huschte.

Plötzlich verlosch der große Leuchtschirm wie eine ausgeblasene Kerzenflamme. Wir waren in ein vollständiges Dunkel geraten. Da keine Lampen brannten, konnte man in der Zentrale nichts mehr unterscheiden. Soltyk schaltete den Televisor auf das Radargerät um, und in der Finsternis, die in der Kabine herrschte, zeigten sich die grünlichbraunen Umrisse der Mondkrater. Unmittelbar neben uns, als hingen sie frei im Raum, flimmerten die Zahlen auf den Instrumenten des Prädiktors, und auf der Glasscheibe, über die wir uns alle drei beugten, schwamm ein Leuchten, das aus dem Meeresgrund aufzusteigen schien: Es verwandelte unsere Gesichter in unheimliche Masken.

Inzwischen war der »Kosmokrator« in den Schattenkegel getaucht, den der Mond in den Raum wirft, und brauste noch immer mit gleicher Geschwindigkeit weiter. Kurze Zeit später erlebten wir den Vorgang, den wir bei der Annäherung an den Mond beobachtet hatten, noch einmal umgekehrt. Das Relief der Oberfläche verwischte sich allmählich, die kreisförmigen Gebilde der Ringgebirge wurden immer kleiner und liefen gegen die Mitte des Leuchtschirmes zusammen, die Oberfläche des Satelliten schien sich langsamer und langsamer zu drehen, bis sie scheinbar stillstand. Der Mond, nun wieder eine halb beleuchtete, halb in Dunkel gehüllte Kugel, lag hinter uns.

Soltyk schaltete das Licht an, nahm den Fotoapparat und ging mit dem Astronomen ins Laboratorium. Ich blieb allein und setzte mich vor den Leuchtschirm, der den Ausschnitt des vor der Rakete liegenden Raumes zeigte. In die Stille hinein tickten helltönend die Geigerzähler. Jeder dieser Töne meldete, daß ein Partikelchen der kosmischen Strahlung die Wände der Rakete, ihren Schutzmantel aus Wasser, durchschlagen hatte. Zuweilen erfuhr das langsame, gleichmäßige Ticken eine beträchtliche Beschleunigung. Anscheinend durcheilten wir dann ein Strahlenbündel, das von irgendeinem fremden Himmelskörper ausgesandt wurde.

Nachmittags bat mich Soltyk, die Sauerstoffskaphander zu prüfen, in denen wir uns auf der Oberfläche der Venus bewegen sollten. Der Ingenieur war ein anständiger Kerl. Ich wußte, daß diese Arbeit weder dringend noch notwendig war. Soltyk war mir aber begegnet, als ich ziellos in der Rakete herumirrte, und wollte mir einfach eine Beschäftigung geben.

Ich machte mich also auf zum Oberdeck, zu den Laderäumen. Jedesmal, wenn man durch den senkrechten Schacht hinaufstiegt, spürt man etwas ganz Eigenartiges: Der Körper wird schwerelos; denn in der Längsachsenzone der Rakete verliert die Zentrifugalkraft ihre Wirkung, und man kann hier, wenn man sich von den Sprossen der Leiter abstößt, längere Zeit frei in der Luft schweben bleiben mit dem komischen Gefühl der Körperlosigkeit, wie man es manchmal im Traume hat.

Unsere Skaphander waren natürlich in bester Ordnung. Sie

bestehen aus einer Kombination und einem Helm, den man rasch und bequem abnehmen kann. Die Kombination ist aus einem weichen, aber sehr widerstandsfähigen Gewebe aus künstlicher Wolle angefertigt und wiegt nur knapp drei Pfund. Der Helm bildet einen an der Spitze abgerundeten Kegel, ist also an der Basis am breitesten. Chandrasekar bezeichnete seine Form als ein Rotations-Hyperbolid. Zu beiden Seiten ragen konkave, mit einem Metallgitter versehene Reklektoren heraus. Das sind die Antennen eines kleinen Radargerätes, dessen Schirm sich im Innern des Helmes in Mundhöhe befindet. Vor den Augen ist eine ovale Scheibe befestigt, die unter normalen Verhältnissen gute Sicht gewährt. Im Dunkeln oder bei Nebel kann man sich des Radargerätes bedienen.

Wir haben diese Schutzanzüge auf der Erde mehrere Tage hintereinander getragen und uns überzeugt, daß sie sehr bequem sind. Man sieht allerdings etwas unheimlich darin aus, zumal die runden metallenen »Ohren« etwas Fledermausartiges an sich haben. Neben vielen anderen Geräten, wie elektrische Heiz- und Kühlvorrichtungen, einem Instrument zur Feststellung von Strahlungen und dem Sauerstoffapparat, besitzt der Skaphander noch ein Radio – einen Empfänger und Sender zugleich –, das nicht größer ist als ein Füllfederhalter. Das Problem, die erforderlichen Spulen, Leitungen und Kondensatoren unterzubringen, wurde auf sehr sinnreiche Weise gelöst. Man hatte sie mit chemischer Silbertinte auf das Glas der Röhren gemalt – das Radio ist ein kleines Zweiröhrengerät – und dann wie eine Glasur eingebrannt. Dadurch entstanden so dauerhafte Kontakte, daß man, um sie zu beschädigen, den ganzen Apparat hätte zerschlagen müssen. Das Gerät sendet auf einer Welle von zwanzig Zentimetern, hat also in der Ebene einen Wirkungsbereich von ungefähr vier Kilometern. Von einem höher gelegenen Punkt aus, zum Beispiel einem Berggipfel oder einem Flugzeug, vergrößert sich der Aktionsradius bis auf hundertfünfzig Kilometer.

Ich sah noch einmal nach dem Hubschrauber und inspizierte den Ladebunker, um mich ein wenig am Anblick der arktischen und der Hochgebirgsausrüstung zu erfreuen.

Als ich in die Zentrale zurückkehrte, waren Oswatitsch, Arsenjew und Lao Tsu bei einer geheimnisvollen Tätigkeit: Sie

»hörten die Sterne ab«. Zylindrische Spulen, vorn, an der Spitze der Rakete untergebracht, sammeln die elektromagnetischen Wellen, die von den Gestirnen ausgesendet werden und die, nachdem sie ein Verstärkersystem durchlaufen haben, auf dem Kathodenschirm der Oszillographen flakkernde grünliche Linien zeichnen. Die Gelehrten, die sich nur durch wenig Worte verständigten, trugen die Zahlen ins Observationstagebuch ein.

Als Arsenjew mich bemerkte, lächelte er mir freundlich zu und schaltete den Lautsprecher ein. Die Strahlung der Sterne verwandelte sich in Töne: Man vernahm dumpfes Knattern, das von kurzem, scharfem Pfeifen unterbrochen wurde.

»So sprechen die Sterne zu uns«, sagte der Astronom. Er lächelte nicht mehr. Unwillkürlich wurde auch ich ernst. Wenn man erst längere Zeit in der Rakete haust, gewöhnt man sich schnell an die seltsamen Erscheinungsformen dieser Umgebung. Und dennoch gibt es Augenblicke, da spürt man plötzlich, daß einen nur eine dünne Metallhülle von der bodenlosen, schwarzen Leere trennt, dem Reich der elektrischen Wellen und glühenden Gaswolken.

Nachmittags hatte ich vier Stunden Navigationsdienst. In dieser Zeit ereignete sich nichts Besonderes. Erst gegen Abend bekam ich etwas Arbeit: Eines der Rohre in der Schleusenstation war undicht geworden und mußte geschweißt werden. Als ich diese Reparatur erledigt hatte, kehrte ich mit dem angenehmen Gefühl leichter körperlicher Ermüdung in meine Kabine zurück. Nachts träumte ich, daß ich wieder ein kleiner Junge sei. Der Großvater hatte mir versprochen, mich bei schönem Wetter auf eine Bergwanderung mitzunehmen. In meinem Kinderzimmer, am Fenster, stand ein Aquarium. Das Wasser spiegelte die Sonnenstrahlen wider und warf sie als weiße Kringel gegen die Decke. Da erwachte ich und sah einen hellen, runden Fleck über mir. Ich richtete mich auf, die Sonne schien; ich freute mich auf den Ausflug mit Großvater. Doch in der nächsten Sekunde zerstob der trügerische Traum. Langsam sank ich auf das Polster zurück. Der weiße Fleck auf dem Televisorschirm war die Erde.

Der »Kantsch«

Die nächsten acht Tage unserer Reise verliefen ohne Zwischenfall. Der »Kosmokrator«, dessen Bahn der Ausschnitt eines stark verlängerten Hyperbelastes ist, nähert sich seinem Ziel. Der Lichtpunkt der Venus wächst zu einer glänzenden Scheibe an, die langsam inmitten der unbeweglichen Sterne dahinzieht.

Wir führen ein sehr regelmäßiges Leben. Vormittags beschäftigen sich die Wissenschaftler mit ihren Untersuchungen. Unterdessen laufe ich im Mittelgang der Rakete auf und ab; wie es mir Tarland geraten hat; er behauptet nämlich, man müsse täglich mindestens dreitausend Schritte zurücklegen, um die Muskeln geschmeidig zu erhalten.

Anschließend gehe ich in die Zentrale und lasse mich von Soltyk oder Oswatitsch in die Geheimnisse der Astronautik einweihen. Einige Male war ich auch bei Professor Chandrasekar und seinem geliebten Marax, auf dem der indische Gelehrte, wie sich Arsenjew einmal ausgedrückt hat, »eine mathematische Symphonie spielt«. Nachmittags, sobald die Post eingetroffen ist, ziehen wir uns in unsere Kabinen zurück, um die Grüße unserer Angehörigen zu lesen. Die Professoren bekommen außerdem ganze Stöße von wissenschaftlichen Mitteilungen. Wir treffen uns erst beim Abendessen wieder, und dann lauschen wir bis in die späte Nacht den Erzählungen. Wir haben uns so daran gewöhnt, daß wir unseren Tag gar nicht mehr anders beschließen könnten. Gestern erinnerte mich Arsenjew an mein Versprechen, etwas über mich zu berichten. Ich lehnte ab und erklärte, daß meine Erinnerungen keinesfalls den Vergleich mit den Erzählungen meiner Gefährten aushielten.

»Nun, wenn Sie meinen«, sagte Arsenjew daraufhin, »wenn Sie mich dazu zwingen... Angesichts dieser Tatsache bitte ich Sie nicht mehr darum, sondern befehle es Ihnen als wissenschaftlicher Leiter der Expedition.«

So versuchte ich heute abend, als das tägliche Radiokonzert zu Ende war, einige meiner Erlebnisse aus der Zeit, da ich Führer einer Rettungsmannschaft im Kaukasus war, zum besten zu geben; aber Arsenjew unterbrach mich bereits nach den ersten Worten: »Entschuldigen Sie!« rief er. »Daraus wird nichts, mein Lieber! Meinen Sie, wir lassen uns zum Narren halten? Wollten Sie uns nicht etwas vom Kantschindschinga erzählen? Die Sache war doch das Tagesgespräch der ganzen Welt. Haben Sie das etwa vergessen?«

»Durchaus nicht. Aber es fällt mir schwer, darüber zu sprechen.«

»Ausgezeichnet«, versetzte Arsenjew. »Man soll immer gerade das tun, was einem schwerfällt. Fangen Sie ruhig an, Pilot.«

Er wußte, daß er eine schwache Stelle bei mir berührte, wenn er mich so nannte. Er wußte es und lächelte mir ermunternd zu. »Nun ja, Sie geben ja doch nicht eher Ruhe«, brummte ich und begann. Arsenjew lächelte noch immer, aber bald sah ich, wie sich sein Lächeln veränderte, als gelte es bereits nicht mehr den Menschen, sondern den unendlichen Schneefeldern, die nun vor uns auftauchten.

»Der Himalaja...«, begann ich. »Die Expeditionen gehen Ende des Winters in den Himalaja...«

Von diesen Worten an war ich nicht mehr in der Kabine, fühlte nicht mehr das weiche Rückenpolster. Die leuchtenden Punkte der Sterne auf der dunklen Televisorscheibe blendeten mich wie die Sonnenlichtreflexe eines Gletschers. Ich sah wieder das blasse, verwaschene Blau über den Gipfeln, atmete die dünne Luft und vernahm den eigenartigen, hastigen Schlag des unermüdlichen Herzens. Mir war, als spürte ich den Druck des Seiles auf der linken Schulter, und meine rechte Hand ballte sich unwillkürlich, wie um den Griff des Eispickels.

»...denn im Sommer weht vom Indischen Ozean her der Monsun und bringt ungeheure Schneefälle. Das Schicksal einer Expedition ist allein von der Witterung abhängig. Zwischen den Winterstürmen und dem Monsun liegt gewöhnlich eine Pause von mehreren Wochen. Kommt aber der Monsun schon früher, gegen Ende Mai, dann gerät das ganze Lager in die Schneestürme. Der Wind zerreißt die Leinen, wirft die Zelte mit den Menschen in den Abgrund, von allen Berghängen rollen die Lawinen. Ich erinnere mich...«

Ich stockte.

»Deshalb geht man eben bereits Ende März in die Berge.

Dann blasen noch die kalten Nordwinde und kehren den Schnee von den höheren Graten. Der Frost aber wird schon von Tag zu Tag milder. Die ersten Bezwinger der Himalajagipfel benutzten Sauerstoffflaschen. Heute gebraucht man sie nur noch selten; denn wer sich erst einmal an das Gerät gewöhnt hat, dem fällt es schwer, sich davon zu trennen, und wenn es beschädigt wird, so ist sein Träger verloren. Es ist also besser, man paßt sich allmählich den dort herrschenden Luftverhältnissen an, indem man genügend lange in den einzelnen Lagern bleibt, ehe man zum nächsthöheren aufsteigt. Bis zu einer Höhe von fünftausend Metern kommen fast alle, bis zu sechstausend ungefähr jeder zweite europäische Alpinist, bis zu siebentausend jeder fünfte und über siebentausend, dort, wo die höchsten Gipfel beginnen, gelangt einer von zwanzig.

Das Hinaufsteigen ist übrigens das wenigste. Viel wichtiger ist es, längere Zeit dort oben auszuharren. Die Biologen sagen, daß ungefähr in der Höhe des Mount Everest die Grenze menschlicher Widerstandsfähigkeit gegen den Sauerstoffmangel verläuft. Vor der Expedition habe ich, ebenso wie meine Gefährten, in einer Kammer mit verdünnter Luft auf Atmen trainiert. Aber wie alle Himalajabesteiger kam ich später zu dem Ergebnis: Die Praxis sieht ganz anders aus.«

Ich schwieg eine Weile, dann wandte ich meinen Blick von den Sternen ab und fuhr fort: »Vor einem halben Jahrhundert griffen die Engländer den Mount Everest an. Sie zogen los mit einer großen Zahl von Trägern, die unter den Bergbewohnern ausgewählt worden waren. Die Expedition schlug ein Lager nach dem anderen auf und bemühte sich, bis unter den Hauptgipfel vorzustoßen, der dann in einer ganztägigen Attacke bezwungen wurde.

Bei unseren Expeditionen gab es keine Teilung in Träger und Bergsteiger. Wir bahnten alle der Reihe nach den Weg, spannten die Seile und trugen die Lasten von Lager zu Lager. Dieses ständige Hin- und Herlaufen zwischen zwei Wegabschnitten war für mich die beschwerlichste Periode der ganzen Expedition.

Der Kantschindschinga, oder, wie wir ihn in unserer Lagersprache einfach nannten, der ›Kantsch‹, ist mit seinen achttausendfünfhundertneunundsiebzig Metern der dritthöchste Gipfel der Welt. So wie andere Achttausender, besteht er aus einem riesigen System von Gebirgsketten, die sternförmig in der Gipfelpyramide zusammenlaufen. Mit Rücksicht auf die Lawinengefahr sind im Himalajagebiet die Grate die einzig gangbaren Wege. Wir erstiegen einen der Ausläufer des Massivs und strebten auf seinem Rücken dem Gipfel zu. Zu der Zeit, in der meine Geschichte eigentlich erst beginnt, war die Witterung sehr gut. Vor uns lag die Schlußetappe unserer Anstrengungen. Trotz eines fünf Wochen währenden Angriffs hatten wir den Gipfel noch nicht bezwingen können. Und dabei trennten uns noch ganze zwei Kilometer Luflinie von ihm. Die Marschroute war natürlich etwas länger; denn der Gebirgskamm krümmte sich an dieser Stelle wie ein langgezogenes S.

Jeden Tag war mit dem Monsun zu rechnen. In der Ferne, unterhalb der Südgipfel, die schroff zur bengalischen Ebene abfallen, verdichteten sich bereits die ersten milchig-flammigen Wolken. Unser letztes Lager, das elfte, lag unmittelbar hinter dem Grat auf einer schrägen Felsplatte, die jäh oberhalb des Zemugletschers abbrach.

Ich möchte Ihnen nicht erzählen, was wir bis zu dieser Zeit durchgemacht hatten. Damit Sie aber wenigstens einigermaßen verstehen können, was nachher geschah, muß ich Ihnen erklären, in welcher Verfassung wir uns alle befanden. Selbstverständlich litten wir, einer wie der andere, unter der beginnenden Bergkrankheit. Am schlimmsten waren die im Schlafsack verbrachten Nächte, wenn man vor Kälte erstarrte und immer wieder aus Luftmangel aufwachte. Bei völliger Ruhe zählten wir ungefähr hundert Pulsschläge in der Minute. Und dann die Appetitlosigkeit! Wir aßen, weil wir wußten, daß man essen muß. Das erschwerte Atmen in einer Luft, die fast nur noch ein Drittel des normalen Sauerstoffgehaltes besitzt, wurde zur fast unerträglichen Qual. Zu alldem kam noch der langsame Wechsel des psychischen Zustandes, der sich erst nach und nach bemerkbar machte. Anfangs wird man apathisch. Selbst die leichteste Arbeit, zum Beispiel das Sammeln von Schnee für das Kochwasser, war mit einer ungeheuren Willensanstrengung verbunden. Das Aufsuchen eines Lagerplatzes, das Feuermachen unter dem kleinen Herd, das Trocknen der Schuhe – alles geschah mechanisch, als ob man zu einem Automaten geworden sei. Erst dann, wenn es frühmorgens auf dem noch ungebahnten Wege weiterging, wenn man sich wieder bewußt wurde, daß noch nie eines Menschen Fuß diesen Grat betreten hatte, dann war es, als würden in unserem Innern die letzten Reserven frei... und dann spürte man wieder neue Kraft in den Gliedern.«

Ich machte eine Pause, denn der Mund war mir trocken geworden. »Um sechs Uhr morgens, als die Morgendämmerung eben den Himmel rötete, brachen wir auf. Außer dem Rucksack mit der Thermosflasche, einigen Tafeln Schokolade und Vitaminkonzentrat trugen wir die Eispickel, Haken und einen ziemlich großen Vorrat an Seil mit uns. Der Schnee knirschte unter unseren Sohlen. Als ich mich noch einmal umwandte, sah ich unsere beiden Gefährten, die vor dem Zelt standen und schützend die Hand über die Augen hielten; denn wir schritten geradewegs in die emporsteigende, aufflammende Sonne hinein.

Ich wußte, wie sehr sie uns beneideten. Jeder von ihnen wäre gern an unserer Stelle gewesen; aber nur wir zwei waren noch imstande, weiterzugehen. Die beiden Zurückbleibenden warteten auf die anderen, die sie ins Tal hinabführen sollten.

Mein Freund Erik stapfte hinter mir. Ich kann nur so viel von ihm sagen, daß ich mit keinem Menschen so gut zu schweigen vermochte wie mit ihm. Wir verstanden uns ohne Worte. Wenn ich ihn ansah, wußte ich, was er wollte. Seine Gegenwart machte mich stärker. Wie stets zu Tagesbeginn, mußte man erst langsam wieder in Schwung kommen. Zwanzig Schritte, ohne stehenzubleiben – ich versuchte es immer wieder, aber es gelang mir nicht. Zwölf Schritte, das war mein Rekord in dieser Höhe. Die Lungen arbeiteten wie ein Blasebalg, und wenn es erforderlich war, mit dem Eispickel Stufen einzuhauen, dann schlug einem schon nach einigen Schlägen das Herz bis in den Hals.

Es brach ein Tag an, wie man ihn nur im Himalaja erleben kann. Die waagrechten Strahlen der Sonne teilten die Welt in zwei Hälften. Unten, in dem blauen Schatten, brodelte der Nebel. Wo er aufriß, schimmerte der von Sprüngen zerrissene wie mit Striemen bedeckte Kantschugletscher hindurch. Im Osten und Norden erhoben sich die Gipfel des Kantschindschau, des Makau und des Pauluari, deren Felsrippen teilweise von Schnee freigefegt waren und deren Hänge von langen Wolkenstreifen durchschnitten wurden. Hinter diesen Bergen, schon in Tibet, ragte ein unbekannter Gipfel, eine breite Pyramide mit einer blendendweißen Spitze hervor.

Wir waren bereits an der Achttausendmetergrenze. Die Mehrzahl der Gipfel schwamm unter uns im Nebelmeer. Nur im Westen, fast hundert Kilometer von uns entfernt, stand weiß und unbeweglich der Mount Everest so riesenhaft vor dem Himmel, als wäre er nicht mehr ein Teil unserer Erde, sondern ein fremder Himmelskörper, der jenseits des Horizontes emporstieg. Ich ging als erster. Erik ungefähr zehn Schritte hinter mir. Die Funkengarben, die der Schnee in die Augen warf, blendeten uns trotz der Schutzbrillen. Meine Lippen waren schon seit langem aufgesprungen und geschwollen. Das war einer der Gründe, warum wir uns nur durch einige kurze, gemurmelte Worte verständigten.

Der Kantschindschinga ist berühmt und berüchtigt durch seine ›Eisgespenster‹, die ihn technisch schwieriger machen als den Mount Everest. Die besonderen Bedingungen des Tauens, des Gefrierens, der Kristallisation erwecken aus den Schneemassen eine Zauberwelt der ungewöhnlichsten Formen. Kilometerweit reihen sich auf den Graten riesenhafte phantastische Gebilde aneinander, die aus einem Alptraum zu stammen scheinen: gewundene Türme, Säulen und ganze Labyrinthe aus getauten und wieder gefrorenen Wächten und Eisklumpen. Die Köpfe und Kämme dieser Berggespenster überziehen sich infolge der Sonnenwärme mit einer Glasur von Eis. Auf diese Weise entstehen Decken und Eishelme, von denen viele Meter lange Stalaktiten herabhängen.

Bis über die Knie im Schnee watend, suchte ich den geeigneten Weg zu finden. Der Grat verengte und verbreiterte sich in einem fort. Zuweilen mußte ich hart am Rande weiterschreiten und den Schneetürmen vorsichtig ausweichen, um sie nicht aus dem Gleichgewicht zu bringen. Manchmal gelang es auch, über sie hinwegzusteigen. Dann saß ich oben und rollte die Leine ein, an der Erik zu mir emporklomm. Ein andermal wühlten wir am Fuße einer solchen Säule eine Vertiefung in den Schnee und schoben uns, nur die Fingerspitzen auf den schwankenden Koloß stützend, Schritt für Schritt an ihm vorbei.

Plötzlich versperrte uns ein riesiger Pilz aus ineinandergefrorenen Stücken von altem und neuem Schnee den Weg. Ich schlug den Eispickel ein, um zu probieren, ob man ihn nicht überklettern könne, fühlte aber, daß er im Innern lose und wacklig war. Wenn wir uns unter dieser etwa fünfzehn Meter hohen Masse wie die Maulwürfe hindurchgruben, konnte sie jeden Augenblick über uns zusammenbrechen. Ich spähte nach links und dachte dabei an ein Traversieren oberhalb des Zemugletschers; aber der Firn des Hanges war über und über von Rissen bedeckt, es drohte Lawinenbildung. Auf der rechten Seite war nichts, überhaupt nichts. Unvermittelt stürzte ein Stein, wie mit einem Messer angeschlagen, in die Tiefe und flog senkrecht viertausend Meter tief bis auf den Kantschugletscher hinab. Er hatte eine Art engen Durchgang frei gemacht.

An dieser Stelle neigte sich der Pilz zur Seite. Gut fünf Meter lange Eiszapfen hingen in dichtem Spalier von seinem Hut herab. Dort mußten wir hindurch. Ich ging voran, mit gebeugten Knien und gesenktem Kopf, um nicht an das Dach zu stoßen. Zwischen den Eiszapfen schimmerte der Himmel herein. Noch einige vorsichtige Schritte, und der Tunnel war zu Ende. Vor uns lag etwas Schwarzes. Meine Augen waren noch von dem Blitzen und Funkeln des Eises geblendet. Es dauerte längere Zeit, ehe ich sie wieder zu öffnen vermochte. Nun merkte ich, daß im Grat eine breite Spalte gähnte. Absteigen konnte man verhältnismäßig leicht; drüben jedoch erhob sich eine kleine Wand, besser gesagt, eine nicht hohe, aber steile Schwelle. In den Alpen wäre sie ein Kinderspiel gewesen; hier dagegen, wo an ein einfaches Hinaufziehen mit den Händen kaum gedacht werden konnte, bildete sie ein ernstliches Hindernis. Ich blickte mich um und suchte nach einer Möglichkeit, den Spalt zu umgehen. Aber es gab keine. Auf der einen Seite des Zemugletschers drohten Lawinenhänge und auf der anderen – senkrechte Felsrippen mit einem überhängenden flachen Schneebuckel. Erik blieb neben mir stehen. Wortlos schob er mir seinen Rucksack mit den Haken zu.

Zwei Stunden brauchten wir, um die kleine Wand zu bewältigen. Sie war von einem Schnee bedeckt, der mir keineswegs gefiel. Von unten sah man ihn kaum; denn er lag nur auf den schmalen Bändern, über die er da und dort wie ein weißer Besatz herabhing. Er überzog die ganze Wand wie ein Spinngewebe und war lose wie Mehl. Nicht den geringsten Halt gab er. Die Haken erklangen unter dem Hammer mit einem langen tiefen Ton, der um so kürzer und höher wurde, je weiter wir das Eisen in den Stein trieben. Meine rechte Hand verwandelte sich allmählich in einen gefühllosen Klumpen. Ich spürte nur noch das Herz, das qualvoll vergrößerte, würgende Herz, das die ganze Brust mit harten Schlägen ausfüllte. Um zwölf Uhr kletterte ich über die obere Grenze des Schattens und ließ mich auf der höchsten Stelle der Wand nieder. Erik hatte ein um etwa fünf Meter tiefer gelegenes Band zum Aufstieg gewählt.

Unter mir – das unermeßliche, stille, scheinbar unbewegte Luftmeer. Auf seinem Grunde – die gesprungene, zerrissene, von einzelnen Schneefeldern bedeckte, erstarrte Flut des Gletschers. Oberhalb des Passanramgletschers erhob sich wie eine Felseninsel im Ozean das furchtbare Massiv des Siniolch über den Nebel. Der Schnee auf seinen Steilhängen brach als gezackte Linie unter den Gipfeln ab. Im Rhythmus unseres Pulsschlages schien das riesige Gebilde von Felsen, Wolken und Eis um uns zu schwanken.

Neben mir rollte Erik mit langsamen, bedächtigen Bewegungen das Seil zusammen. Ich betrachtete gerade den nackten Gipfel des Siniolch, als ein Zittern über seine Wände lief. Die riesige Schneezunge, die die tiefste Scharte ausfüllte, richtete sich plötzlich auf, neigte sich zurück, verharrte einen Augenblick in dieser Lage und rutschte dann mit einer unheimlich wirkenden Langsamkeit lautlos den Steilhang hinunter. Gleich danach versperrte ein Vorhang von Schneestaub die Sicht. Und dahinter brodelte es auf. Eine Lawine schob sich immer rascher in die Tiefe, bis sie die Nebelschleier, die über den Tälern hingen, zerriß und verschwand. Hoch droben funkelte hell und klar das alte Eis der leergefegten Hänge. Eine Sekunde lang war es ruhig – dann quoll auf dem gegenüberliegenden Hang weißer Rauch empor wie von einer Explosion. Eine zweite Lawine ging nieder, nach ihr eine dritte und dann noch eine. Sie stürzten in den Nebel und rissen ihn in Fetzen. Erst jetzt drang das dumpfe Poltern an unser Ohr. So lange Zeit hatte der Schall gebraucht, um die Entfernung zu überwinden. Das Donnern wurde stärker, fing sich in den Seitentälern und kehrte als Widerhall zurück. Über den Nebelfetzen stieg eine Wolke von feinstem Schneestaub auf, und plötzlich spannte sich ein ungeheurer Regenbogen über den Abgrund.

Erik stand neben mir. Wie gebannt blickten wir in die Tiefe. Endlich raffte er sich als erster auf. Wir hatten wenig Zeit, wir mußten weiter; es ging dem Gipfel des Kantsch zu. Von dieser Stelle aus beschrieb der Grat einen gewaltigen Bogen. Da der Wind ständig von der Seite her wehte, war der Schnee allmählich über den Grat gekrochen und zu weit über den Abgrund hinausragenden Wächten angewachsen, die an den vereisten Steilhängen nur wenig Halt fanden. Von unten war die gefährliche Lage gut zu übersehen. Oben aber, wenn man versuchte, dem Grat zu folgen, glänzte überall der gleiche, blendendweiße Schnee, der den Grat und auch die tückischen Überhänge verdeckte. Die rechte Seite, bis zum Kegel des Gipfels, bildete eine schroff abfallende Wand, die nur hier und da von Schneestreifen durchzogen war. Gerade nach dieser Seite hin schoben sich Hunderte von Wächten über den Grat hinaus. Die einen verrieten sich durch ihre Buckel, andere wieder wirkten wie eine Verbreiterung des Grates.

Unsere Blicke irrten vergeblich in die Weite, um wenigstens die gefährlichsten Stellen im Gedächtnis zu behalten. Über dem Abgrund tanzten Sonnenfunken, und vor dem blaßblauen, ruhigen Himmel flimmerten Tausende von Regenbögen. Den Pickel in der einen Hand, das straff gerollte, über die Schulter geworfene Seil in der anderen, so ging ich hinter Erik her, der nun die Führung übernommen hatte.

Der Schnee war sehr tief, er wirbelte bei jeder Berührung auf und rauschte in Strömen in die Tiefe. Dicht vor uns hob sich der Kegel des Kantsch gegen den hellen Himmel ab, die Westseite dick verschneit, die Ostseite als kahler, abschüssiger, dachziegelartig geschichteter Fels. Erik tat einen Schritt nach rechts. Der Grat verbreiterte sich an dieser Stelle und bot einen bequemen Übergang. Ich blieb stehen. Auf einmal verschwand der weiße Vorsprung wie weggeblasen. Lautlos stürzte Erik in den Abgrund. Das Seil war für einen Augenblick schlaff.

Ich hätte ihn bestimmt nicht halten können, ich hatte ja gar keine Zeit, mich zu sichern. So, wie ich stand, stieß ich mich mit aller Kraft ab und sprang auf der anderen Seite in die

Tiefe. Die Luft pfiff mir um die Ohren, die schwarzen Flächen der Wand rasten an meinen Augen vorüber. Dann spürte ich einen heftigen Ruck und verlor die Besinnung. Ein furchtbares Stechen in der zusammengeschnürten Brust weckte mich. Ich drohte zu ersticken. Das Seil hatte sich gespannt. Über meinem Kopf befand sich in fast greifbarer Nähe ein Felsvorsprung. Der vereiste Grat war wie eine Rolle, und wir hingen zu beiden Seiten an dem Seil. Ich versuchte zu rufen, aber ich brachte keinen Ton heraus. Das Seil zerrte mit immer gleichbleibender Stärke am Gürtel. Ich hob die Hand, sie war blutüberströmt, auch auf dem Stiel des Eispickels, den ich im Fallen nicht losgelassen hatte, waren Spritzer. Schmerz verspürte ich nicht.

Ich vermochte kaum zu atmen, geschweige denn zu rufen. Ich mußte den Rucksack auf die andere Seite schieben, um irgendeinen Griff zu finden; ich fand keinen. Mit großer Mühe gelang es mir, einen Haken einzuschlagen, und so klomm ich Zentimeter für Zentimeter, immer wieder das Seil sichernd, zum Grat hinauf.

Vorsichtig kroch ich bis zum anderen Rand und legte mich platt auf den Bauch.

Das Seil, das ich um den Vorsprung geschlungen hatte, hing auf der Seite, auf der Erik verschwunden war, straff hinab. Es schwang langsam wie ein riesiges Pendel hin und her. Ich konnte Erik nicht sehen, die Wand war zu steil. Ich hatte die grauenhafte Vorstellung, daß er sich den Kopf zerschmettert habe und nun als schwerer Leichnam an dem abgewickelten Seil schaukele. Noch einmal beugte ich mich über den Abgrund, und da entdeckte ich ihn. Dort unten hing er, wie ein Mehlsack.«

Ich vermochte nicht weiterzusprechen. Das entsetzliche Bild, das ich nun wieder deutlich vor mir sah, hatte mich zutiefst erregt. Ich blickte wie hilfesuchend auf meine Gefährten, als könnten sie die heraufbeschworene Vision bannen. Es dauerte geraume Zeit, ehe ich fortfuhr: »Erik lebte, er war besinnungslos. Im Fallen war er mit dem Kopf gegen die Felswand geschlagen. Ich brauchte eine ganze Stunde, bis ich ihn auf den Grat heraufgezogen hatte. Sein Haar war wie Kohle – hart und schwarz von gefrorenem Blut. Er atmete flach. Bis ich ihm notdürftig den Kopf verbunden hatte, verging wieder eine halbe Stunde. Es war inzwischen halb vier geworden. Ich machte mich an den Abstieg. Seinen Rucksack und das Reserveseil ließ ich zurück. Zuerst versuchte ich, ihn im Schlafsack hinter mir herzuziehen, aber es war unmöglich. Ich band ihn mir auf den Rücken. Beim ersten Schritt wäre ich beinahe gefallen. Ich tat einen zweiten, dann noch einen. Es ging. Nach einer Stunde war ich bei der Spalte im Grat. Ich ließ ihn am Seil hinunter und stieg hinterher. Der weitere Weg war leicht geneigt, und das Gehen fiel mir etwas leichter. Er schlug mit dem Kopf gegen meinen Oberarm; es ließ sich nicht ändern.

Im Osten färbte sich der Himmel bereits dunkler, als ich wieder bei den Schneetürmen anlangte. Mit meiner Last konnte ich diese Hindernisse nicht überwinden. Ich wußte es, wußte aber auch, daß er erfrieren würde, bevor ich mit jemandem zurückkäme – wenn ich überhaupt imstande gewesen wäre, diesen Weg noch einmal zu machen. Und so kletterte ich auf den Lawinenhang hinab und stapfte geradeaus, quer über das Schneefeld weiter. Die Wahrscheinlichkeit, daß keine Lawine mich begraben würde, war eins zu hundert, vielleicht zu tausend – ich wagte und gewann. Mir war aber bereits alles gleichgültig, ich dachte nur noch. Gehen... gehen...! Und ich ging. Nach der Traversierung wieder den Grat zu erklimmen, dazu war ich nicht mehr imstande. Die Last auf dem Rücken hielt mich am Abhang fest. Ich fiel einige Male. Plötzlich begann ich hinabzugleiten – immer schneller... Im ersten Augenblick durchzuckte mich der Gedanke: Wehr dich nicht, es geht zu Ende. Und dann schlug ich doch instinktiv den Eispikkel in den Schnee und konnte mein weiteres Abgleiten aufhalten. Ich band das Seil um den Schlafsack und machte mich erneut an den Aufstieg zum Grat. Alle paar Meter blieb ich stehen, schlang das Seil um den Eispickel und zog den Schlafsack vorsichtig herauf. Es war schon dunkel, als ich den Grat erreichte. Ich schlüpfte in den Schlafsack und verbrachte so die ganze Nacht, Seite an Seite mit Erik. Nur die ungewöhnlich warme Luft, die schon den Monsun ankündigte, rettete uns vor dem Erfrieren.

Kaum zeichneten sich die Umrisse der Berge in der frühen Dämmerung ab, da erhob ich mich und nahm ihn wieder auf den Rücken. Ich wollte weitergehen, konnte aber auf einmal dem Gedanken nicht widerstehen, daß er tot sei. Ich näherte den Eispickel seinem Mund. Das Metall bedeckte sich mit einem dünnen Hauch. Ich machte mich auf den Weg. Die Schutzbrille hatte ich bei dem Sturz verloren. Gegen Mittag waren meine Augenlider entzündet. Zeitweise wußte ich nicht mehr, was um mich her geschah, und setzte nur noch mechanisch einen Fuß vor den anderen. Manchmal weckte mich sein Atem, der mir den Nacken wärmte, aus meiner Erstarrung, manchmal gab ich selbst einen heiseren Laut, ein Stöhnen von mir, das mich für eine Weile wieder zur Besinnung brachte.

Einige Male glaubte ich, nicht mehr weiterzukönnen. Dann mußte ich mir zureden: Zehn Schritte... und noch zehn Schritte, und so kam ich langsam weiter. Einmal, als ich einer niedrigen Gesteinswelle ausweichen wollte, stolperte ich und fiel in den Schnee. Ich blieb liegen. Eine angenehme Schläfrigkeit überkam mich. Und ich hörte eine Stimme ganz nahe an meinem Ohr: Er lebt nicht mehr. – Ich richtete mich auf und begann heimlich, wie ein Dieb, das Seil zu lösen, mit dem ich ihn an mich festgebunden hatte. Da fühlte ich sein Herz. Es schlug. Ich taumelte hoch und ging weiter. Was dann geschah, weiß ich nicht mehr. Ich aß, glaube ich, Schnee; denn es brannte mir wie ein eisiges Feuer in der Kehle.

Die Gefährten, die im elften Lager unsere Rückkehr abwarteten, gingen uns, obwohl sie selbst krank waren, um die Mittagszeit entgegen. Nach zwei Stunden bemerkten sie auf dem höchsten Punkt des Grates einen dunklen Fleck und nahmen an, daß nur einer von uns zurückkehre. Sie waren bereits auf Rufnähe herangekommen, als sie ihren Irrtum erkannten. Ich sollte stehenbleiben und auf sie warten. Sie gaben mir Ratschläge für den Abstieg. Ich hörte nichts, ich wußte nicht, wo ich war. Zehn Schritte... und noch zehn Schritte... Auf halbem Wege erreichten sie mich und nahmen mir Erik ab. Als hätte mich nur noch die Last aufrecht gehalten, stürzte ich, mit dem Gesicht vornüber, in den Schnee. Ich erkannte niemanden mehr. In eine Zeltbahn gehüllt, trugen sie Erik hinunter ins Lager. Auch mich mußten sie hinuntertragen.«

Lange Zeit herrschte tiefes Schweigen. Ich sah keinen der Gefährten an, ich starrte auf den schwarzen Leuchtschirm, als spräche ich in den unendlichen Raum, in dem das Ameisengewimmel der Sterne flimmerte.

»Als ich erwachte, schien die Sonne. Ich wollte den Fuß bewegen, es ging nicht; er lag in Gips. Ich spürte eine weiche Steppdecke unter den Fingern. Durch das Fenster war ein Himmel voll weißer Monsunwolken zu sehen. Jemand trat ein und blieb, überrascht, daß ich die Augen offen hatte, in der Tür stehen. Ich strich über die Steppdecke, und als sie nicht verschwand, da weinte ich.«

Ich stockte.

»Es war im ersten Lager, in Gangtok, sieben Tage nach dem Vorfall. Ich hatte den Knöchel gebrochen; wie und wobei weiß ich heute noch nicht. Außerdem hatte ich mir eine Herzerweiterung zugezogen. Die linke Herzkammer hatte sich fast bis unter die Achselhöhle verschoben. Ich war schwach, so schwach, daß ich kaum sprechen konnte.«

Wieder herrschte langes Schweigen in der Kabine. Es war, als wäre meine Erzählung schon zu Ende. Dann hob Arsenjew den Kopf und schaute mir in die Augen. »Er kam um, nicht wahr?«

»Ja. Er starb am anderen Tag. Es war alles... umsonst.«

»Das ist nicht wahr!« rief Arsenjew heftig, geradezu drohend. »So darf niemand reden... auch Sie nicht!«

»Wollen Sie damit sagen, es sei eine Heldentat gewesen?« fragte ich gereizt. »Die Expeditionsgefährten gaben mir mehr als einmal zu verstehen, daß ihre Achtung seitdem noch größer geworden sei... und ich konnte mich doch nicht darüber freuen. Denn ich habe ihn gehaßt. Ja: gehaßt! Ihr könnt es alle wissen. Ich habe geflucht und gebetet, daß er sterben möge, immerzu.«

»Aber Sie sind weitergegangen!«

Ich antwortete nicht.

»Auf unserer Erde«, sagte Arsenjew, »gibt es weniger Furcht und Not als früher. Doch es wäre falsch und schlimm, wenn wir unter dem Einfluß des allgemeinen Wohlstandes das verlieren würden, was uns hoch über alle anderen Geschöpfe erhebt. Zweifellos liegt der Unterschied zwischen Mensch und Tier in unserem Verstand; aber darüber hinaus gibt es noch etwas Wertvolleres, eine Kraft, vielleicht könnte man sie Treue nennen, die uns oftmals ausdauernder als unsere Körper, stärker als unsere Muskeln und härter als unsere Knochen macht, die uns befiehlt, auf eine von vornherein verlorene Sache alles zu setzen – wenn es um einen Menschen geht. Ihr

Handeln, Pilot, hat durch den Tod des Freundes um nichts an Sinn verloren. Sie waren Mensch bis zum letzten. Wären wir doch alle überall und stets imstande, mit offenen Augen Mensch zu sein.«

Er erhob sich und schlug mit der Hand auf den Tisch. »Und der Rest, Freunde... der Rest ist Schweigen.«

Der Stern Erde

Der zwanzigste Reisetag. Wie ein neuer Planet raste der »Kosmokrator« mit ausgeschalteten Motoren hinter der Venus her. Wir können ihre Phasen, die sich wie beim Mond ändern, nun schon mit freien Augen erkennen. Die hohe Geschwindigkeit ist überhaupt nicht spürbar. Wenn man nicht in den Televisor blickt, könnte man glauben, die Rakete ruhe unbeweglich auf der Erde. Ich laufe stundenlang im Mittelgang umher, durchquere alle Verbindungsgänge der Laderäume und kehre dann wieder in den dreieckigen Korridor zurück, bis mich von dort die wie seit Ewigkeiten herrschende Stille und das immer gleichleuchtende, künstliche Tageslicht verscheuchen.

Heute mittag, als ich am Laboratorium vorbeiging, hörte ich jemanden laut lachen. Es war Arsenjew: Sein Lachen könnte einen Toten aufwecken. In der Meinung, daß die Wissenschaftler ihre Arbeiten bereits beendet hätten – sie saßen seit dem Morgen im Laboratorium –, öffnete ich die Tür und vernahm gerade noch, wie Arsenjew zu dem Physiker sagte: »Das sind doch Scherze, Kollege! Kistiakowski hat doch bewiesen, daß der Potentialwall bei freier Rotation um die Bikarbonachse im Aethan kaum zwei Kilokalorien beträgt.«

»Verzeihung!« stammelte ich und zog mich zurück. Ich ging in die Gemeinschaftskabine. Sie war leer. Ich blickte in den Televisor, der auf die Erde gerichtet war. Sie unterschied sich von den anderen Sternen durch ihre Größe und ihren besonders hellen Schein. Dicht über ihr hing als runder weißer Punkt der Mond. Ich hatte wohl schon eine halbe Stunde auf den Leuchtschirm gestarrt, als mir jemand die Hand auf die Schulter legte. Ich schrak zusammen. Es war Arsenjew. Eine Weile standen wir beide schweigend vor dem Leuchtschirm, dann fragte er in einem Ton, als suchte er in sich selbst nach einer Antwort: »Heimweh?«

Die Erde schimmerte in bläulichem Glanz. Der Leuchtschirm konnte einen zeitweilig die Tiefe des Raumes vergessen lassen. Ganz nahe am Rahmen des Schirmes zog sich ein mattgoldener Streifen hin, der Sternengürtel der Milchstraße.

Ohne die Hand von meiner Schulter zu nehmen, fragte mich der Astronom leise: »Meiden Sie uns vielleicht deshalb?«

»Ich meide Sie?«

»Aber selbstverständlich. Wenigstens taten Sie es vorhin im Laboratorium.« Er lächelte. »Lao Tsu und ich haben Sie zu unseren Besprechungen eingeladen; aber Sie kommen nicht. Außerdem stehen Sie auf und entfernen sich, kaum daß wir uns irgendwo in der Nähe hingesetzt haben. Ich habe es schon mehrmals bemerkt.«

»Ich wollte nicht stören«, erwiderte ich rasch. »Was die Besprechungen anbelangt... ich bin der Ansicht, daß es keinen Sinn hat. Nur um dort zu sitzen... Ich könnte ja doch nur das sagen, was Ihnen schon längst bekannt ist. Ich bin Pilot und...«

»Zum Teufel mit Ihrem Piloten!« rief Arsenjew, und seine Augen blitzten zornig. »Hier Pilot und hier Wissenschaftler, was? Sie glauben wohl, wir hätten die Weisheit mit Löffeln gefressen? Bücher... Formeln... Mathematik...«

Er lachte ärgerlich auf.

»So habe ich es nicht gemeint«, beschwichtigte ich ihn. »Als ich sechs Jahre alt war, kam einmal ein berühmter Flieger in unser Haus, der auf seinem Flug Kanada – Nordpol – Australien in Pjatigorsk zwischengelandet war. Vater brachte ihn im Auto zu uns. Er blieb zum Abendessen, übernachtete und flog am nächsten Morgen weiter. Ich sehe ihn noch wie heute an unserem Tisch sitzen. Er saß mir gegenüber und trank den Tee nach russischer Art aus der Untertasse; denn der Tee, den meine Mutter brühte, war sehr heiß und stark... Er schlürfte ihn bedächtig und sprach kein Wort dabei. Ich ließ ihn nicht eine Sekunde aus den Augen, ich beobachtete ihn wie – womit soll ich es vergleichen, vielleicht so: wie ein Astronom eine Sonnenfinsternis beobachtet, die sich nur alle tausend Jahre ereignet, und bemühte mich, sein Geheimnis zu ergründen. Er war ein ruhiger, ziemlich behäbiger Mann mittleren Alters, er bewegte sich ganz normal, er saß genauso wie alle anderen Leute, dankte, wenn ihm die Schüssel gereicht wurde, aber das war ja alles nicht das Wirkliche an ihm. Wirklichkeit war sein vielstündiger Flug um die Welt, die Einsamkeit in der Kabine des Raketenflugzeugs, die Wolken in der Tiefe und hoch über ihm die Sterne. Es war mir damals, als könnte er jeden

Augenblick aus unserer Mitte auf und davon fliegen, verschwinden..., denn er war für mich ein Gast aus einer anderen Welt, und das, was ich an ihm zu bemerken vermochte..., daß er lächelte und einen Goldzahn hatte, das war eben unwesentlich, unwirklich, und das, was wirklich war, konnte man nicht wahrnehmen. –

Ich wiederhole Ihnen, so gut ich es kann, die Gedanken eines sechsjährigen Jungen. Und die Wissenschaft – um auf unser Gespräch zurückzukommen – ist meiner Meinung nach ein Beruf, der sich von allen anderen grundsätzlich unterscheidet. Sie sind ständig mit ihm verbunden, und wenn Sie mit einem von uns zusammen sind, solchen Uneingeweihten wie ich, dann ist es, als hätten Sie nur für eine Weile Ihre Welt verlassen. Ich weiß aber, daß Sie jeden Augenblick dorthin zurückkehren können. Sie haben sie immer, diese Ihre Welt, während ich...«

»Während Sie Ihre Welt auf der Erde zurückgelassen haben«, unterbrach mich Arsenjew. »Nicht wahr, das wollten Sie doch sagen?« Er packte mich bei den Schultern und schüttelte mich heftig. Aber ich empfand es wie eine Erleichterung.

»Nach Ihrer Meinung setzt sich also jeder Gelehrte aus zwei Teilen zusammen: dem sichtbaren, der ißt, schläft und mit den ›Uneingeweihten‹ spricht, und dem wichtigeren, unsichtbaren, der in der Welt der Wissenschaft lebt. – Unsinn! Unsinn, sage ich! Die Welt eines jeden Menschen ist dort, wo er lebt und arbeitet. Ihre Welt und auch die meine ist augenblicklich hier, dreißig Millionen Kilometer von der Erde entfernt. Freilich, die Wissenschaft ist mein Beruf. Ich habe sie liebgewonnen, mehr noch: sie ist meine Leidenschaft. Es stimmt, daß ich manchmal von mathematischen Formeln träume –; aber weshalb sollten Sie nicht ebensogut von Steuerknüppel und Höhenmesser träumen dürfen? Wir haben zwar verschiedene Berufe, jedoch in der gleichen Welt. Ich glaube, daß wir zuviel von außergewöhnlichen Leistungen gesprochen haben und zuwenig von den Menschen, die sie vollbringen. Deshalb werde ich das Programm für heute abend ändern – zu Ihren Gunsten und auch zu unseren.«

Am Nachmittag ging ich im Korridor spazieren. Um vier Uhr würde ich Soltyk ablösen und den Navigationsdienst übernehmen. Bis dahin hatte ich Zeit. Ich kam zu der Feststellung, daß sich ein interplanetarer Flug von einem gewöhnlichen vor allem dadurch unterscheidet, daß man seinen Verlauf kaum gewahr wird. Das einzige, was davon zeugt, ist die komplizierte Kurve, die der Expeditionsleiter jeden Abend in die Karten des Weltraumes einzeichnet. Es fehlt an wechselnden Bildern; denn von einer Bewegung der Sterne ist bei diesen unermeßlichen Entfernungen nichts zu bemerken, es geschieht eigentlich gar nichts. Kein Wunder, daß es Stunden gibt, in denen man sich schließlich langweilt..., und da nützt es wenig, wenn ich mir klarmache, daß ich ein Reisender zwischen den Sternen bin.

Ich blickte auf die Uhr. Es war gleich vier. Ich kehrte um und schlenderte zur Zentrale. Mich trennten vielleicht noch fünf Schritte von der Tür, als ich wie von einer unsichtbaren Faust zu Boden geschmettert wurde. Ich überschlug mich und flog den Korridor zurück. Ein Zusammenstoß, durchzuckte es mich. Ich vesuchte aufzustehen, es ging nicht. Ich vernahm ein scharfes, vibrierendes Pfeifen. Zuerst glaubte ich, es sei Ohrensausen; aber nein, die Motoren arbeiteten! Ehe ich den Satz zu Ende denken konnte, erfolgte eine zweite heftige Erschütterung, von der entgegengesetzten Richtung her, und warf mich kopfüber gegen die Tür der Zentrale, wo ich abprallte wie ein Ball; denn ein neuer Stoß schleuderte mich wieder nach hinten. Und jedesmal gaben die Motoren einen pfeifenden Ton von sich und setzten für einen Augenblick aus. Es kam noch schlimmer. Ein furchtbarer Krampf schien die Rakete zu packen. Immer wieder schnellte sie nach vorn und wurde zurückgerissen. Ich flog im Korridor hin und her wie eine Erbse in einer Schachtel, die man kräftig schüttelt. Wäre nicht der dicke schwammige Belag gewesen, so hätte ich mir den Schädel eingeschlagen. Auf einmal öffnete sich die Türe der nächsten Kabine, und heraus stolperte Arsenjew.

»Was ist los?« rief er.

»Achtung!« schrie ich; aber es war zu spät. Er geriet mir zwischen die Beine, ich fiel über ihn. Wir rollten beide nach vorn. Wut stieg in mir auf. Die Katastrophe war da, es ließ sich nicht mehr ändern. Was aber bedeuteten diese irrsinnigen Zuckungen? Beim nächsten Ruck stieß ich mich mit den Füßen von der Wand ab und flog geradewegs gegen die Tür. Sie sprang auf, und ich stürzte mit aller Wucht in die Zentrale, Arsenjew mir nach. Ich klammerte mich an eine Sessellehne und ließ sie nicht mehr los, obwohl die Rakete in allen Fugen bebte, als bohrte sie sich in ein unsichtbares Hindernis. Ich bemerkte Soltyk. Er kniete an der Wand und versuchte, sich aufzurichten. Sein Gesicht war mit Blut beschmiert.

»Zum Prädiktor!« rief er. »Zum Prädiktor!« Ich schwang mich zurück und bekam eines der Rohre zu fassen. Mit der anderen Hand zog ich Soltyk heran, der eben in meine Nähe rollte. Wir krallten uns mit aller Kraft an das Rohr. Soltyk machte eine Hand frei und wollte den Hebel herunterdrükken. Ein neuer Stoß schleuderte ihn fort. Ich griff zu und hatte nur noch einen Fetzen seiner Kombination in der Hand. Soltyk taumelte durch die Zentrale. Ich konnte nichts tun, mußte zusehen. Plötzlich richtete sich zwischen ihm und der mit Hebeln und Schaltern gespickten Wand Arsenjews riesige Gestalt auf. Der nächste Stoß, diesmal von vorn, fegte ihn von den Füßen; aber er hatte den Ingenieur bereits gepackt und ließ ihn nicht mehr los. Sie sausten an mir vorbei. Arsenjew und ich umklammerten uns krampfhaft. Einen Augenblick lang hielt ich mich mit der linken Hand am Rohr fest und umschlang mit dem rechten Arm die beiden Gefährten. Mir war, als würde ich in zwei Teile zerrissen, als müßten sämtliche Nerven und Muskeln bersten. Mir wurde schwarz vor Augen. Eine schreckliche, maßlose Wut überkam mich, ich wußte selbst nicht auf was. Ich brüllte wie ein Tier, hielt aber fest und wußte, daß ich bis zum Schluß festhalten würde.

Eine Sekunde später verstummten die Motoren, uns wurde ungewöhnlich leicht. Soltyk, von Arsenjew und mir gestützt, warf sich auf den Hebel des Prädiktors und zerrte die Bleiplombe der Beschleunigungssicherung mit solcher Gewalt heraus, daß ihm die Fingernägel abbrachen. Dann stieß er einen heiseren Schrei des Triumphes aus. Die Sicherung löste sich aus den Halteklammern und fiel zu Boden. Der Prädiktor schaltete erneut die Motoren ein. Immer mächtiger heulten sie auf. Durch nichts mehr gehemmt, überschritt der Zeiger des Gravimeters den roten Strich. Schon stand er bei zwölf G, und wir kauerten am Rohr des Prädiktors, konnten es nicht loslassen, weil uns die immer wirksamer werdende Beschleunigung sofort an die Wand geknallt hätte. Zusammengekrümmt, die Arme ineinander verflochten, die Füße gegen den Boden gestemmt – so kämpften wir mit zitternden Muskeln gegen die furchtbare Kraft, die uns von unserem Rettungsanker loszureißen versuchte. Der Zeiger erreichte dreizehn G, da wurde mir schwarz vor den Augen. Soltyk, der zwischen uns gepreßt dahockte, schien sich etwas leichter zu fühlen. Er kroch noch mehr in sich zusammen, wie ich es manchmal bei Sturzflügen tat, und drückte das Kinn an die Brust. Ich folgte seinem Beispiel, und es wurde mir wieder heller vor den Augen. Ich schielte zum Leuchtschirm hinüber – und sah, was geschehen war.

In der linken Hälfte des Schirmes flimmerte etwas – ein paar kleine, wie Sterne leuchtende Flecken. Sie wuchsen mit schwindelerregender Schnelligkeit. Dahinter kamen die nächsten. Das waren Meteore! Ein ganzer Schwarm umgab die Rakete. Von oben herab fiel, langsam um seine Achse wirbelnd, ein besonders großer Meteor. Hell strahlte er in dem Glanz auf, den seine kantigen Ränder zurückwarfen. Die Krümmung seiner Bahn und den Ort im Raum, wo der Zusammenstoß erfolgen mußte, fühlte ich geradezu körperlich. Ich wagte es nicht, Arsenjew anzusehen. Ich fürchtete, durch eine jähe Kopfbewegung das Bewußtsein zu verlieren, und ich wollte doch das Ende noch miterleben. Hinter der Platte des Prädiktors drang ein lautes Rasseln hervor. Wie von kräftigen Zügeln gepackt, wendete der »Kosmokrator« in einem kurzen Bogen. Rote Lichter flammten auf: Überbelastung. Kurz und schneidend schrie die Alarmsirene. Wir wurden gegen die Metallplatte des Prädiktors geworfen, es preßte uns den Brustkorb zusammen, erwürgte und zerbrach uns fast. Ich hielt die Augen weit offen; aber ich konnte nichts mehr sehen. Plötzlich kam aus dem Prädiktor ein leises Knacken. Die Motoren schwiegen.

Es war auf einmal vollkommen still um uns. Schwer atmend, richteten wir uns auf. Unsere Beine waren weich wie Watte. Die Leuchtflächen hatten sich verdunkelt. So still war es, daß wir es kaum zu glauben vermochten, was wir vor wenigen Augenblicken durchgestanden hatten. Man hätte ein Geldstück auf die Scheibe des Prädiktors stellen können, ohne daß es umgefallen wäre, so ruhig und gleichmäßig war wieder der Flug der Rakete. Ich half Arsenjew, den Ingenieur auf einen der Sessel zu betten, dann fiel ich ermattet in den nächsten.

Geraume Zeit sprach keiner von uns. Schließlich sagte ich: »Man muß nachsehen, was mit den anderen los ist.«

»Gehen Sie!« bat mich Arsenjew. Ich stand auf. Als ich mich der Tür zuwandte, fügte er hinzu: »Etwas Äther oder Alkohol würde nicht schaden.«

Ich drehte mich um und bemerkte, daß Soltyk in seinem Sessel zusammengesunken war – ohnmächtig.

Die Begegnung mit dem Meteorenschwarm hätte ein schlimmes Ende nehmen können; aber unsere Gefährten waren mit heiler Haut davongekommen. Sie hatten sich alle in ihren Kabinen aufgehalten; die einen lagen im Bett, die anderen im Sessel und waren so der Gefahr, gegen die Wände geschleudert zu werden, entgangen. Erwischt hatte es nur uns drei. Soltyk war von irgendeiner scharfen Kante die Stirnhaut aufgerissen worden, Arsenjew hatte eine Knochenverletzung am Handgelenk, und ich war mit einer Zerrung der Schultermuskeln, einigen blauen Flecken und einer riesigen Beule davongekommen.

Beim Hinausgehen stieß ich auf Chandrasekar und Oswatitsch, die mit den schlimmsten Befürchtungen in die Zentrale eilten. Durch die Telvisoren in ihren Kabinen hatten sie den Verlauf des bedrohlichen Ereignisses verfolgen können.

Soltyk erklärte uns später die Zusammenhänge: Der »Kosmokrator« flog durch einen Raum, der den Sternkarten nach vollkommen leer sein mußte, und geriet in einen Meteorenschwarm von ungefähr tausend Kilometer Ausdehnung. Kaum war das Radarecho von dem ersten Meteor zurückgeworfen worden, als auch schon der Prädiktor die Motoren einschaltete und den heranrasenden Meteoren auszuweichen begann. Durch ein unglückliches Zusammentreffen von Umständen stimmte die Richtung ihres Stromes fast mit unserer eigenen Bahn überein, was die gefährliche Begegnung bedeutend verlängerte. Der Prädiktor beschleunigte und hemmte abwechselnd den Flug der Rakete. Dabei hinderte ihn jedoch außerordentlich die Beschleunigungssicherung, die es ihm nicht erlaubte, eine genügend hohe Geschwindigkeit zu entwickeln, um dieser unheilvollen Nachbarschaft zu entfliehen. Als Soltyk die Sicherung ausschaltete, wuchs die Geschwindigkeit beträchtlich, und dadurch gelang es uns, der Gefahr noch rechtzeitig aus dem Wege zu gehen.

Die ganze Begegnung, von Anfang bis Ende, hatte nicht länger gedauert als anderthalb Minuten. Ich konnte es erst glauben, als ich die Aufzeichnungen vor mir sah, die der Prädiktor automatisch auf einem Filmstreifen festgehalten hatte. Während der lebhaften Diskussion über den Zwischenfall verband Tarland dem Ingenieur den Kopf, richtete Arsenjew den verletzten Knochen ein und schiente ihm die Hand. Plötzlich schaute mich der Astronom an und zeigte gutmütig lächelnd auf fünf blaue Flecken an seinem Unterarm.

»Gut haben Sie mich gehalten. Das ist Ihr Griff«, sagte er. Dann gingen wir zur Zentrale zurück, um zu untersuchen, ob die Rakete irgendwelche Schäden davongetragen habe. Das läßt sich im Verlaufe weniger Minuten durchführen; denn an allen Knotenpunkten sind Quarzkristalle eingebaut, von denen elektrische Leitungen zur Zentrale führen. Diese Kristalle wandeln jeden Druck in elektrischen Strom um und zeigen an, welche Kräfte und Spannungen innerhalb der Rakete herrschen. Soltyk schaltete das »Piezoelektrische System«, wie diese Anlage genannt wird, ein. Leuchtindikatoren rückten an die vorgeschriebenen Stellen. Der »Kosmoskrator« hatte nicht den geringsten Schaden zu verzeichnen, wenn man von dem zerschlagenen Eßgeschirr und vier oder fünf Laboratoriumsgeräten absah, die nicht sorgfältig genug befestigt waren.

Tarland bezweifelte, daß ich imstande sein würde, den Navigationsdienst anzutreten; es gelang mir jedoch, ihn davon zu überzeugen. Nach einer Weile, als bereits alle die Zentrale verlassen hatten, kehrte der Biologe noch einmal zurück und brachte mir Stärkungstabletten. Er verordnete mir, stündlich eine zu nehmen, und ging erst wieder weg, nachdem ich die erste geschluckt hatte. Mir schien es, als ärgerte er sich durchaus nicht über das Meteorenabenteuer; denn dadurch hatte er endlich etwas zu tun bekommen.

Bis zum Ende meines Dienstes las ich immer wieder die Angaben der Instrumente ab und blickte dabei mit einem gewissen Mißtrauen auf den sternenübersäten Leuchtschirm des Televisors. Der sonst so stille und friedliche interplanetare Raum hatte uns heute eine neue, weniger friedliche Seite gezeigt. Um acht löste mich Oswatitsch ab. Bis zum Abendessen spazierte ich wieder im Korridor auf und ab und konnte nun meine vorher unterbrochenen Überlegungen zu Ende denken.

Nun, da war also noch ein Merkmal der Weltraumflüge: Zwischen ihrem normalen Verlauf und dem gefährlichsten Zwischenfall gab es keinen Übergang. Seeleute und Flieger bemerken die Anzeichen eines heraufziehenden Unwetters lange vorher. Hier aber bricht die Gefahr wie ein Blitz aus heiterem Himmel herein und ist ebenso plötzlich wieder verschwunden. Ich fragte mich, was wohl geschehen wäre, wenn sich im Innern des Prädiktors irgendein Stromimpuls auch nur um den Bruchteil einer Sekunde verspätet hätte. Als ein zerschmettertes Gespensterschiff würde der »Kosmokrator«, im Strom der Meteore mitgerissen, von einer Unendlichkeit zur anderen fliegen.

Ich war neugierig, ob der Astronom sein Versprechen halten werde, das er mir am Morgen gegeben hatte. Er hielt es. Als wir uns am späten Abend wieder um den runden Tisch versammelten, erzählte uns Arsenjew ein Erlebnis aus seiner Jugend:

»Mein Vater war Astronom. Sie haben bestimmt in der Schule seinen Namen gehört, der für immer mit der Theorie der Verschiebung der Spektrallinien und der Resynthese der Materie aus Photonen verbunden ist. Ich kam im Schatten seines gewaltigen Ruhmes zur Welt und wuchs darin auf. Der Vater überragte mich wie ein Berg.

Alles, was ich während meiner Studien anpackte, jedes für mich noch so gigantische Problem war für ihn nichtig, geringfügig, nicht wert, auch nur mit einem Wort erwähnt zu werden. Nur eines hatte ich ihm voraus: ich war jung. Als ich mich auf meine Doktorarbeit vorbereitete, lehnte ich das Thema, das er mir vorschlug, ab. Ich wollte alles allein schaffen, ich war ja auch erst zwanzig Jahre alt. Manchmal sagte ich im Scherz zu ihm: ›Von dir wird es später heißen: ach, das ist ja der Vater des berühmten Arsenjew.‹ Vorderhand war aber noch immer das Gegenteil der Fall. Ich war so ungeduldig, daß ich versuchte, die Hindernisse, die ich verstandesmäßig nicht überwinden konnte, durch bloße Leidenschaft zu nehmen. Mein Vater beobachtete mich ruhig und schweigend wie einen seiner Himmelskörper. Einmal eilte ich mit einer Idee zu ihm, die mir ganz außergewöhnlich erschien. Er hörte mir zu und äußerte dann seine Meinung sachlich und erschöpfend, wie auf einem Seminar. Meine Idee war nicht neu, ein französischer Astronom hatte sie schon zwanzig Jahre vor mir gehabt.

›Du baust auf Sand‹, warnte mich der Vater. ›Die Wissenschaft besteht aus zwei grundlegenden Dingen, erstens aus Messungen und Beobachtungen, aus dem geduldigen, rastlosen Sammeln von unzähligen Tatsachen, die aufgezeichnet und ausgewertet werden müssen. Auf diese Weise wird in einem riesigen Katalog versucht, die unendlich vielfältigen Formen der Materie zu erfassen. Zweitens besteht die Wissenschaft – aus Erleuchtung, die manchmal in einer einzigen Sekunde dem Forscher das gegenseitige Abhängigkeitsverhältnis der Erscheinungen klarwerden läßt. Diese Erleuchtung kommt sehr selten und ist die Gabe einiger weniger. So manches Wissenschaftlerdasein geht nach vielen Jahren undankbarer und mühseliger Sammel- und Beobachtungstätigkeit zu Ende, ohne daß es jemals von dem Blitz einer großen Erkenntnis erhellt wurde. In den Namen jener, die durch umwälzende Entdeckungen unsterblich wurden, sind die Namen Tausender unbekannter Forscher vereinigt. Ihr Ameisenfleiß ermöglichte es den Glücklicheren, in einem Augenblick der Erleuchtung eines der zahllosen Rätsel, die uns umgeben, zu lösen. Und du willst allein und sofort etwas so Großes vollbringen? Das schaffst du nicht...‹

Wir schritten durch den Garten unseres Landhauses. Inmitten von Blumenbeeten erhebt sich dort ein Obelisk aus Granit, den mein Großvater, der auch Astronom gewesen ist, zu Ehren Einsteins errichtet hat. Kein Sinnspruch, keine Worte sind darin eingemeißelt, nur Buchstaben – die Formel vom Gleichgewicht der Energie und der Materie: $E = mc^2$.

Wir gingen auf dem schmalen Pfad entlang zum Obelisken. Als wir davorstanden, sagte mein Vater: ›Diese Formel ist für das ganze Weltall gültig. Kannst du das verstehen? Nein. Weder du noch ich, noch sonst jemand auf der Welt versteht es. So, wie sich in einer Handvoll Wasser, die du nachts aus einer Quelle schöpfst, die Unendlichkeit des Himmels über uns spiegelt, sind in dieser Formel Umwandlungen von Masse zu Energie eingeschlossen, die bereits vor Jahrtrillionen, als weder die Sonne noch ihre Planeten bestanden, vor sich gegangen sind. Alles umfaßt sie – das Sichzusammenziehen und

Sichausdehnen der Milchstraße, das Aufflammen und Erlöschen kosmischer Nebel. Leben entsteht und erstirbt auf Planeten. Sonnen glühen auf und erkalten – aber diese Formel bleibt gültig bis in alle Ewigkeit. Beginnst du zu begreifen, was ich meine? Innerhalb unserer Welt gibt es keinen anderen Glauben als den an den Menschen und keine andere Unsterblichkeit als die, die in diesen Stein gemeißelt ist. Wer um sie kämpfen will, muß ein heißes Herz, einen kühlen Verstand haben, und er sollte sich darüber im klaren sein, daß sich so mancher damit abfinden muß, aus dem Leben zu scheiden, ohne in der Wissenschaft etwas erreicht zu haben; denn nicht immer entdecken jene die Wahrheit, die es am meisten ersehnen. Es ist dir wohl erlaubt zu hoffen; aber das hilft dir leider gar nichts – niemand und nichts hilft dir, wenn du unter Hilfe ein Rezept für Entdeckungen verstehst. Doch eine Hilfe findest du stets: den reichen Schatz von Erfahrungen, den die Wissenschaftler der Erde in Tausenden von Jahren angehäuft haben. Setz dich hier auf die Bank, die dein Großvater aufgestellt hat, und denke darüber nach, ob es sich unter diesen Perspektiven für dich lohnt, Forscher zu werden.‹« Arsenjew machte eine Pause.

»An diesem Abend und auch in den nächsten Wochen spürte ich manchmal, daß der Blick meines Vaters auf mir ruhte. Vater wollte meine Antwort hören; aber – ich weiß selbst nicht recht weshalb, vielleicht fehlte es mir an Mut – ich zögerte sie hinaus.

Ein halbes Jahr später sollte ich zur Beobachtung einer Sonnenfinsternis mit einer astronomischen Expedition nach Australien reisen. Mein Vater fühlte sich nicht wohl, ich zauderte; aber er wünschte, daß ich führe. Er starb während meiner Abwesenheit; ich war nicht einmal bei seinem Begräbnis dabei. So seltsam es klingen mag – ich vermochte nicht an seinen Tod zu glauben. Nach meiner Rückkehr hielt ich mich zwei Wochen in meiner Vaterstadt auf. Ich hatte allerlei Dinge zu erledigen, die mit der Expedition, der bevorstehenden Verteidigung meiner Doktordissertation und mit dem Tode meines Vaters verbunden waren, so daß ich erst im Oktober für einige Tage unser Haus in der Nähe der Stadt aufsuchen konnte. Ich kam allein hin und traf niemanden an; aber die Zimmer waren aufgeräumt, und im Kamin in der Halle brannte das Feuer. Als ich an Vaters Zimmer vorbeiging, wollte ich unwillkürlich dreimal klopfen, wie ich es immer getan hatte – blieb jedoch mit erhobener Hand stehen. Im Pelz, so wie ich gekommen war, trat ich an den Kamin, der Rauch des Birkenholzes schlug mir entgegen, und erst in diesem Augenblick glaubte ich daran, daß mein Vater wirklich nicht mehr lebte. Ich weiß nicht, wie lange ich vor dem Kamin gestanden habe. Es geschieht nicht oft, daß sich irgendein abgenutztes, alltägliches Wort plötzlich wie ein Abgrund vor einem auftut. Dort, vor diesem Kamin mit den prasselnden Holzkloben, begriff ich den Sinn des Wortes ›nie‹. Auf der Erde leben und werden weiterhin Tausende, Millionen, Milliarden Menschen leben, gute und schlechte, berühmte und namenlose; aber in diesem durch die Jahrhunderte ziehenden Menschenstrom wird nie mehr, niemals wieder dieser eine Mensch sein, den ich so sehr geliebt habe, daß es mir gar nicht bewußt geworden ist. Ebenso lieben wir alle die Erde, und ebensowenig werden wir uns dessen bewußt. Wir nehmen sie hin als das Allgegenwärtige, das Notwendige, das Selbstverständliche. Wahre Werte erkennen wir erst, indem wir sie verlieren.

Ja – es ist für mich eine sehr schmerzliche Erinnerung; denn ich verlor damals nicht nur den Vater, sondern auch den unklaren, aber mächtigen blinden Glauben der Jugend, daß ihr nichts widerstehen, daß sie alles erobern könne und auf nichts zu verzichten brauche. Doch die Augenblicke, in denen mit diesen irrigen Anschauungen gebrochen wird, machen die Menschen stärker und reiner. Die Idee von einer Welt vollkommenen Glückes kann nur dem Gehirn eines Dummkopfes entspringen; denn selbst in der vollkommensten Welt wird immer der Himmel, das Weltall mit dem Rätsel seiner Unendlichkeit über den Menschen sein, und ein Rätsel bedeutet Unruhe. Und das ist gut so; denn Unruhe treibt uns zum Denken.«

Nachher, als die anderen bereits in ihre Kabinen gegangen waren, wandte sich Arsenjew an mich: »Bleiben Sie noch hier? Wir können ja noch eine Weile Radio hören.«

Ich nickte. Eine Zeitlang saßen wir schweigend in den Polstersesseln. Aus dem eingebauten Lautsprecher floß gedämpfte Musik: Tschaikowski... Als sie verstummte, trat Stille ein, so vollkommene Stille, wie man sie auf der Erde wohl nur in den entlegensten Einöden findet – am Meer oder in den Bergen. Es schien uns, als wären wir in dem unbeweglichen, von weichem Licht durchfluteten Innern dieser Kabine jenseits von Zeit und Raum. Hell glühte zwischen den Sternen im Leuchtschirm der bläuliche Funken Erde. Arsenjew fragte mich nach meiner Jugend. Ich erzählte ihm von meinem Großvater, den ersten Bergwanderungen, vom Kaukasus. Den kannte er sehr gut. Er hatte viele der Gipfel bestiegen, die ich in Gedanken beinahe schon zu meinem Eigentum erklärte. Wir sprachen von sturmumwehten Graten, von den Lagern, deren Insassen im Schneesturm erfroren waren, von den tollkühnen Klettereien, bei denen das Leben manchmal von der Reibung eines Sohlennagels an einem Stein abhängt, von tückischem Schnee und lockerem Gestein, das unter der zugreifenden Hand zerbröckelt, und von jenen Augenblicken, da man endlich auf dem letzten, höchsten Felsen eines Gipfels steht.

Unser Gespräch wurde von immer längeren Pausen unterbrochen. Wir wechselten nur noch kurze, abgerissene Sätze, die einem Laien unverständlich gewesen wären. Sie beschworen jedoch so starke und deutliche Bilder herauf, daß die Zeit, die uns davon trennte, zu einem Nichts wurde. Ich hatte das Gefühl, Arsenjew schon wer weiß wie lange zu kennen, und wunderte mich plötzlich, daß ich nicht einmal seinen Vornamen wußte.

Ich fragte ihn danach.

»Pjotr«, antwortete er.

»Sind Sie allein?«

Er lächelte. »Nein, ich bin nicht allein.«

»Ich denke nicht an Ihre Arbeit«, sagte ich, und es war mir auf einmal ein bißchen peinlich, ihn so auszufragen, »auch nicht an die Eltern.«

Er nickte zum Zeichen, daß er mich verstand. »Ich bin nicht allein«, wiederholte er und sah mich an. »Und Sie? Steht nicht gerade in diesem Augenblick ein Mädchen im Garten und schaut in den Himmel, dorthin, wo die weiße Venus schimmert?«

Ich schwieg, und er faßte es als Verneinung auf. Er hob den Kopf. Langsam schwand sein Lächeln. Ich folgte seinem Blick, der auf die Erde wanderte. Aus dem dunklen Leuchtschirm funkelte sie uns entgegen; sie war zu unserem Stern geworden.

»Heute, Pilot! – aber morgen? Das können Sie noch nicht wissen. Unter den Milliarden Menschen, die da arbeiten, Erfindungen machen, Häuser und künstliche Atomsonnen bauen, die sich vergnügen, sorgen und freuen, unter all den unzähligen Wesen ist und lebt auch für mich eine. Eine, Pilot! Verstehen Sie? Eine…«

Der Flug in die Wolken

Dreißigster Tag unserer Reise. – Gestern umflogen wir den Asteroiden Adonis in der Nähe des Punktes, in dem seine Bahn die der Venus schneidet. Nun arbeiten die Motoren wieder. Wir verfolgen die Venus, die sich als feine, weiße Sichel vom Himmel abhebt.

Im Gegensatz zu den Wissenschaftlern habe ich in meinen dienstfreien Stunden nichts zu tun. In einem Anfall verzweifelter Langeweile nahm ich heute den Motor des Hubschraubers auseinander, reinigte seine ohnedies sauberen, glänzenden Teile und setzte sie wieder zusammen. Ich bemühte mich, für diese Beschäftigung soviel Zeit wie möglich aufzuwenden. Ich habe bereits alle Bücher über Astronomie, die in meinem Koffer liegen, gelesen, habe auch das leider sehr dürftige Material, das die Atmosphäre des Planeten betrifft, durchstudiert; denn im Luftraum der Venus muß ich das Flugzeug steuern. Neu war für mich dabei nur die Tatsache, daß man durch die stärkeren Teleskope von Zeit zu Zeit ein »Fenster« in den Wolken beobachten kann. Es war also möglich, manchmal ein Stück wolkenlosen Himmels von der Venus zu sehen. Das beruhigte mich etwas; denn bereits jetzt, zu Beginn der fünften Woche unseres Fluges, fing ich an, mich nach dem blauen Himmel der Erde zu sehnen.

Nachmittags saß ich mit Oswatitsch in der Zentrale. Ein guter Kerl ist er, aber ein Brummbär wie selten einer. Er sagt nicht einmal ja oder nein, sondern schüttelt nur den Kopf oder nickt. Er gab mir eine Fotografie der Venus mit dem sogenannten »großen Fleck«, ganz am Rande der Scheibe, den wir gestern entdeckt hatten. Es war bei dem Mangel an Ereignissen für mich eine richtige Sensation gewesen; aber sie konnte die Eintönigkeit nur für wenige Stunden unterbrechen.

Ich betrachtete noch einmal diesen rätselhaften Fleck, der auf dem Bild nicht größer war als ein gedruckter Punkt, und trat dann auf den Gang hinaus. Dort begegnete ich Soltyk. Ich wollte ihn nach unserer Einteilung in Erdentage und -nächte fragen, die wir bis jetzt beibehalten hatten, und ob nicht für uns nach der Landung die Venuszeit maßgebend sei. Ich vergaß es aber, als er mir mitteilte, daß ab morgen die

Fluggeschwindigkeit der Rakete bedeutend erhöht werden würde.

Auf der Strecke von einer halben Million Kilometer, die uns noch von unserem Ziel trennt, soll ein Probeflug mit Höchstgeschwindigkeit stattfinden, was uns fast vier Reisetage erspart. Ich freue mich sehr darüber. Die beiden Navigatoren haben zwar nach dem Abendessen allerlei schwerwiegende technische Gründe angeführt, die sie zu diesem Vorhaben veranlassen; aber ich kann den Gedanken nicht loswerden, daß sie, genau wie wir alle, nichts sehnlicher wünschen, als die schon unerträglich gewordene Zeit der Erwartung abzukürzen.

Einunddreißigster Tag. Vom frühen Morgen an waren wir mit fieberhaften Vorbereitungen beschäftigt. Die Befestigung aller Gegenstände in den Kabinen und der Vorräte in den Laderäumen mußte geprüft, der Zustand der Geräte kontrolliert und das Raupenfahrgestell, das sich hinter großen Luken im Unterdeck verbarg, nachgesehen werden. Die Arbeiten gingen nach einem schon längst vorbereiteten Plan vor sich. Ich vergrub mich in der Kammer am Bug des »Kosmokrators« bei meinem Flugzeug und vergaß dabei sogar, um elf zu den Radionachrichten zu kommen. Als ich endlich in die Zentrale trat, lagen die anderen bereits in den Sesseln. Ich legte mich ebenfalls hin und schnallte mich fest.

Soltyk wartete noch einige Minuten. Dann aber, Punkt zwölf, schaltete er die Vorrichtung ein, die die Kadmiumblenden aus der Atomsäule herauszog. Das Motorengeräusch, das bis jetzt kaum vernehmbar gewesen war, wurde stärker. Ich hatte den großen Leuchtschirm des Fernsehgerätes mit der weißen Scheibe der Venus vor meinen Augen. Darüber leuchteten die Skalen einer Reihe von Meßinstrumenten. Der Zeiger des Geschwindigkeitsmessers rückte nach rechts. Mit jeder Sekunde erklang das Lied der Motoren mächtiger. Trotz ihres immer höher werdenden Singens war nicht das geringste Vibrieren spürbar. Die Konstruktionsteile und die Hülle der Rakete verharrten in absoluter Trägheit. Nur die Zeiger der Meßinstrumente krochen, alle in der gleichen Richtung, langsam über die grünen Ziffern, und der hohe Ton der Motoren schwoll weiter an, bis er schließlich den ganzen Raum der

Zentrale und uns Menschen durchflutete, durchtränkte, als ob er aus jedem Metallteilchen dränge.

Achtzehn Minuten nach zwölf hatten wir bereits eine Geschwindigkeit von rund hundert Kilometern pro Sekunde, daß heißt von dreihundertsechzigtausend Kilometern pro Stunde erreicht. Die Sterne blieben noch immer unbeweglich; aber die Scheibe der Venus, auf die der Bug der Rakete zuhielt, wuchs. Zuerst war sie ein silberglänzender, opalisierender Diskus in der Größe des Mondes. Nach einer Weile sah ich bereits ihre Wölbung. Wie eine weiße Kugel, die aufgeblasen wird, nahm sie einen immer größeren Raum ein. Nur ein schmaler, dunkler Rand trennte sie vom Rahmen des Leuchtschirmes – noch eine Minute – und sie füllte ihn aus. Gleichmäßig rückten die Zeiger des Radarentfernungsmessers vor. Während andere Planeten, wie Erde und Mond, ihr Aussehen im Maße unserer Entfernung oder Annäherung wechselten und dauernd neue Einzelheiten oder Veränderungen ihrer Oberfläche zeigten, schimmerte die Venus noch immer im gleichen matten Licht wie eine unwirkliche, rätselhafte, milchige Kugel.

Der Flug mit Höchstgeschwindigkeit dauerte knapp eine Stunde. Auf dem Leuchtschirm war der Himmel längst verschwunden. Nur noch eine alles umfassende, unbegrenzte weiße Masse, die hier und da in silbrige und cremefarbene Streifen überging, füllte ihn aus. Plötzlich hatte ich das Gefühl, daß sich die Rakete überschlage. Ich schloß die Augen. Als ich sie wieder öffnete, sah ich, wie Soltyk am Prädiktor herumschaltete.

Das Schwindelgefühl verging. Der »Kosmokrator« hörte auf, um seine Achse zu rotieren. Gleichzeitig verstummten die Motoren. Die Stille, die eintrat, rauschte in den Ohren, ließ mich die eigenen langsamen Herzschläge vernehmen.

Mit einem Hebeldruck schob Soltyk seinen Sessel dicht vor den Hauptleuchtschirm des Televisors.

»Geben Sie mir, bitte, alle zehn Sekunden die Höhe an«, wandte er sich an mich. Ich nickte. Soltyk legte beide Hände auf die Steuerhebel und beugte sich weit vor, als wollte er in den Leuchtschirm springen. »Neunzehntausend Kilometer«, sagte ich. Neunzehntausend Kilometer lagen noch zwischen uns und dem Planeten. Wie ein unendlicher, flimmernder

Ozean schwammen Wolken unter uns. Stellenweise blendeten sie uns durch das hellfunkelnd zurückgeworfene Sonnenlicht, dann wieder bildeten sie tiefe Klüfte und quirlende Abgründe. Der »Kosmokrator« flog um den Planeten wie ein Stein, der an einem langen Strick festgebunden ist. Die wachsende Zentrifugalkraft drückte uns in die Polsterung der Sessel, deren leises Knarren deutlich zu hören war.

»Siebzehntausend.«

Ich blickte auf den Geschwindigkeitsmesser. Wir flogen noch immer sechzig Kilometer pro Sekunde. Wenn die Rakete bei dieser Geschwindigkeit mit der Atmosphäre des Planeten in Berührung kam, so mußte sie unweigerlich explodieren. Ich sah zu Soltyk hinüber. Nach vorn gebeugt, die Hände auf den Steuerhebeln, so verharrte seine dunkle Gestalt regungslos vor der lichterfüllten Scheibe.

»Sechzehntausenddreihundert.«

Auf einmal drehte sich das Bild unter uns und stand kopf. Ein kurzes Zerren ging durch die Rakete und warf uns nach vorn. Ein violetter Blitz zuckte im Leuchtschirm auf und verlosch.

»Fünfzehntausendachthundert.«

Wieder ein Ruck, schwächer als der vorherige, aber länger andauernd. Wieder schossen violette Blitze aus dem Bug der Rakete, verzweigten sich zu einem flammenden Spinnennetz, das wir im Bruchteil einer Sekunde durchflogen. Es waren die explodierenden Knallgas-Bremsraketen.

»Vierzehntausend.«

Donner auf Donner grollte nun von der Spitze her und durchdröhnte das ganze Raumschiff. Dumpfes Krachen, Stöße, Kaskaden von Explosionen, dazwischen immer wieder kurze Stille... Das weiße Wolkenmeer lag schräg unter uns. Leicht abwärts geneigt, raste der »Kosmokrator« darüber hin. Ich begriff, daß wir jetzt, übereinstimmend mit den klassischen Regeln der Astronautik, eine Spirale um den Planeten beschrieben.

»Zwölftausendeinhundert.«

In der Tiefe wogten, immer deutlicher erkennbar, die milchigen Wolken, eine unendliche, wie aus Licht und Schatten gemeißelte Ebene. Und über uns dehnte sich der schwarze, sternenbedeckte Himmel.

»Achttausend.«

Achttausend Kilometer trennten uns noch vom Planeten, das heißt drei Viertel seines Durchmessers. Soltyk zog den Kopf zwischen die Schultern und beugte sich noch weiter nach vorn. Das Raumschiff brüllte auf und vibrierte wie eine gespannte Quarzsaite. Gleichzeitig drehte sich das Bild vor uns halb nach oben, legte sich auf die Seite und glitt zurück in die Tiefe.

Die Motoren arbeiteten wieder und bremsten unseren Fall. Ihr Ton ähnelte in nichts dem gewöhnlichen Singen während der Reise. Die Atomgase wurden durch das lange Zentralrohr gepreßt und infolge der hohen Geschwindigkeit des Fluges gewaltsam zurückgestaut. An der Spitze der Rakete bildeten sie eine glühende Wolke, die der »Kosmokrator«, erzitternd und wie eine Granate pfeifend, durchstieß. Ich mußte aus Leibeskräften schreien, damit mich Soltyk hören konnte.

»Tausendneunhundert!«

Die Wolken flossen ineinander, rissen auf und jagten wie die schäumenden Wellen eines Wasserfalles nach hinten. Auf den ebenen Flächen, die matt wie Perlmutter glänzten, erblickte ich einen dünnen dunklen Strich – den Schatten der Rakete. Er stürzte in ein Loch, verschwand in der Tiefe, um nach einer Weile wieder auf eine sonnenbeschienene Wolke zu springen, die wie erstarrter goldener Schaum aussah.

»Sechshundert!«

In den Wirbel der hemmenden Explosionen mischte sich auf einmal ein anderer Ton und wurde bald so stark, daß er sich deutlich von dem Lärm der Motoren unterschied. Es war ein so scharfes Zischen, daß mir die Ohren davon weh taten. Gleichzeitig begannen die bisher unbeweglich gebliebenen Zeiger der aerodynamischen Instrumente zu zittern, als stünden sie unter Strom. Das Zischen wuchs an und ging in ein scharfes Pfeifen über. Die auseinandergerissene Lufthülle des Planeten heulte auf. Die Wolken fetzten zur Seite.

»Vierhundertachtzig!«

Das Dröhnen der Bremsdüsen wurde schwächer. Ich blickte wieder auf den Geschwindigkeitsmesser; wir flogen nur noch acht Sekundenkilometer. Die zunehmende Dichte der Atmosphäre setzte der Rakete einen ständig wachsenden Widerstand entgegen. Die Luft, die sich an den Reibungsflächen verdichtete, ließ das Bild auf den Leuchtschirmen zittern und flimmern. Immer langsamer wurde der Flug. Wieder dröhnte eine Serie von Explosionen. Die Zeiger der aerodynamischen Instrumente, die Dichte, den Druck und die Temperatur der Atmosphäre angaben, schwankten lebhaft hin und her. Unser Raumschiff beschrieb nun, gegen Ende des Fluges, eine ballistische Kurve. Neblige Dunstschichten wurden zerschnitten. Noch immer dieses hohe Pfeifen. Ganz in unserer Nähe flogen zerfallende Federbüsche von Kondensationskristallen vorüber, die im Sonnenlicht wie Silber glänzten. Unter uns standen dichtgeballte, massige Wolkenwände. Wir jagten ihnen mit schreckenerregender Schnelligkeit entgegen. Noch ein Augenblick – und der Leuchtschirm erlosch, wie von dichtem Rauch verhüllt. Die Wolkenherde stob auseinander wie ein Schwarm aufgescheuchter, schwerfälliger, großer Vögel.

»Dreißig!«

Dreißig Kilometer – und wir befanden uns bereits in den Wolken! Ungewöhnlich hoch erhoben sie sich über der Venus! Die Atmosphäre war so dicht, daß sogar unsere verhältnismäßig geringe Geschwindigkeit ein durchdringendes Heulen hervorrief, das von den tiefsten vibrierenden Baßtönen bis zu schrillstem Pfeifen anstieg. Die Sicht war gleich Null. Bald tauchten wir in dunkelgelbes Dämmerlicht, bald rasten wir durch milchigen, wogenden Dunst voller Regenbogen. Soltyk schaltete den Fernseher auf das Radargerät um; aber es half nicht viel. Die in die Tiefe gerichteten Kegel der Radarwellen blieben machtlos im Gewirr der Wolken stecken, ohne das Relief des Bodens anzuzeigen. Im Blindflug, nach dem Girokompaß, flogen wir einen großen Bogen um den Planeten. In dem bräunlichgrünen Halbdunkel, das den Leuchtschirm erfüllte, huschten die verschwommenen Umrisse von Wolken vorüber. In ihren Rissen und Spalten zeigten sich die tiefer liegenden Wolkenschichten. Sie reichten bis zum Boden hinab, an dem die Formen zu einem schmutzigen Grau zusammenflossen.

Der Grundton unserer Fluggeräusche war ein unaufhörliches dumpfes Rauschen. Durch das lange, ständige Starren in den Leuchtschirm wurde ich zeitweilig das Opfer einer Sinnestäuschung. Ich hatte das Empfinden, daß unter uns der Gischt der See brodelte und sich tosend die Wellen brächen.

Diese Täuschung war nach einer Stunde bereits so stark, daß ich den Blick für eine Weile vom Leuchtschirm abwenden mußte. Soltyk ging immer tiefer. Nur noch achttausend Meter trennten uns von der Oberfläche der Venus. Die Sicht war noch immer gleich Null. Wie die aerometrischen Geräte anzeigten, schwebten kleine feste Teilchen in der Atmosphäre, die wie Radarstörgeräte wirkten. Ich war neugierig, was Soltyk tun würde; doch ich fragte ihn selbstverständlich nicht. Zuerst war ich enttäuscht, dann wurde ich ungeduldig und schließlich wütend. So lange hatte ich darauf gewartet, daß ich mein Flugzeug besteigen könnte, und nun, da dieser Augenblick bevorstand, mußte ich befürchten, in diesen verdammten Wolken die Orientierung zu verlieren!

Das Bild im Leuchtschirm veränderte sich. Soltyk hatte immer kürzere und intensivere Radarwellen gesendet. Einen Zentimeter, meldete der Wellenmesser, einen halben Zentimeter, drei Millimeter... Plötzlich verwehten die dichten Wolkenmassen und verschwanden. Ich erblickte die Oberfläche, konnte jedoch nicht viel darauf unterscheiden. Die Unebenheiten und Höcker des Geländes flossen beim Vorbeirasen zu grünlichbraunen flatternden Streifen zusammen. Soltyk bediente ununterbrochen die Hebel, schaltete die Motoren ein und verstärkte dann wieder die Bremswirkung, bis die Geschwindigkeit auf die Mindestgrenze gesunken war und die Rakete nur noch ungefähr dreihundert Meter in der Sekunde zurücklegte.

Wir überflogen eine weite Ebene, die von dichtem Wald bedeckt zu sein schien. Weitausladende Baumkronen oder auch irgendwelche phantastische Gewächse, riesige Büsche, Kahlschläge, Dickicht – es huschte leider zu schnell vorbei, um Einzelheiten mit dem Blick festhalten zu können. Als sich das Raumschiff bis auf viertausend Meter hinuntergesenkt hatte, erfaßten mich Zweifel, ob diese eigenartigen Gebilde überhaupt Gewächse seien. Doch bevor ich sie genauer betrachten konnte, waren sie bereits wieder verschwunden. Flache, sanft abfallende Hügelketten zeigten sich. Da und dort reichten die Wolken nicht bis zur Oberfläche des Planeten hinab. In einer dieser Lücken inmitten des träge dahinziehenden Dunstmeeres stand unbeweglich, von schwarzen Wänden verdunkelt, ein blauer Fleck. Es war ein Berggipfel.

Der Boden stieg an. Der Zeiger des Höhenmessers pendelte auf siebentausend Meter. Unter uns zogen weite, geschwungene Berghänge vorüber, manchmal gleißte das Licht, als ob es von einer Eisfläche zurückgeworfen würde. Dann versank das gigantische Panorama von aufgetürmten Felsen und tiefen Tälern in Nebel. Die Rakete gewann wieder an Höhe, neun-, zehn-, elftausend Meter. Das Pfeifen der dünner werdenden Gase schwächte sich ab. Endlich wandte sich Soltyk nach mir um – wortlos; aber ich las aus seinem Blick, daß meine Stunde gekommen war.

Oswatitsch übernahm die Steuerung. Während die Rakete, in milchige Nebel getaucht, weiterflog, hielten wir unsere Beratung ab. Meine erste und wichtigste Aufgabe war es, die Zusammensetzung der Atmosphäre genau festzustellen. Übereinstimmend mit den früheren Annahmen stellte sich heraus, daß ihre Ausdehnung mehr als doppelt so groß war wie die irdische. Der Druck in elftausend Meter Höhe betrug sechshundertneunzig Millibar, also fast so viel wie bei uns in Meereshöhe. Die Wolken hatten nach dem Gutachten unseres Chemikers eine sehr unterschiedliche Zusammensetzung und Dichte. Sie bildeten mehrere übereinanderliegende Schichten, von denen sich die oberste aus polymerisiertem Formaldehyd und Teilchen einer rätselhaften Substanz zusammensetzte, deren genaue Untersuchung auf später verschoben wurde. Die niedrigeren Schichten enthielten außer Formalin eine unbedeutende Menge Wasser. In der Atmosphäre waren fünf Prozent Sauerstoff und neunundzwanzig Prozent Kohlensäure nachweisbar. Mit Bedauern gab ich meine stille Hoffnung auf, daß sich die Annahme der Wissenschaftler als irrig erweisen und es möglich sein werde, sich ohne Skaphander und Sauerstoffgerät auf der Oberfläche der Venus zu bewegen. Bei dem Flug durch das dichte Gewölk war es unmöglich, die Bodengestaltung zu erforschen. Und das Manövrieren der Rakete in einer noch geringeren Höhe bedeutete ein Risiko. Wir beschlossen daher zu landen. Auf der Strecke von rund siebentausend Kilometern, die wir bereits überflogen hatten, waren keine Anzeichen einer Tätigkeit vernunftbegabter Wesen zu erkennen. Doch wir waren fest überzeugt, daß sie auf dem Planeten existierten. Nach der Landung würden wir unsere Entdeckungsarbeit beginnen, zunächst allerdings in einem beschränkten Umkreis und mit größter Vorsicht. Ein Venustag entsprach in dieser Gegend sechs Erdentagen, so daß uns genügend Zeit zur Verfügung stand. Oswatitsch steuerte wieder die Niederung an, die wir vorher bemerkt hatten.

Der Boden mußte gründlich untersucht und ein möglichst ebener Platz für die Landung gefunden werden. Ich stieg aufs Oberdeck und zog den Skaphander an. Als ich zurückkam, umringten mich die anderen. Ich wollte mich von niemandem verabschieden und begab mich mit Soltyk sofort durch den engen Schacht in die Bugkammer. Dort, auf dem Katapult, ruhte mein Flugzeug, lang, schmal, ein Stahltropfen mit weit nach hinten gebogenen Flügeln. Da die Kabine hermetisch schloß, nahm ich den Helm ab, der das Gesichtsfeld einengte.

»Sie wissen also Bescheid, nicht wahr?« fragte Soltyk.

Ich drückte ihm kräftig die Hand, schwang mich auf die Tragfläche und befand mich mit einem Sprung in der Kabine. Den Helm legte ich unter den Sitz, um ihn jederzeit bei der Hand zu haben. Ich knipste das Licht an, schaltete die Meßgeräte ein und überprüfte noch einmal die Ventile der Sauerstoffapparate. Dann blickte ich auf den Ingenieur. Er war erregt, bemühte sich jedoch, es nicht zu zeigen.

»Gleich schießen wir Sie ab«, sagte er. »Aber ich glaube, es ist besser, wenn wir noch einmal die Verbindung überprüfen.«

Ich lächelte nur. Soltyk hatte schon an die hundertmal die Verbindung überprüft – zum letztenmal an diesem Morgen. Er ging hinaus. Ich schlug die durchsichtige Haube über meinem Kopf zu, zog die Schrauben der Dichtung an und stemmte mich mit den Füßen gegen die Steuerung. Der Sekundenzeiger eilte über das leuchtende Zifferblatt. Da – ein Knacken in den Kopfhörern und gleich darauf Soltyks Stimme: »Hallo! Hören Sie mich?«

»Ausgezeichnet.«

»Wir sind jetzt auf neuntausend Meter, Geschwindigkeit neunhundertsechzig. Alles in Ordnung?«

»Jawohl.«

»Dann können Sie den Motor einschalten. Kontakt?«

»Ja.«

Ich drückte auf den Knopf der Zündung. In dem hellgrünen Halbdunkel, das mich umgab, flammte ein rotes Licht auf.

»Fertig, Pilot?«
»Fertig.«
»Achtung!«
Mit ohrenbetäubendem Krachen sprangen die Bugplatten auf, und ich sauste wie aus einem Geschützrohr durch die glühenden Auspuffgase.

Ein Strom von Licht schoß mir entgegen. Instinktiv, wie ein Schwimmer, der mit dem Strudel kämpft, glich ich die Steuerausschläge aus. In dem Licht, das von allen Seiten durch die gewölbten Scheiben fiel, flog ich kopfüber wie eine Fliege in einem Tropfen hellen, klaren Bernsteins gegen die durcheinanderwirbelnden Nebel und Wolken. Das Heulen der zerreißenden Luft bohrte sich in die Ohren. Mir war, als müßte die Kabine unter dem Luftdruck zersplittern. Die Anfangsgeschwindigkeit, die mir der Katapult gegeben hatte, verringerte sich rasch. Bald flog die Maschine aus eigener Kraft. Ich starrte in den grauen Nebel, der an den Seiten vorbeiraste. Auf einmal klärte sich die Luft über mir, als hätte jemand ein gläsernes Messer hineingejagt. Bläuliches Licht umsäumte die Wolken mit grellen Rändern, ein Rauschen und Pfeifen ertönte – dann stürzten wahre Fluten von Wasser herab. Ich erkannte sofort, daß der »Kosmokrator« dicht über mir flog und die Erscheinung durch die ausströmenden Atomgase hervorgerufen wurde. Ich trat ins Seitenruder, um die Maschine schleunigst aus dieser gefährlichen Nachbarschaft zu bringen. Ein voller Rückstoß der Gase aus der Nähe hätte genügt, um ihr die Tragflächen abzureißen.

»Hallo, wie fühlen Sie sich, Pilot? Fliegen Sie?« kam eine Stimme aus den Hörern. Ich bejahte und gab meinen Kurs nach dem Girokompaß an.

»Wir werden kreuzen. Sie können tiefer gehen.«

Durch die Scheiben sah ich nichts als wallende Nebel. Dafür glitten in dem kleinen, runden Leuchtschirm des Bordradargerätes ununterbrochen die Umrisse des unter mir liegenden Geländes vorüber. Mit einer langsamen, schon tausendmal ausgeführten Bewegung stellte ich die Maschine auf die Fläche und begann wie ein Stein zu fallen. Auf der Erde brauche ich nicht einmal auf den Höhenmesser zu sehen; denn bei einer gewissen Erfahrung kann man sich an der scheinbaren Größe der Berge, Straßen oder Flüsse recht gut orientieren.

Hier ließ ich jedoch die Skala nicht aus dem Auge und beobachtete gleichzeitig den Leuchtschirm des Radargerätes. Als die Fallgeschwindigkeit zu groß wurde, find ich die Maschine ab.

Ich befand mich noch immer in der flauschigen Wolkendecke. Unten war keine Spur von einer waldbedeckten Ebene zu sehen. Nur lange und breite kahle Hügelkämme, die erstarrten Wogen glichen, zogen vorüber. Ich unterrichtete Soltyk.

»Steuern Sie einundeinhalb Grad Ost an«, sagte er. »Was ist denn mit Ihrem Funkgerät los, es ist undeutlich zu hören!«

Er meinte die automatischen Signale, die mein Radio sendete und durch die man an Bord des »Kosmokrators« ständig in der Lage war, die Position des Flugzeuges zu bestimmen. Die Worte des Ingenieurs beunruhigten mich etwas, da ich ihn ebenfalls schlecht verstand. Zeitweise störte ein leichtes Knattern den Empfang. Ich folgte der Anweisung und legte das Seitenruder nach links.

Nun flog ich dicht unter den Wolken und bemühte mich, diese Höhe zu halten, um einen möglichst großen Raum überblicken zu können. Das war nicht so einfach. Alle paar Sekunden geriet ich in eine Wolke, aus der ich nur herauskam, indem ich wieder tiefer ging. Dieses Versteckspiel dauerte eine geraume Zeit. Doch ich wollte mich nicht auf das Radargerät verlassen; denn im Leuchtschirm war nur ein verhältnismäßig kleiner Ausschnitt des Geländes zu sehen.

Da die Wolken stellenweise sehr niedrig hingen, mußte ich die Bodenerhebungen oft in wenigen hundert Metern Höhe überfliegen. Soweit ich erkennen konnte, war das Land unter mir keine Ebene, aber auch kein Gebirge, sondern bestand aus ungeheuren, wie zu Kaskaden ineinanderfließenden natürlichen Felsstufen. Diese Stufen, oder besser gesagt, Terrassen erstreckten sich, so weit der Blick reichte, in Wellenlinien über die ganze Oberfläche. In der Hoffnung, daß ich vielleicht eine genügend große Terrasse finden würde, auf der der »Kosmokrator« landen könnte, flog ich einige Minuten lang parallel zu ihrem Verlauf. Sie stiegen jedoch rasch an, rissen ab und lagen wie ein Spiel durcheinandergeworfener riesiger Karten schräg zueinander. Ich wendete. Soltyk rief mich an und fragte nach den Sichtverhältnissen. Ich antwortete knapp, mit wenigen Worten; denn es ärgerte mich, daß ich die bewaldete Ebene nicht fand. Die Terrassen mußten doch irgendwo enden, und wo sie endeten, konnte man mit einem guten Landeplatz rechnen. Ich gab schließlich die Sucherei über dieser eintönigen, wenn auch ungewöhnlichen Landschaft auf und flog geradeaus weiter. Unvermittelt tauchte aus den Terrassen ein flacher, niedriger Wall auf, der sich, gleich einer riesigen, gemächlich dahinkriechenden Raupe, nach Osten schlängelte. Vielleicht führt er zu einer Hochebene, dachte ich, trat ins Seitenruder und raste in dieser Richtung. Das Gelände wurde immer unübersichtlicher. Aus dem Bodennebel ragte der Wall heraus, der nun immer höher und ungleichmäßiger emporwuchs. Da und dort zweigten Hügelketten ab. Als ich nach vorn schaute, stand eine dunkle Masse vor dem Horizont: Berge. Mit einem Landeplatz inmitten schroffer Felsen war wohl kaum zu rechnen. Aus Neugierde, wie wohl Berge auf einem fremden Planeten aussehen mochten, flog ich dennoch geradeaus weiter. Die Bergketten türmten sich zu mächtigen Wänden auf, deren Gipfel da und dort bis in die Wolken ragten.

Ein weiterer Vorstoß nach dieser Seite war zwecklos. Ich beschloß umzukehren. Zur Rechten, beinahe schon in der Höhe des Flugzeuges, erhoben sich glatte Buckel aus Geröllhalden von eigentümlich heller Farbe. Nun öffnete sich die Wand wie ein Felsriegel. Ich erblickte einen von Steilhängen umgebenen schwarzen See, in dem sich die Wolken spiegelten. Ob das tatsächlich Wasser war? Ich lenkte die Maschine zu dem Felsentor und ging tiefer. Das wäre mir um ein Haar teuer zu stehen gekommen. Wie ich hätte voraussehen müssen, hatte sich in dem Engpaß ein gewaltiger Luftstrudel gebildet, der mich nun emporschleuderte und dann mit solcher Kraft in die Tiefe zerrte, daß ich über der Mitte des Sees beinahe abgestürzt wäre. Ich mußte die Maschine senkrecht emporreißen und Vollgas geben, um diesem Abgrund zu entfliehen. Es gelang mir. Für einen Augenblick war ich, trotz verzweifelter Ruderausschläge, der Oberfläche des Wassers so nahe, daß ich deutlich kleine Wellen und vom Grunde heraufleuchtende Felstrümmer erkennen konnte. Ich hatte einen idealen Platz zum Landen, oder besser gesagt, zum Wassern entdeckt. Der »Kosmokrator« konnte auf dem See niedergehen. Nur nach einer günstigen Anflugsmöglichkeit mußte ich noch ausschauen, da sich von drei Seiten drohende, zerklüftete Felsen erhoben. Ich zog daher das Flugzeug auf dreitausend Meter Höhe, um das Gebirge besser überblicken zu können. Schon seit einer Weile spürte ich, daß sich etwas verändert hatte, vermochte aber anfangs nicht festzustellen, was es war. Plötzlich zuckte ich zusammen. Das Summen in den Kopfhörern war weg, sie arbeiteten also nicht mehr auf Empfang! Ich berührte den Kontakt; er war in Ordnung.

»Hallo, Ingenieur Soltyk!« rief ich. »Ingenieur Soltyk!«

Stille. Ich drehte am Knopf des Reglers. Knacken in den Hörern... einmal... und noch einmal. Und dann überfluteten mich ganze Serien von kurzen und langen Störgeräuschen. Das war nicht das gewöhnliche Knattern, das durch elektrische Entladungen verursacht wird, sondern ein immer wieder abreißendes Heulen, in dem sogar halb melodiöse Stellen vorkamen. Ich drehte den Regler weiter. Die Laute verstummten. Ich rief die Rakete an. Wieder keine Antwort. Ich verstärkte den Strom in den Röhren auf das Risiko hin, daß sie durchbrannten. Ohne Erfolg. Nun blickte ich nicht mehr nach unten, sondern bemühte mich, Ruhe zu bewahren. Ich prüfte, vom Mikrophon angefangen, sämtliche Kontakte und Anschlüsse. Sie waren in Ordnung; das Kontrollgerät der Antenne zeigte an, daß die Signale in den Raum strahlten. Und trotzdem antwortete die Rakete nicht. Ich schaute hinunter, um mich zu orientieren, und – fluchte.

Ich war über der bewaldeten Ebene. Riesige Gruppen von wunderlich geformten Büschen verschwanden als unendliche Streifen in den tief herabhängenden Wolken, aus denen starkes, weißes Licht fiel. Unten glitten sonderbare Gestalten wie Federbüsche, Sträuße und Mähnen vorüber, mischten sich warme und kalte Farben, da ein helles Grün und da ein fast schwarzes Grün – wahrhaftig, es war ein sehr eigenartiger Wald. Im Augenblick aber hatte ich wenig Lust, mich gründlicher damit zu befassen. Ich wandte mich wieder meinem Radio zu, überprüfte noch einmal alle Verbindungen – plötzlich stieg ein Gedanke in mir auf, der mir das Blut in den Adern erstarren ließ.

Was nun, wenn die Rakete einer Katastrophe, vielleicht sogar einem Angriff zum Ofer gefallen und ich der einzige

Überlebende war! Ich mußte erst einmal tief Atem holen – bis ich fühlte, daß das abscheuliche Angstgefühl nachließ. Dann biß ich die Zähne zusammen, blickte noch einmal auf den Wald hinunter und überlegte, was zu tun sei. Der Brennstoff reichte noch für ungefähr zwei Flugstunden, der Sauerstoff erheblich länger, vielleicht sogar noch für zwei Tage. Mit den Lebensmitteln war es schlechter bestellt – ich hatte nur einige Konzentrate und zwei Thermosflaschen Kaffee mit. Zu kreisen, bis die Tanks leer waren, hatte keinen Sinn; denn die Möglichkeit, die Rakete zufälligerweise zu sichten, war bei dieser niedrigen Wolkendecke verschwindend gering. Wenn ich aber landete, konnte ich versuchen, das Radio wieder klarzumachen – und für den Fall, daß die Rakete die Gegend überflog, den Gefährten Zeichen geben oder selbst aufsteigen und ihnen nachfliegen. Viel Erfolg versprach ich mir davon nicht. Immerhin, es schien noch der beste Ausweg zu sein. Ich mußte nur noch einen entsprechenden Landeplatz finden. Meinem Flugzeug, das mit besonderen Bremsklappen ausgerüstet war, genügte eine fünfzig Meter lange, halbwegs ebene Fläche zur Landung.

Ich ging immer tiefer, bis ich schließlich mit niedrigster Geschwindigkeit fast die Wipfel der Bäume streifte. Wie groß war mein Erstaunen, als ich mich überzeugte, daß es gar keine Gewächse, sondern hohe, unheimlich geformte Kristalle oder mineralische Infiltrationen waren! An manchen Stellen schienen sie mit dicken, aus einer dunkelgrünen Masse gegossenen Adern ineinander verflochten zu sein und liefen oben in strauchartige Garben riesiger Nadeln aus, an anderen Stellen ragten vielfingrige Knollen, Knäuel und Dolden empor – Gebilde aus buntem Gestein, das kalt wie Eis glänzte. Die Maschine hier aufzusetzen war unmöglich. In der Hoffnung, daß dieser tote Wald irgendwo ein Ende haben müsse, flog ich geradeaus weiter und steigerte die Geschwindigkeit bis zur Höchstgrenze – so weit ich den Gashebel herunterdrücken konnte. Der Motor lief gleichmäßig. Wäre ich nicht in einer so gefährlichen Lage gewesen, so hätte ich an dem Kaleidoskop von Farbenbrechungen, das unter mir vorbeizog, gewiß meine Freude haben können. Ganz unerwartet prasselte es in den Hörer. Durch eine Sturzflut von schrillem Pfeifen und Knattern vernahm ich die Stimme Soltyks.

»Melden Sie sich, Pilot, Pilot!«

Ich rief sofort die Rakete an, bekam aber keine Antwort. Nach einigen Sekunden gespannten Wartens hörte ich Soltyk wieder sprechen. »Er meldet sich seit zwanzig Minuten nicht mehr.« Das mußte er zu einem der Gefährten gesagt haben. »Wollen wir weiter kreuzen?« fragte jemand; es schien Arsenjew zu sein.

»Ingenieur!« rief ich. »Achtung, ›Kosmokrator‹!«

»Wir kreuzen weiter«, entgegnete Soltyk. Ich rief, schrie, brüllte, aber niemand antwortete mir. Nur einzelne, abgerissene Worte drangen an mein Ohr: Soltyk beriet sich mit den Gefährten. Ich sah auf meinen Radarschirm, der mir die Richtung anzeigen sollte, in der ich die Rakete zu suchen hatte. Anstatt der leuchtenden Zacke erblickte ich auf der runden Scheibe ein Chaos von aufzuckenden Strahlen. Es erinnerte an die Störungserscheinungen, die durch Streifen oder Blättchen aus Aluminiumfolie hervorgerufen wird. Mich packte die Wut. Soltyks Stimme wurde schwächer und ging schließlich in dem immer stärker werdenden Knistern und Prasseln unter.

Als ich dann den Knopf des Reglers drehte, vernahm ich zum zweiten Male die geheimnisvollen, klagenden Töne... Zum Teufel, war das etwa – das Radio der Venusbewohner?

Es war möglich! Die abgerissenen Töne konnten etwas Ähnliches wie unsere Morsezeichen sein. Ich hatte jedoch keine Zeit, darüber nachzudenken; denn vor mir, wenn auch noch in großer Entfernung, wuchs ein neuer Felswall auf. Er verlief in Richtung des Bergsees, der bereits hinter dem Horizont verborgen lag.

Das Gebiet des toten Waldes brach nach beiden Seiten hin in schnurgerader Linie ab. Daran schloß sich eine Ebene, die von sanften Bodenwellen und flachen, abgerundeten kleinen Vertiefungen durchzogen war. Einen besseren Landeplatz konnte ich mir nicht erträumen. Wenn ich mich nicht täuschte, war der Boden glatt wie polierter Stein. Über den letzten Reihen der toten Bäume drosselte ich den Motor ab. Es kam mir vor, als sei der Wald von der Ebene durch einen schmalen, dunklen Streifen getrennt; aber ich mußte mich jetzt scharf konzentrieren. Ich drehte die Landeklappen heraus und zog den Steuerknüppel an mich. In der Stille, die plötzlich eingetreten war, gaben die Tragflächen einen abschwellenden, tiefen Ton von sich. Ein leichter Stoß … und ein zweiter; die Räder hatten den Boden berührt. Die Maschine rollte noch eine kurze Strecke weiter, dann blieb sie stehen. Ein wenig vornübergeneigt, ruhte sie auf dem gefalteten, leicht abschüssigen Boden, dem Boden des Planeten Venus.

Der Pilot

Unschlüssig, was ich nun beginnen sollte, blieb ich geraume Zeit in der Kabine sitzen. Dann untersuchte ich noch einmal das Bordsprechgerät. Der Zeiger glitt über die ganze Skala. Alle Wellenbereiche schwiegen. Nicht das leiseste Geräusch drang aus dem Äther. Es hatte keinen Zweck. Ich holte den Helm unter dem Sitz hervor und stülpte ihn über. Gewissenhaft zog ich die automatischen Klammern fest, eine nach der anderen. Ich wartete noch einen Augenblick, dann drückte ich den Hebel kräftig nieder. Das gläserne Dach schob sich zurück. Mit einem Blick kontrollierte ich den winzigen, dunkelgrünen Schirm des Radargerätes, der innerhalb des Helmes leuchtete, berührte den Hahn des Sauerstoffapparates, schwang das Bein über den Bordrand und stand nun auf der Tragfläche.

Ich weiß, daß es mir nie gelingen wird, das Bild wiederzugeben, das ich erblickte. Ich kann wohl seine Einzelheiten beschreiben, vermag aber nicht, jenen seltsamen, überall vorherrschenden Grundton der Farben in Worten auszudrücken. Diese Tönung war die Ursache, daß man sofort das Gefühl hatte, nicht auf der Erde zu sein. Träge trieben die Wolken dahin; es waren nicht die leichten, flaumigen Zirruswolken der Erde, sondern ein glatter, milchweißer Vorhang, der das ganze Firmament verhüllte. Von grellem Licht beschienen, breitete sich eine Landschaft flacher Hügel und Mulden aus. Sie war trocken, ohne jeden Pflanzenwuchs, von tiefschokoladenbrauner Farbe, die nur hier und da von etwas helleren Flecken unterbrochen wurde. Ungefähr siebzig Meter hinter dem Schwanz des Flugzeuges begann der »Tote Wald«. Die Schwelle, die ihn gegen die Ebene abgrenzte, war so hoch, daß nur die wirren, im zurückgeworfenen Licht blitzenden »Baumkronen« darüber hinausragten. Ich sprang auf den Boden. Er war hart und fest. Ich stampfte mit dem eisenbeschlagenen Absatz auf, es zeigte sich nicht die geringste Spur. Trotzdem war der Boden ganz und gar nicht einem nackten Felsen ähnlich. Ich wandte dem Toten Wald den Rücken zu. Über die Tragfläche des Flugzeuges hinweg sah ich nur die endlosen, ermüdend gleichförmigen, niedrigen Geländefalten der Ebene. Am Horizont erhoben sich aus gelblichem Nebeldunst die Umrisse von Bergen. Ich schaute wieder auf den Boden, nahm ein Taschenmesser aus der Kombination und schlug mit der Schneide gegen die geheimnisvolle Substanz. Einige Male sprang die Klinge ab. Dann aber fand ich eine Stelle, an der die Oberfläche mit kleinen Löchern, wie ein geglätteter versteinerter Schwamm, bedeckt war. Es gelang mir, ein ziemlich großes Stück herauszubrechen. Ich nahm es in die Hand. Es war hellbraun und leicht, leicht wie Bakelit.

Bakelit! Wie sehr bedauerte ich, daß ich allein war! In diesem Augenblick dachte ich nicht mehr an die verlorene Verbindung, auch nicht daran, was nach einigen Stunden aus mir selbst werden würde. Ich hätte nur deshalb gern einen meiner Gefährten bei mir gehabt, um mit ihm diese unerhörte Entdeckung teilen zu können. Ich betrachtete noch einmal die eigentümliche braune Landschaft, nun aber mit anderen Augen als vorher. Etwas Beunruhigendes lag in ihr, etwas, was ich vorher gar nicht bemerkt hatte. Sie erinnerte – ja, womit konnte man sie eigentlich vergleichen? Auf einmal wußte ich es: Die ganze Gegend sah unwirklich, unnatürlich, wie eine riesige Theaterdekoration aus. Und das war es, was mich beunruhigte: die ungeheuren Ausmaße dieser starren, toten Landschaft, diese Hunderte Quadratkilometer von Bakelit, oder was es sonst sein mochte – irgendeine künstliche, plastische Masse, die auf der Erde als Material für Telefone und Füllfederhalter dient! In dieser Vorstellung lag etwas Groteskes und zugleich Unheimliches.

Ich stand noch immer bei dem Flugzeug und wußte nicht, was ich tun sollte. Dann ging ich einige Dutzend Schritte auf den Toten Wald zu und – lief rasch wieder zurück, ohne jeden Grund; denn ich hatte ja im Skaphander ein Radiogerät, so daß ich die Signale der Rakete, falls sie sich melden sollte, hören konnte... aber... ich lief dennoch zurück. Es war nicht einmal Furcht, was mich dazu veranlaßte, sondern das Gefühl der Fremdheit, das mich plötzlich mit aller Macht gepackt hatte. Fremd war dieser tief herabhängende, weiße Himmel, der trotz Wolken einen ungeheuer starken Glanz ausstrahlte, fremd die Stille der Luft, fremd die flachgebuckelte Ebene, auf deren Boden die Stiefeltritte ein sonderbar trockenes, hartes Poltern hervorriefen...

Ich setzte mich auf die Tragfläche. Ich drehte das Messer in der Hand hin und her und blickte zu dem nahen Rand der Ebene hinüber, die vor dem Toten Wald so jäh endete. Ich überlegte. Wenn es mir in den nächsten achtundzwanzig Stunden nicht gelingt, mich mit meinen Gefährten wieder zu vereinigen, so hatte ich keine Luft mehr zum Atmen. – Gut, wenn es soweit ist, dann kann ich noch immer darüber nachdenken, was zu tun ist. Vorderhand besitze ich noch Sauerstoff, Lebensmittel und das Flugzeug. Was soll ich also tun? Das, was meine Pflicht ist: die Bodenverhältnisse untersuchen. Was aber dann, wenn die Rakete erscheint, und ich befinde mich gerade weit entfernt vom Flugzeug? Bevor ich es erreiche, verschwindet sie sicher wieder in den Wolken und mit ihr womöglich die letzte Aussicht auf Rettung. Soll ich also auf der Tragfläche des Flugzeuges sitzen bleiben und auf »Erlösung« warten? Mein Chef im Zentralen Luftfahrtdienst hatte eine Lieblingsfrage, die er gewöhnlich den Neulingen stellte: Was hat ein Pilot zu tun, falls er zur Notlandung in einer Einöde oder in den Bergen gezwungen ist? – Alles, was nur irgend möglich ist, mußte die Antwort lauten. – Und wenn das nicht genügt? – Dann das, was unmöglich ist! – Mag sein, daß dies etwas grobschlächtig und naiv klingt; aber einer seiner Kollegen, der mit seinem Postflugzeug Bruch gemacht hatte, entging dem Flugsand der Wüste nach einem fünftägigen Marsch, während dessen er auch nicht einen Tropfen Wasser im Mund hatte. Als er nachher gefragt wurde, woran er auf diesem Marsch gedacht habe, zitierte er das, was unser Chef gesagt hatte. – Ich erinnerte mich zur rechten Zeit daran.

Man mußte verschiedene Faktoren in Erwägung ziehen... am wichtigsten war wohl die Annahme, daß der Planet bewohnt sei. War es nicht eine riesige Leichtfertigkeit, das Flugzeug unbewacht zurückzulassen? Selbstverständlich war es das; aber was blieb mir übrig? Ich kletterte noch einmal auf die Tragfläche, nahm den kleinen Strahlenwerfer aus der Kabine und hängte ihn mir über die Schulter. Dann schritt ich von neuem auf den Waldrand zu.

Nach einer Weile war ich angelangt. Unter mir ragte der Tote Wald auf, dessen Wipfel an einigen Stellen bis zu mir heraufreichten. Mein Blick irrte über Büsche mit langen, schimmernden Ruten, kegelförmige Stalagmiten, halbdurchsichtige Massen, die wie flachgedrückte Knäuel von Schlangen aussahen, und über klobige, von Dornen starrende Säulen, die riesige Korallen oder Polypen ähnelten. Sie wirkten wie geschnitzte Gewächse oder wie Eisblumen, die der Frost an die Fensterscheiben malt. Der seltsame Eindruck wurde noch durch alle Farben des Regenbogens verstärkt, die die Luftbrechung in den Wipfeln hervorzauberten. Es war, als schaute man über ein funkelndes, wogendes Meer. Nach einiger Zeit bemerkte ich, daß die »Bäume« gar nicht chaotisch durcheinandergewürfelt dastanden. An manchen Stellen konnte man eine gewisse Ordnung bemerken. Nicht weit von meinem Beobachtungspunkt bildete der Rand der Schwelle einen flachen Höcker. Ich stieg hinauf, um einen größeren Raum überblicken zu können. Ungefähr dreihundert Meter von mir entfernt, lag in der Tiefe des Toten Waldes eine ausgedehnte Senke. Die mineralischen Hecken, die sie ringförmig umgaben, waren niedriger und abgerundeter als die anderen. Die Senke selbst schien vollkommen glatt zu sein; ich konnte es aber nicht mit Sicherheit feststellen, da sie teilweise von den Wipfeln verdeckt wurde. Dafür erkannte ich deutlich, daß die toten Bäume immer höher und spitzer verzweigt waren, je weiter mein Blick schweifte.

Ich beschloß, hinabzusteigen und sie mir aus der Nähe anzusehen. Die Schwelle, mit der die Ebene endete, brach überall senkrecht ab. Etwa vier Meter trennten mich vom Boden des Toten Waldes. Ich zögerte. Genau unter mir wuchsen kristallinische Gebilde auf, die in reinem ruhigem Glanz leuchteten. Die Neugierde war stärker als die Vorsicht. Im letzten Augenblick, als ich mich bereits, an den Händen hängend, die steile Wand hinunterließ, schoß mir der Gedanke durch den Kopf, ob es überhaupt möglich wäre, in den Skaphandern solche Sprünge auszuführen. Ich stieß mich leicht ab und landete in tiefer Kniebeuge auf Händen und Füßen. Ich richtete mich auf und drehte mich mit dem Rücken zur Wand: Vor mir stand der Tote Wald, wie ich diese eigenartige Landschaft nun einmal getauft hatte.

Er wirkte von hier aus ganz anders als aus der Höhe. Es waren tatsächlich eine Art gläserne Stämme, die sich oben in spitze Seitenäste gabelten. Überall starrten nadelförmige Dornen hervor, die wiederum mit feineren Nadeln – halb

Blättern, halb Hörnern – bedeckt waren. Und überall spielten schillernde Regenbogen.

Bevor ich den Wald betrat, richtete ich den Girokompaß nach einer in der Ferne sichtbaren Vertiefung aus und stellte danach die Richtung fest. Dann drang ich in den Wald ein. Die Füße fanden kaum Halt in der dicken Schicht knackender und knirschender Bruchstücke. Unter den eisenbeschlagenen Schuhen zersplitterten bürstenförmige violette Kristalle. Die Stämme der toten Bäume waren schraubenartig gewunden, wie aus dicken, gläsernen Seilen geflochten. Alle Stämme waren nach rechts gedreht. Ich bemühte mich, die Richtung beizubehalten; aber es war nicht einfach. Alle paar Schritte mußte ich auf den Kompaß blicken. Einige Male blieb ich zwischen Reihen von dicht zusammenrückenden »Hirschgeweihen« stecken und mußte mir einen anderen Weg suchen. Nach vielen Umwegen näherte ich mich allmählich doch meinem Ziel. Die runden, ineinander verschmelzenden Formen tauchten immer häufiger auf, die nadel-, degen- und strahlenförmigen wurden seltener. Überall flimmerten farbensprühende Gebilde: sie erinnerten an gefrorene Springbrunnen, die sich mit ihren armstarken Wasserstrahlen auf den Boden stützten. Als ich mich zwischen ihnen hindurchzwängte, mußte ich zeitweise die Augen schließen vor dem Glitzern, dem jähen Aufstrahlen und Wiederdunkelwerden. Ein flakkerndes Brillantfeuerwerk – blau, gelb, violett und karminrot – flammte in diesem Kristalldickicht. Manchmal erlosch, wie mit Asche bestreut, eine gewölbte Fläche, die von weitem wie reines Silber gegleißt hatte. Plötzlich klemmte ich mich in dem engen Durchgang zwischen den Strahlen einer der versteinerten Fontänen fest. Ich riß mich los, und das Hindernis zerbarst mit einem so heftigen Knall, daß ich zusammenschrak und glaubte, der Helm sei geborsten.

Je weiter ich kam, um so flacher wurden die baumähnlichen Gebilde, neigten sich zur Erde, flochten die nach allen Seiten strebenden Äste ineinander, als drückte sie eine unsichtbare Kraft zu Boden. Schon seit längerer Zeit zuckten rötliche Blitze vor meinen Augen. In der Farbenglut, die von allen Seiten auf mich einströmte, hatte ich es anfangs nicht beachtet, in der Meinung, daß sich das Licht von draußen im Glasfenster des Helmes brach. Doch der rötliche Schein verstärkte sich plötzlich, und ich bemerkte, daß er aus dem Innern des Helmes kam. Über dem Radarschirm befand sich eine matte, kleine Kugel, die radioaktive Strahlungen anzeigte. Auf der Erde hatten wir uns mit den Skaphandern in eine Versuchskammer begeben, in deren Mitte ein Gefäß mit radioaktiven Stoffen stand. Wenn man sich näherte, begann in dem matten Kügelchen ein roter Punkt aufzuleuchten und vergrößerte sich im Maße der Annäherung an die Strahlungsquelle wie die Glut eines glimmenden Kohlenstückchens, auf das man bläst. Hier aber glomm diese Alarmvorrichtung nicht, sondern glühte wie ein blutigrotes Auge und erfüllte das Innere des Helmes mit flammender Röte. Ich blieb stehen. Der Glanz war so stark geworden, daß mir das Sehen schwerfiel. Also herrschte hier eine außerordentlich dichte Strahlung. Es war ratsam, diesen gefährlichen Ort schleunigst zu verlassen. Ich senkte den Kopf vor den herabhängenden Stalaktiten und ging einige Schritte seitwärts. Der rote Glanz wurde schwächer. Ich stieg über die Adern der blinkenden Masse, die sich wie Wurzeln am Boden hinwanden, und drang weiter vor. Wieder glühte die Kugel auf. Ich nahm meinen Handindikator, der die Radioaktivität angab, aus der Tasche. Er sah wie eine kleine Pistole aus und besaß eine Leuchtskala an der Stelle, wo sich bei einer gewöhnlichen Pistole der Hahn befindet. Indem ich den Lauf hob, bemerkte ich, daß der Tote Wald keineswegs eine so idyllische Einöde war, wie es von weitem den Anschein gehabt hatte. Der Zeiger tanzte wie irr über die Skala und schlug mit solcher Stärke aus, als wollte er das hemmende Schräubchen zerbrechen.

Der Schweiß rann mir von der Stirn, mir wurde immer heißer, nicht etwa vor Nervosität – das Thermometer zeigte achtundsechzig Grad Celsius an! Es war wohl besser, ich verzichtete auf den weiteren Weg. Eine Wanderung unter diesen Bedingungen konnte mich teuer zu stehen kommen. Ich wußte zwar, daß die Kombination mit einer Substanz getränkt war, die die Strahlung verschluckte, sie war jedoch viel zu dünn, um gegen Strahlen von solcher Intensität zu schützen. Hierher durfte man sich nur mit einem bedeutend schwereren, mit Kamexblech gepanzerten Spezialanzug wagen. Solche Ausrüstungen hatten wir an Bord des »Kosmokrators«. Als ich daran dachte, fiel mir ein, daß ich den »Kosmokrator«

wahrscheinlich nie wiedersehen würde. Mithin konnte ich also ruhig weitergehen. Den Indikator in der ausgestreckten Hand, drehte ich mich um mich selbst und richtete so seinen Lauf nach allen Seiten. Die Strahlung wuchs und verringerte sich sprunghaft. Am stärksten wurde sie, wenn ich den Lauf gegen die bläulichschimmernden glasigen Stämme hielt, die dicker und höher waren als die anderen. Sie standen weit auseinander, so daß ich nur immer zwei von ihnen auf einmal sehen konnte. Ich trat an einen solchen Stamm heran. Er war keineswegs so durchsichtig, wie es mir anfangs vorkam. Diese Täuschung wurde durch die verzerrten Spiegelbilder verursacht, die die blanke Oberfläche zurückwarf. Ich näherte meinen Kopf dem Stamm. Das rote Licht im Helm flammte heftig auf, als wollte mich ein lebendes Wesen vor der Gefahr warnen. Im Innern des Stammes verlief unter einer durchsichtigen Schicht eine schmale zylindrische Röhre von unbestimmter Farbe. Sie erschien je nach der Blickrichtung einmal dunkelrot, einmal silbern, wie eine Luftblase im Wasser.

So rasch wie möglich verließ ich diese Stelle. Das rote Kügelchen verglomm langsam und schimmerte nur noch dunkelrubinrot. Nun, da ich wußte, was ich zu meiden hatte, schritt ich nach dem festgelegten Azimut weiter und war darauf bedacht, den bläulichen Stämmen in großem Bogen auszuweichen. Bald waren sie aus meinem Gesichtsfeld verschwunden; aber der Indikator, der empfindlicher war als das rote Lämpchen, zeigte an, daß der ganze Boden schwache Strahlungen aussandte. Nicht so sehr die Intensität der Strahlung ist gefährlich, als vielmehr die Zeit, die der Organismus ihr ausgesetzt ist. An der Scheibe des Gerätes war eine Skala in Zeiteinheiten angebracht, auf der ich ablas, daß ich in diesem Gelände höchstens eine halbe Stunde verweilen durfte. Ich beschleunigte daher meine Schritte und stand bald vor einer wallartigen Form von Gebilden, die in nichts dem ähnelten, was ich bis jetzt gesehen hatte.

Das Mineral war hier zu fingerartigen Auswüchsen, zu steilen Erhebungen zusammengesintert, die mit riesigen Beulen und Blasen bedeckt waren. So ungefähr stelle ich mir Seifenschaum unter einem starken Vergrößerungsglas vor. Besonders eigenartig mutete ein Ameisengewimmel von silbernen Kügelchen an, die in die Masse eingeschmolzen waren – wie ein Insektenschwarm von einer Welle flüssigen Bernsteins. Ich versuchte, eine dieser gläsernen Erhebungen zu erklimmen, rutschte aber sofort wieder ab. Für einen Augenblick hatte ich das Gefühl, im Märchenwald zu sein: der Ritter unter dem Glasberg.

Parallel zu diesem Wall ging ich nun weiter. Stellenweise glich er einer erstarrten Woge. Dieser Eindruck wurde durch den wie vom Sturm zerzausten Kamm verstärkt. Den Aufstieg zu dem Wall erschwerte ein Wirrwarr von gläsernen Oktaedern. Die in der Luft hängenden Arme, die sie miteinander verbanden, waren an manchen Stellen abgebrochen und hatten den Boden mit ihren Bruchstücken übersät. Ich trat mit meinem eisenbeschlagenen Schuh gegen eine der großen Blasen – sie zersplitterte. Als ich den einen Fuß in die schartige Höhlung setzte und den anderen nachziehen wollte, zerfiel sie unter der Last meines Körpers zu kleinen Scherben, und ich befand mich unten auf dem Boden. Ich wiederholte das gleiche Manöver an einer anderen Stelle – mit demselben Mißerfolg; diesmal hätten mir die scharfen, spitzen Bruchstücke beinahe die Kombination zerschnitten. Ich verzichtete auf weitere Versuche und bog, wie mir der Kompaß anzeigte, nach Osten ab; denn der durchsichtige Wald beschrieb einen großen Bogen. Plötzlich stand ich vor einer Nische, die fast wie ein Kamin in den Felsen unserer Berge aussah. In ihrer Tiefe funkelten Myriaden von eingeschmolzenen silbernen Kügelchen; es war ein wunderbarer Anblick. Ich näherte mein Gesicht der senkrechten Wand – und erstarrte vor Entsetzen. Ein dunkles Ungeheuer mit spitzem Kopf und weit abstehenden, wie Fledermausflügel geformten Ohren beugte sich mir entgegen. Die untere Körperhälfte verschwamm in einer undurchsichtigen Wolke. Ich prallte zurück und sah nun, daß es mein eigenes verzerrtes Spiegelbild war.

Ich tastete nach Griffen in diesem Durchbruch, der den Eindruck einer gigantischen Gletscherspalte machte. Mit größter Anstrengung, jede Unebenheit ausnutzend, erklomm ich einen Vorsprung. Die Hitze machte sich immer fürchterlicher bemerkbar. Schon längst hatte ich die elektrische Kühlvorrichtung eingeschaltet; aber sie half nicht viel. Ich erhob mich auf die Fußspitzen und suchte mit ausgestreckten Fingern etwas wie einen Griff zu entdecken. Mein Herzschlag wurde unvermittelt stärker, immer lauter pochte es, immer lauter, lauter... aber das war ja gar nicht mein Herzschlag!

Mit einem Sprung war ich wieder unten. Ich achtete nicht auf die Splitter, die unter meinen Schuhen wegglitten, ich rannte, suchte einen Platz, von dem aus ich den ganzen Himmel überblicken konnte. Hoch über mir leuchtete die milchweiße Wolkenhülle. Aus der Ferne ertönte ein Brausen, kam näher, schwoll an. Zwischen den Wolkenschichten schimmerte wie ein dunkler Fisch eine lange, glatte Spindel hindurch: der »Kosmokrator«!

Ich rief, schrie in das Mikrophon und raste gleichzeitig auf die Ebene, auf das Flugzeug zu! Ich prallte gegen erstarrte Gebilde, daß es schmerzte, fiel auf die Knie, sprang wieder auf, rief von neuem die Rakete an. Das Brausen klang verändert. Der »Kosmokrator« senkte den Bug, legte sich in die Kurve, beschrieb eine enge Spirale und wurde größer. Hinter den Steuerflächen schoß eine Feuersäule, heller als die Wolken, hervor. Ich sprang von einem Stamm zum andern, lief über gläserne Brücken und setzte über leuchtende Grabenbrüche. Das Motorengedröhn steigerte sich zu einem ohrenbetäubenden Donnern, wurde leiser und verstummte. Die Rakete ging bis auf eine gefahrvoll geringe Höhe herab. Ich blickte geradeaus und konnten noch im letzten Augenblick vor einigen Kristallen zur Seite springen, die wie Degen in die Luft ragten. Dann versperrte mir ein Dickicht von gläsernen Adern den Weg. Ich versuchte, es im Sprung zu nehmen, stürzte, rappelte mich wieder auf, der Schweiß rann mir in die Augen, ich wollte in das Mikrophon rufen; mir fehlte der Atem – eine Scherbe rutschte mir unter den Füßen weg, ich verlor das Gleichgewicht und stürzte wieder. Ich riß mich hoch, wollte blindlings auf das nächste Hindernis losstürmen – als dicht an meinen Ohr eine leise, ironische Stimme ertönte: Ruhig... Pilot!

Es war nicht das Radio, das sich gemeldet hatte, sondern eine innere Stimme, die mich plötzlich stehenbleiben ließ. Hier gab es keinen Weg aus dem Irrgarten. Ich mußte umkehren und begann wieder zu laufen. Als ich hörte, daß das Dröhnen der Motoren ständig schwächer wurde, drehte ich mich um.

Die Rakete verschwamm wie ein Gespenst in den Wolken. Das Brausen der Motoren ging in ein immer leiseres, immer entfernteres Brummen über. Nach einer Weile erreichte mich kein Ton mehr. Nur mein keuchender Atem im Innern des Helmes wurde lauter und lauter. Die Kopfhörer schwiegen weiterhin. Ringsum leuchteten die schönsten und klarsten blauen, gelben, goldenen und himbeerfarbenen Kristalle. Es war still geworden, völlig still...

Ich ließ mich auf einem flachen Bruchstück nieder und wartete, wartete fünf, zehn, fünfzehn Minuten. Träge und unentwegt in gleicher Richtung zogen die Wolken ihre Bahn. Von dem angestrengten Emporstarren in diese durchdringende Helle füllten sich die Augen mit Tränen. Langsam liefen sie mir über die Wangen; es waren nicht nur unwillkürliche Tränen...

Das ist das Ende, dachte ich, und sofort antwortete mir die gleiche Stimme wie vorher: Und wenn es so wäre, was tut es?

Richtig! – Ich biß die Zähne zusammen und erhob mich. Ehe ich weiterging, blickte ich auf den Kompaß. Bei dem tollen Lauf hatte ich jede Orientierung verloren. Die Radioaktivität war hier etwas geringer als in der Nähe des gläsernen Walles. Im Helm glomm nur ein roter Punkt. Ich stand inmitten hoher, buschiger Kristalle. Einer war zur Seite gestürzt. Auf seiner rauhen, körnigen Oberfläche, fast in der Mitte zwischen den violett bis blutrot schillernden Rändern lag genauso ein silbernes Kügelchen, wie sie im Innern der glasigen Masse eingeschmolzen waren und sah wie ein erbsengroßer, etwas abgeplatteter Tropfen aus. Eigenartigerweise lag es nicht auf dem Bruchstück des kristallinischen Strauches, sondern schwebte, als wäre es aufgehängt, einige Millimeter darüber. Ich näherte mich und blieb wie angewurzelt stehen: Das silbrige Körnchen zitterte! Es wandte mir seine etwas spitz zulaufende Seite zu, an der ein Fünkchen aufblitzte – nein, es war ein haardünnes Drähtchen, das sich hervorschob. Gleichzeitig erklang in meinen Kopfhörern ein abgerissener kurzer Ton. Mit angehaltenem Atem betrachtete ich das kleine Ding. Es saß auf einer kaum sichtbaren Spirale, die sich ausdehnte und zusammenzog. Diese Bewegung wurde immer lebhafter. Ich trat unwillkürlich zurück. Es war, als ob sich dieses Geschöpf auf dem Kristall niederlassen wollte. Ich näherte mich von neuem, und wieder rührte es sich, und wieder erklang in den Hörern ein hoher Ton.

Also hatten die anderen doch recht, wirbelte es mir durch den Kopf. Ameisen! Metallene Ameisen!

Ich streckte den Arm aus, um das kleine Wesen in die Hand zu nehmen, ließ ihn aber plötzlich sinken. War das nicht trotz seiner Winzigkeit eines jener Geschöpfe, die vor achtzig Jahren das Weltraumschiff gebaut hatten? Würde es sich nicht zur Wehr setzen – vielleicht mit Hilfe einer tödlichen Strahlung? Ich blickte auf den Indikator; die Radioaktivität blieb die gleiche. Ich ging um das kleine Ding herum, betrachtete es von allen Seiten und bemerkte etwas sehr Sonderbares. Sooft ich den Kopf abwandte, erstarrte es und war regungslos wie ein Tropfen erkaltetes Metall. Blickte ich es aber an, so begann es zu zittern, drehte mir die spitze Seite zu, aus deren Ende sich das Drähtchen hervorschob, und dann vernahm ich in den Kopfhörern jene abgerissenen Töne. Das wiederholte sich jedesmal. Was sollte es bedeuten? Wollte mir das kleine Geschöpf etwas mitteilen? Und die anderen, die in der glasigen Masse erstarrten, waren sie tot? Ich stand völlig ratlos da. Wenn ich in diesem Augenblick wenigstens einen meiner Gefährten zur Seite gehabt hätte! Es brachte mich zur Verzweiflung, daß ich so gar nichts von alledem begriff. Ich nahm mein Taschenmesser heraus und legte es dicht neben das silbrige Tröpfchen. Es schien ihm keinerlei Beachtung zu schenken. Ich wandte den Kopf ab und schielte nur aus den Augenwinkeln hinüber. Es erstarrte. Ich entfernte mich einige Schritte. Es rührte sich nicht. Dann trat ich wieder näher und ließ es dabei nicht aus den Augen. Wieder schob es sein blinkendes Drähtchen vor, die Spirale bewegte sich, und in den Hörern klang das abgerissene Pfeifen. Hol es der Teufel!

Ich streckte die Hand aus – der Pfeifton verstärkte sich. Trotzdem nahm ich es zwischen die Fingerspitzen. Nichts geschah. Ich hielt es dicht an die Scheibe des Helmes – der Pfeifton wurde höher. Ob das kleine Geschöpf vielleicht auf diese Weise seine Unzufriedenheit äußerte?

Ich zog eine flache Metallschachtel aus der Tasche, warf es hinein und klappte den Deckel zu. Im Nu hörte das Pfeifen in den Hörern auf. Die Metallwände der Schachtel schirmten die elektromagnetischen Wellen ab; soviel begriff ich. Mit einem Gefühl, als trüge ich eine auf unbekannte Stunde eingestellte Höllenmaschine bei mir, machte ich mich auf den

Rückweg. Nach zwanzig Minuten war ich beim Flugzeug. Sofort setzte ich mich an den Radioempfänger. Aber der Äther war leer – nur aus der Nähe kam dichtes Knattern. Seit der Landung waren vier Stunden vergangen; ich verspürte Hunger. Als ich schon die Kabine verlassen wollte, kam mir der Gedanke, den Venusbewohner noch einmal zu betrachten. Ich öffnete die Schachtel und blickte hinein. Genau wie vorher erzitterte das kleine Wesen, schob das Drähtchen vor, und in den Hörern erklangen abgerissene Signale. Ich weiß selbst nicht warum – es ist eine geradezu schamhafte Stelle in meinen Erinnerungen –, ich hatte keine Lust, die Stärkung sozusagen unter den Augen des fremden Geschöpfes zu mir zu nehmen. Ich legte also die Schachtel auf die Tragfläche, schloß die Kabine, reinigte sie mittels verdichteten Sauerstoffs von der vergifteten Atmosphäre und machte mich dann über meine Vorräte her. Meine Mahlzeit wurde gestört, als aus der Ferne ein langgezogener Ton herüberdrang, der zeitweise heller wurde und dann wieder verschwand. Natürlich, ja, das war der »Kosmokrator«!

Ich warf das offene Päckchen beiseite, spähte in die Höhe und schaltete auch schon den Starter ein. Der Motor sprang an. Noch war nichts zu sehen; aber das feine Singen wurde zum gleichmäßigen Brausen und verstärkte sich von Sekunde zu Sekunde. Plötzlich zerteilte sich die blendendweiße Wolkendecke, und aus dem Hintergrund tauchte die Rakete auf. Ich schrie in das Mikrophon und gab gleichzeitig Vollgas. Eine unendlich lange Zeit schien zu verstreichen, bevor sich das Flugzeug vom Boden löste. Endlich! Ich riß es empor, so steil ich nur konnte; um ein Haar wäre ich abgeschmiert. Aber ehe ich richtig zu steigen begann, war der »Kosmokrator« seitlich vorbeigeflogen und entfernte sich bereits wieder. Mit weit aufgerissenen Augen starrte ich auf die Rakete. Gleich mußte sie wieder in den Wolken verschwunden sein. Sie flog in gerader Richtung weiter. Die Wolken ballten sich zusammen und wirbelten durcheinander, wenn die Auspuffgase sie trafen. In den Hörern war noch immer nichts als Knattern zu vernehmen. Krampfhaft umspannten meine Hände den Steuerknüppel. Der Motor tat sein möglichstes – umsonst – der »Kosmokrator« wurde kleiner und kleiner und verschwand schließlich in dem milchigen Dunst.

Fast im selben Augenblick erklang in den Hörern ein Ton wie von einer zurückschnellenden Feder, und eine Flut von Worten und die kurzen Rufsignale der Rakete, dazu das Knistern des Stromes drangen an mein Ohr. Und dann die Stimme Soltyks – so klar und deutlich, als ob er aus einer Entfernung von zwei Schritt zu mir spräche.

»Auf welcher Seite ist die geringere Strahlung?«

»Auf der linken«, antwortete ihm Arsenjew, »bei ungefähr acht Kilometern.«

»Ingenieur Soltyk!« rief ich so laut, daß es mir selbst in den Ohren dröhnte. »Achtung, ›Kosmokrator‹!«

»Er ist da, er ist da!« rief Arsenjew.

Soltyks Stimme, die näher am Mikrophon war, füllte die ganze Kabine. »Pilot! Ich höre Sie! Pilot! Was ist mit Ihnen los?«

»Alles in Ordnung.«

Mir war auf einmal sehr leicht zumute, und ich mußte mich zusammenreißen, um noch hinzufügen zu können: »Ich bin auf zweitausend Metern und folge euch.«

Dann meldete ich in einem möglichst gleichgültigen Ton: »Ich habe einen recht brauchbaren Landeplatz gefunden.«

»Zum Teufel mit dem Landeplatz!« rief Soltyk. »Mensch, wo haben Sie denn gesteckt?«

Im ersten Augenblick wußte ich nicht, was ich antworten sollte; nur gut, daß Soltyk inzwischen auf einen offiziellen Ton umschaltete: »Sollen wir Ihnen den Kurs durchgeben?«

»Nicht nötig, ich liege in Ihrer Peilung.«

»Hören Sie, Pilot«, rief Soltyk, als erinnere er sich plötzlich an etwas sehr Wichtiges. »Achten Sie auf den Girokompaß! Sie sind ungefähr sechs Kilometer hinter uns. Gehen Sie auch nicht für kurze Zeit über den achten Grad hinaus! Halten Sie sich lieber eine halbe Minute weiter nach Osten!«

»Warum?«

»Weil dort dieser verdammte radioaktive Wald ist!«

»Der radioaktive Wald?« wiederholte ich und blickte dabei auf meinen Kompaß. »Was schadet denn das?«

»Na, dort schwinden doch die Radiowellen!«

»Die Radiowellen schwinden?« Ich verspürte große Lust, mich kräftig an die Stirn zu schlagen. Ich Idiot! Über dem Wald mußte eine dicke Schicht ionisierter Luft liegen. Da war es selbstverständlich, daß dieser ganze Raum für Radiowellen unerreichbar war. Und ich Esel hatte nicht daran gedacht. Esel! Esel! wiederholte ich im stillen. »Warum sind Sie denn vorhin über dem Wald gekreist?« fragte ich Soltyk. »Vor vielleicht anderthalb Stunden?«

»Sie haben uns gesehen?« rief Soltyk. »Sie waren dort? Habe ich es nicht gesagt?« wandte er sich an jemand anders, dann wieder an mich: »Ich habe die Peilsignale des Flugzeugs gehört, als wir dort vorbeiflogen. Ich rief Sie an, und wir kreisten eine reichliche Viertelstunde über dem Wald. Aber der Empfang ist dort so schlecht, daß ich schließlich glaubte, ich hätte mich getäuscht.«

»Sie haben sich nicht getäuscht«, erwiderte ich leise. Jetzt wurde mir alles klar. Die ganze Zeit hatte das Bordfunkgerät automatisch Signale gesendet, auch dann, als ich im Toten Wald umherirrte. Da das Flugzeug in einiger Entfernung vom Wald, wahrscheinlich an der Grenze der ionisierten Zone stand, hatte Soltyk die Signale gehört und war deshalb auch über der Ebene gekreist. Nur eines konnte ich nicht begreifen. »Haben Sie das Flugzeug gesehen?« fragte ich.

»Nein. Waren Sie denn gelandet?«

»Ja.«

Das war sonderbar. Aus einer Höhe von ungefähr fünftausend Metern hatten sie das Flugzeug nicht gesehen? Unvermittelt warf ich einen Blick auf die Tragfläche, und nun ging mir ein Licht auf. Irgendein kluger Ingenieur hatte angeordnet, den Rumpf und die Tragflächen hellbraun zu spritzen, und dies mit hochwissenschaftlichen Erwägungen über die Atmosphäre der Venus, die Strahlung und so weiter begründet. Demzufolge war die Maschine so mit der Färbung des Bodens verschmolzen gewesen, daß man sie selbst bei geringerer Höhe nicht mehr hatte bemerken können.

»Im Radargerät war auch nichts zu erkennen?« fragte ich noch. »Störungen, was?«

»Ja.«

Ich mußte nun aufpassen, denn in der Mitte des Radarschirmes zeigte sich ein leuchtender Ring. Das bedeutete, daß ich nicht mehr weit von der Rakete entfernt war.

»Sehen Sie uns, Pilot?«

»Nein«, antwortete ich. Sosehr ich auch meinen Blick anstrengte, um mich herum war nichts als dichter milchiger Nebel.

»Dann gehen Sie auf Radar über! Wie fühlen Sie sich?«

»Ausgezeichnet.«

Bald darauf zeigte der Schirm des Radargerätes die verkürzte Spindel des »Kosmokrator«.

Soltyk meldete sich: »Ich beginne anzusagen: acht Strich fünfzehn.«

»Acht Strich fünfzehn« wiederholte ich, drückte leicht auf den Gashebel und stieg gleichzeitig etwas höher. Ich bemühte mich, das Bild der Rakete im Fadenkreuz des Radargerätes zu behalten. Das Flugzeug mußte bis auf fünfzehn Meter an die Rakete herankommen, das war nicht allzu schwierig, wenn man sich genau nach den Angaben der Instrumente richtete.

»Sechs Strich sechs«, wiederholte ich. Noch eine Minute, und die Wolke über mir verdunkelte sich. Ich brauchte nicht mehr auf den Radarschirm zu starren. Aus der weißen Tiefe des Raumes tauchte der Rumpf des Geschosses auf.

»Ich sehe euch!« rief ich und kontrollierte dabei die Angaben der Meßinstrumente. »Eins Strich acht!«

»Eins Strich acht ist«, antwortete Soltyk. »Achtung! Wir schalten auf HT um!«

HT bedeutet »Hilfstreibstoff«. Während des Übernahmemanövers wurde die Rakete nicht durch die Atommotoren angetrieben, da das Flugzeug in den Strom ihrer Rückstoßgase kommen konnte, und das wäre gleichbedeutend mit einer Katastrophe gewesen. Deshalb benutzte man den Hilfstreibstoff, ein Gemisch von Wasserstoff und Sauerstoff.

Das rhytmische Getöse der Raketenmotoren ging in einen hohen, klagenden Ton über. Die Kompressoren der Reaktionsturbinen heulten auf.

Vorsichtig zog ich den Steuerknüppel hoch. Der riesige, gewölbte Bauch des »Kosmokrator« warf bereits seinen kühlen Schatten auf mich. »Sechs Zehntel.«

»Sechs Zehntel ist.«

Nun mußten Kurs und Geschwindigkeit des Flugzeuges und der Rakete haargenau übereinstimmen. Mit äußerster Spannung verfolgte ich den Zeiger der Meßinstrumente und verstellte den Gashebel Millimeter um Millimeter. »Null! Achtung! Null!«

»Null ist.«

Der »Kosmokrator« hing dicht über mir. Ich vermeinte nur die Hand ausstrecken zu müssen, um die mattsilbernen Platten des Panzers zu berühren. Ein dumpfes Poltern... zu beiden Seiten fielen die Klappen herunter, die Ladeluke stand offen, und das Flugzeug wurde von dem magnetischen Feld emporgezogen.

In dem Augenblick, wo es dunkel um mich wurde, stellte ich den Motor ab. Die Verschlußklappen rasselten. Noch ein Anschlagen von Metall an Metall, und die Dorne der elastischen Gurte hatten die Last der Maschine aufgefangen. Ich hörte das durchdringende Zischen der komprimierten Luft, die die Atmosphäre des Planeten aus der Schleuse blies. Dann verstummte alles, und die Lampen leuchteten auf.

Die Korkenzieherregel

Eine knappe Stunde später befand sich die Rakete über dem See. Wir gingen tiefer, die Berge wuchsen an, die dunkle Oberfläche des Sees wurde immer größer. Und plötzlich zischte und brodelte das Wasser, von den glühenden Atomgasen erhitzt, auf. Der »Kosmokrator«, der eine weiße, schaumartige Spur hinter sich gelassen hatte, schwamm noch einige hundert Meter weiter, bis er still lag, von den Wellen kaum merklich gewiegt.

Als die Motoren verstummt waren, forderte mich Arsenjew auf, in die Gemeinschaftskabine zu kommen, um über den Erkundungsflug Bericht zu erstatten. Ich war überzeugt, daß meine Entdeckung entscheidend für den weiteren Verlauf der Forschungen sei und daß wir uns unverzüglich zum Toten Wald begeben würden, um nach den metallenen Ameisen zu suchen. Den kleinen Gefangenen hatte ich leider durch meine Unachtsamkeit verloren. Beim Start war er samt der Blechschachtel von der Tragfläche heruntergeweht worden.

Als ich mit meinem Bericht zu Ende war, entstand ein kurzes Stillscheigen; dann sagte Arsenjew: »Sie haben mich enttäuscht. Urteilen Sie bitte nicht danach, daß dieses Abenteuer glücklich ausgegangen ist. Man kann nur hoffen, daß es tatsächlich der Fall sei; denn bis jetzt wissen wir noch nicht, wie groß die Dosis an Strahlung ist, die Ihr Organismus in sich aufgenommen hat. Diese Eskapade in die Tiefe des Toten Waldes war mehr als Leichtsinn, sie war ein Verbrechen. Sie haben kein Recht, Ihr eigenmächtiges Vorgehen mit Ihrem möglichen Tod zu entschuldigen. Sie wollten Ihre Wißbegierde befriedigen, ohne auf die Gefahr zu achten. Sie handelten so, als ob durch einige Stunden Verlassenheit Ihr Verderben bereits zur unabwendbaren Tatsache geworden wäre, Das, was Sie taten, war wohl ein Beweis von Mut; aber Mut, der nicht von Vernunft und Verstand untersützt wird, taugt nicht viel. Wenn ein jeder von uns auf eigene Faust herumstöbern wollte, so würde unsere Expedition bald ein schlimmes Ende nehmen. Haben Sie etwas darauf zu erwidern?«

»Nein.«

»Ich sage das alles in Gegenwart der Gefährten«, fuhr Arsenjew in milderem Ton fort, »damit wir in Zukunft nicht ähnliche Fehler begehen. Ein Risiko ist uns nur im Falle einer unbedingten Notwendigkeit gestattet. Sollte diese eintreten, so könnt ihr sicher sein, daß ich von euch und von mir das Letzte fordern werde. So, und nun wollen wir nicht mehr darüber reden. Ich möchte eure Vorschläge hören, was wir beginnen sollen.«

Lao Tsu ergriff das Wort: »Wir sind in der Lage eines Menschen, der ein Buch aufgeschlagen hat, das in einer für ihn unverständlichen Sprache geschrieben ist. Ich nehme sogar an, daß er es in der Mitte aufgeschlagen hat und es noch obendrein verkehrt hält. Solange wir nicht wissen, was gesetzbestimmt und was nur augenblicksbedingt, was wesentlich und was unwesentlich ist, so lange besteht die Befürchtung, daß wir uns von zufälligen Funden und falschen Hypothesen irreführen lassen. Deshalb schlage ich vor, uns überhaupt nicht mit der Prüfung der Frage zu befassen, ob die Gebilde, die Smith entdeckte, metallische Insekten und die tatsächlichen Hauptbewohner des Planeten sind oder nicht. Vielmehr sollten wir mit der Untersuchung der nächsten Umgebung des Sees anfangen und sie kartieren, damit wir eine Operationsbasis für weitere Vorstöße haben. Ich will niemandem meinen Vorschlag aufzwingen, bin aber der Ansicht, daß wir zunächst soviel wie möglich Fakten sammeln müssen. An ihre Auswertung können wir erst später denken.«

»Mit einem Wort: hypothesas non fingere?« meinte Chandresakar. »Jawohl«, sagte der Chinese. »Mögen unsere Forschungen mit diesem Grundsatz Newtons beginnen.«

Vier Tage verflossen in ununterbrochener Arbeit. Täglich stieg ich mit dem Hubschrauber auf, um fotogrammometrische Aufnahmen und Theodolitmessungen zu machen. Nach der Landung entwickelten Soltyk und ich die Fliegeraufnahmen, setzten sie zu einer Stereoskopkarte zusammen und übertrugen die Bodengestaltung auf ein kartographisches Netz. So entstand eine Karte unserer Umgebung im Radius von sechzig Kilometern. Inzwischen führte eine andere Gruppe, die aus Rainer und Oswatitsch bestand, die geologische Sondierung des Bodens durch. Zu diesem Zweck wurden Sprengladungen in die Uferfelsen gelegt und zur Explosion gebracht. Wenn ich in der Kabine des Hubschraubers über einem Gipfel hing, der die Basis des Triangulationsdreiecks bildete, dann dröhnte der Talkessel unter mir wie eine Zyklopenschmiede. Die Wissenschaftler riefen künstliche Bodenbeben hervor, registrierten die seismographischen Wellen mit Hilfe hochempfindlicher Instrumente und zogen daraus ihre Schlüsse über den Aufbau der tieferen Gesteinsschichten.

Arsenjew und Lao Tsu schwammen im Motorboot auf dem See herum und untersuchten mit Ultraschallsonden die Gestaltung des Grundes. Alle unsere Arbeiten wurden durch den ständigen Nebel, aus dem nur die höchsten Felswände herausragten, sehr erschwert. Die Physiker glaubten, ihn mit Hilfe radioaktiver Emitoren zerstreuen zu können. Mittels Strahlenbündels wurde der Dampf ionisiert und ging dann als feiner, warmer Regen nieder. Aber nach zwanzig Minuten war der Nebel genauso dicht wie vorher.

Am zweiten Tag, als sie wieder auf dem See kreuzten, bemerkten Arsenjew und Lao Tsu, daß die Sonde an einigen Stellen zwei Werte auf einmal angab. Dieses Gerät sendet Schallwellen in die Tiefe, die vom Boden reflektiert werden und zurückkehren. Aus dem Zeitunterschied zwischen dem gesendeten Impuls und dem Echo berechnet man die Tiefe. Nun aber war an manchen Stellen das Echo wie durch einen doppelten Reflex verzerrt. Die genaue Prüfung zeigte, daß quer über dem Grund des Sees ein langer Gegenstand in Gestalt eines dicken Rohres hing. Sein Durchmesser wurde auf fünf bis sechs Meter geschätzt. Das Rohr zog sich in schnurgerader Linie nach Nordosten hin, erreichte das Ufer, verschwand dort in einer Tiefe von sechzig Metern, durchbrach das Felsmassiv unterhalb des Engpasses, durch den ich während meines ersten Aufklärungsfluges gekommen war, und verlief dann weiter unter der Ebene. Als die Wissenschaftler dem Rohr in entgegengesetzter Richtung folgten, gelangten sie an das andere Ufer des Sees. Dieses sah recht sonderbar aus. An Stelle der weißgrauen Felstrümmer, die sonst überall das Ufer säumten, erhob sich hier ein schwarzer, nach außen gewölbter Wall, der der Seitenwand eines gekenterten Schiffes glich. Unter den Tritten der eisenbeschlagenen Schuhe gab der Boden hellklingende, kurze Töne von sich. Wie eine flüchtige Analyse erwies, handelte es sich um Eisen, das mit schuppigen Rostwülsten bedeckt war. Ich wurde mit meinem Hubschrauber herbeigerufen. Mit Hilfe des Radargerätes und des Induktionsapparates gelang es mir, die Grenzen dieser Eisenformation festzustellen. Sie war nirgends stärker als vier Meter und breitete sich über eine Fläche von sechs Quadratkilometern aus. Die ungleichmäßigen, zerrissen wirkenden Ränder lehnten sich an Felstrümmerwälle an.

Ich ließ den Hubschrauber auf dem Wasser zurück und nahm an den Untersuchungen dieser Eisenkruste teil. Die Sonden zeigten an, daß sie einige Meter unter der Wasseroberfläche in einer scharfen Linie abbrach. Die Angaben des Echolotes aus größeren Tiefen waren verzerrt und unablesbar. Da man sich in unseren Skaphandern ebensogut auf dem Lande wie unter Wasser bewegen konnte, versuchte ich zu tauchen. Das Wasser war sehr warm. Ich ließ mich über die glatte Wölbung des Ufers ungefähr fünf Meter tief – so tief reichte die Eisenschicht – hinabgleiten. Weiter unten lag feiner, dunkler Schotter. Ich bemühte mich, die eiserne Kante zu untergraben, um mich zu überzeugen, wie dick sie sei. Obwohl ich eine Höhlung von einem halben Meter wühlte, erreichte ich nicht das Ende. Nach der Mitte des Sees zu fiel der Grund rasch ab. Als ich vom Tageslicht nur noch einen dunkelgrünen Schimmer wahrnahm, stieß ich mit den Händen an eine harte Ausbauchung. In keulenförmigen, senkrechten Nadeln, die aus dem unsichtbaren Grund hervorragten, trat das Eisen wieder auf. Es sah aus, als wäre geschmolzenes Metall in das Wasser geflossen und darin erstarrt.

Ich war kaum ans Ufer zurückgekehrt, da rief mich Arsenjew durch Radiosignale an Bord der Rakete. Als ich den Hubschrauber auf dem Rücken des »Kosmokrator« aufsetzte, erschienen Arsenjew und Lao Tsu in den Spezialskaphandern und baten mich, sie zum Toten Wald zu bringen. Ich fragte, ob ich nicht auch einen Kamexpanzer brauchte. Doch Arsenjew sagte mir, sie würden allein gehen. Mir blieb also nichts weiter übrig, als den Motor anzulassen.

Der Flug verlief ohne Zwischenfälle. Die Beibehaltung der Richtung wurde mir durch die Radiosignale der Rakete erleichtert, die mich sofort wieder auf den richtigen Kurs brachten, sobald ich abwich.

Nach drei Viertelstunden tauchte die hellbraune ausgedehnte Ebene am Rande des Toten Waldes auf. Ich landete in der Nähe der Schwelle, an der die Ebene endete. Die beiden Wissenschaftler packten ihre Apparate und die Fulguritladungen zusammen und entfernten sich. Ich blieb allein zurück. –

Die Arbeiten der letzten Tage waren so sorgfältig und methodisch durchgeführt worden, als befänden wir uns nicht auf einem fremden Planeten, sondern in irgendeinem Winkel unserer Erde. Die rätselhaften Erscheinungen wurden von den Wissenschaftlern mit Stillschweigen übergangen. Keiner äußerte sich zu dem eisernen Ufer und dem merkwürdigen Rohr. Keiner erwähnte auch nur mit einem Wort meine metallenen Ameisen, und ich muß gestehen, daß mich das manchmal ärgerte. Jeder, den ich auszufragen versuchte, antwortete mir, als hätte er sich mit den anderen verabredet: »Das muß man abwarten«, oder: »Darüber läßt sich noch nichts sagen.« Wo blieb denn da die Romantik wissenschaftlicher Arbeit! Kein Wunder, daß ich nun begann, mir meine eigenen Hypothesen aufzubauen. Tagelang spann ich herum: daß sich zum Beispiel das Ufer durch das Aufschlagen eines Eisenmeteors auf den Felsen gebildet habe, daß das Rohr einer der Tunnel sei, durch die sich die metallenen Wesen bewegten. Chandrasekar warf mir alle diese Annahmen, als ich sie ihm mitteilte, im Verlaufe von fünf Minuten über den Haufen.

»Da sehen Sie, wohin ungenaue induktive Schlußfolgerungen führen können«, sagte er.

»Freilich, meine Ideen sind nichts wert«, rief ich. »Mir ist die Arbeit hier überhaupt schleierhaft. Wir haben das Rohr entdeckt. Sollte man sich nicht damit befassen? Aber nein, da mußte ich heute den ganzen Tag über Wasserproben aus verschiedenen Tiefen holen. Ich begreife schon gar nichts mehr. Meine Gefährten werden für mich geheimnisvoller als die Venusbewohner!«

»Ach, also wir sind für Sie ein Rätsel!« Der Mathematiker lächelte, wurde aber plötzlich ernst, ergriff meine Hand und sprach: »Wir sind nur vorsichtig. Nicht ein uns umgebender Wald von Geheimnissen bestimmt unsere Arbeit, sondern etwas viel Wesentlicheres.«

»Und was ist das?« fragte ich.

»Die Erde. Denken Sie stets daran, dann werden Sie verstehen, daß wir keine Fehler machen, keine Irrtümer begehen dürfen.«

Mit diesen Worten hatte mich Chandrasekar besiegt: ich mußte ihm recht geben. Das innere Feuer aber, das mich verzehrte, vermochte auch er nicht zu löschen. Ich zwang mich zur Geduld in der Hoffnung, daß uns noch große Ereignisse bevorstünden. Ich brauchte nicht lange darauf zu warten. –

Mit Kristallbruchstücken beladen, kehrten Arsenjew und Lao Tsu zum Hubschrauber zurück. Während des Fluges wechselten wir kein Wort. Erst in der Schleusenkammer der Rakete, als sich der Raum mit Sauerstoff gefüllt und der Astronom den schwarzen Helm abgesetzt hatte, sagte er zu mir: »In einer Stunde findet eine Beratung statt. Ich bitte Sie, daran teilzunehmen.«

Auf dem Tisch der Gemeinschaftskabine lagen fotografische und gezeichnete Karten, Filmstreifen, Mineralproben und radioaktive Stoffe, die in Bleikassetten eingeschlossen waren. Nur die Metallinsekten fehlten; Arsenjew und Lao Tsu hatten keine finden können.

»Liebe Freunde«, begann Arsenjew, »in zwei Erdentagen erwarten wir die Dämmerung; dann bricht die Nacht an, unsere erste Nacht auf der Venus. Es empfiehlt sich, daß wir uns während dieser Zeit an Bord der Rakete aufhalten. Andererseits haben wir noch fünfzig Stunden Tag vor uns. Die einleitenden Forschungsarbeiten sind so gut wie abgeschlossen. Ich denke also, daß wir es wagen können, einen weiteren Vorstoß ins Gelände zu unternehmen. Unser Ziel ist, mit den Bewohnern der Venus Verbindung anzuknüpfen. Von allem, was wir bis jetzt entdeckt haben, halte ich das künstliche Gebilde, das sogenannte Rohr, für das wichtigste. Es ist ein metallischer Leiter und stellt, soweit wir uns auf die Untersuchungen mit Hilfe seismographischer und Radiowellen verlassen können, eine Art Kabel für Kraftübertragung dar. Allerdings scheint es nicht tätig zu sein; denn während unseres ganzen Aufenthaltes am See ist es auch nicht von der geringsten Energiemenge durchflossen worden. Trotzdem verdient es Beachtung. Das eine Ende ruht unter der Eisenkruste am Ufer. Überlegen wir, ob es sich nicht lohnen würde, das andere zu suchen.«

Schon am frühen Morgen öffneten sich die Klappen und der Hubschrauber, der mit seinen weit auseinandergespreizten »Beinen« einer Heuschrecke ähnelte, rollte auf den Rücken der Rakete. Wir nahmen zu viert in der von allen Seiten verglasten Kabine Platz. Der dreiflügelige Propeller begann um seine Achse zu wirbeln, verwandelte sich in eine durchsichtige Scheibe, und die Maschine erhob sich, wie ein Käfer brummend, in die Luft. Ein frischer Wind jagte den Nebel über dem See auseinander; die Sicht wurde besser. Ich flog nur wenige Meter über dem schwarzen Wasser und steuerte zuerst das eiserne Ufer an. Bei jedem Windstoß färbte sich der Nebel rotbraun, es war, als rauchten die Rostschichten. Unter dem Hubschrauber war ein empfindliches Induktionsgerät befestigt, das sofort auf vorhandene Metallablagerungen oder -adern reagierte. Es war durch ein Kabel mit meinen Kopfhörern verbunden, so daß ich über dem eisernen Ufer ein durchdringendes Klirren und Pfeifen vernahm. Wie ein beutegieriger Raubvogel begann ich zu kreisen, bis ich einen charakteristischen, immer wieder abreißenden, feinen Ton hörte – das elektrische Echo, das durch das Metallrohr hervorgerufen wurde. Wir folgten nun dieser sicheren Spur und flogen, immer in gerader Linie, zuerst über den See, dann über die Geröllhalden. Auf der Oberfläche des Bodens verriet auch nicht das geringste Anzeichen das Vorhandensein des Rohres. Ich achte darauf, daß die Stärke des Tones in den Hörern immer gleichblieb, und steuerte so das Flugzeug ruhig und sicher. In der Nähe des Engpasses geriet der Hubschrauber in eine starke Luftströmung. Von beiden Seiten schoben sich riesenhafte, dunkle, bis in die Wolken reichende Steilwände heran. Unter dem Kamm der Felsen verdichtete sich das Gewölk zu weißen Knäueln wie Gischt an einem Wellenbrecher. Dann verbreiterte sich der Engpaß wieder, und der Hubschrauber flog, vom Wind in die Höhe gedrückt, auf die Ebene hinaus. Im ständigen Kampf mit den Luftwirbeln verlor ich die akustische Spur und brauchte Minuten, bis ich sie wiedergefunden hatte. Als ich einen Kreis beschrieb, sah ich am Ausgang des Felsentores noch einmal den See durch die tief herabhängenden Wolken glänzen; schäumend schlugen die Wellen an das Ufer. Dann versperrte der Felsriegel die Sicht.

Länger als eine Stunde flogen wir bereits über welliges Hügelland. Da ich ständig auf das elektrische Echo achten mußte, erhielt Soltky die Radioverbindung mit der Rakete aufrecht. Von Zeit zu Zeit verständigte er mich durch ein Zeichen, daß alles in Ordnung sei. Arsenjew machte Aufnahmen mit dem Teleobjektiv, und Rainer überwachte die Instrumente, die die Spannung der kosmischen Strahlung anzeigten. Scheinbar unbeweglich stand die flimmernde Scheibe des Propellers schräg über uns. Nur ihr monotones Pfeifen schwächte sich manchmal ab und verstärkte sich dann wieder. Zuerst flogen wir in der Richtung des Toten Waldes, später machte jedoch das Rohr einen weiten Bogen nach Nordwesten. Der Boden stieg langsam, aber stetig an. Die vereinzelten schroffen, wunderlich geformten Felsen schlossen sich zu eckigen, kantigen Massiven zusammen. Immer häufiger verlor ich die Spur und mußte kreisen, um sie wiederzufinden. Unter den Fenstern der Kabine zogen steinige, mit Felstrümmern besäte Hänge, steile Klüfte und Schluchten vorüber. Die akustische Spur führte entlang einer abschüssigen Bergkette zu einer ausgedehnten Hochebene, die von bauschigen Wolken bedeckt war. Zuweilen hüllte der milchige Dunst die ganze Kabine ein, dann wieder tauchte nur der Propeller darin unter, und seine glasige Scheibe wurde matt und trübe.

Unvermittelt lichteten sich die Wolken. Wie von dem Fausthieb eines Giganten in den Fels geschlagen, gähnte ein dunkler Abgrund, ein Krater unter uns. Der Hubschrauber ging bis zu dem schwarzen, zu Glas geschmolzenen, von Hunderten Sprüngen zerrissenen Rand der Kraterwand hinunter. Ein Stück weiter, hinter den überhängenden Basaltplatten, war gähnende Leere. Dort verlor sich die Spur. Zarte dahinsegelnde Dunstschleier blieben an den Rändern des Abgrundes hängen und spannen lange, flatternde Netze an die Wände. Ich drehte mich zu Soltyk um. Der schüttelte den Kopf und zeigte auf das Bordsprechgerät; seit einer ganzen Weile schon gab es keinen Ton mehr von sich. Zwischen uns und dem »Kosmokrator« lag der Tote Wald; wir waren auf uns selbst gestellt. Ich drückte den Steuerknüppel nach vorn. Der Hubschrauber hing nun über dem Abgrund, und über uns schwebten die Wolken so dicht, daß der Propellerwind sie in eine sanfte, kreisende Bewegung versetzte. Die Maschine schaukelte wie ein Korken in unruhigem Wasser. Der Propeller fand in der verdünnten Atmosphäre nicht mehr den erforderlichen Widerstand, immer schneller drehte er sich – plötzlich sausten wir in die Tiefe. Hinter den Scheiben tanzten wie abgerissen die Querschnitte der geologischen Schichten vorbei. Der Motor heulte auf und kam wieder auf Touren. Mit Mühe parierte ich einen kräftigen Stoß des hin und her zerrenden Steuerknüppels. Langsam gewannen wir wieder an Höhe. Hinter den Fenstern der Kabine wichen die scharfen, von Dunstballen umwehten Felsrippen zurück und sanken in die Tiefe. Nicht ohne Schwindelgefühl konnte man in den Hexenkessel hinabschauen. Das war nicht das vertraute Landschaftsbild unserer Berge, deren Gesicht durch eine jahrtausendelange Einwirkung von Wasser und Wind gezeichnet war. Hier ragten inmitten der Wolken die Wände, glatt wie Tafeln schwarzen Eises, in die Höhe. Schaudernd glitt der Blick an diesen furchtbaren Stellen ab. Einem Bergadler gleich, zog die Maschine weite Kreise, stieg immer höher, bis der ganze Krater, ein finsterer Kessel, in dem der Nebel schwamm, tief unter uns lag.

»Ich habe die Spur verloren«, teilte ich Arsenjew mit.

»Ist das ein Vulkan? Vielleicht endet des Rohr gerade hier.«

»Das sieht nicht nach einem Vulkan aus. Landen können wir hier nicht, was?«

»Nein.«

Er schob mir die Karte zu, auf der er die zurückgelegte Flugstrecke mit einer roten Linie eingezeichnet hatte.

»Das Rohr trifft seitlich, beinahe tangential auf den Abgrund. Wir müssen es also auf der entgegengesetzten Seite suchen, dort, wo diese kleinen Felsen wie Zuckerhüte über die Wolken ragen. Dort, ja?«

Ich nickte und steuerte den Hubschrauber über den Abgrund auf die angegebene Stelle zu. Die Felskegel glänzten so blendendweiß über den Wolken, daß man sie für hartgefrorenen Schnee halten konnte. Je mehr wir uns ihnen näherten, um so weiter schien sich die Wand des Kraters auseinanderzuschieben; immer neue Spalten, verborgene Winkel und Risse zeigten sich. Während in den Hörern ein noch leiser sehr ferner Ton aufklang, öffnete sich zwischen zwei Felsen, deren schmale Vorsprünge über dem Abgrund hingen, etwas wie ein geborstenes Tor. Dahinter lag eine schroff abfallende lange

Schlucht. Der Ton in den Hörern hatte sich verändert; die Membranen brummten jetzt im tiefsten Baß.

Ich verständigte mich durch einen Blick mit dem Astronomen. Er nickte mir zu, das hieß, ich sollte die Richtung beibehalten. Ich versuchte, etwas höher zu gehen; aber wir gerieten sofort in eine so dichte Wolke, daß sich die Umrisse der Felsen im Radargerät verwischten. Daher stellte ich das Steuer um und ließ uns zwischen die Wände der Schlucht sinken, so daß wir nun einige Meter unterhalb ihrer Ränder flogen. Das Geräusch des Motors schwoll in dem engen Raum zu einem Donnern an. Die rechte Seite des Felsens hing als ungeheurer Baldachin hoch in der Luft. Kalter, unbeweglicher Schatten fiel auf uns herab. Als ich diese gefährliche Stelle hinter mir hatte, wurde das Brummen in den Hörern durch einen neuen Ton verdrängt, der wie ein weitenferntes, dumpfes Dröhnen klang. Ungefähr hundert Meter vor uns machte die Schlucht eine scharfe Biegung. Steilhänge, die sich in das Gesichtsfeld schoben, versperrten den Ausblick.

»Können Sie dort unten landen?« fragte Arsenjew. Gespannt hatte er das Ausschlagen des Zeigers am Induktionsapparat verfolgt. »Es scheint sich zu lohnen.«

»Ich will es versuchen«, erwiderte ich. Vorsichtig ließ ich die Maschine hinuntergleiten. Von düsteren Schatten verhüllt, tauchte der Boden der Schlucht auf und rollte wie ein langsam ablaufender Film unter uns vorüber. Er war bedeckt von schräg gegeneinanderstehenden, scharfkantigen Felsplatten, die fast unter einer Schicht von schwarzem Schutt versanken. Ganz nahe der großen Biegung bemerkte ich einen ziemlich ebenen, nackten Felsgürtel, der frei von Gesteinstrümmern war. Es sah aus, als hätte jemand die schwarzen Lavablöcke absichtlich zur Seite geworfen. Ich dachte jedoch in diesem Augenblick über die eigenartige Erscheinung nicht weiter nach; denn ich war froh, daß ich einen Landeplatz gefunden hatte. Ich schaltete den Motor aus und benutzte den Propeller als Fallschirm. Mit schrillem Pfeifen durchschnitt er die Luft. Knapp vor einem Hügel schwarzer Steintrümmer setzte der Hubschrauber auf. Das Dröhnen in den Hörern wurde so unerträglich, daß ich sie zur Seite schob. Arsenjew stülpte den Helm über und sprang als erster aus der Kabine, Soltyk, Rainer und ich folgten ihm.

»Magnetit«, stellte Rainer fest, kaum daß er einen der Felsbrocken aufgehoben hatte. »Eisenerz, und zwar sehr hochprozentiges.«

»Aha, deshalb hat der Apparat so gebrummt«, rief ich.

Arsenjew bückte sich, kroch unter das gespreizte Fahrgestell des Hubschraubers, schnallte den Induktionsapparat ab und steckte die Kabelenden in die Steckdose seines Skaphanders. Dann nahm er das Gerät und ging in der Richtung, aus der wir gekommen waren, die Schlucht entlang; er schritt rasch aus und sprang behende von Stein zu Stein. Ich lief hinterher. Zu beiden Seiten reckten sich wildzerklüftete Felsenwände empor. Auf ihren Rändern hatten sich Wolken niedergelassen und erfüllten die Schlucht mit einem eigenartig fahlen Dämmerschein.

»Das Brummen wurde doch durch das Erz verursacht, wir sind sicher auf einer falschen Spur«, sagte ich zu Arsenjew, als ich ihn eingeholt hatte.

»Ich vermute hier noch etwas anderes als diesen verdammten Magnetit«, entgegnete er und änderte plötzlich die Richtung. Er klomm eine große Gesteinsfalte hinauf, die den Weg versperrte und auf der anderen Seite senkrecht abfiel.

»Hier gibt es keinen Übergang«, warnte ich, aber Arsenjew kletterte weiter. Nach einigen Schritten erblickte ich im Schatten eines Felsvorsprunges, der den halben Himmel verdeckte, eine kleine ebene Fläche. Kaum hatte ich den Fuß daraufgesetzt, als ich bemerkte, daß es dort wärmer war. Kurz darauf stand ich vor einem schwarzen Schlund, der wie der Eingang zu einem riesigen Tunnel aussah. Seinen kreisförmigen Querschnitt konnte man unter den aufgetürmten Felsbrocken nur erraten. Arsenjew zog den Handscheinwerfer aus der Tasche und schaltete ihn ein. In den Spalten zwischen den Trümmern glänzte etwas. Ich stemmte mich gegen den Stein, der danebenlag. Da er nachgab, wälzte ich auch die nächsten zur Seite und bekam schließlich ein zerrissenes und zerbeultes Stück welliges Blech zu fassen. Arsenjew nahm den Reflektor in die linke Hand, ergriff mit der rechten den Induktionsapparat und näherte sich dem Trümmerwall.

»Hierher müßte man mit einer Spezialausrüstung kommen, um die Steine wegräumen zu können«, bemerkte Soltyk.

»Vielleicht ist das ein Weg… ihr Weg?« fragte ich.

»Das ist kein Weg«, versetzte der Astronom. Er stieg über die hinabrollenden Steine und leuchtete in die Spalten.

»Das ist das Rohr...«

»Das Rohr?«

»Ja, zerrissen, vernichtet von einer Katastrophe, vielleicht von einem Beben.«

»Vernichtet?« wiederholte ich betroffen. Ich stand inmitten der chaotisch aufgetürmten Felsstücke, in denen sich die Umrisse des Tunnels verloren. Erst als ich einige Schritte zurücktrat, sah ich diese Umrisse wieder. Sie tauchten als ungleichmäßige, unterbrochene, ovale Linie zwischen den kantigen Bruchstücken auf.

Arsenjew trat zu uns.

»Das Rohr, dessen Spur wir entlanggeflogen sind, reißt irgendwo in der Kraterwand ab. Dort«, er zeigte nach hinten, »ist es völlig taub – tot. Nicht die geringste Strommenge durchfließt es. Was wir während unseres Fluges hörten, die akustische Spur, war nichts anderes als das elektrische Echo unserer Apparate, das von seiner Metallhülle zurückgeworfen wurde. Dieser Teil hier«, er wies auf die Steinbarrikade, »ist tätig. Wollen Sie es hören?«

Er reichte mir das Kabel und richtete gleichzeitig den Apparat gegen den Tunneleingang.

»Das ist doch...«

Arsenjew unterbrach mich rasch. »Bitte, sprechen Sie nicht zu Ende!«

Dann gab er Soltyk das Kabel, damit auch er die Töne, die aus der Tiefe drangen, hören konnte.

»Nun, woran erinnert es?«

»An Röhren unter Strom!« riefen wir wie aus einem Munde. Eine Weile schauten wir uns schweigend an. Der Schein des Reflektors warf unsere Schatten an das Felsgewölbe – wie die Silhouetten gebeugt dastehender Riesen mit dreieckigen Köpfen. Auf den Helmen spielte das Licht.

»Ja«, bestätigte der Astronom, »es ist die gleiche Resonanz, wie sie Kathodenröhren von sich geben, wenn sie unter Strom stehen.«

»Weshalb sollten denn hier Kathodenröhren sein und wo überhaupt? Im Rohr?« Arsenjew zuckte die Schultern. Ich kniete nieder und hob einige der flachen Steine hoch, die unter unseren Füßen lagen. Die Schicht darunter war mit dunklem Schlamm bedeckt. Als ich ihn berührte, gerieten die Finger in eine ekelhafte Masse. Ich wollte rasch die Hand zurückziehen, stieß jedoch auf einen runden, harten Gegenstand. Bald darauf holte ich unter den Steinen etwas hervor, was auf den ersten Blick wie ein abgebrochener Ast aussah, genaugenommen aber mit einem Ast nicht viel gemein hatte. Es war ein kurzer, ziemlich dicker Zylinder, der sich in drei dünnere teilte, die sich wiederum mehrfach teilten und so in Bündeln von dünnen, steifen Ruten ausliefen. Das Ganze wog etwa fünfzehn Kilogramm und war ungefähr einen Meter lang. Der dickste Zylinder zeigte an der Grundfläche eine Reihe konzentrischer Ringe, die abwechselnd aus grauem und gelbem Metall bestanden.

»Es sieht aus wie eine Aluminiumweide«, sagte ich. »Nicht wahr, Professor?«

Arsenjew betrachtete den Fund sehr aufmerksam, nahm jede Abzweigung einzeln zwischen die Finger und näherte sie, übrigens ohne jedes Resultat, dem Meßgerät. Dann blickte er sich um.

»Wir werden über die Schlucht fliegen und der Spur des Rohres folgen.«

»Dieser Magnetit wird verteufelt stören«, wandte ich ein.

»Das schadet nichts. Das Rohr meldet sich ja von jetzt an selbst.«

Wir kehrten zum Hubschrauber zurück. Dort blieb Arsenjew stehen, überlegte einen Augenblick und stieg auf einen der Felsblöcke.

»Wartet, ich muß noch etwas untersuchen.«

Er schaltete den Apparat ein und umschritt den Landeplatz. »Das Rohr liegt hier dicht an der Oberfläche... Dieser freie Platz... Irgend etwas stimmt nicht... Wenn man nur wüßte, was. Ich verstehe nicht...«, murmelte er vor sich hin.

»Professor«, fragte ihn plötzlich Rainer, »was meinen Sie, kann dieser Abgrund dort, über den wir geflogen sind, tatsächlich ein erloschener Vulkan sein?«

»Nach den Felsen zu urteilen, würde ich auf der Erde antworten: Ausgeschlossen! Auch ein tektonisches Beben ergibt ein völlig anderes Bild. Hier jedoch kann ich nur sagen: Ich weiß es nicht.«

»Warum tritt denn aber dieses Rohr zutage? Sollte das ein Zufall sein?«

»Ich glaube zu verstehen, um was es Ihnen geht«, sagte Soltyk. »Das Rohr müßte Ihrer Meinung nach tiefer liegen, nicht wahr?«

»Wenn ich als Ingenieur eine so gewaltige Energieleitung zu bauen hätte, würde ich sie mindestens sechs Meter tief legen.«

»Das habe ich eigentlich nicht gemeint«, erwiderte Arsenjew, »aber diese Tatsache ist wirklich auffallend und der Überlegung wert... das ist wirklich auffallend...«, wiederholte er. »Es drängt sich einem unwillkürlich die Annahme auf, daß sich das Gelände erst verändert hat, nachdem die Rohrleitung bereits gelegt worden war. Wißt ihr was? Gehen wir doch bis hinter diese große Biegung. Vielleicht läßt sich von dort aus mehr erkennen.«

Wir stiegen einige hundert Schritte abwärts, über schwärzliches Gestein. Ich war schneller als die anderen und stand als erster in dem Felsenschlund, zu dem sich die Schlucht verengte. Etwas tiefer, in einer Entfernung von vielleicht zweihundert Metern, erblickte ich eine Öffnung, die von den letzten Felsen der Schlucht dunkel umrahmt war. Dahinter lag im hellen Tageslicht ein weiter Talkessel, in dessen Mitte sich ein großer See ausbreitete. Keine Welle kräuselte seine düstergraue Oberfläche, die von dünnen Nebelschleiern verhüllt war. Von allen Seiten liefen Schutthalden am Ufer zusammen und umgaben wie ein ungeheurer steiler Trichter den See. Zwischen Steilwänden und Geröll ragten Gruppen unregelmäßig geformter Felsnadeln empor. Auf der rechten Seite zeichnete sich ein kleiner weißer Kreis leuchtend gegen den dunklen Hintergrund der zerrissenen Felsen ab. Jemand trat so nahe an mich heran, daß er meine Schulter berührte; aber ich achtete nicht darauf. Fast gleichzeitig mit dem Gefährten, es war Arsenjew, setzte ich den Feldstecher an die Augen. Ich kniff ein paarmal die Lider zusammen, weil ich mich zu täuschen glaubte. Aber nein, die Schärfe des Glases war völlig einwandfrei.

Dort drüben blinkte tatsächlich eine weiße Kugel. Sie hob sich unglaublich scharf von dem Gewirr der Felstrümmer ab.

»Könnten Sie dort unten landen?« fragte der Astronom.

Ich antwortete nicht sofort, sondern prüfte erst mit dem Feldstecher das Gelände.

Überall türmten sich Gesteinsbrocken mit scharfen, brüchigen Kanten aufeinander, überall schoben sich unendliche Geröllhalden mit ihren grauen Zungen bis zum Ufer hinab. An manchen Stellen hingen die Felsblöcke in einer so unmöglichen Weise übereinander, daß sie das Gleichgewicht zu verlieren und herabzustürzen schienen, sobald man nur den Blick von ihnen abwandte.

»Eine Landung wäre gefährlich«, erklärte ich schließlich. »Wenn diese Blöcke ins Rutschen kämen, würde sich die Maschine überschlagen, und dabei könnte sich zumindest der Propeller verbiegen. Es ist wohl besser, wir steigen hinunter. Es sind nicht mehr als drei Kilometer.«

»Ich weiß nicht, ob wir nicht lieber zur Rakete zurückkehren sollten«, sagte Arsenjew nachdenklich. »Schade, daß wir unser Schwimmergestell nicht mit haben, dann könnten wir auf dem See niedergehen.«

Er dachte an die aufblasbaren Gummikugeln, auf denen der Hubschrauber wassern konnte. Wir hatten sie in der Rakete gelassen, um die Maschine nicht zu überlasten.

»Professor, jetzt wollen wir zurückkehren?« rief ich. »Jetzt, wo wir der Lösung des Rätsels so nahe sind?«

»Wie mir scheint, sind wir der Lösung des Rätsels durchaus nicht so nahe.«

Die Gefährten standen neben uns auf einer Gesteinsschwelle und betrachteten durch ihre Gläser die Trümmerwüste. Arsenjew richtete den Induktionsapparat gegen den Boden und horchte die nächste Umgebung ab.

»Es sieht so aus, als ob das Rohr tatsächlich auf die Kugel zuläuft«, meinte er. »Aber der Empfang ist schlecht, dieser verfluchte Magnetit...«

Hohe Halden von Eisenerz wälzten sich aus der Schlucht, bedeckten die Abhänge, verengten sich weiter unten zu einem Keil und gingen in Geröll über, das genauso hell war wie das des ganzen Talkessels. Arsenjew warf den Apparat wieder über den Rücken und befestigte ihn an dem breiten Schulterriemen. »Nun gut, gehen wir weiter. Sie führen, Pilot.«

Je tiefer wir über das Geröll hinabstiegen, um so unwirtlicher wurde die Gegend. Die Gesteinsbrocken rollten unter den

Füßen fort und rissen andere mit sich. Als ich mich umwandte, sah ich den Hubschrauber nicht mehr. Die dunkle Schlucht verbarg ihn bereits.

Je größer das Gefälle des Hanges wurde, um so schwerer fiel das Klettern. Bei jeder Berührung rutschten die Steine hinab. Unvermittelt glitt eine ganze Schicht mit wachsender Geschwindigkeit unter mir weg; ich konnte gerade noch zur rechten Zeit seitwärts auf eine Steinplatte springen. Dieser ermüdende Marsch zog sich immer mehr in die Länge. Wir hatten bereits die untere Grenze des Magnetits überquert. Die Oberfläche des Geröllfeldes flimmerte vor unseren Augen und schien zu schwanken, eine Erscheinung, die durch unzählige funkelnde, kleine Quarzkristalle hervorgerufen wurde.

»Bleiben Sie einen Augenblick stehen«, bat Arsenjew; diesmal richtete er den Apparat senkrecht gegen den Boden.

»Das Rohr ist nicht weit von uns entfernt, aber...«, er beendete den Satz nicht, sondern trat an mich heran und reichte mir das Kabel. Ich schloß es an und zuckte zusammen – so stark war das gleichmäßige Dröhnen. Arsenjew blickte den Hang hinauf, den wir heruntergestiegen waren, als wollte er die Entfernung schätzen, die uns von der Schlucht trennte. Dann schritt er weiter. Allmählich näherten wir uns der weißen Kugel. Ihre Größe war schwer abzuschätzen. Auf der linken Seite ragten vier Felsnadeln hinter ihr empor, auf der rechten stand dicht aneinandergedrängt eine Gruppe spitzer Obeliske, die von verwitterten Bruchstücken umgeben waren. Zwischen uns und der Kugel lag dunkel und still, von geröllübersäten Hängen eingeschlossen, eine schmale Bucht. Das andere Ufer war von zerschmetterten Steinblöcken und drohend glänzenden, senkrecht aufgerichteten Felsplatten bedeckt.

Plötzlich blieb der Astronom stehen. »Die weiße Kugel sendet...«, sagte er dumpf. Der Induktionsapparat war nun überflüssig; denn das tiefe Brummen des Radioempfängers im Innern des Helmes wurde ständig lauter. Ich eilte hinter Arsenjew her. Er sprang über die Felstrümmer, erreichte als erster die Bucht und ging ohne zu zögern ins Wasser. Er sackte unter, tauchte aber sofort auf; das Wasser reichte ihm bis unter die Achseln. Rasch halfen wir einander beim Erklimmen der schrägen Felsplatte des jenseitigen Ufers. Von dort aus sahen wir wieder die weiße Kugel. Sie warf leichte Schatten auf das Geröllfeld. Ein Abhang führte zu geborstenen Felsnadeln. Hinter der letzten lag ein ebener Platz, der mit Bruchstücken von Gestein und feinem Schotter bedeckt war. Von dort aus konnte man schon nicht mehr die ganze Kugel überblicken. Sie stand wie eine gewölbte, glatte Mauer vor uns. Wir traten heran. Ich berührte die weiße Wand mit den Fingerspitzen. Mein Herz schlug dabei laut und schnell. Ich hob den Kopf – riesenhaft und unbeweglich ragte die Kugel über mir auf. Ich lehnte mich mit den Schultern an ihre Wand. Der Hubschrauber war nicht zu sehen. In der Ferne, hinter dem Abhang und seinem Geröllfeld, das wir überquert hatten, gähnte zwischen den auseinandertretenden Felsen die Öffnung der Schlucht.

»Das Dröhnen wird immer stärker«, sagte Rainer. »Wäre es nicht ratsamer, diesen Ort zu verlassen?«

Arsenjew blickte auf den Strahlungsmesser. »Es ist keinerlei Strahlung vorhanden. Ich glaube aber, daß...« Mitten im Satz brach er ab. In dem dunklen Tor der Schlucht flammte ein Blitz auf. Lang anhaltend rollte ein Donner. Noch einmal blitzte und donnerte es, dann quollen aus dem Schlund dichte Rauchwolken und wälzten sich träge über das Geröll hinab.

Niemand von uns sprach ein Wort. Wir standen wie versteinert und starrten auf den qualmenden Ausgang der Schlucht.

Schließlich warf der Astronom den Apparat über die Schultern und schaute jeden einzeln von uns schweigend an. »Ich glaube, wir werden heute außerhalb der Rakete übernachten«, sagte er und schritt auf die Bucht zu.

Für den Rückweg brauchten wir fast zwei Stunden. Mit pochendem Herzen, atemlos, schweißüberströmt, fast laufend gelangten wir in die Schlucht, die uns mit dumpfem Schweigen empfing; es war hier bedeutend kälter als unten im Talkessel. Einer nach dem anderen erklommen wir die Felsblöcke, kletterten über wacklige Steinplatten, sprangen von Stein zu Stein, bis der Landeplatz vor uns lag.

Der Felsen war rußbedeckt. Verkohlte Fetzen, Konstruktionsteile, an denen noch glimmende Tropfen geschmolzenen

Metalls hafteten... Vor meinem Schuh glänzte etwas Silbernes. Es war ein Teil des Fahrgestells mit einer Halteschraube – zerfetzt wie ein Stück Papier.

Arsenjew warf kaum einen Blick auf dieses Bild der Verwüstung. Er stellte den Induktionsapparat auf den Boden und horchte längere Zeit. »Das haben wir nun von unserer Dummheit«, sagte er endlich, nahm den Apparat auf, drehte sich um und ging zurück. Wortlos stiegen wir über das abschüssige Geröll zu Tal. Nur unsere Schritte und das Geräusch der hinabkollernden Steine unterbrachen die Stille.

In der Nähe des Ausganges der Schlucht trat Arsenjew an eine große Steinplatte heran, die auf den Kanten einiger Felsbrocken auflag und so einen natürlichen Tisch bildete.

»Fünfzehn Minuten Rast und Beratung«, kündigte er an. »Sind Sie sich darüber im klaren, was vor sich gegangen ist?«

Während er dies sagte, breitete er die Karte auf dem Tisch aus, die er aus der Außentasche des Skaphanders gezogen hatte. Was mich betrifft, so verstand ich nichts von alledem. In meinem Kopf herrschte ein wüstes Durcheinander. Nur so viel vermochte ich mir vorzustellen: Es war eine Katastrophe eingetreten, deren Folgen unübersehbar waren. Wir hatten den Hubschrauber, die Instrumente und die Lebensmittel verloren. Es war uns nur eine Konserve je Kopf als eiserne Ration, eine geringe Menge Wasser und der Sauerstoffvorrat geblieben, den wir noch in den Flaschen der Skaphander hatten. Außerdem trug Soltyk einen Hand-Strahlenwerfer mit sich und ich – eine Rolle Seil. Das war alles.

»Sie nehmen doch nicht etwa an, Professor, daß es ein – Angriff gewesen ist?« fragte Soltyk zögernd.

»Nein. Ich glaube, wir sind zum größten Teil selber schuld.«

»Aber wieso denn?« rief ich.

Arsenjew antwortete nicht.

»Der Treibstoff explodierte in den Behältern«, dachte Rainer laut. »Das war aber nur der Anfang. Bringt man die Katastrophe mit dem Dröhnen in Verbindung, das unter der Kugel zu hören war... doch, doch, das Rohr!«

»Also elektromagnetische Felder?« fragte Soltyk.

«Und zwar von einer riesigen Stärke... Im Bruchteil einer Sekunde mußten Millionen Gauß gewirkt haben!«

In meinem Kopf begann es zu dämmern, ich konnte jedoch

die gehörten Fragmente noch nicht zu einem Ganzen zusammenfügen. »Diese Steine... der Magnetit... Professor, hat das etwas mit dem freien Platz, auf dem wir landeten, zu tun?«

»Das ist es ja gerade!« rief Arsenjew.

Trotz der Tragik unserer Lage klang in diesen Worten der Triumph des Gelehrten, dem es gelungen war, die Lösung des Problems zu finden. »Der freie Platz!« Er hielt mit der einen Hand die Karte fest, die im Winde flatterte, und zeigte mit der anderen auf den Weg, den wir bis zum Ort der Katastrophe zurückgelegt hatten. »Die Sache ist so einfach, daß sie ein Kind begreifen müßte, und wir haben uns wie Dummköpfe verhalten! Das Rohr, das sonst überall in einer Tiefe von einigen Dutzend Metern liegt, verläuft hier beinahe an der Oberfläche der Felsen. Auf der einen Seite ist der freie Platz, auf der anderen – liegen große Haufen von Felstrümmern. Es handelt sich nicht um taubes Gestein, es ist Magnetit, Eisenerz! In dem Augenblick, in dem es von Strom durchflossen wird, entsteht rund um das Rohr ein elektromagnetisches Feld. Solange sich die Spannung im Leiter nicht ändert, bleibt es unbeweglich. Beim Anwachsen der Spannung beginnt das Feld in Übereinstimmung mit der Oerstedschen Regel zu wirbeln.«

»Teufel!« rief ich. »Die Korkenzieherregel!«

»Jawohl! Sie besagt, daß sich das Feld im Sinne eines Korkenziehers um den Leiter dreht, wenn der Strom in der entgegengesetzten Richtung fließt. Bei Laboratoriumsversuchen benutzt man als Leiter einen Kupferdraht und als Körper, die das Feld in Bewegung versetzen sollen, Eisenfeilspäne. Hier waren es eine unterirdische Leitung und Magnetitbrocken. Wenn der Strom eine entsprechend hohe Spannung erreicht hat, wirft das elektromagnetische Feld diese Brocken von der einen Seite des Rohres nach der anderen. Auf diese Weise entstand östlich des Rohres der Trümmerwall und westlich davon der freie Platz.«

»Das Rohr ist aber oberhalb dieses Punktes unterbrochen«, wandte ich ein.

»Das macht nichts. Es ist ganz einfach geerdet, und der Strom tritt in den Felsen ein. Bedenken Sie doch, daß der Boden dort aus Eisenerz besteht, das dem Strom fast keinen Widerstand bietet.«

»Natürlich! Da wurde also der Hubschrauber ebenfalls gegen den Trümmerwall geschleudert?«

»Jawohl.«

»Und dann trat eine Explosion des Treibstoffes ein? Ich hatte doch die Zündung ausgeschaltet.«

»Infolge der Induktion mußten innerhalb der Metallkonstruktion Wirbelströme von so ungeheurer Kraft entstehen, daß das Metall in einem Augenblick schmolz«, erklärte der Ingenieur.

Ich ließ den Kopf hängen. »Da bin ich aber gut gelandet«, sagte ich niedergeschlagen. »Fein bin ich gelandet... der ebene freie Platz war eine Falle... aber wer konnte das wissen?«

»Jeder von uns!« entgegnete Arsenjew scharf. »Wir hatten alle Beweise dafür in den Händen. Wir wußten, daß der Teil des Rohres unter Strom stand... wenn auch, als wir dort waren, unter schwachem Strom, der sich aber jeden Augenblick verstärken konnte. Weiter hatten wir erkannt, daß der freie Platz von einem Trümmerfeld aus Eisenerz begrenzt war... Warum? Wer hatte es dort hingeworfen und wozu? Zu unserer Bequemlichkeit? Nachdenken hätten wir müssen, nachdenken!«

»Richtig«, sagte Soltyk. »Aber nun genug davon; lassen wir die Sache ruhen. Überlegen wir, was zu tun ist.«

Vier Helme beugten sich über die Karte.

»In der Luftlinie trennen uns von der Rakete ungefähr neunzig bis hundert Kilometer schwierigen Geländes, sehr schwierigen Geländes, kann man sagen. Wir haben nur wenig Wasser, Lebensmittel und Sauerstoff...«

Arsenjew blickte auf das Manometer des Sauerstoffapparates.

»Es reicht für etwa vierzig Stunden«, sagte ich.

»Vielleicht nicht einmal für vierzig Stunden – wenn wir zu größeren körperlichen Anstrengungen gezwungen sein sollten. Ihr wißt, was wir mit unseren Gefährten in der Rakete besprochen haben: Sind wir bis acht Uhr abends nicht zurückgekehrt, so fliegt Oswatitsch mit dem Flugzeug die akustische Spur entlang. Wenn er sie nicht vorher verliert, gelangt er bis zum Krater, bis dorthin, wo die Spur abreißt.«

Der Astronom schaute mich an.

»Kann man mit dem Flugzeug in die Schlucht hineinfliegen?«

Ich schloß die Augen. Die schwarzen, zerklüfteten Felswände standen wieder vor mir.

»In die Schlucht fliegen, das ist möglich«, erwiderte ich, »aber...«

»Aber?«

»Aber wenden – nicht. Ein Flugzeug kann nicht unbeweglich wie ein Hubschrauber in der Luft hängen.«

»Das bedeutet also, daß jeder Versuch mit einer Katastrophe enden müßte.«

»Jeder.«

»Hoffen wir, daß Oswatitsch vernünftig ist«, meinte der Astronom trocken. »Gut. Im besten Fall wird er also über dem Rande der Kluft Behälter mit Lebensmitteln abwerfen können.«

Das, wovon der Astronom sprach, war ein Teil des Rettungsplanes, den wir vor unserem Abflug ausgearbeitet hatten. Oswatitsch sollte, falls er uns nicht auffinden konnte, an einem Fallschirm befestigte Behälter mit Lebensmitten und Sauerstoff abwerfen, die mit besonderen Radiogeräten ausgestattet waren und automatische Signale sendeten, um uns das Auffinden zu erleichtern.

»Die Schlucht könnten wir in einigen Stunden bewältigen«, fuhr Arsenjew fort, »aber die Wände des Kraters sind nicht gangbar. Was wir auch für eine Marschroute wählen, es ist ausgeschlossen, die Rakete vor Anbruch der Nacht, das heißt in sechsundzwanzig bis achtundzwanzig Stunden, zu erreichen. Erinnern Sie sich an die Schluchten und Klüfte, über die wir geflogen sind? Ich habe sie auf der Karte nur skizzenhaft eingezeichnet, weil ich ja mit den Aufnahmen gerechnet habe, die nun für uns verloren sind. Also, was schlagen Sie vor?«

Tiefes Schweigen herrschte, nur der Wind pfiff um die Ecken und Kanten der Felstrümmer. Die Karte, deren Rand Arsenjew festhielt, flatterte unruhig.

»Wenn wir vier bis fünf Kilometer in der Stunde zurücklegen könnten und überhaupt keine Rast hielten, wären wir theoretisch in der Lage, den ›Kosmokrator‹ in einem Tag zu erreichen.«, sagte schließlich Soltyk. »Freilich, so eine Berechnung hat keinen praktischen Wert; wir wissen ja nicht, wie lange uns

Schluchten und ähnliche Hindernisse aufhalten... und vor allem, ob sie sich überqueren oder umgehen lassen. Deshalb schlage ich vor, nicht nach Südwesten, in der Richtung der Rakete, zu marschieren, sondern nach Osten, im rechten Winkel zu dem Weg, den wir geflogen sind...«

Ich blickte den Ingenieur erstaunt an.

Er fuhr ruhig fort: »Die Reichweite unseres Radiogerätes ist zwar groß, aber nur in gerader Linie. Wir können also nur dann die Verbindung mit den Gefährten aufnehmen, wenn wir uns in so beträchtlicher Höhe befinden, daß zwischen uns und der Rakete keine Geländehindernisse mehr vorhanden sind. Es würde also keinesfalls genügen, die Hochebene von der Seite aus, von der wir gekommen sind, zu besteigen; denn dann liegt zwischen uns und der Rakete wieder der Tote Wald mit seiner ionisierten Zone, die die Wellen wie ein Spiegel reflektiert. Wenn wir aber so gehen«, er zeigte auf das Gebiet hinter dem Ostrand des Talkessels, »und einen dieser Gipfel ersteigen – dann gelingt es uns vielleicht, die Verbindung herzustellen...«

»Vielleicht«, sagte Rainer gedehnt. »Aber ich sehe auch keinen anderen Ausweg.«

»Unbedingte Sicherheit und Gewißheit werden wir natürlich nicht haben«, meinte Soltyk.

»Nein. Es ist schwer, die Entfernung genau zu schätzen. Von diesem Felsmassiv trennen uns ungefähr fünf bis sechs Kilometer, nicht mehr. Rechnen wir noch acht, meinetwegen neun, ja sogar zehn Stunden für den Aufstieg hinzu, dann befinden wir uns aber auf einem Punkt, der die ganze Umgegend beherrscht.«

»Der See, auf dem die Rakete liegt, ist von hohen Felsen eingeschlossen«, bemerkte ich. »Haben Sie das in Betracht gezogen?«

»Ja. Der Engpaß zum See verläuft nordnordöstlich, das heißt in Richtung auf unsere Berggruppe.«

»Ich bin einverstanden«, erklärte ich. »Wenn es uns gelingen sollte, die Verbindung herzustellen, holt uns die Rakete... und wir brauchen nicht im Freien zu übernachten.«

»Die Idee ist gut«, sagte Arsenjew, »wenn sie auch nicht leicht auszuführen ist. Dann nehmen wir also den Vorschlag an?«

Wir bestätigten es durch Kopfnicken.

»Nun, da wir nicht mehr über die technischen Hilfsmittel verfügen, mit denen uns die Erde versehen hat, wird es sich erst zeigen, was wir wert sind.« Arsenjew stand auf und wandte sich an mich. »Sie sind der erfahrenste Bergsteiger unter uns. Wir verlassen uns auf Sie.«

»Brechen wir gleich auf?« fragte ich.

»Ich dachte daran, erst noch das Wasser im See zu untersuchen. Vielleicht ist es trinkbar.«

»Gut, dann schaue ich mich inzwischen nach dem geeignetsten Weg um. Wollen Sie mir Ihren Feldstecher leihen?« bat ich Arsenjew, denn sein Glas war stärker als meines.

Die Gefährten stiegen zum See hinunter, und ich wandte mich einer Gruppe schlanker Felstürme zu, von denen ich mir bereits während der Beratung zwei ausgesucht hatte. Sie standen so dicht beieinander, daß sie wie ein längsgespalteter riesiger Obelisk aussahen. Ich zwängte mich in den Spalt und stemmte mich abwechselnd mit den Beinen und dem Rücken hoch, wobei ich mich mit den Händen abstieß. Eine Zeitlang vernahm ich noch Bruchstücke des Gespräches zwischen Arsenjew und Soltyk. Nachdem sie hinter der Biegung verschwunden waren, hörte ich auch ihre Stimmen nicht mehr.

Die Felsnadel war nicht sehr spitz. Wenn man die Beine in den Abgrund hängen ließ, konnte man bequem dort oben sitzen. Ich blickte durch den Feldstecher. Über der Kluft, die sich deutlich im runden Gesichtsfeld abzeichnete, erhoben sich zwei Gipfel. Sie waren in dünnen, bleigrauen Nebel gehüllt, der die feinen Konturen, die Einzelheiten der Felsbildung verwischte. Ich entdeckte aber einen Felsgrat, der von den Geröllhalden aus anstieg und bis zum Hauptmassiv heranführte. Auf einmal schien es mir, als sei eine weiße Wolke, die eben über einen der beiden Gipfel hinwegzog, plötzlich verschwunden. Das konnte nur bedeuten, daß zwischen uns und diesem Gipfel noch ein Tal lag. Ich beobachtete die Gegend sehr aufmerksam und gründlich, vermochte aber nichts festzustellen, was meine Zweifel zerstreut hätte. Die anderen sollten jedoch nichts davon erfahren. Bald darauf kamen wieder ihre Stimmen aus dem Kopfhörer.

»Na, wie ist das Wasser?« fragte ich und steckte den Feldstecher in das Futteral. Dann schlang ich das doppelt zusammengelegte Seil um einen Felsvorsprung.

»Das ist eher eine Formalinlösung als Wasser«, antwortete Arsenjew.«

Es war ein sonderbarer Gegensatz: Die Gefährten, die sich dem Fuß der Felsnadel näherten, wirkten aus dieser Höhe wie großköpfige, graue Ameisen; und dennoch hörte ich sie laut und deutlich reden.

Ich stieß mich kräftig mit den Füßen ab und glitt rasch an dem Seil nach unten. Einige Sekunden später befand ich mich wieder bei meinen Gefährten. Ich zog am Ende des Seils, das in losen Windungen herabfiel.

»Ich hoffe, daß Sie für uns einen nicht ganz so luftigen Weg ausgesucht haben«, meinte Rainer und sah etwas mißtrauisch zu, wie ich das Seil über die Schulter wickelte. Ich vermutete wohl nicht mit Unrecht, daß er sich vor solch einer Kletterei fürchtete; denn er war von uns allen am wenigsten mit den Bergen vertraut.

»Der Weg ist ausgezeichnet«, beruhigte ich ihn und entwikkelte meinen Plan. »Zuerst an der Grenze des Magnetitstreifens entlang über das Geröllfeld bis an die Wand, dann eine kleine Traversierung nach links, und von da an steigen wir weiter über den Kamm auf. Ich glaube, an der einen Stelle ist ein Spalt... entweder überqueren wir ihn, oder wir umgehen ihn.«

»Wieso entweder – oder?« wollte Rainer wissen. »Ist es vielleicht näher, wenn wir ihn überqueren?«

»Auf alle Fälle gelangen wir so schneller zum Gipfel; es ist der kürzeste Weg.« Wir brachen auf. Die Felsblöcke vor uns waren derartig zersplittert, zerrissen und steil, daß wir oft auf allen vieren darüber hinwegklettern mußten. Dahinter aber lagen lange, rauhe, holperige Platten, auf denen wir leidlich vorwärts kamen.

»Eines verstehe ich nicht«, sagte ich zu Arsenjew, der neben mir ging. »Warum vergrößerte sich die Stromspannung im Rohr gerade von dem Augenblick unserer Landung an? War das wirklich nur Zufall?«

»Warum nicht? Das Rohr ist wahrscheinlich ein Teil eines großen energetischen Netzes, in dem in gewissen Zeitabständen ungeheure Ströme fließen. Dieser Vorgang beginnt mit einem langsamen Anwachsen der Spannung – denken Sie an den Ton des Echos, der uns an Röhren unter Strom erinnert hat. Dann folgen immer stärkere Wellen – Sie haben das Dröhnen unter der Kugel gehört –, bis schließlich die Kraftspitze erreicht ist. Die Erscheinung kann sich innerhalb einiger Stunden oder auch einmal am Tage wiederholen.«

»Die Felstrümmer an der Stelle, wo wir landeten, sind also schon vorher durch Stromstöße auf die eine Seite geschleudert worden, nicht wahr?« »Natürlich.«

Wir verstummten; denn der Hang wurde immer steiler. Unter unseren Schritten knirschte der nackte Fels. Wir näherten uns dem Kamm des Gebirgswalles, der den Talkessel umgab. Ich drehte mich um und schaute noch einmal in die Tiefe. Tot und öde lag der felsige Hintergrund da, zusammenfgeflossen mit dem dunklen Wasser des Sees. Träge zogen die Wolken darüber hin. Die weiße Kugel war zu einem kleinen Punkt geworden, den man zwischen dem grauen Gestein kaum noch erkennen konnte. Ich fuhr zusammen. Jemand hatte mir die Hand auf die Schulter gelegt. Es war Arsenjew. So wie ich blickte auch er zu dem Ort unserer Niederlage hinüber. Wir schwiegen. Das Blut hämmerte in den Schläfen. Aus den Kanten und Schürfen der Felsklüfte drang das gedämpfte Sausen des Windes.

»Wir sind nicht das letzte Mal hiergewesen«, sagte Arsenjew. Er blieb noch einen Augenblick stehen, dann ging er weiter. Sein Skaphander verschmolz zuweilen mit dem Graubraun der Felsen. Nur der Metallhelm funkelte dann noch zwischen den großen Felstrümmern.

Hoch über uns, von Wolken umhüllt, ragte der Gipfel empor, der unser nächstes Ziel war.

Der schwarze Fluß

Meine Befürchtung war leider nur zu begründet gewesen. Als wir oben auf dem Kamm standen, sahen wir einen zweiten Talkessel vor uns – ein wogendes Nebelmeer inmitten schwarzer, zackiger Wände. Dieser Felsengrund lag höher als die Talsenke der weißen Kugel. Nach kurzer Beratung beschlossen wir, ihn im Süden zu umgehen, und zwar auf einem allmählich abfallenden Grat, der im Nordosten zu einem Ausläufer des eigentlichen Gipfels wurde. Lose Nebelschleier ballten sich zu Wolken zusammen, flossen flach auseinander, wurden aber langsam und unaufhörlich dichter, stiegen höher und überfluteten die Hänge. Angeseilt, zu beiden Seiten den milchigen Abgrund, schritten wir den Grat entlang. Hier und da schob sich eine leichte, vom Wind erfaßte Wolke nach oben, stieß an den Felsen und schwamm zwischen uns hindurch. Dann sah ich nur noch den dunklen, vergrößerten Schatten Arsenjews vor mir. Die Anstrengung des Marsches trieb uns das Blut ins Gesicht. Auf dem Schirm tanzten verschwommene Lichtflecke, sternförmige Phantome. Aber man brauchte nur einige Male die Augen zu schließen, und alles verschwamm wieder; der Nebel aber blieb.

Ich blickte auf die Uhr. Wir gingen bereits neun Stunden. Der Mangel an Training machte sich bemerkbar. Aus allen Poren brach der Schweiß, rann über den Nacken, den Hals und von der Stirn ins Gesicht.

Inmitten sich kreuzender Dunststreifen ragte unbeweglich der Gipfel auf. Seine riesigen, faltigen, von Rinnen durchschnittenen Hänge waren noch immer gleich weit entfernt. Nun fiel der schwarze Kamm des Grates steil ab und verschwand schließlich in der Wolkenflut. Er glich an dieser Stelle einer schmalen, langgestreckten Halbinsel, die von einem weißen Ozean umspült wird. Ich schlug eine Rast vor. Die Gefährten waren sehr erschöpft. Rainer hinkte sogar schon ein wenig. Wir lagerten uns unter einem Vorsprung des Grates. Zum Glück hatten wir hier nicht mit dem Hauptfeind der Bergsteiger auf Erden zu rechnen, mit dem Frost. Der Felsen war warm, wie von der Sonne beschienen.

Ich hörte, wie der Chemiker sagte: »Ich wollte eine Tafel

Schokolade mitnehmen, habe sie aber dann doch vergessen. Und die könnten wir jetzt gut gebrauchen.«

»Murren Sie nicht, Doktor«, brummte Arsenjew. »Wie lange wollen wir hierbleiben?« wandte er sich an mich.

»Wir sollten versuchen zu schlafen«, erwiderte ich. »Das ist das beste, was wir augenblicklich tun können. Vier Stunden müßten genügen, und dann wecke ich Sie. Ich wache auf, wann ich will.«

»Eine wertvolle Gabe«, sagte noch jemand; aber ich hörte die Worte bereits wie aus weiter Ferne. –

Eine Unzahl silberner Ameisen läuft hinter mir her. Ich habe keine Furcht vor ihnen, im Gegenteil, wir vertragen uns recht gut miteinander. Auf einmal bemerke ich, daß eine auf meiner Hand sitzt; ich schreie. Sie verlangt, ich soll mich sofort in die Luft erheben und zur Rakete fliegen, da die Gefährten über unser Fernbleiben beunruhigt seien. Die anderen wiederholen es im Chor. Alle meine Erklärungen, daß ich ja gar nicht zu fliegen vermag, sind umsonst.

Schließlich werde ich böse, winke mit der Hand ab und – erhebe mich in die Luft. Schon flattere ich, ungeschickt wie ein Huhn, über dem Boden, als mich plötzlich wieder etwas hinabzieht, sehr kräftig hinabzieht. Eine kegelförmige Metallkuppel mit einem riesigen Glasauge nähert sich mir. Im ersten Augenblick glaube ich, es sei ein Alptraum ... Es dauerte eine Weile, bis ich den Helm Arsenjews erkannte.

»Sie wollten uns doch wecken!«

Blinzelnd sah ich auf die Uhr. Fast fünf Stunden hatte ich geschlafen. Verwirrt sprang ich auf.

»Das kommt wahrscheinlich daher, weil wir auf einem fremden Planeten sind«, stotterte ich. Arsenjew weckte inzwischen auch Rainer und Soltyk. Wir stärkten uns mit dem letzen Rest von Vitaminkonzentrat, das wir wie auch andere Nahrung dank einer besonderen Vorrichtung zu uns nehmen konnten, ohne den Helm absetzen zu müssen. Dann marschierten wir weiter. Das Wetter war ruhig. Der Nebel lag regungslos unter uns. Dort, wo sich der Grat senkte, wateten wir bis über die Knie durch den milchigen Dunst, zeitweise verschwanden wir ganz darin. Jeder Schritt war gefährlich. Nur sehr langsam schoben wir uns vorwärts.

Stunden vergingen, bevor unter den Schuhen der Kies einer

Gesteinshalde knirschte. Wir gelangten nun zur Mündung einer breiten Rinne, die sich tief in den Hang des Berges eingeschnitten hatte. Das Herankommen war nicht schwierig, aber außerordentlich ermüdend. Der Skaphander drückte immer mehr. Ich hätte am liebsten den Helm vom Kopf gerissen, um nur einmal frei atmen zu können. Unwillkürlich blickte ich mich um. Die Gefährten, die weniger im Bergsteigen geübt waren, hatten es noch viel schwerer als ich. Tief gebeugt stapften sie durch den Nebel, der in kleinen Wolken den Hang heraufkroch. Der Gipfel war schon längst nicht mehr zu sehen.

Als wäre die Schar eines riesigen Pfluges über diesen Hang hinweggegangen, lagen zu beiden Seiten der Rinne geborstene Steinplatten. Der Boden der Rinne war von weißlichem, brüchigem Schotter bedeckt. Hoch über den Rändern von Einstürzen reckten sich gelbe, graue, braune Felstürme. Unter ihren drohend überhängenden Rippen breiteten sich kegelförmige Schutthügel aus. Um acht Uhr früh, siebzehn Stunden nach der Explosion des Hubschraubers, erklommen wir den Gipfel.

Die Bergkette flachte sich im Osten zu toten, starren Wellen ab. Unter uns ein unendliches Nebelmeer, von dünnen Schattenlinien gestreift, die in der Ferne dunkelgrau und lila schillerten. Bis zum äußersten Rand des Horizontes nichts als Nebelfetzen. Darin versank der Abfall unseres Gipfes als ein mächtiger, hochgewölbter, sich weithin verzweigender Gebirgswall.

Arsenjew breitete die Karte auf einem flachen Stein aus und bestimmte so genau, wie es unter diesen Umständen möglich war, die Richtung, in der sich der »Kosmokrator« befand. Dann stellten wir uns, einige Dutzend Meter voneinander entfernt, auf dem höchsten Punkt des Gipfels auf und versuchten, mit Hilfe der Funkgeräte unsere Gefährten zu erreichen. Immer wieder kamen die gleichen Signale aus dem Raum. Es war der automatische Sender der Rakete, der sich alle fünfzehn Sekunden mit zwei durch eine kurze Pause getrennten Tönen meldete. Wir hörten die Rakete; aber sie antworteten nicht auf unsere Rufe. Vielleicht war die Entfernung zu groß, oder unsere schwachen Wellen wurden durch radioaktive Wolken aus dem Toten Wald gelöscht. Jedenfalls sammelten wir uns nach einer Stunde in düsterem Schweigen um Arsenjew.

Der Astronom beugte sich über die Karte. »Wir werden also doch im Freien übernachten«, sagte er. »Heute beginnt die Abenddämmerung, und zwar in ungefähr acht bis neun Stunden. Bis dahin müssen wir einen entsprechenden Unterschlupf gefunden haben. Es sind heftige Gewitter zu erwarten.« Er blickte über den Nebel, der Hunderte von Metern unter uns schwamm. »Den Weg können wir uns nicht aussuchen; so führt er weiter...« Er bezeichnete auf der Karte eine schnurgerade Linie in Richtung der Rakete.

»Wir müssen trotzdem noch eine halbe Stunde warten«, gab ich zu bedenken. »Der Abstieg ist, wie bekannt...«

»Der Abstieg wird leichter sein als das Klettern« unterbrach mich Arsenjew. Als ich ihn erstaunt ansah, legte er mir mit einer vielsagenden Geste die Hand auf die Schulter. Bald darauf entfernte sich Rainer.

Der Professor hielt seinen Helm gegen meinen, so daß man die Stimme auch ohne Radio verstehen konnte. Er schaltete den Apparat aus und sagte. »Es ist nicht nötig, alles zu erzählen.«

»Wegen Rainer?«

Er nickte. Da der Chemiker wiederkam, sprachen wir nicht weiter. Wir lehnten uns mit dem Rücken an den Felsen und starrten, die Augen vor Müdigkeit nur noch halb geöffnet, in den nebligen Abgrund. Seit einer Weile ging in den Höhen etwas Eigenartiges vor. Die Wolken wurden dick wie Fischleim, den man in kochendes Wasser schüttet, flossen in Ringen auseinander, drehten und wanden sich, wurden immer leichter, zarter, durchsichtiger, bis sich plötzlich ein »Fenster« in ihnen zeigte. Rasch verschwand es wieder, aber daneben erschien ein anderes. Der Himmel schimmerte hindurch. Immer weiter trieb der Wind die bauschigen Wolkenknäuel auseinander.

»Verdammt!«

»Warum fluchen Sie denn?« fragte der Astronom.

»Der Himmel, Professor, sehen Sie sich doch den Himmel an!« Der Himmel war grün, durchsichtig wie ein Smaragd, als ob die Farbe der ersten, jungen, von der Sonne durchschienenen Gräser in ihm eingeschmolzen wäre. Hoch droben schwammen federleichte goldene Wölkchen.

»Sicher Kohlenoxyd«, meinte Rainer. Ich freue mich, daß er diese Bemerkung machte. So war er also doch noch nicht völlig apathisch.

Unterdessen glänzte, von den Lichtstrahlen berührt, da und dort der Nebel auf, und die Ränder einer großen Wolke schienen in Brand zu geraten. Dahinter aber, tief im Westen bereits, lugte eine riesige Feuerscheibe hervor. Wenige Augenblicke später wurde es unerträglich heiß. Die Nebel waren auf einmal wie von flüssigem Metall überflutet. Gleich hinter den letzten Schatten, die mit unvorstellbarer Geschwindigkeit bis in die fernsten Fernen einteilten, flammten wahre Orgien des Lichtes auf. Aus den Tiefen wuchsen Berge glühenden Kupfers empor, blutrote Abgründe, Grotten und Höhlen mit zerfließenden Wänden taten sich auf, die Sonnen durchstrahlte sie mit ihrem Glanz und brach goldene Galerien aus dem unruhigen Magma. Dieser ganze Ozean stillen, schweigenden Feuers atmete. Veilchenblaue und rosenrote Dünste, in denen vielfältige Regenbogen flimmerten, stiegen von ihm auf. Das alles dauerte so lange, bis sich eine dichte Wolke vor die Sonne schob. Die leuchtenden Nebeltäler erloschen und füllten sich mit einem unbestimmten Grau.

»Für dieses Schauspiel müssen wir teuer bezahlen«, sagte Rainer verdrossen. Er befestigte den Karabiner an dem Ring seines Gürtels und schritt auf den Abhang zu. Als erster ging Arsenjew, hinter ihm ich, dann folgte Soltyk und als letzter Rainer, der kaum noch die Füße heben konnte. So begann der Abstieg, die nächste Etappe auf dem Weg zur Rakete.

Der Nebel war manchmal so dicht, daß sogar die Silhouette des vor mir gehenden Astronomen darin verschwand. Der Blick fand keinen Halt, versank in dem uferlosen Grau. Die Umrisse des Weges, der nächsten Felsen, ja selbst die der ausgestreckten Hand verwischten sich. Mir war, als müßte ich selbst in diesem Nebel zerfließen. Mein Zustand glich einem gespenstischem Traum, in dem man plötzlich die Wirklichkeit des eigenen Seins nicht mehr empfindet. Ab und zu rief ich die Gefährten an, und ihre Stimmen verscheuchten für eine Weile das Gefühl der Einsamkeit.

Unter unseren Sohlen klang eine Zeitlang hell der Fels, dann knirschte das Gestein einer Geröllhalde. Nach drei Stunden beschwerlichen Marsches wurden die Schritte leiser, und die

Schuhe versanken in lockerem Boden. Wir sahen nicht, ob wir uns bereits auf der Ebene befanden oder ob es nur ein mäßig gewölbter Buckel war; denn auf die Angaben der Aneroide war kein Verlaß mehr: sie verhielten sich seit geraumer Zeit anormal. Der Luftdruck fiel rascher, als man nach dem Marschtempo hätte erwarten können. Allem Anschein nach näherte sich das Tief, das mit der anbrechenden Nacht in Zusammenhang stehen mußte.

Bald darauf fiel das ebene Gelände wieder ab. Wir kamen immer tiefer. Soweit man es in diesem dichten Nebel erkennen konnte, gingen wir nun durch einen flachen Hohlweg, eine Art ausgetrocknetes Flußbett, und folgten im Hinabsteigen allen seinen Windungen. Plötzlich hatten wir wieder festen Boden unter den Füßen. Er war glatt und eben wie der Bürgersteig einer Stadt.

Erstaunt blickte ich um mich; aber es war nichts zu sehen.

Soltyk, der jetzt die Führung nach dem Kompaß übernommen hatte, blieb stehen. »Dort ist etwas«, er wies auf einen großen Fleck, der sich dunkel von der grauen Nebelwand abhob.

Ich bückte mich und strich über den Felsen. »Hört mal«, sagte ich, »kann sein, daß ich mich irre, aber das sind quadratische Platten. Ich fühle ihr Gefüge unter den Fingern... Das ist der echteste Bürgersteig, den man sich denken kann!«

»Ein Bürgersteig? Dann ist vielleicht auch eine Gaststätte in der Nähe?« erkundigte sich Rainer. Während des ganzen Weges hatten wir Kostproben seines Galgenhumors zu hören bekommen. Arsenjew richtete den Induktionsapparat gegen den verschwommenen ovalen Fleck, der in nicht allzu großer Entfernung vor uns aufgetaucht war.

»Wir haben zwar wenig Zeit«, sagte der Astronom, »aber... wer von euch kommt mit mir?«

Soltyk und ich meldeten uns, auch der Chemiker schloß sich nach einem Augenblick des Zauderns an. Die glatte Fläche, die ich als Bürgersteig bezeichnet hatte, machte eine Biegung und stieg dann, nicht sehr steil, an. Einige Dutzend Schritte brachten uns vor eine schwarze Öffnung. Der Nebel war hier dünner. Die Strahlen unseres Reflektors kreuzten sich darin wie helle Säulen und zeigten uns eine geräumige Höhle. In der Tiefe des Raumes stand ein walzenförmiges Gebilde. Ich lief über den lockeren, feinen Schotter, der den Boden bedeckte, darauf zu. Es erwies sich als ein teilweise in den Boden eingelassener Metallzylinder, der mit einer gewölbten Platte verschlossen war. Ich stemmte mich mit der Schulter dagegen. Zwischen der Platte und dem Zylinder öffnete sich ein enger, dunkler Spalt, der sich rasch erweiterte. Klirrend flog der Deckel in die Höhe. Das Innere war leer.

»Ein Behälter!« rief ich. Die Gefährten kamen nun ebenfalls herunter. Ich trat ein wenig beiseite. Die Grotte war eigentümlich regelmäßig und hatte eine längliche Form mit leicht geneigten Wänden. Die Decke war nach unten gewölbt, als ob sie eingesunken wäre. Im Hintergrund hingen schwarze Fetzen eines gigantischen Spinngewebes herab. Als ich näher trat und danach griff, sah ich, daß es zerknittertes Metall war. Es zerbröckelte wie Zunder zwischen den Fingern und berieselte mich mit großen, schwarzen Rußflocken. Die Strahlen meines Scheinwerfers beschrieben einen weiten Kreis über die ineinander verwickelten Metallknäuel und warfen hin und her hüpfende Schatten. Plötzlich trafen sie auf etwas Rötliches. Ich lenkte den Lichtschein genau darauf und erkannte an der Wand eine Zeichnung, die konzentrische Kreise darstellte; sie mußte sehr alt sein, denn die rote Farbe war an vielen Stellen gesprungen und abgeblättert. Ich drehte mich um und wollte die Gefährten herbeirufen. Da bemerkte ich, daß das, worauf ich stand, gar kein Schotter war.

Diese vibrierende, im Licht glänzende Masse war eine Schicht jener silbernen Geschöpfe. Sie waren aber nicht mehr silbern, sondern matt wie oxydierte Zinnbröckchen und erinnerten nur noch durch ihre Gestalt an meinen kleinen Gefangenen aus dem Toten Wald. Unwillkürlich sprang ich zurück. Doch sie bedeckten den Boden der ganzen Grotte. Bei jeder Bewegung raschelte es unter mir. Die zusammengeschrumpften Metallfetzen, die von der Decke hingen, wiegten sich leise im Luftzug. Erst jetzt fiel mir auf, daß sich dahinter etwas wie eine große Honigwabe befand. Es waren regelmäßig verteilte Öffnungen, die der Wand dieses Aussehen gaben. Sie bildeten ein vieleckiges Mosaik, in dem noch eine Menge dieser grauen, einstmals silbernen, kleinen Geschöpfe steckten. Unten an der Wand lag ein ganzer Haufen von ihnen.

»Schaut euch das an!« sagte ich mit gedämpfter Stimme.

Die Gefährten umringten mich. Sie schoben die Überreste des mürben Metallnetzes beiseite und betrachteten die leichten, fast gewichtslosen kleinen Gebilde. Schüttete man sie aus der einen Hand in die andere, so raschelten und klirrten sie leise wie metallene Schuppen. Bei jedem Schritt spritzten Hunderte kleiner Stückchen zermalmt nach allen Seiten. Niemand von uns sprach ein Wort. Plötzlich erinnerte ich mich wieder an die Zeichnung und hob den Reflektor in die Höhe. Die Linien traten aus dem Dunkel hervor.

»Das sieht ja wie ein heliozentrisches System aus«, murmelte Rainer, »in der Mitte die Sonne, der Merkur ... dann die Bahn der Venus ... die der Erde ... Natürlich, das ist doch unser Sonnensystem!« »Dort ist aber noch etwas.«

Von der Venus führte eine mit kleinen Löchern punktierte Linie geradewegs zur Erde und verband die beiden Planeten miteinander. Mich packte eine Angst, wie ich sie noch nie gekannt hatte. Ich blickte mich instinktiv um. Aber außer meinen Gefährten war niemand in der Höhle. Leise bewegten sich die Metallfetzen, federleichte Rußflocken stäubten herab.

»Hier waren Menschen ...«, flüsterte ich. Laut zu sprechen wagte ich nicht.

»Nein, das ist nicht von Menschenhand geschaffen«, antwortete Arsenjew.

»Einen ganz merkwürdigen Glanz hat die Wand ...«, sagte ich nach einer Weile. Die Oberfläche der Wand war mit einem Netz feinster, bläulicher Äderchen überzogen.

»Was kann das sein, Doktor Rainer?«

»Ich weiß nicht, ich habe so etwas noch nie gesehen ... Es könnte beinahe Avanturit sein, Avanturit, das einer ungewöhnlich hohen Temperatur ausgesetzt war. Also ich weiß es wirklich nicht«, wiederholte er.

Arsenjew steckte eine Handvoll Metallkörner in die Tasche des Skaphanders.

»Freunde, wir können in diesem Augenblick die Bedeutung unserer Entdeckung nicht beurteilen. Wir müssen weitergehen, und zwar rasch. In vier Stunden ist es Nacht.«

Schweigend verließen wir die Grotte. Der Nebel war etwas dunkler geworden und hatte eine bläuliche Tönung angenommen, aber er lichtete sich. Als wir wieder den sanft abfallenden Weg hinabgingen, konnte ich bereits den letzten von uns mühelos erblicken.

Das Gelände wurde nun verhältnismäßig eben, so daß wir die nächsten zehn Kilometer ziemlich schnell zurücklegen konnten. Dann schien der Boden wieder anzusteigen. Es konnte aber auch eine Täuschung sein... Plötzlich ertönte vor mir aus dem Nebel ein unterdrückter Ruf, dem ein dumpfes Echo folgte. Ich sprang vorwärts.

Arsenjew lag, auf die Hände gestützt, am Boden. »Stehenbleiben, stehenbleiben!« rief er und hob warnend seinen Pikkel. Vor ihm öffnete sich eine finstere Kluft, deren Grund im Nebel verschwand. Den gegenüberliegenden Rand konnte man selbst mit Hilfe des Radargerätes nicht erkennen. Rainer meinte, daß womöglich überhaupt keiner da sei und daß wir am Rande eines Steilhanges stünden, der die Hochfläche von der Ebene trennt.

»Bis zur Rakete sind es keine dreißig Kilometer mehr«, sagte Arsenjew und versuchte, sich auf der Karte zu orientieren. Diese war leider sehr skizzenhaft und hatte uns während des Marsches schon einige Male irregeführt.

»Hinabsteigen müssen wir. Je tiefer wir sind, um so besser. Vielleicht finden wir dort einen Unterschlupf.«

Bereits einige hundert Schritte weiter fiel die Wand nicht mehr senkrecht ab. In den Schirmen der Radargeräte glomm das grünliche Bild schräger Flächen auf, die zum Abstieg ermunterten. Ich übernahm wieder die Spitze. Um mich herum wanden sich dichte, geschmeidige Dunstballen. Es wurde immer dunkler, der Nebel färbte sich tiefblau, dann schwärzlichgrau und schließlich violett. An einigen Stellen mußten wir die Hände zu Hilfe nehmen, da die eisenbeschlagenen Schuhspitzen an den glatten Schollen keinen Halt fanden. Es ging nicht ohne leichte Stürze ab. Weiter unten war die Wand weniger steil, dafür aber von tiefen, sich kreuzenden Rinnen durchschnitten. Wir mußten scharf aufpassen; denn ein Fehltritt konnte einen gebrochenen Fuß zur Folge haben.

Mich überholte jemand, ich glaube, es war Arsenjew. Ich sah in das weiße, von vielfachen Regenbogen umgebene Licht seines Reflektors. Das Strahlenbündel schwankte eine Weile im Gleichmaß der Schritte, senkte sich zu Boden und stand still. Ich war geblendet und stürzte bis über die Knie in einen tiefen Spalt. Eine gezerrte Sehne schmerzte. Ich setzte mich hin, um den Fuß zu untersuchen. Das Seil scheuerte kurze Zeit an den Steinen, dann spannte es sich.

»Hallo, Professor, bleiben Sie eine Weile stehen!« rief ich hinunter.

Niemand antwortete. Ich erhob mich und ging leicht hinkend auf den Lichtschein zu, in dem sich verschwommene Gestalten bewegten.

Plötzlich erlosch das Licht des Reflektors.

»Da kann man nichts machen, wir müssen hinkriechen«, hörte ich Rainer sagen.

»Warten Sie.« Das war die Stimme Arsenjews. Der Reflektor flammte wieder auf, und sein Licht wurde im Dunst zu einem zitternden, farbigen Strahlenkranz. Ich bemerkte nun, daß sich beide vonüber beugten. Zu ihren Füßen brach der feste Boden schroff ab. Dort schwammen nur dunkle Nebelstreifen.

In diesem Augenblick tauchte der Helm Soltyks aus der Tiefe auf. Rainer half dem Gefährten, sich auf den Rand des Felsens zu schwingen.

»Hinuntersteigen kann man«, sagte der Ingenieur. »Das Gefälle nimmt ab, aber es wird immer heißer, je tiefer man kommt.«

»Heißer wird es? Da sind wir wohl auf dem besten Wege ins Innere des Planeten«, meinte Rainer. Unwillkürlich rückten wir näher zusammen. Der Reflektor beleuchtete vier schwarze Riesen in faltigen Gewändern. In den Gläsern der Helme glitzerten Funken.

»Wir werden eine Magnesiumpatrone opfern müssen«, sagte Arsenjew und zog ein flaches Magazin aus der Tasche. Es waren die Patronen der Leuchtpistole, die in dem Hubschrauber zurückgeblieben war. »Hat jemand von euch zufälligerweise ein Taschentuch in der Außentasche?«

Rainer hatte eines. Der Astronom befestigte die Ecken des Tuches mit ein paar Fäden an der Patrone. In meinem Kopf dämmerte es: Der Professor wußte sich auch ohne Leuchtpistole zu helfen. Ein-, zweimal schlug er mit dem Messergriff auf die Zündkapsel der Patrone. Als es zischte, warf er das Päckchen über den Felsenrand.

Gespannt verfolgten wir es mit unseren Blicken. Das blendende Magnesium zerteilte den Nebel. Der Abhang, auf dem wir standen, löste sich aus dem Dunkel, auch die gegenüberliegende Wand wurde sichtbar; sie war vielleicht sechzig Meter von uns entfernt. Gleich darauf umhüllte eine hellerleuchtete Dampfwolke die Patrone, aber nicht lange, dann zerflossen die Dunstballen wieder. Mit erneuter, jedoch rasch abnehmender Stärke brachen die Strahlen unter dem improvisierten Fallschirm hervor. Zitternd verschmolz das Licht mit dem Dunstschleier. Drunten in der Tiefe zeigte sich eine schwärliche, langgestreckte Masse, die wie erstarrte Lavawellen glänzte. Als der Glanz nachließ, schien es mir, als ob sich diese Masse verbreiterte und dann wieder zusammenzöge wie der Leib einer Schlange, die ihre Beute verschlingt.

Dann verschwand alles im Dunkel.

Als wir vom Rande der Schlucht zurückgetreten waren, blieb Arsenjew stehen und steckte die Hände hinter den Gürtel des Skaphanders.

»So ist es hier immer wieder... Wenn man glaubt, daß die letzten Zweifel zerstreut sind, tauchen hundert neue auf. Was meint ihr zu dem dort?« Er wies mit der Hand nach unten.

»Ich habe eine Bewegung bemerkt«, begann Rainer zögernd, »weiß allerdings nicht, ob ich mich täuschte, aber...«

»Nein, Sie täuschen sich nicht«, unterbrach ihn der Astronom. »Man könnte ja noch eine Patrone opfern; aber es lohnt sich nicht.«

Er beugte sich wieder über den Felsrand. Eine Lichtgarbe schoß aus seinem Reflektor in die Tiefe und wurde vom Nebel verschluckt. »Was kann das sein, zum Teufel?«

»Vielleicht ein Lavastrom?« äußerte Rainer vorsichtig. »Ich hatte den Eindruck, daß die Masse fließt.«

»Die Temperatur ist zu niedrig.«

»Vielleicht irgendein Kanal?«

»Kanäle auf der Venus?«

»Bis dort hinunter sind es nicht mehr als dreißig Meter«, warf ich ein.

»Ein solches Licht erschwert die Schätzung ungeheuer. Na, es hilft ja alles nichts, wir müssen hinunter. Bitte, mir nach.«

Arsenjew ließ sich als erster hinabgleiten. Das Gesicht zur Wand gekehrt, folgten wir ihm. Da das Gefälle geringer wurde, konnten wir uns umdrehen und etwas schneller ausschreiten. Über dem Felsen, der wie Basalt aussah, verliefen Rillen mit scharfen Kanten. Plötzlich rief Soltyk: »Achtung, da ist es!«

Der Reflektor bewegte sich nicht mehr. In seinem Strahlenbündel erschien ein gewölbter Wall, der fettigschwarz wie der Rücken eines Walfisches glänzte. Er füllte das flache Felsbett aus, erhob sich sogar über die Steine des Ufers, die einige Dutzend Meter von einander entfernt waren, und verschwand nach beiden Seiten aus dem Bereich des Lichtes. Die Oberfläche dieser Masse befand sich in einem ständigen langsamen Auf- und Abwogen. Es war eine rhythmische Kontraktion, deren Wellen von der rechten Seite her in Erscheinung traten und auf der linken ausliefen.

»Peristaltik«, flüsterte einer.

Arsenjew ging über einen Felsen, der wie ein Steg in das Felsbett hineinragte, auf die schwarze Masse zu. Am äußersten Ende blieb er stehen, so daß er sie mit dem Fuß betasten konnte. Ein kleistriger Spritzer blieb an seinem Schuh haften. Die Umgebung der berührten Stelle wallte auf. Der regelmäßige Rhythmus, in dem sich die Masse bis jetzt bewegt hatte, verlor sich. Die Luft erzitterte leicht. Ein Windhauch strich die Wände entlang. Der glänzende Brei fing an, sich langsam aufzutürmen und beulenförmig übereinanderzuschieben. Zeitweise erstarrte die Masse, halbflüssig wie sie war, bis sie schießlich einen breiten, auseinanderfließenden Ausläufer wie einen Fühler gegen den Rand des Felsens vorstreckte, auf dem Arsenjew stand.

»Vorsicht, Professor!« rief ich.

Unbeweglich erwartete er das herankommende Etwas. Der schwarze Brei berührte seine Schuhe. Dann zog er sich zurück, um sich plötzlich wieder nach vorn zu stürzen und sie zu umschließen. Aus dem Nebel tauchte ein Buckel auf und rollte wie ein Woge in der Brandung auf Arsenjew zu. Einer von uns, ich glaube, es war Rainer, schaltete seinen Reflektor an. Der Professor schrie auf und versuchte zurückzuweichen. Es umflutete ihn bis an die Knie. Wieder durchzuckte die schwarze Masse ein krampfartiges Beben.

»Zurück, Professor, zurück!« schrie ich. Ich konnte nicht begreifen, warum er stehenblieb, wie mit dem Fels verwachsen. Er krümmte sich zusammen, seine Schultern bebten, als wollte er eine schwere Last hochheben. Soltyk, der ihm am nächsten stand, sprang von der Seite auf ihn zu und wollte ihn zurückreißen. Er glitt jedoch aus und fiel bis an die Hüften in den schwarzen Brei. Er stieß einen unterdrückten Schrei aus.

Ich hielt das Seil mit beiden Händen und zog aus Leibeskräften. Rainer faßte weiter unten zu. In breiten Schlingen flog es klatschend auf das Gestein. Im Licht des Reflektors sah ich Soltyks Gesicht, das krampfhaft verzerrt war. In breiter Front drang der schwarze Strom jetzt gegen das Ufer vor. Aber wir waren schneller. Ich erwischte Soltyk an der Schulter und bekam mit der anderen Hand Arsenjew zu packen; Rainer half mir, auf den Abhang hinaufzuklettern. Die beiden Geretteten stützten sich mit ihrem ganzen Gewicht auf mich. Einer von ihnen atmete schwer und stöhnte.

»Sind Sie verwundet?« fragte ich erschrocken; denn keiner von ihnen brachte ein Wort hervor.

»Weiter, weiter hinauf!« schrie Rainer. Beide Gefährten mit mir schleppend, kletterte ich weiter. Sie vermochten kaum einen Schritt zu tun; es war, als hätten sich ihre Beine in Stelzen verwandelt.

»Ein Schlag... ein elektrischer Schlag...«, stammelte Arsenjew endlich und bemühte sich, die zusammengepreßte Kehle wieder in seine Gewalt zu bekommen.

Wir stiegen noch einige Meter höher. Arsenjew hatte seinen Reflektor verloren. Ich zog meinen heraus und richtete die Linse nach unten. Dann drückte ich auf den Knopf.

Was dort unten vor sich ging, war wie ein Schlammausbruch; doch die Bewegung in dieser schwarzen Masse war nicht passiv, der Schwerkraft gehorchend. Sie blähte sich zu ekelerregenden Blasen auf, schwoll an, aus ihrer Tiefe quollen immer neue und neue Wellen herauf und überfluteten das Ufer.

»Alle zurück!« rief plötzlich eine kraftvolle Stimme. Ich sehe diese Szene noch vor mir, als wäre es heute gewesen. Arsenjew hatte sich von meinem Arm losgerissen. Er griff in die Tasche, die von Soltyks Schulter herabhing, packte den Strahlenwerfer und zielte.

Zischend schoß ein weißer Blitz in die Tiefe. Eine furchtbare Glut streifte meine Brust. Arsenjew zog noch einmal ab. Ein zweiter Blitz schlug wie ein Bruchstück der Sonne genau in die Mitte der aufgequollenen schwarzen Masse. Dann wurde es auf einmal dunkel. Ich wußte zwar, daß man nicht auf die Mündung eines tätigen Strahlenwerfers schauen durfte, hatte aber doch nicht widerstehen können. Nun tanzten goldene und schwarze Kreise vor meinen Augen. Eine ganze Weile sah ich überhaupt nichts, obwohl ich krampfhaft auf den Knopf meines Reflektors drückte. Endlich verblaßten die dunklen Ringe.

Das Felsbett war leer. Verkohlte Überreste, Schlackebrokken, Berge klebriger Asche erloschen und verglimmten. Braune Rauchwolken vermengten sich mit dem Nebel. Zwischen den Steinen sickerte schmutziges, schlammgetrübtes Wasser hervor. Irgendwo im Dunkeln qualmten und brodelten Breiklumpen, die noch nicht ganz verbrannt waren. Wir stiegen hinunter. Ehe wir die Sohle der Schlucht betraten, leuchteten wir beide Seiten mit unseren Reflektoren ab. Die schwarze Masse war verschwunden. Nachdem wir den gegenüberliegenden Hang erklommen hatten, untersuchte Arsenjew seine Füße. An den Beinen der Kombination glänzten noch schleimige Flecken, und die Schuhe waren schwärzlichgrau geworden.

Ich bestürmte ihn mit Fragen: »Sie sprachen doch von einem elektrischen Schlag; sind Sie davon gelähmt worden? Sie auch, Ingenieur? Was mag das wohl gewesen sein?«

»Vorwärts, vorwärts!« wehrte der Astronom ab und schüttelte die letzten Reste der klebrigen Substanz von seinem Skaphander. »Wir müssen weiter. Wir können uns später darüber unterhalten.«

Da die andere Wand der Schlucht weniger steil war, hatten wir dieses Hindernis in einer halben Stunde überwunden und befanden uns auf einer Ebene, auf der unruhige Nebel hin und her trieben. Nun konnte man sich wieder während des Marsches unterhalten.

»Ein Glück, daß unsere Skaphander isolierende Eigenschaften besitzen«, sagte Arsenjew, »sonst wäre es schlecht um uns bestellt gewesen. Was, Soltyk?«

»Ich hatte einen Krampf, daß ich nicht mal mehr den Mund öffnen konnte«, entgegnete der Ingenieur. »In dem Augenblick, als ich hineinfiel, erhielt ich einen solchen Schlag, daß ich fast gelähmt war. Ich glaubte zu ersticken. Alle Muskeln waren steif wie Holz.«

»Zum Glück besaß dieses Geschöpf noch keine Erfahrungen im Umgang mit einem guten synthetischen Gewebe«, warf Rainer ein.

»Wieso Geschöpf? Meinen Sie, daß dieser schwarze Brei lebt?« rief ich erstaunt.

»Ich bin der Ansicht, daß es sich um einen Strom von lebendem Protoplasma handelt. Sie haben doch selbst gesehen, wie es sich bewegte. Es reagierte auf Berührung und versuchte, uns zu erfassen und zu verschlingen. Um ein Haar wäre es ihm auch gelungen.«

»Sie meinen also, daß dieser ..., daß der ...«, ich konnte nicht die passende Bezeichnung finden, »daß das irgendein Tier ist? So eine Art elektrischer Aal, ein Zitterrochen?«

»Zitterrochen gibt es auf der Erde, wir sind jedoch auf der Venus. Es ist weder Tier noch Pflanze, sondern ganz einfach lebendes Plasma.«

»Lebend – das geht mir nicht in den Kopf«, erwiderte ich. »Das Wasser im Fluß bewegt sich doch auch, und trotzdem würde es niemandem einfallen, es als lebend zu bezeichnen.«

»Das ist ein Streit um Worte«, sagte Arsenjew. »Diese Masse besitzt gewisse Merkmale einer lebenden Substanz, es sieht aber nicht so aus, als ob – Moment mal, was ist denn das für ein Klirren?«

Die Dunkelheit breitete sich immer rascher aus; es wurde Nacht. Schon seit einer ganzen Weile hatte ich das Empfinden, daß um mich herum etwas Sonderbares vorging; aber erst jetzt vernahm ich dieses Klirren, das aus unserer Nähe kommen mußte. Ich blickte auf mein Handgelenk – und erschrak. Ich trug dort einen Magnetkompaß, den ich bis jetzt nicht benutzt hatte, da der Girokompaß viel zuverlässiger war. Gewöhnlich leuchtete seine Nadel wie ein phosphoreszierender kleiner Pfeil. Jetzt aber hatte sie sich in eine kreisrunde, verschwommene helle Scheibe verwandelt, die mit unerhörter Geschwindigkeit um ihre Achse wirbelte und dabei ein leises, aber scharfes Geräusch von sich gab. »Sehen Sie nur, Professor ...«

In diesem Augenblick zeigte sich zwischen den Wolken ein rasch wieder verschwindendes Aufblitzen. Reglos, silbrig, wie die aufgeschlitzten Bäuche toter Fische hingen die Wolken in das Dunkel. Ein gespenstisches Licht lag über dem Boden.

Alles um uns herum schien zu schmelzen, zu zerfließen. Die Atmophäre nahm ein wunderliches Aussehen an. Schwankende Bündel faltiger Säulen breiteten sich aus, wuchsen in die Höhe und wurden zu Quellen eines mattsilbernen Wetterleuchtens. Bald blitzte es hier, bald blitzte es dort. Bald flammten tiefere, dann wieder höhere Dunstschichten lautlos auf. In dem Flattern grauer Schatten und gelblichen Lichtes kreisten feurige Büschel und Kugeln und sanken in einem Strahlenkreuz violetter Funken langsam zu Boden. Unwillkürlich verlangsamten wir unsere Schritte. Ich hörte, wie Arsenjew zu Rainer sagte, daß diese Erscheinung eine Art elektromagnetisches Gewitter sei.

»Beachten Sie nur das rhythmische Erlöschen!«

Die Umdrehungen der Kompaßnadel waren noch schneller geworden. Nach einigen Sekunden änderte sich jedoch die Drehrichtung, und dieses Überspringen von der einen in die andere war von einem Erlöschen des gespenstischen Dämmerlichtes begleitet. Hoch droben zogen die Wolken. Sie waren so hell, daß man sie durch den Nebel sehen konnte. Es herrschte eine beklemmende Stille. Sie schien nichts Gutes zu bedeuten. Arsenjew hatte sein Gespräch mit Rainer unterbrochen. Wir machten halt. Das Licht wurde schwächer. Es sah aus, als zerstreute es sich herabsinkend über den Boden, während die höheren Schichten der Atmosphäre immer mehr in das Dunkel rückten.

Die Luft um uns verharrte weiter in schweigender Bewegungslosigkeit. Aus den höchsten Höhen aber drang ein anfangs sehr, sehr weit entferntes Brausen, das in ein tiefes Brummen überging.

»Ich fürchte, wir werden in die Schlucht zurückkehren müssen«, sagte Arsenjew.

Wir standen noch da, unschlüssig, was wir tun sollten, da zerriß ein Heulen die Luft, als käme ein Flugzeug im Sturzflug herunter. Der Nebel geriet in Bewegung, wogte durcheinander, begann zu fließen. Die letzten Herde elektrischer Entladungen erloschen. Mitten aus der Finsternis traf uns ein jäher, gewaltiger Windstoß, der uns fast zu Boden warf. Wir hielten uns gegenseitig an den Händen gepackt. Jemand schaltete seinen Reflektor ein. In dem Lichtkegel sahen wir, daß sich der Nebel nicht mehr ballte, sondern wie Ströme trüben Wassers, die aus einer geöffneten Schleuse schießen, vorbeijagte.

Keiner von uns sprach ein Wort. Wir kehrten um und liefen, von furchtbaren Böen gehetzt, stolpernd, stürzend und mühsam wieder emportaumelnd, zurück zur Schlucht. Durchdringend pfiff der Sturm in den Antennen der Helme. Die Luft, die hart wie ein geblähtes Tuch geworden war, schlug an unsere Schultern und knatterte in den Falten unserer Kombinationen. Ich weiß nicht, wie lange wir so weitergerast sind, weiter, bis vor uns in der Finsternis der Schemen einer Wolke auftauchte, die, an einer Stelle verharrend, mit schwindelerregender Geschwindigkeit um sich selbst kreiste. Es war ein Wirbel von verdichtetem Nebel, der zwischen den Rändern der Schlucht entstanden war. Je tiefer wir hinabstiegen, um so schwächer wurde der Sturm. Seine unsichtbaren Wutausbrüche über der Felsschlucht knatterten wie ein Segel, das plötzlich Wind fängt. Mühsam tasteten wir uns bis zu einem Felsüberhang. Der Nebel wallte wie siedendes Wasser. Über uns, auf der Ebene, die nun in Finsternis getaucht lag, ertönte durchdringendes Heulen, Winseln, Krähen und Gelächter, als kämpften dort Rudel von Hyänen und Schakalen miteinander. Dann war auf einmal alles in grellweißem Licht überstrahlt, als hätte glühendes Quecksilber den Nebel verdrängt. Ein heftiger Donner folgte. Es dröhnte, als wäre eine schwere Falltür über uns zugeschlagen worden. Gleichzeitg spürte ich ein leichtes Trommeln auf meinen Händen und Armen. Schräg vorbeihuschende Tropfen blitzten im Scheinwerferlicht auf. Regen!

Das Trommeln verstärkte sich. Der Wind dort oben heulte nun ohrenbetäubend und warf den Regen in ganzen Wogen gegen den Felsen. Wir lehnten uns an die Wand, so dicht wir nur konnten. Von den Helmen und Skaphandern strömte das Wasser hernieder. Um uns herum bildeten sich große Pfützen, die aufschäumten, wenn Regen und Wind hineinfuhren. Plötzlich klang rasender Trommelwirbel von den Felsen, und da hörte ich auch schon helle Schläge gegen meinen Helm: Hagel. Hagelkörner, groß wie Bohnen, knallten an den Helm und blendeten uns, wenn sie von der Scheibe absprangen.

»Kommt hierher!« rief Arsenjew.

Tatsächlich. Einige Schritte weiter war ein flache Nische in der Wand. Dort waren wir vor dem Hagel einigermaßen sicher. Das Wasser, das über die Felshänge herabstürzte, rauschte immer lauter. Im Lichtkreis des Scheinwerfers, den der Astronom an seiner Brust befestigt hatte, glänzte der Boden von zersplittertem Eis.

Der Felsen schützte uns zwar von der Seite und von oben. Ich spürte jedoch an den Beinen die Splitter der zerplatzenden Eiskörner, die wie Hunderte kleiner Nadeln stachen.

Durch das ununterbrochene Heulen des Orkans dröhnte ein über das andere Mal der Donner. Grelle Blitze erhellten die Regenströme und den Nebel, der sich in wahnsinniger Flucht zusammenballte und wieder auseinanderflatterte. Gleißendes Licht strahlte die wasserüberfluteten Felsen an. Nur unter größter Anstrengung gelang es mir, einige flache Steine herbeizuschleppen und in der Felsnische aufzustellen, so daß wir uns wenigstens setzen konnten. Unablässig peitschte der Regen an unsere Helme und floß über die Glasscheibe. Aneinandergekauert blieben wir sitzen. Stunde auf Stunde verrann, das Unwetter ließ nicht nach. Wohl hörte der Hagel auf, aber dafür begannen glänzende Schneeflocken herabzuwirbeln. Regungslos hockten wir da. Ruhige, tiefe Atemzüge verrieten, daß meine Gefährten eingeschlafen waren. Nur ich selbst, so müde ich war, vermochte keinen Schlaf zu finden. Ich sah natürlich ein, daß es notwendig war, Kraft für den weiteren Weg zu sammeln, und drückte deshalb auch die Augenlider zu, um mich von dem Heulen und Brausen des Sturmes abzuschließen. Unter der dichten Decke der Finsternis aber drehte sich pausenlos vor meinem inneren Auge das Spinnrad der heutigen Erlebnisse und Eindrücke. Ich sah wieder den wabernden schwarzen Brei vor mir, dann wälzte sich der Rauch des in Flammen aufgehenden Hubschraubers aus der Schlucht, die geheimnisvolle Grotte tauchte auf. Dann wieder zog die Berglandschaft mit ihren schroffen, gezackten Gipfeln und den nebelerfüllten Tälern vorüber, mit dem Himmel, der grün war wie dickes Glas und in dem eine riesige Sonne flammte. Die Muskeln zuckten vor Übermüdung. Der Felsen strömte durchdringende Kälte aus. Aber ich traute mich nicht, die elektrische Heizung einzuschalten, denn die Batterie, die auch das Radio speiste, mußte geschont werden. Ich konnte nicht einschlafen. Ich lauschte den tiefen Atemzügen der anderen und bemühte mich, die letzten Ereignisse sorgfältig zu durchdenken. War die Katastrophe wirklich nur ein Zufall? Vielleicht waren wir beobachtet, von unheimlichen, unbegreiflichen Mächten umlauert, während wir glaubten, frei nach unserem Willen zu handeln. Ich war nicht imstande, alle diese Geschehnisse in einem geschlossenen, klaren Bild zu vereinigen. Wenn die Bewohner der Venus tatsächlich metallene Geschöpfe waren, was bedeutete dann dieser Strom von schwarzem Protoplasma? Und die Grotte? War das vielleicht ein Friedhof? Auf welche Weise war jener ungeheure Krater entstanden? Warum war das Rohr in zwei Teile zerrissen?

Dann muß ich wohl eingeschlafen sein. Es war ein bleierner Schlaf, der an Bewußtlosigkeit grenzte. Als ich die Augen öffnete, waren mir sämtliche Knochen erstarrt. Die Uhr zeigte die sechste Stunde an. In meiner Heimat auf der Erde war um diese Zeit das Morgendämmern schon zum hellichten Tag geworden, hier aber herrschte eine solche Finsternis, daß ich nicht einmal unterscheiden konnte, wo das Metall des Helmes in das Glas des kleinen Fensters überging. Der blasse, tagsüber kaum sichtbare Radarschirm erfüllte das Innere des Helmes mit seinem grünlichen, phosphoreszierenden Licht. Das Heulen des Windes war schwächer geworden. Auch der Regen hatte aufgehört. Vorsichtig, um die Gefährten nicht zu wecken, rappelte ich mich auf. Der Stoff der Kombination war von einer feinen Eiskruste bedeckt, die bei jeder Bewegung wie Glas absplitterte. Ich schaltete für einen Augenblick den Reflektor ein und sah drei regungslose, zusammengekrümmte Gestalten unter dem Felsen hocken. Träge zog ein dünner Nebel, vom kühlen Lufthauch aufgestört, vorüber.

Ich begann, mich kräftig zu bewegen und schlug mit den Händen gegen Schulter und Schenkel. Der Lärm, den ich dabei machte, weckte Soltyk. Nach einer Weile waren alle munter geworden, standen auf und klagten über die Kälte.

Wir traten unseren Weitermarsch an. Über die Ebene fegten eisige Windstöße, die durch sämtliche Isolationsschichten unserer Skaphander drangen. Die schwache Eisschicht auf den Pfützen barst knisternd unter unseren Sohlen, manchmal wich der Grund platschend auseinander, und wir versanken in sumpfigem Boden. Einmal drehte ich mich um und ließ das Licht des Reflektors über die hinter mir stapfenden Gestalten gleiten; ich sah durch die nässebeschlagenen Scheiben der

Helme entzündete Augen, in Gesichter, die von zwei Tage alten Bartstoppeln bedeckt waren. Noch als die Dämmerung einbrach, am Rande der Schlucht, hatten wir die Radiosignale der Rakete gehört. In dem magnetischen Gewitter waren sie verstummt. Erst jetzt vernahmen wir sie wieder, und so war es uns möglich, trotz der Dunkelheit die Richtung einzuhalten und weiterzugehen ohne Furcht, uns zu verirren. Indessen verlangsamte einer nach dem andern den Schritt, und der Abstand zwischen uns vergrößerte sich immer mehr. Rainer schwankte hinter Arsenjew her, tief gebeugt, als wäre er um einen Kopf kleiner geworden. Er vermochte kaum noch die Füße zu heben. Plötzlich setzte er sich hin.

Der Astronom drehte sich um und sprach wie zu einem kleinen Kind: »Na, Heinrich, steh doch auf.«

Rainer antwortete nicht. Halbausgestreckt lag er da, sein Atem keuchte. Ich trat näher, um ihm zu helfen; aber der Astronom hielt mich zurück. »Nein, er wird allein aufstehen.«

Der Chemiker stemmte sich mit den Händen gegen die Steine, richtete sich mühsam wie unter einer ungeheuren Last auf und kam uns nach.

Vom weiteren Weg ist nicht viel in meiner Erinnerung haftengeblieben. Mir war zumute, als ob mein Hirn allmählich erstarrte. Ich ging in einem Halbschlaf weiter, aus dem ich nur von Zeit zu Zeit aufschreckte. Der Druck in den Sauerstoffflaschen war bereits auf dreißig Atmosphären gesunken. Wir mußten also gehen, ununterbrochen gehen, um unser Ziel zu erreichen, bevor sie leer waren. Ich hatte das unbestimmte Gefühl, daß jemand hinter uns herschleiche. Das Sonderbare war, daß auch die anderen davon erfaßt wurden. Rainer, der sich als letzter dahinschleppte, fiel einige Male, da er sich ständig umsah. Von Zeit zu Zeit wechselten wir uns in der Führung ab, da es zu sehr ermüdete, in dieser Finsternis nach dem Weg Ausschau zu halten.

Ich hatte gerade wieder die Spitze übernommen, als ich hoch in den Wolken eine weiße, verschwommene Säule erblickte. Aus dem steinigen Boden, der nun anstieg, ragten rauhe, holprige Felstafeln empor. Die weiße Säule pendelte langsam durch die Wolken. Eine neue, geheimnisvolle Erscheinung, schoß es mir durch den Kopf. Ein Ausruf des Astronomen berichtigte meinen Irrtum. Felsbrocken knirschten unter den

Füßen. Nach einigen hundert Schritten standen wir am Engpaß zum See. Weit unten schimmerte das Nebelmeer. Aus seiner Tiefe wuchs eine leuchtende Säule in den Himmel, das Scheinwerferlicht der Rakete.

Bis zu dem Zeitpunkt, wo der Tote Wald den Radiowellen den Weg versperrte, hatte Lao Tsu die Verbindung mit dem Hubschrauber aufrechterhalten. Den ganzen Tag über waren die Gefährten mit der Untersuchung des Seegrundes beschäftigt gewesen. Als die achte Stunden verging, ohne daß wir zurückkehrten, startete Oswatitsch. Nachdem er die akustische Spur gefunden hatte, begann er mit der Suche nach uns. Das Flugzeug konnte nicht so langsam und so niedrig wie der Hubschrauber fliegen. Deshalb verlor Oswatitsch einige Male die Spur, und es dauerte zwei Stunden, bis er den Krater erreichte. Er unternahm einige hartnäckige Versuche, auf dem Boden des Abgrundes zu landen; aber sie waren vergeblich und hätten beinahe eine Katastrophe zur Folge gehabt, da heimtückische Luftströmungen das Flugzeug in die Tiefe sogen. Oswatitsch kreiste in den Wolken und rief uns ständig durch das Bordsprechgerät an. Als auch dies ohne Erfolg blieb, warf er an den Hängen des Kraters Säcke mit Lebensmitteln ab und flog zurück. Er hatte gerade noch so viel Treibstoff an Bord, daß er mit Mühe und Not den See erreichte. Im Laufe des nächsten Tages wurden die Gefährten immer unruhiger. Sie erwogen, ob sie sich nicht, entgegen unserem Plan, doch mit dem »Kosmokrator« auf die Suche begeben sollten. Inzwischen brach die Venusnacht an. Schwere Stürme waren zu erwarten, und der Bug der Rakete mußte mit Stahltrossen am Ufer befestigt werden. Der Orkan kam ganz plötzlich. Mit einer Geschwindigkeit von über dreihundert Stundenkilometern preßten sich die Luftmassen durch den Felsenschlund in den Talkessel. Der »Kosmokrator«, von den Wellen hin und her geschleudert, zerrte mit aller Gewalt an den Stahlseilen. Um dem furchtbaren Druck von Luft und Wasser entgegenzuwirken, ließ Oswatitsch die Motoren an und hielt die Rakete mit dem Bug gegen den Wind. Trotzdem riß eine der Trossen, und das Raumschiff wurde gegen das Ufer getrieben. Fast schien das Verlassen des Sees der einzige Ausweg zu sein. Aber die Gefährten blieben dennoch, da ja die Möglichkeit bestand, daß wir bereits in der Nähe wären und uns nur der Orkan daran hinderte, zurückzukehren.

Sechs Stunden lang wühlte der »Kosmokrator« das Wasser mit seinen Auspuffgasen auf und verringerte dadurch den Druck auf die Stahlseile. Als die größte Wut des Orkans vorüber war, schalteten die Gefährten den großen Reflektor ein, dessen Licht wie eine weiße Säule über die Nebel emporragte und uns dann auch den Weg wies.

Am nächsten Tage stand ich sehr spät auf. Die Erschöpfung, die mir noch in allen Gliedern lag, ließ nur sehr langsam nach. Die Zentrale war leer, als ich sie betrat. Ich blickte auf die aerometrischen Instrumente. Der Luftdruck war gestiegen, die Temperatur bis auf acht Grad unter den Gefrierpunkt gesunken. Der Rumpf der Rakete hob und senkte sich kaum merklich wie die Brust eines schlafenden Riesen. Hier und da ließ sich das Knirschen der Eisschollen vernehmen, die an den Panzer des »Kosmokrator« stießen. Ich setzte mich vor den großen Leuchtschirm; aber es war finstere, sternenlose Nacht. Ich senkte den Kopf und ruhte mit halbgeschlossenen Lidern in wohligem Nichtstun aus. Mir war, als müßte ein Traum, den das Erwachen unterbrochen hatte, seine Fortsetzung finden.

Chandrasekar kam herein und blieb vor mir stehen.

»Na«, fragte er, »ist Ihr großer Hunger nun gestillt?«

»Nein«, entgegnete ich, »mein Hunger nach Wissen hat sich nur vergrößert und der nach Abenteuern..., der wird sich wohl nie stillen lassen.«

Tags zuvor waren wir so müde gewesen, daß wir unsere Erlebnisse nur in wenigen, kurzen Worten hatten schildern können. Nun begann ich zu erzählen. Chandrasekar lächelte mir zu, und ich sprach zu ihm wie zu einem guten Freunde. »Wir haben uns Fehler geleistet«, sagte ich, als ich mit meinem Bericht zu Ende war, »für die man wohl keinen von uns verantwortlich machen kann. Arsenjew handelte aber gegen seine eigenen Grundsätze, indem er den Abstecher zu der Grotte der metallenen Geschöpfe unternahm. Die Vernunft, der Verstand mußten ihm befehlen weiterzugehen, denn der Sauerstoff wurde immer knapper. Indessen richteten wir uns aber manchmal nicht nach dem Verstand oder der Vernunft, und das ist gut so. Wir entdeckten etwas, was große Bedeutung haben kann. Arsenjew hat eine Handvoll dieser metallenen Insekten mitgebracht. – Haben Sie sie schon gesehen, Professor?«

»Ja, sie liegen im Laboratorium, Arsenjew hat gebeten, mit der Untersuchung auf ihn zu warten. Aber – um auf das Thema zurückzukommen – es ist Ihnen doch klar, daß diese paar Liter Sauerstoff, die Sie in der Grotte eingeatmet haben, im letzten Abschnitt des Rückweges hätten fehlen können?«

»Das wäre möglich gewesen.«

»Und was für einen Wert hätte dann die Entdeckung noch gehabt?«

»Wir wußten eben nicht, ob der Sauerstoff reichen würde oder nicht, und gerade deshalb, glaube ich, hat Arsenjew so gehandelt wie ich damals im Toten Wald.«

»Meinen Sie?«

»Ja, natürlich. Hätte ich die Gewißheit gehabt, daß wir den ›Kosmokrator‹ nur dann erreichen würden, wenn wir uns nicht um die Grotte kümmerten, so wäre ich der erste gewesen, der sich dem Professor widersetzt hätte. Aber diese Gewißheit hatte ich eben nicht.«

»So urteilen Sie also...« Chandrasekar neigte den Kopf und blickte schweigend in die dunkelglänzende Platte des Prädiktors, als suchte er darin sein eigenes Spiegelbild. Ich war gespannt auf seine Erwiderung, aber in diesem Augenblick trat Soltyk in die Zentrale, und das Gespräch nahm eine andere Wendung.

»Das unterirdische Rohr, der metallene Strohwisch, den Smith entdeckt hat, und die weiße Kugel müssen in irgendeinem Zusammenhang stehen! Und dann dieses veränderliche magnetische Feld!« sagte der Ingenieur. »Wenn ich wüßte, auf welche Weise sie Elektrizität erzeugen, wäre mir alles klar.«

»Sie irren sich!« entgegnete Chandrasekar. »Wenn ein Marsbewohner auf unserer Erde in ein Sinfoniekonzert käme, was würde ihm da die genaueste Untersuchung der geometrischen und statischen Struktur des Gebäudes nützen, die chemische Analyse der Ziegel, des Mörtels, der Vergoldungen, das Ergründen der physikalischen und klanglichen Eigenschaften der Geigen, des Flügels, der anderen Instrumente? Er hätte noch immer nicht die geringste Vorstellung von dem Zweck, zu dem das Gebäude geschaffen wurde, denn die Kenntnis des Wichtigsten fehlte ihm.«

»Der Musik, nicht wahr?« meinte Soltyk.

»Nein, der Geschichte des Menschengeschlechtes. Viel wichtiger, als die Konstruktion einer Maschine zu verstehen, ist es, um die Geschöpfe zu wissen, die sie erbaut haben.«

»Ich bin fest überzeugt, daß wir in den metallenen Ameisen die Herren dieses Planeten vor uns haben«, warf ich ein. »Anfangs kam es mir selbst sonderbar vor, daß so kleine Geschöpfe ein so gewaltiges energetisches Netz zu erbauen vermochten; aber überschreiten nicht auch die Bauten auf der Erde unser Körpermaß um das Hundert-, ja Tausendfache, wenn man nur an die Meeresdämme oder an den Atomring im Polargebiet denkt?«

»Ich weiß nicht, was Ihre sogenannten metallenen Ameisen in Wirklichkeit sind«, erwiderte der Mathematiker. »Ich bin aber ebenso fest wie Sie von Ihrer Ansicht davon überzeugt, daß sich auf diesem Planeten Lebewesen befinden müssen, die uns bedeutend mehr ähneln.«

»Woher wollen Sie das wissen?«

»Aus dem, was Sie mir vorhin erzählten. Sie haben doch in jener Grotte eine Inschrift oder, besser gesagt, eine Zeichnung an der Wand entdeckt, nicht wahr?«

»Nun ja, aber...«

»Wozu hätten denn diese Ameisen eine solche Zeichnung schaffen sollen? Soviel ich gesehen habe, besitzen sie gar keine Augen.«

»Zum Teufel, Sie haben recht!« rief Soltyk.

Ich geriet in Verwirrung. »Nun ja, tatsächlich... aber..., warten Sie, Professor, vielleicht haben sie diese Zeichnung zufällig geschaffen... das heißt, daß es gar keine Zeichnung ist, sondern...«

»Sondern was?«

»Das... das kann ich jetzt auch nicht sagen. Vielleicht besitzen sie irgendeinen elektrischen Sinn...«

Chandrasekar lächelte. »Vorsicht! Ich sehe, daß Sie Ihren Ruhm als ›Entdecker der metallenen Ameisen‹ um jeden Preis retten wollen. Sie dürfen aber keine Fakten mit Hypothesen zusammenwerfen – es gibt nichts Schlimmeres.«

Plötzlich runzelte er die Brauen. »Bitte, entschuldigen Sie mich. Mir kam soeben eine bestimmte Idee...«

Soltyk und ich starrten noch eine ganze Weile verwundert die Tür an, hinter der der Professor verschwunden war.

Bis zum Mittagessen hatte ich Freizeit. Arbeiten außerhalb der Rakete waren im Vormittagsplan nicht vorgesehen. Die Wissenschaftler hatten sich im Laboratorium eingeschlossen; von dort klang das durchdringende Brummen der Transformatoren herüber. In der Zentrale saß Oswatitsch am Prädiktor. Die Rakete hatte aufgehört zu schaukeln. Sie lag in den Felsen des Eises, das immer stärker wurde und die Oberfläche des Sees als durchsichtige Scheibe bedeckte. Ich blickte flüchtig in das Buch, das Oswatitsch las: Die »Elemente« von Euklid. Verzweifelt trat ich wieder auf den Korridor, gerade in dem Augenblick, als sich die Tür des Laboratoriums öffnete.

»Schluß mit der Legende über die metallenen Ameisen!« rief Arsenjew bei meinem Anblick. Er war noch im langen Laborkittel, hatte die Ärmel aufgekrempelt und die Doppellupe in die Stirn geschoben. »Sie als der Autor tun mir leid, Pilot. Aber Tatsachen entscheiden – übrigens ist der wirkliche Sachverhalt vielleicht noch rätselhafter!«

Das Laboratorium war bis ins kleinste Eckchen mit Apparaten vollgepfropft. Sogar an der Decke hatte man große Drosselspulen befestigt. Von Tisch zu Tisch hingen verschiedenfarbige Leitungsdrähte. Unter dem großen Reflektor saßen Tarland, Rainer und Lao Tsu und betrachteten durch Vergrößerungsgläser etwas, was ich von der Tür aus nicht erkennen konnte. Ich ging näher, beugte mich über den Tisch und bemerkte auf der dunklen Platte irgendwelche winzigen Fünkchen. Neben leeren metallenen Schalen lagen einige mikroskopisch kleine Spiralen, ein Draht, feiner als ein Haar, und ein Körnchen, das nicht größer als ein Stecknadelkopf und durchscheinend wie ein Tröpfchen Rauchglas war.

»Das sind die Eingeweide einer metallenen Ameise«, erklärte Arsenjew. »Sie ist ein Kleinstradio von einer ganz eigentümlichen Konstruktion, das auf einer Wellenlänge von wenigen Zentimetern sendet. Sehen Sie diesen winzigen Kristall?« Er hob mit der Pinzette eines der schimmernden Körnchen hoch. »Das ist ein Konglomerat verschiedener Elemente, und zwar in einer Form auskristallisiert, daß es so etwas wie ein ›Bündel‹ elektrischer Schwingungen darstellt. Wenn man diesen Kristall erregt, so gibt er die Schwingungen, ähnlich wie eine Grammophonplatte, wieder.«

»Was sagen Sie da, Professor?« rief ich. »Das ist unmöglich.

Ich habe doch mit eigenen Augen beobachtet, wie es auf meine Gegenwart reagierte, wie es sich bewegte und wieder erstarrte. Es meldete sich sogar ganz deutlich, wenn ich mich näherte...«

»Sehr richtig«, entgegnete der Astronom befriedigt. »Bitte, wir werden gleich eine solche ›Ameise‹ wiederbeleben.« Lao Tsu legte eines dieser »Geschöpfchen« auf die Ebonitplatte unter den Schirm eines großen Radargerätes, machte sich an den Schaltern und Hebeln zu schaffen und lenkte eine Garbe unsichtbarer Strahlen auf den kleinen metallenen Körper.

»Sie sind tüchtig oxydiert«, sagte er. »Anfangs wollten sie gar nicht funktionieren; es waren einige Kurzschlüsse entstanden. Aber als wir sie gereinigt hatten, meldeten sich fast alle... ah... sehen Sie?«

Er sagte das völlig ruhig, während ich vor Staunen erstarrte.

Die »Ameise« zitterte, erhob sich und streckte das feine Drähtchen vor. Der Physiker wendete den Radarschirm nach allen Seiten, hob ihn höher, ließ ihn herunter und ließ ihn kreisen. Gehorsam folgte die »Ameise« allen Bewegungen und kehrte dabei stets das spitze Ende mit dem Drähtchen dem Schirm zu.

»Jedes dieser kleinen Geräte besitzt, wie ich schon sagte, einen Kristall«, fuhr Arsenjew fort, »der eine Reihe bestimmter Schwingungen enthält und genauso wie unsere Radargeräte auf Radiowellen von wenigen Zentimetern reagiert. Wenn Sie sich also dort im Toten Wald Ihrer Metallameise näherten, wurde sie von den Wellen, die Ihr Helm sendete, sozusagen geweckt. Sie belebte sich und begann ebenfalls zu senden. Wenn Sie sich von ihr entfernten oder den Kopf abwandten, trafen die Wellen das kleine Gerät nicht mehr, und es schaltete sich aus. Es besitzt eine einfache Vorrichtung, auf der Grundlage des Variometers aufgebaut, durch die sie in der Lage ist, sich genau in der Richtung der erregenden Wellen einzustellen. Ist das klar?«

Ich nickte schweigend. Meine letze Hypothese war zertrümmert. Ich nahm mir vor, von nun an keine Hypothesen mehr aufzustellen. »Es ist also kein irgendwie geartetes ›Wesen‹?« fragte ich nach einer Weile, nur um etwas zu sagen.

»Selbstverständlich nicht.« »Und was kann es sonst sein?«

»Das wissen wir nicht. Unser Kollege Lao Tsu meint, daß die

Bewohner der Venus auf diese Art Berichte und Erkenntnisse festhalten...«

»Dann wäre es also etwas Ähnliches wie ein Buch?«

»Oder eine Schallplatte, ein Film oder auch ein Schriftstück... Auf jeden Fall eine Art Dokument, dessen Inhalt man jederzeit wiedergeben kann.«

»Ob wohl diese Schwingungen... richtig, der ›Rapport‹, der berühmte ›Rapport‹ war ja auch in Schwingungen abgefaßt... Ob es vielleicht die gleichen sind?«

»Wie Sie sehen, ist Professor Chandrasekar nicht hier. Er bemüht sich seit fast zwei Stunden, mit Hilfe des Marax diese Frage zu beantworten. Vorderhand müssen wir uns gedulden...«

Als ich in die Zentrale zurückkehrte, kam ich an der Kabine vorüber, in der sich Marax befand. Ich wollte einen Blick hineinwerfen, aber das große rote Warnschild »Nicht stören« hielt mich davon ab. Oswatitisch saß noch immer über seinem Euklid in der Zentrale. Ich ging also zur Schleusenstation, zog einen Skaphander an und stieg auf den Rücken der Rakete hinauf.

Schwarze, frostklare Nacht umgab mich.

Der Nebel war verschwunden. Unzählige Reflexe hervorrufend, glitt der weiße Lichtkegel meines Scheinwerfers über die Eisfläche, bis er sich inmitten undeutlicher, von einer dünnen Schneeschicht überstäubter Formen verlor.

Ich schaltete den Scheinwerfer aus und ließ mich auf dem Panzer nieder. Geraume Zeit sah ich überhaupt nichts. Ich mußte auch noch das Radargerät ausschalten, da mich der grünlich schimmernde Schirm im Innern des Helmes geradezu blendete. Langsam gewöhnten sich meine Augen an die Finsternis und vermochten nun mehrere Tönungen darin zu unterscheiden. Diese waren ganz unten am Horizont besonders stark, dort, wo ich die Berge vermutete. Der Himmel war um eine Spur heller, aber man bemerkte es kaum; es war nicht einmal jenes schwache Zwielicht, das der Mond durch eine dichte Wolkendecke auf die Erde wirft. Von unten, von der Eisdecke her, kam leises Knistern. Das Eis wurde stärker und hob den Rumpf der Rakete allmählich immer höher. Bis jetzt hatte ich nach Norden, in die Richtung des Engpasses geschaut. Nun wandte ich mich nach Süden und erblickte – einen verschwommenen, aschgrauen Schimmer. Anfangs hielt ich es für eine Täuschung. Aber als ich eine Weile angestrengt hinübersah, konnte ich sogar die Gipfel der Berge vor dem grauen Hintergrund erkennen. Kein Zweifel, es war dort tatsächlich heller.

Ich kletterte in die Rakete zurück, ließ den Skaphander in der Schleusenkammer und begab mich zum unteren Korridor. Das rote Licht über der Kabine des Marax leuchtete nicht mehr. Ich öffnete leise die Tür. Neben dem Pult, das in seinen Umrissen an eine Glocke erinnerte, standen auf einem kleinen Gerätewagen einige Apparate – Kaskadenverstärker und ein gewöhnlicher Lautsprecher.

Vier von den Wissenschaftlern waren in der Kabine. Der Physiker hockte am Pult. Neben ihm, mit dem Rücken zu mir, saß der Astronom und schien gespannt etwas zu betrachten, was sich zwischen den geöffneten Isolationswänden des Marax befand. Chandrasekar und Rainer standen in der Ecke. Der Chemiker, die Ellenbogen auf ein Rohr der Konstruktion gestützt, verbarg das Gesicht in beiden Händen.

Alle schwiegen. Der Raum war von einer solchen Reglosigkeit erfüllt, daß ich mich nicht zu sprechen traute. Lao Tsu, der mich als erster bemerkte, machte eine Bewegung.

Arsenjew hob den Kopf und zwinkerte wie geblendet mit den Augen. »Ach, Sie sind es.«

Ich stand noch immer an der Tür.

»Treten Sie nur ein!« sagte der Astronom.

Für einen Augenblick glaubte ich, der Chinese sähe mich etwas sonderbar an. Aber es war nur das Licht, das in seinen Brillengläsern funkelte.

»Ist das Experiment gelungen…? Haben Sie etwas entdeckt?« fragte ich.

Lao Tsu schüttelte den Kopf. »Nein, aber… Professor Chandrasekar hat einen bestimmten Versuch gemacht, der… ein recht merkwürdiges Resultat ergab.« Er sprach die letzten Worte so langsam aus, daß mich ein Schauer überrieselte.

»Was bedeutet das?«

»Wollen wir vielleicht noch einmal…?« fragte der Chinese, ohne die Frage zu vollenden. Da niemand antwortete, schaltete er den Verstärker ein. Zuerst vernahm ich ein dumpfes Brausen, Knattern, dann einige unangenehme, schrille, rasch abreißende Pfiffe. Plötzlich erklang aus dem Lautsprecher eine Melodie düster, erhaben, gewaltig und doch voll Angst und tiefstem Schrecken. Sie erweckte keine Furcht, denn sie war es selbst. Ein Entsetzen lag in ihr wie in den Riesenskeletten jurazeitlicher Ungeheuer, die in grausigem Kampfe erstarrten, als sie der Strom der glühenden Lava erfaßte und für Ewigkeiten in ihrer Haltung unaussprechlichen Schmerzes festhielt. Die Musik glich den riesenhaften Knochen, die einmal Rückgrat und Rippen waren, die nicht mehr dem Leben angehörten und doch noch nicht zu Kalkfelsen geworden sind – Teile einer toten Welt. Und so tönte auch diese Melodie: seltsam, geheimnisvoll, unheimlich – und doch so nahe, daß ich an manchen Stellen vermeinte, sie müßte von Menschen hervorgebracht sein. Ich wollte schreien: Genug! Genug! Haltet es an! – aber ich vermochte den Mund nicht zu öffnen und lauschte weiter wie unter einem Bann, als betrachtete ich durch eine Glasscheibe die Todeszuckungen eines Ungeheuers von unbegreiflichen Formen, von dem ich nichts wußte, als daß es umkam...

Noch einmal dröhnte der schauerliche Chor auf, dann war es still. Nur der eingeschaltete Lautsprecher summte noch.

Wir alle verharrten in tiefem Schweigen. Unter uns war das feine Geräusch des tätigen Mechanismus zu hören.

Es verging geraume Zeit, ehe ich mich zu der Frage aufraffte: »Was war das?«

»Ein Kristall... einer aus diesen kleinen Geräten«, erwiderte Chandrasekar, trat an den Apparat und nahm das Metallkorn aus den Halteklammern.

»Mir kam der Gedanke, die elektrischen Schwingungen in Töne umzuwandeln. Ich hatte keine Ahnung, daß dies ihre eigentliche Bestimmung sei... Die Tatsache, daß diese Töne eine Melodie bilden, mag ein Zufall sein...«

»Und die anderen, was ist damit?« fragte ich und wies auf die verstreut umherliegenden silbrigen Körner. »Nichts als ein Durcheinander von Tönen, die fast das Trommelfell zerreißen«, antwortete der Mathematiker. »Ich weiß selbst nicht, wie ich auf dieses Experiment gekommen bin«, fügte er nach einer Weile hinzu. »Übrigens glaube ich nicht, daß es sich um Musik handelt. Vielleicht ist es sogar...«

Arsenjew unterbrach ihn. »Was hast du denn, Lao?« sagte

er zu dem Physiker. Der war vom Apparat aufgestanden. Er hob das Gesicht mit einem Ausdruck, als blickte er in ein fernes Licht. Arsenjews Frage hatte er gar nicht gehört. Langsam ließ er den Kopf wieder sinken. Er strich einige Male über die Glasplatte, wie wenn er sie glätten wollte, dann wandte er sich an Rainer: »Doktor... Seit wann besteht Ihrer Meinung nach diese Eisenablagerung am Ufer? Sie haben doch eine Analyse gemacht.«

»Ja, die habe ich noch vor dieser verunglückten Expedition gemacht. Wenn man einerseits den niedrigen Sauerstoffgehalt der Venusatmosphäre in Betracht zieht und andererseits das Vorhandensein von Wasser, das katalysierend wirkt, so möchte ich annehmen, daß die Ablagerung seit einigen fünfzig, na, sagen wir sechzig Jahren besteht.«

»Vielleicht seit neunzig Jahren – könnte das sein?«

»Ich glaube kaum. Das dürfte nicht der Fall sein. Es sei denn, daß die Temperatur bedeutend angestiegen wäre – woran denken Sie dabei, Professor?«

»Also wenn die Temperatur bedeutend angestiegen wäre...«, wiederholte der Chinese sehr langsam. Dann setzte er sich.

»Glauben Sie...?« wandte sich Rainer an ihn; doch Arsenjew schnitt die Frage mit einer Handbewegung ab.

»Lassen Sie ihn. Er hört uns jetzt nicht.«

Dieses Erlebnis hatte mich derartig beeindruckt, daß ich den schwachen Lichtschein ganz vergaß, den ich bemerkt hatte, als ich auf dem Rücken der Rakete stand. Am nächsten und auch im Verlauf der folgenden Tage leuchtete der Himmel im Glanz stiller elektrischer Entladungen. Aber jener graue Schimmer war nicht mehr wahrzunehmen.

Der große Fleck

Sechzehn Tage brauchten wir, um die hohen atmosphärischen Schichten zu untersuchen. Ich sage Tage; denn obwohl der Talkessel in tiefste Dunkelheit gehüllt war, behielt unser Organismus den vierundzwanzigstündigen Rhythmus von Schlaf und Wachsein bei. Zusammen mit den Physikern stellte ich Radargeräte und Reflektoren für ultraviolette Strahlen auf. Auch ließen wir Ballonsonden steigen, die die Dichte der Ionisierung registrierten. Die eingebauten automatischen Sender übermittelten uns die Resultate der Messungen. Rainer führte im Laboratorium die Analyse der Minerale durch, die Arsenjew und Lao Tsu im Toten Wald gesammelt hatten. Chandrasekar war in komplizierte Berechnungen vertieft.

Voller Ungeduld erwartete ich den Anbruch der Morgendämmerung; denn auf diesen Zeitpunkt waren die wichtigeren Pläne verschoben worden. Draußen war es noch immer sehr kalt. Die Eisdecke des Sees bildete eine ideale, glatte Fläche, denn dem Orkan war absolute Windstille gefolgt. Durch die Wolken flackerten leuchtende Streifen, die an ein dunstverschleiertes Nordlicht erinnerten. Am zwanzigsten Tage brauste ein fürchterliches Unwetter über den Talkessel hinweg. Von den Wellen emporgehoben, krachte das Eis splitternd auseinander. Die Flanken der Rakete zitterten, grobkörniger Hagel prasselte gegen ihre Wandung; aber in das behagliche Innere drang nicht der geringste Luftzug. Am Tage darauf wurde es wieder ruhig und still, und bei nachlassendem Frost – die Quecksilbersäule im Thermometer stieg bis auf vier Grad unter Null – begann das Barometer zu fallen. Die Morgendämmerung rückte näher, und mit ihr waren neue, schwere Gewitter zu erwarten. Arsenjew ordnete daher den Start an. Als wir zum letztenmal auf dem Rücken der Rakete standen, war der Himmel von einem bleiernen Grau bedeckt. Der stumpfe Widerschein lag auf dem Eis, das den See wieder in Fesseln geschmiedet hatte. Dann schlossen sich die Klappen, und die Motoren huben zu dröhnen an. Das Eis barst mit donnerähnlichem Getöse, und seine Stücke wurden hoch über das Vorderteil der Rakete geschleudert. Feuerstrahlen peitschten das Wasser, der »Kosmokrator« hob sich steil empor und ließ eine weiße Gischtbahn hinter sich. Zwischen dem Gewölk, das die Flammen der Auspuffgase in Fetzen rissen, tauchten schemenhaft die Silhouetten der Berge und die Schluchten voll blauer Schatten auf. Durch dichte Wolkenschichten schraubten wir uns immer höher. Auf einmal hielten alle, die sich in der Zentrale befanden, die Hände vor die Augen. In den Fernsehern flammte eine weiße, glühende Scheibe auf, die tief in den Wolken schwamm. Da wir in östlicher Richtung flogen, begegneten wir der Sonne um einige Stunden früher, als sie über dem See aufging.

Der »Kosmokrator« nahm Kurs auf die Erde, als wollte er sich in den Abgrund zurückbegeben, der die beiden Planeten voneinander trennt. Die Navigatoren lenkten ihn aber nur bis in den Strom der Radiowellen, der Nachrichten von unserer Heimat Erde brachte. Einige Stunden lang kreuzten wir in der Leere des Raumes, unter dem schwarzen, sternenerfüllten Himmel, den wir so lange nicht mehr gesehen hatten. Dann verschwand die Rakete wie ein Taucher, der Grund sucht, wieder in den Wolken. Von Zeit zu Zeit öffneten sich kleine Bodenluken, aus denen an langen Kabeln Radarhilfsantennen hinabgelassen wurden. Induktionsapparate tasteten durch den Nebel nach Metalladern. Schwingungsanalysatoren registrierten und spalteten in beiden Laboratorien die Radarwellen, die die unsichtbare Oberfläche des Planeten zurückwarf. Aus der Anweisung, die ich für meinen Navigationsdienst erhalten hatte, ging hervor, daß wir den Talkessel der weißen Kugel ansteuern wollten. Gegen elf erschien Arsenjew in der Zentrale. Wenn ich ihn etwas fragte, so antwortete er mir erst nach längerer Zeit, als dächte er an ganz andere Dinge. Er sah flüchtig nach den Instrumenten und bat mich, besonders auf die Angaben des Gravimeters zu achten. »Verständigen Sie mich sofort, wenn irgendwelche Veränderungen eintreten«, sagte er.

»Es treten bestimmt keine ein, Professor«, entgegnete ich. »Wir werden eine Geschwindigkeit von dreiviertel Sekundenkilometern nicht überschreiten.«

»Das hat mit unserer Geschwindigkeit nichts zu tun.«

Erstaunt über diese Erwiderung, konnte ich eine Bemerkung nicht zurückhalten: »Wieso? Am Gravimeter kann man doch die Größe der Gravitation ablesen, und die Kraft, mit der uns die Venus anzieht, ist doch ständig die gleiche.«

»Es handelt sich nicht um die Gravitation des Planeten«, versetzte Arsenjew ungeduldig. »Ich bitte, meine Anweisungen auszuführen!«

Ich zuckte die Schultern und blickte auf das Gravimeter. Der Zeiger bewegte sich nicht von der Stelle. Ich wußte jedoch, daß Arsenjew keine unvernünftigen Anweisungen gab. Es war mir zwar rätselhaft, auf welche Weise sich die Anziehungskraft vergrößern sollte; aber ich tat meine Pflicht und sah von Zeit zu Zeit auf die Scheibe des Instrumentes. Eine halbe Stunde vor meiner Ablösung wurde mir telefonisch befohlen, auf vierzig Kilometer zu steigen. Nach den Angaben des Kompasses und des Radargerätes konnte der Talkessel der weißen Kugel nicht mehr weit entfernt sein. Der Motorenlärm wurde stärker, und bereits einige Minuten später schoß der »Kosmokrator« über die Wolken hinaus. Die Rundung des Planeten war deutlich zu erkennen. Bis an die Grenze des Gesichtskreises reichten die bauschigen Wolken, die in langen Furchen wie ein verschneiter Sturzacker unter uns lagen. Auf einmal meldete sich laut der Summer. Eine der Sicherungen in der Leitung, die das zweite Laboratorium mit Strom versorgte, war durchgebrannt. Sicher hatte dies einer der Wissenschaftler verschuldet. Ich schaltete den Strom, der automatisch unterbrochen worden war, wieder ein und wandte mich dem Prädiktor zu. Als ich an die Schirme trat, bemerkte ich, daß ihr Leuchten etwas nachgelassen hatte. Die Wolken waren dunkler geworden. Silbrig leuchtend, die untere Stelle flach, die obere gewölbt – so zogen sie dahin; sie bewegten sich in der gleichen Richtung wie die Rakete.

Nach einer Weile tat sich mitten im Gewölk ein Trichter auf; glatt und riesengroß, schien er bis in das Innere des Planeten zu reichen – ein Schlund, der die Wolken in sich hineinzog. Ich vermochte kaum noch hinzuschauen; denn rings um mich schwankte und drehte sich alles. Von den Federwölkchen, die in der Höhe des »Kosmokrators« schwammen, verschwand eines nach dem andern. Sie stürzten mit einer solchen Geschwindigkeit in die Tiefe, als hätte sie eine unsichtbare Faust hinabgeschleudert. Die Wolken unter uns verschmolzen zu einer metallisch glatten, dichten Masse und gerieten in den rasenden Wirbel des Abgrundes.

Ich spürte, wie mein Körper schwer wurde. Gleichzeitig ging das Dröhnen der Motoren in ein immer höheres Singen über. Der Prädiktor steigerte fortwährend unsere Antriebskraft, um der zunehmenden Gravitation entgegenzuwirken, die uns in den Trichter zu ziehen drohte. Es war ein gigantischer Strudel, dessen Durchmesser ich auf über hundert Kilometer schätzte. Der »Kosmokrator« jagte auf der Bahn einer Sekante darüber hinweg. Ich sah auf den Gravimeter: Die Anziehungskraft wuchs noch immer. Ich brauchte es Arsenjew nicht zu melden; denn er mußte auch ohne Instrumente festgestellt haben, daß sich alle Glieder wie mit Blei füllten und die geringste Bewegung zur Kraftanstrengung wurde. Der Mittelpunkt des Trichters kam näher. Die Rakete wich nicht um ein Haar von der Sekante ab, die sie beschrieb; nur die Motoren gaben einen scharfen, pfeifenden Ton von sich, als würden sie plötzlich bei hoher Geschwindigkeit abgebremst. In diesem Augenblick betrat Arsenjew die Zentrale, gefolgt von Soltyk und Rainer.

»Natürlich, seht nur, das ist ja der große Fleck«, rief der Astronom.

»Der große Fleck?«

»Ja. Ihr erinnert euch doch, daß wir kurz vor der Landung ein Loch in der Wolkendecke bemerkten. Wir verloren es damals aus den Augen – nun, hier habt ihr es wieder, aber aus unvergleichlich geringerer Entfernung.«

»Hier in der Nähe muß doch der Talkessel der weißen Kugel sein!« warf ich ein.

»Nicht nur in der Nähe, sondern genau unter uns. Dort«, der Professor wies auf den dunklen Trichtergrund. Aus allen Richtungen rasten lange Wolkenzüge mit wehenden Dunstmähnen in die schwarze Öffnung hinein.

»Wer hat Dienst?« fragte Arsenjew.

»Ingenieur Soltyk löst mich jetzt ab«, erwiderte ich.

»Gut. Wir entfernen uns bereits vom Zentrum der Anziehung. Wenn die Gravitation auf 2 G gesunken ist, beginnen wir um den Talkessel zu kreisen. Smith, Sie übergeben jetzt an Soltyk und kommen dann bitte zum Marax.«

Als ich nach einigen Minuten die Kabine des Marax betrat,

waren die Gefährten schon versammelt. Lao Tsu saß hinter dem Pult. Arsenjew stand daneben und betrachtete irgendeine Zeichnung. Rainer machte sich an einem Projektionsapparat zu schaffen.

»Wir kreisen also jetzt um den großen Fleck«, sagte der Astronom und legte die Papiere beiseite. »Es handelt sich um ein künstliches Gravitationsfeld, das die Wolken strudelartig hinabreißt. Bitte, Kollege Rainer, wir können beginnen.«

Die Lichter an der Decke erloschen. An der Wand leuchtete eine quadratische Leinwand auf, die ein grünliches Bild zeigte. Es sah aus wie eine Radnabe mit einem Speichenkranz. Einige Speichen waren leicht gewellt.

»Dies ist das Netz der unterirdischen Rohre, die der weißen Kugel die Energie liefern«, klang die Stimme des Astronomen aus dem Dunkel. »Im Vergleich zum magnetischen Pol kann man diese Kugel als Gravitationspol bezeichnen; denn sie bildet künstliche Schwerefelder. Sie haben hier eine Art Röntgenaufnahme vor sich, die wir vor einer Viertelstunde gemacht haben, und zwar aus einer Höhe von achtzig Kilometern durch die Rinde des Planeten hindurch.«

Allmählich hatte sich unser Auge an das phosphoreszierende Flimmern des Schirmes gewöhnt, und wir bemerkten, daß sich die Linien der Rohre nicht überall mit der gleichen Schärfe abzeichneten. Die Unschärfen waren dadurch entstanden, daß der Boden den durchdringenden Strahlen nicht an allen Stellen den gleichen Widerstand geleistet hatte. Die Berggürtel rings um den Talkessel erschienen als stärkere dunkle Streifen auf dem Bild. Der See war kaum zu erkennen. Man konnte ihn nur in der Mitte des Schirmes vermuten; denn dort wurde das Licht etwas schwächer. Dort, wo die Rohre zusammenstießen, hob sich ein schwärzlicher Punkt ab – die Kugel.

»Wir nehmen an«, fuhr der Astronom fort, »daß dieses riesige Energiezentrum in engem Zusammenhang mit der mutmaßlichen Bedrohung unseres heimatlichen Planeten steht. Ich will mich nicht in Einzelheiten verlieren, da wir uns jetzt nur mit der technischen Seite der bevorstehenden Forschungen beschäftigen werden. Lassen wir es also bei einer kurzen Einleitung. Wie schon gesagt, beobachteten wir kurz vor der Landung einen dunklen Fleck in der Wolkendecke, der sich aber nach einigen Stunden langsam auflöste. Als wir vor drei

Wochen in den Talkessel kamen, war die weiße Kugel nicht tätig. Freilich, sie hat die Zerstörung des Hubschraubers verursacht; doch kann man im Vergleich zu dem Maximum ihrer Tätigkeit die damals herrschenden Spannungen als Ruhestand bezeichnen. Augenblicklich verstärkt sich ihre Tätigkeit. – Wie aus der Aneinanderreihung dieser drei Fakten hervorgeht, ist die Intensität des Kraftfeldes der weißen Kugel Schwankungen unterworfen. Für uns wird es von größter Wichtigkeit sein, zu ergründen, ob sie periodischen Charakter haben, das heißt, ob diese Schwankungen in sich geschlossene, sich ständig in bestimmten Zeitabständen wiederholende Zyklen bilden oder ob sie unregelmäßig, chaotisch auftreten. Von der Entscheidung dieser Frage hängen alle unsere weiteren Unternehmungen ab. Wir werden in der Luft abwarten, bis die Intensität erheblich schwächer geworden ist. Dann lassen wir uns auf dem See nieder und stellen an seinen Ufern Meßgeräte auf. – Wie Sie sehen, treffen elf stromdurchflossene Rohre unter der Kugel zusammen und liefern die Energiemengen zum Aufbau des Feldes. Diese Ströme können sich summieren oder aufheben, je nach der Frequenz der Impulse, der Verschiebung der Phasen, der Spannung und so weiter. Sie wissen, daß die Rohre tief im Boden liegen. Wir werden über jedem Rohr einen Oszillographen anbringen, der das Pulsieren des Stromes registriert. Die Analyse dieser Aufzeichnungen wird es uns ermöglichen, unsere Aufgabe zu lösen. – Sie können das Licht anschalten, Doktor.«

Der Schirm erlosch, gleichzeitg flammte das Licht wieder auf. So plötzlich kam die Helligkeit, daß sie uns blendete.

Der Astronom trat an das Pult und fuhr fort: »Diese Aufgabe ist weniger kompliziert als gefährlich. Die Tätigkeit der Kugel kann jeden Augenblick wieder anwachsen, und wir wissen nicht, was für einen Einfluß rasch wechselnde Gravitationsfelder auf den menschlichen Organismus ausüben.

Es ist sehr leicht denkbar, daß uns das Überschreiten bestimmter Zonen bei einem plötzlichen Sprung der Feldstärke zum Verhängnis werden kann. Außerdem ist es möglich, daß ein so rascher, sprunghafter Wechsel des Gravitationspotentials verschiedene, uns noch unbekannte Erscheinungen hervorruft, zum Beispiel eine plötzliche Erhitzung des Bodens, Änderungen in der Luftbewegung, Abweichungen in der

Lichtbrechung. Unter diesen Bedingungen kann es, besonders in dem schwierigen, felsigen Gelände um die weiße Kugel dazu kommen, daß wir die Orientierung verlieren. Wir werden daher in Dreiergruppen arbeiten. Zwei gehen der Reihe nach von Apparat zu Apparat, während der dritte sie aus einer gewissen Entfernung beobachtet und mittels Leuchtraketen die Verbindung mit ihnen aufrechterhält.«

Arsenjew verteilte bedruckte Bogen unter uns. »Das ist der Arbeitsplan mit der Einteilung in Dreiergruppen. Als erste brechen Oswatitsch, Lao Tsu und Smith auf, um die technischen Vorbereitungen zu treffen...«

Er wurde durch das Klingeln des Bordtelefons unterbrochen. Lao Tsu hob den Hörer ab. »Die Intensität des Feldes sinkt ab«, wandte er sich an Arsenjew, »und zwar sehr rasch. Soltyk meldet, daß sich Gewitterwolken zusammenballen.«

Arsenjew nahm die Papiere vom Pult. »Das würde mit unserer Vermutung übereinstimmen. Das Absinken der Gravitation muß von gewittrigen, elektrischen Entladungen begleitet sein. – Hat jemand noch irgendwelche Fragen?«

»Ja«, sagte ich. »Soll ich mich für einen Aufklärungsflug fertig machen?«

»Nein, das ist nicht notwendig. Wir können ohne weiteres auf dem See wassern. Kollege Oswatitsch?«

»Die weiße Kugel wurde von den Bewohnern der Venus konstruiert. Ist es möglich, daß wir ihnen dort begegnen?«

»Da fragen Sie mich zuviel. Die weiße Kugel scheint ferngesteuert zu sein, was aber die Möglichkeit einer Begegnung nicht ausschließt. Die Bewohner des Planeten sind zweifellos Wesen von hoher Intelligenz. Sonst wissen wir nichts über sie, und deshalb läßt es sich auch schwer sagen, was im Falle eines Zusammentreffens zu tun ist... Ich kann nur an den Grundsatz erinnern, den einzuhalten wir uns alle vor dem Abflug verpflichteten: Die Frage einer Verständigung mit den Bewohnern der Venus und der Beseitigung der Gefahr, die unserer Erde droht, steht über der Frage unserer persönlichen Sicherheit. Mit anderen Worten: Es ist uns nicht nur verboten anzugreifen, sondern auch uns mit Gewaltmitteln zur Wehr zu setzen. Es ist uns auch nicht erlaubt, technische Einrichtungen zu zerstören. Das wäre alles...«

Rainer und Oswatitsch verließen die Kabine. Tarland hielt

mich noch mit einer Frage zurück. Während ich ihm antwortete, hörte ich, wie Chandrasekar zu Arsenjew sagte: »Sie hätten es mir nicht abschlagen sollen.«

»Ich habe es Ihnen ungern abgeschlagen; aber es war notwendig«, erwiderte der Astronom. »Einer muß am Marax arbeiten, und das kann eben keiner besser als Sie.«

»Sie bezeichnen ihn als meinen Sklaven«, meinte Chandrasekar, »in Wirklichkeit bin ich sein Sklave.«

Außer uns dreien war keiner mehr in der Kabine. Ich hatte dort eigentlich auch nichts mehr zu suchen; doch die beiden Wissenschaftler schienen meine Anwesenheit gar nicht zu bemerken.

Chandrasekar setzte sich hinter das Pult, Arsenjew schritt auf die Tür zu, zögerte aber plötzlich. »Darüber, daß ich auf der Rakete bleiben muß...« Er sprach nicht zu Ende und ging hinaus.

Die Hände auf der Klaviatur des Marax, saß Chandrasekar mit leicht gesenktem Kopf da, als lausche er auf die Stimmen der Motoren, die aus der Tiefe der Rakete gedämpft herüberklangen.

»Er hat recht«, sagte der Inder leise. »Ich aber auch...« Obwohl er mich nicht anblickte, fühlte ich, daß er es zu mir sagte.

»Sie wollten mitkommen ans Ufer, nicht wahr, Professor?«

»Ja, ich wollte. Wir haben eben beide recht... So ist es im Leben... und deshalb ist es schwieriger als die Mathematik.«

Er berührte eine, dann eine zweite Taste. Grünschillernde Schlangen wanden sich über die Schirme, begannen zu zittern, sich zu spalten, zu wirbeln. Das dumpfe Brummen der Ströme wurde lauter. Ich schlich mich hinaus.

Um drei Uhr, nachdem das Unwetter aufgehört hatte, wasserten wir. Die Uferfelsen waren dunkel vor Nässe. Noch immer fiel feiner Regen, und Dutzende kleiner Bäche rauschten über die steinigen Hänge und verwandelten sich, von senkrechten Schwellen stürzend, in Wasserfälle. Die weiße Kugel blieb unsichtbar auch dann, als der Wind den Nebel zerstreute. Ein Wald von Kieselnadeln, die aus dem Wasser und den Geröllhalden am Ufer emporragten, verbarg sie vor unseren Blicken. Die Berge tauchten auf und verschwanden wieder in den Wolken, wie verwischt von dem Dampf, der in weißen Säulen in die Luft stieg. Das Motorboot pendelte zwischen der Rakete und der Bucht. Wir brachten Apparate, Akkumulatoren, Kabelrollen, Zug- und Hebevorrichtungen und stählerne Konstruktionsteile an Land, aus denen an der Bucht ein kleiner Anlegeplatz montiert wurde. Dadurch sollte das Ausladen größerer Lasten erleichtert werden.

Als diese vorbereitenden Arbeiten beendet waren, machten Oswatitsch und ich uns auf den Weg, um die weiße Kugel auf der Suche nach den unterirdischen Leitungen zu umkreisen. Wir bedienten uns dabei der Induktionsapparate. Das Echo des ersten Rohres konnten wir unterhalb einer breiten Felsrippe oberhalb der Bucht ausmachen. Es war die Leitung, die nach Südosten durch die Schlucht, den Krater und die Hochebene zum Talkessel des Sees mit dem eisernen Ufer führte. Wir kennzeichneten diese Stelle durch eine rasch aufgeschichtete Steinpyramide und gingen weiter. Obwohl ununterbrochen feiner Regen herabrieselte, blieb der felsige Boden trocken. Er mußte sehr heiß sein; denn so wie die Tropfen darauffielen, verdampften sie. Alle Schründe und Sprünge im Gestein waren von angewehtem Sand ausgefüllt. Er war hart und grobkörnig. Bei einem Windstoß war das ganze Geröllfeld von einer einzigen grauen Staubwolke bedeckt.

Als wir von der Bodenerhebung zum Ufer hinabstiegen, verloren wir die weiße Kugel wieder aus den Augen. Sie mußte sich hinter den Kieselnadeln befinden. Einige dieser Nadeln erreichten eine Höhe von dreißig Metern. Ihre dicken, glatten Säulen ragten zwischen heimtückischen Felsstücken auf, die trotz ihrer Größe und Schwere wackelig waren und manchmal wie ungesicherte Falltüren unter den Schritten nachgaben. Der Reihe nach bezeichneten wir die Punkte, wo über den Rohren die Oszillographen aufgestellt werden sollten.

Der Regen versiegte, und hier und da öffneten sich grüne Fenster zwischen den Wolken. Die Luft wurde immer klarer. Schießlich fegte der Wind die Nebelschwaden auch von der Oberfläche des Sees und ließ die Hänge des Talkessels hervortreten. Etwa einen Kilometer von der Bucht entfernt, zeichnete sich am gegenüberliegenden Ufer ein grünes Fleckchen von dem Grau der Felstrümmer ab; das Zelt des Beobachtungspunktes, von dem aus Lao Tsu die Fortschritte unserer Arbeit verfolgte. Nachdem wir die letzte Steinpyramide errichtet hatten – dort, wo das elfte Rohr unter einem Geröllfeld verlief –, kehrten wir zur Rakete zurück. Als nächste begaben sich Soltyk und Rainer an Land.

Das Wetter besserte sich zusehends. Blendendweiße Wolken zogen über den Himmel, der im reinsten Grün erstrahlte. Immer wieder tauchte die Sonne zwischen ihnen auf, und dann schien es, als dehnte und streckte sich die ganze Landschaft wohlig unter ihrem Glanz. An den vergoldeten Felsen schimmerten wie blaue Bänder die Rinnen und Kamine. Das Licht war so stark, daß man die Felstrümmer am anderen Ufer des Sees mit freiem Auge zählen konnte.

Durch das große Stativfernrohr beobachteten wir vom Rükken der Rakete aus, wie Soltyk und Rainer die Bucht erreichten, anlegten und zu der Bodenerhebung emporstiegen. Unterhalb der Felsrippe hielt Lao Tsu sie an und gab ihnen bekannt, da das Gravimeter erneute Schwankungen der Feldstärke anzeigte. Im gleichen Augenblick begann es über dem Ufer wie gebogenes Glas zu flimmern. Flache Regenbogen hingen in der Luft und schwammen auf dem Wasser. Die Umrisse der fernen Felsen zitterten wie eine lichtumsäumte, flakkernde Flamme. Nach einiger Zeit beruhigte sich alles, und die Gefährten konnten mit ihrer Arbeit anfangen. Erst der eine, dann der andere, kamen sie zum Ufer und erklommen, mit einem der schweren Oszillographen bepackt, wieder die steile Uferböschung, um im Labyrinth der zersplitterten Felsen zu verschwinden. Nach vier Stunden übernahm Rainer den Beobachtungsposten, und Lao Tsu und Tarland begaben sich ins Gelände. Soltyk, der mit dem Motorboot zur Rakete zurückkehrte, berichtete, daß das starke Dröhnen der Ströme in der Nähe der weißen Kugel die Radioverbindung störe. Daraufhin wurden diejenigen, die an Land arbeiteten, mit Leuchtpistolen ausgerüstet, um sich jederzeit mit dem Beobachter am Gravimeter verständigen zu können, falls das Radio versagte.

Um sechs Uhr nachmittags waren alle Meßgeräte aufgestellt und bildeten nun rund um die weiße Kugel einen Ring von nahezu anderthalb Kilometer Umfang. Man mußte die Geräte alle zwei Stunden abgehen, die mit den Aufzeichnungen belichteten Filme herausnehmen und durch frische ersetzten. Um acht holten Oswatitsch und ich die ersten Filmrollen an Bord. Dann fuhren Rainer und Soltyk zur Bucht. Auch sie erledigten ihre Aufgabe reibungslos und brachten die zweite Filmserie zum »Kosmokrator«. Arsenjew hielt sich, wenn er nicht mit Chandrasekar beim Marax war, am Oberdeck der Rakete auf und überwachte dort die Angaben des Hauptgravimeters.

Die zehnte Stunde der Erdennacht brach an. Durch einen Vorhang zarter Federwölkchen blinzelte die Sonne, und das Wasser des Sees war so unbewegt und still, daß man im Innern der Rakete auch nicht das geringste Schwanken spürte. Als die Reihe wieder an mich und Oswatitsch kam, hing zwischen den Spitzen der Kieselnadeln, oberhalb der weißen Kugel, die vom See aus unsichtbar war, eine flatternde, trübe Dunstwolke wie eine im Entstehen begriffene Trombe. Lao Tsu, der sich um diese Zeit auf dem Beobachtungsposten befand, warnte uns – wir waren bereits gelandet – durch ein Signal von drei roten und einer Rauchrakete. Es hatte den Anschein, als erwachte die Kugel zu erneuter Tätigkeit. Vom See her kamen immer heftigere Windstöße, und die Temperatur der Uferfelsen erhöhte sich innerhalb weniger Minuten um zwanzig Grad. Gleichzeitig machte das Dröhnen der unterirdischen Ströme jede Verständigung durch das Radio auf Entfernungen von mehr als einigen Metern unmöglich. Die Intensität des Feldes wuchs in kleinen Sprüngen an, wurde aber dann wieder konstant. Der Physiker signalisierte uns, daß wir weitergehen könnten. Wir erstiegen die Felsrippe. Am Fuße ihrer höchsten Erhebung stand unter einem kleinen Segeltuchzelt der erste Apparat. Wir wechselten die Filme aus, was einige Minuten in Anspruch nahm, und setzten unseren Weg fort. Von der Erhebung aus konnte man einen großen Raum überblicken. Die Luft war außerordentlich klar und durchsichtig. Nur die fernsten Berggipfel waren in zarte Nebelschleier gehüllt. Plötzlich blieb ich stehen. Dort unten – die rissige Steinfläche mit den Felsnadeln, Sandhügeln und geborstenen Felsplatten war leer!

»Oswatitsch, sieh nur!« rief ich. »Die weiße Kugel ist verschwunden.!«

Oswatitsch schaute hinüber. »Zum Teufel, was ist das?«

»Das ist doch... warte mal«, sagte ich. »Ich erinnere mich genau, daß diese große Platte unter den drei Nadeln früher rechts von der Kugel war und der kleine Felskegel links von ihr, und nun liegt die Platte neben den Kegeln... Nicht mal ein Zwischenraum ist mehr vorhanden... Wo hat denn da eigentlich vorher die Kugel gelegen? Selbst wenn sie im Boden versunken wäre, so müßte doch eine Grube, ein Loch, ein leerer Platz dasein!«

Wir starrten uns ratlos an. »Was nun?« fragte ich. Wir wandten uns nach dem Berghang um, wo sich die Zeit des Gravimeters, nicht größer als ein Streichholzköpfchen, von dem grauen Grund abhob. Ich versuchte, den Physiker durch das Radio anzurufen, hörte aber nur ein starkes Knattern. Daher schoß ich eine weiße und zwei Rauchraketen ab, was nach dem vereinbarten Schlüssel bedeutete: Können wir weitergehen? Geraume Zeit verstrich, ehe sich in der Ferne ein grüner Stern in der Luft erhob und, vom Wind über den See getrieben, langsam in die Tiefe sank. »Alles in Ordnung!« stellte Oswatitsch fest. Wir drehten uns um und stießen beide zugleich einen Ruf des Staunens und der Verwunderung aus. Als riesige, helle Kuppel, von einem breiten, leeren Streifen umgeben, ruhte die weiße Kugel genau wie vorher inmitten der Felsblöcke.

»Das war irgendeine Fata Morgana«, sagte ich schließlich, glaubte aber selbst nicht recht an meine Worte. Dann begann ich hinabzusteigen. Wir folgten dem Kabel, mit dem sämtliche Oszillographen untereinander verbunden waren, und mußten dabei über große Haufen von Felstrümmern klettern. Bei jedem Apparat machten wir halt; ich nahm die belichtete Filmrolle heraus, und Oswatitsch legte eine neue aus dem Vorrat ein, den er im Rucksack trug.

In einer knappen Stunde gingen wir neun Apparate ab. Der Weg zum zehnten führte über eine Bodenerhebung. Zur Linken schimmerte die weiße Kugel über die Kieselspitzen, zur Rechten war der Steinrücken muldenartig vertieft. In dieser Senke lagen Felsbrocken angehäuft. Es sah wie ein verlassener Steinbruch aus. Auf einmal blieb ich stehen. In einer Entfernung von vielleicht hundert Metern saß jemand auf einem großen Stein. Es war eine reglose, dunkle, untersetzte Gestalt. Oswatitsch hatte einen Vorsprung von etwa zwanzig Schritten. Ich rief ihn an. Er blickte hinunter und blieb ebenfalls stehen; ohne lange zu überlegen, kletterte ich hinunter und lief über die Steinhaufen auf die Gestalt zu. Als ich mich so weit genähert hatte, daß ich sie genau erkennen konnte, mußte ich feststellen, daß es überhaupt kein lebendes Wesen war. Ein großes, langes, unregelmäßiges Felsstück lehnte an der Steinplatte. Die glasigen, bräunlichen Bruchflächen glänzten hell im auftreffenden Licht. Ich wunderte mich nun selbst, wieso mir dieser Felsbrocken als menschenähnliche Gestalt erscheinen konnte. Nur von oben gesehen, war er einem gebeugt dasitzenden Körper etwas ähnlich.

»Es ist ein Lavablock!« rief ich. Oswatitsch schaute zu mir herunter. Er hatte mich sicher nicht verstanden; denn die Störungen waren erheblich stärker geworden. Ich gab ihm also mit der Hand ein Zeichen, daß ich mich getäuscht hätte. Er drehte sich um und ging weiter. Dicht in der Nähe lugte die Spitze des Zeltes, das den zehnten Oszillographen barg, über die kleine Steinpyramide.

»Warte!« rief ich Oswatitsch nach und lief eilends den Abhang hinauf. Aber er wartete nicht auf mich, er ging weiter... Plötzlich dehnte sich der ganze Raum vor mir, kroch gleichzeitig in sich zusammen, und es war, als erblickte ich ein Spiegelbild auf einer blanken Blechtafel, die jemand unerwartet umbog. Dann flimmerte und wogte alles vor meinen Augen und kehrte in seinen früheren Zustand zurück. Ich stand wie versteinert. Oswatitsch war verschwunden. Vor Sekunden noch hatte ich seine Schultern, seinen Helm gesehen. Er war gerade auf eine große, silbrig glänzende Steinplatte getreten, war noch ein oder zwei Schritte weitergegangen und – verschwunden, als hätte er sich in Luft aufgelöst. Ich faßte mich und lief, so rasch ich konnte, auf die Steinplatte zu. »Oswatitsch!« rief ich. »Oswatitsch!«

Es kam keine Antwort.

Ich kletterte über die Felstrümmer und bemühte mich, die silbrige Steinplatte nicht aus den Augen zu verlieren. Endlich hatte ich sie erreicht. Die Oberfläche der breiten, nach meiner Seite hin geneigten Tafel war wie mit Reif bedeckt; deshalb blinkte sie so. Es waren lauter kleine, funkelnde Kristalle. An einer Stelle entdeckte ich einen langen, weißlichen Riß. Der Stein war ziemlich weich. Ein Schuhnagel hatte diese Spur hinterlassen. Ich dachte zuerst, daß Oswatitsch auf die andere Seite hinübergesprungen sei. Drüben befand sich eine helle Nische, die von zwei aneinanderlehnenden Felsbrocken gebildet wurde. Ihr Boden war mit feinem Kies bedeckt. Auch einige pechschwarze Steine von der Größe eines Brotes lagen darin. »Oswatitsch!« rief ich verhalten.

Ich hatte ihn doch noch vor einer Minute gesehen, als er hier auf dieser Platte stand. Geradeaus war er nicht weitergegangen; aber er konnte sich auch nicht in der Nische verbergen. Der Weg führte auf einen hohen Felsen, ich hätte den Gefährten also auf jeden Fall sehen müssen. Nicht für eine Sekunde hatte ich diese Stelle aus den Augen gelassen. Und trotzdem war er nicht da. Ratlos blickte ich mich um. Wo sollte ich ihn suchen? Ich lief zwischen den Felstrümmern umher, rief seinen Namen. Doch nur das Knarren elektrischer Entladungen antwortete mir.

Ich kehrte auf den Gipfel der Bodenerhebung zurück, um von dort aus eine Rakete abzuschießen. Als ich die Leuchtpistole hob, bemerkte ich, daß auch die weiße Kugel wieder verschwunden war – genau wie vor einer Stunde. Die Öffnung der tiefen Schlucht zwischen den Hängen war bisher nicht zu sehen gewesen; die weiße Kugel hatte sie verdeckt. Mir war zumute wie einem Boxer, der sich nach einem schweren Kinnhaken von den Brettern erhebt. Ich wollte Oswatitsch zu Hilfe eilen, wollte die Gefahr packen, die ihn bedrohte; aber es war nichts vorhanden, weder Oswatitsch noch irgendeine sichtbare, erkennbare Gefahr. Zum Zeichen, daß sich ein Unglücksfall ereignet hatte, schoß ich eine rote Rakete ab. Dann setzte ich mich auf den Rand der silberglänzenden Felsplatte und beobachtete ungeduldig, wie zwei dunkle Punkte auftauchten, langsam den Geröllhang hinaufkrochen und sich allmählich näherten. Es waren zwei Gestalten in Skaphandern. Ich sah nun, wie sie hasteten, um heranzukommen. Wo es das Gelände nur zuließ, rannten sie. Endlich verschwanden sie hinter den Kieselnadeln. Nach vierzig Minuten qualvollen Wartens waren sie bei mir: Lao Tsu und Soltyk. Als sie hörten, was geschehen war, sprang Soltyk an den Rand der Felsplatte und rief, so laut er konnte: »Oswatitsch! Jan! Jan!«

»Das hat keinen Zweck«, sagte ich. »Er ist nirgends hingegangen. Hier ist die Spur seines Schuhnagels.«

Soltyk bückte sich und betrachtete den Felsen. Über die blitzende Oberfläche zog sich schräg eine weißliche Schramme. Sonst nichts.

»Er ist hier fester aufgetreten«, erklärte ich, »und hat dabei den Stein geritzt. Anders kann es nicht sein.«

»Wo ist er also hin?« Soltyk war aufs äußerste erregt. Ich zuckte die Schultern. Lao Tsu war ein wenig höher geklettert. Ohne den Feldstecher vom Fenster des Helmes zu nehmen, fragte er: »Wer von Ihnen trägt die belichteten Filme?«

»Ich.«

»Haben Sie sie im Rucksack?«

»Ja.«

»Haben Sie den Film im zehnten Gerät ausgewechselt?«

»Nein. Oswatitsch wollte gerade dorthin, um...«

»Gut.«

Der Physiker stieg von der Felsplatte herunter und ging auf das Zelt zu, das einige Dutzend Schritte tiefer unter dem Felsen grün hervorschimmerte. Soltyk lief inzwischen zu der Nische hinüber.

»Um des Himmels willen!« murmelte er und drehte sich nach allen Seiten. »Was soll das bedeuten? Hier hat er also gestanden?« fragte er mich noch einmal.

»Ja, dort.«

»Kommen Sie!« sagte er. »Wir durchsuchen jetzt systematisch die ganze verfluchte Gegend!«

Ich blickte zu ihm hinüber. Er hob gerade die runden, schwarzen Steine hoch. Wäre nicht die Situation so tragisch gewesen, so hätte sein Beginnen einfach lächerlich gewirkt. Lao Tsu rief mich. Ich ging hinunter und bemerkte, daß der Chinese ganz sonderbar dastand, schräg geneigt, als würde er jeden Augenblick das Gleichgewicht verlieren. Dabei stand er ganz fest auf den Füßen. Ich wollte ihn fragen, was das bedeute: denn ich spürte, daß ich mich genauso schräg hielt.

»Professor«, rief ich, »sehen Sie nur, wie wir... was ist denn das?«

»Wir haben jetzt keine Zeit zu Erklärungen.« Er gab mir die Filmrolle, die er aus dem Apparat genommen hatte, und schlug die Klappe zu. »So, nun noch der letzte Oszillograph, hinter dem Felsen. Halten Sie bitte!« sagte er und reichte mir sein Meßgerät.

Soltyk trat zu uns. Er blieb stehen, sah uns eine Weile schweigend an, dann fragte er mit bebender Stimme: »Professor, was tun Sie? Jetzt denken Sie an Filme... an Filme?«

Lao Tsu antwortete nicht. Er wußte ebensogut wie ich, daß man in diesem Augenblick von Soltyk keine Hilfe bei der Arbeit verlangen konnte. Der Professor entfernte sich. Ich schaute Soltyk an. Der böige Wind zerrte an den Falten seiner etwas zu weiten Schutzkleidung. Starr blickte der Ingenieur auf die Felsplatte, auf der ich Oswatitsch zuletzt gesehen hatte. Lao Tsu kehrte bereits nach wenigen Minuten zurück. Er drückte mir die Filmrolle in die Hand. »Gehen Sie schleunigst zum Ufer und fahren Sie mit dem Motorboot zur Rakete. Professor Chandrasekar wartet auf die Filme. Es eilt sehr.«

»Und... Sie?« fragte ich.

»Wir bleiben hier.«

»Werden Sie ihn suchen?«

»Gehen Sie, bitte!« sagte Lao Tsu. Seine sanfte Stimme hatte einen stahlharten Unterton. Ich lief, so schnell ich konnte, und verlangsamte nicht einmal dort das Tempo, wo die Steine lose übereinanderlagen und bei jeder Berührung ins Gleiten kamen. Ein unbestimmtes fernes Brausen war in der Luft. Durch die Kombination hindurch fühlte ich die heißen Windstöße. Von der Oberfläche des Sees, der hinter einer langen Sandbank hervorblickte, stiegen träge Dampfwolken auf.

Während des Laufens vernahm ich ein eigentümliches Zischen. Ich sah zu Boden: Die Schuhsohlen rauchten. Der Felsen erwärmte sich, als brennte ein unsichtbares Feuer unter ihm. Ich zauderte. Was sollte ich machen? Zurücklaufen und die beiden holen? Ich blickte mich um. Es wurde immer dunkler; denn der Wind trieb dichte Dampfwolken vom See herüber. Sein stoßweiser Atem war heiß, wie wenn er aus einem großen Ofen käme. Aber ich mußte diese verdammten Filme zur Rakete bringen. Und so lief ich weiter, setzte von Stein zu Stein, erreichte schließlich außer Atem, schweißüberströmt das Motorboot, sprang mit einem solchen Satz hinein, daß es ins Schaukeln kam und Wasser schöpfte. Mit Höchstgeschwindigkeit raste ich zur Rakete hinüber.

Auf dem Oberdeck des »Kosmokrator« ging ein Mann auf und ab, die Hände auf den Rücken gelegt. Der verrückte Gedanke durchfuhr mich, daß es Oswatitsch sei. Ich schwang mich auf die Treppe und war im Nu oben. Dort stand Arsenjew. Die Jupiterlampe umgab unsere Silhouetten mit einem funkelnden Strahlenkreuz und warf große, verwehende Schatten in den Nebel.

»Wo sind die anderen?« fragte er.

»Sie sind am Ufer geblieben. Oswatitsch ist verschwunden.«

»Was heißt verschwunden?« fragte Arsenjew ärgerlich. »Ist er irgendwo hineingefallen?«

»Nein, das nicht. Er ist einfach verschwunden. Ich habe ihn noch gesehen, wie er auf einem großen Felsblock ganz in der Nähe des zehnten Apparates stand. Die Luft flimmerte auf einmal, und als ich zu ihm hinlaufen wollte, war er nicht mehr da. Es gibt aber dort keine Spalten. Es ist eine ganz glatte Fläche, und die Senke zwischen den Felsen ist auch nicht sehr tief.«

»Und die weiße Kugel?« »Was...?«

»Ich frage, ob Sie die weiße Kugel gesehen haben!«

»Nein. Sie ist auch verschwunden.«

»So«, sagte der Astronom. Er schwieg eine Weile, dann hob er den Kopf. »Haben Sie die Filme?«

»Ja, Professor...«, ich konnte nicht mehr an mich halten, »Professor! Wir müssen zum Ufer fahren. Sie verbrennen dort! Als ich zurückkehrte, wurde der Felsen immer heißer, ich...»

»Lao Tsu ist drüben?« »Ja. Soltyk auch!«

»Bringen Sie, bitte, die Filme zum Marax.«

»Und unsere Gefährten?«

»Die werden sich schon zu helfen wissen.«

»Ich könnte doch gleich...«

»Am Ufer liegt das zweite Motorboot. Sie werden dort nicht gebraucht. Bitte, gehen Sie.«

Ich stieg die eisernen Sprossen hinab. Nachdem die komprimierte Luft die giftige Venusatmosphäre aus der Schleuse gepreßt hatte, begab ich mich im Skaphander, ohne erst den Helm abzunehmen, zur Kabine des Marax. Ich blieb an der Tür stehen und sah zu, wie Chandrasekar die Filmrollen auf eine lange waagrechte Achse schob, die Enden jeder Rolle in einen Spalt des Pultes steckte und einige Schalter bediente. Die Filme wickelten sich rasch ab und verschwanden in der Tiefe des Apparates. Chandrasekar berührte mehrere Tasten. Die Leuchtschirme glimmten einer nach dem andern wie riesige, funkelnde Augen auf, rote und blaue Kontrollampen blinkten und strahlten bald ein so starkes Licht aus, daß es das grünliche Flimmern der Leuchtschirme überdeckte. Singendes Brausen erfüllte die Kabine. Über die Schirme zuckten grüne Blitze, immer wieder war das kurze Klicken von Kontakten zu hören. Die Zeiger der Meßinstrumente schlugen bis an die Überlastungsgrenze aus; aber der Mathematiker drückte noch immer neue Tasten herunter. Manchmal brummte laut, von einem Stromstoß getroffen, ein Transformator oder zischte hinter der Wand an den Schalterklemmen ein Lichtbogen. Eine Weile stand Chandrasekar regungslos mit gesenktem Kopf vor dem Marax und sah mit zusammengekniffenen Augen in die flackernden, sprühenden Lichter, dann trat er beiseite. Noch einmal überblickte er prüfend die Schirme, dann wandte er sich mir zu.

»Nun muß der Marax zeigen, was er kann. Ist Ihnen klar, um was es geht? Die Gravitationsfelder entstehen durch die Überlagerung einzelner Stromimpulse. Bei Anwendung der Fournieranalyse müssen die Dutzende von Milliarden Schwingungen, die die Oszillographen auf den Filmen verzeichneten...«

Ich hatte genug. »Lassen Sie mich damit zufrieden!« rief ich. »Oswatitsch ist verschwunden.«

Chandrasekar zuckte zusammen. »Was? Was ist geschehen?«

Ich schilderte noch einmal den ganzen Verlauf. Während Chandrasekar zuhörte, beobachtete er unablässig die Leuchtschirme. Unwillkürlich folgte ich seinem Blick. Die Linien, die sich über die seitlichen Schirme schlängelten, verblaßten allmählich und verschmolzen mit dem phosphoreszierenden Hintergrund. Dafür trat auf dem mittleren Schirm immer deutlicher ein Lichtstreifen hervor.

»Lao Tsu ist drüben?« fragte Chandrasekar, als ich geendet hatte. Plötzlich verstummte das Sausen des Stromes. Die Kontrollampen erloschen, die seitlichen Schirme wurden heller, und auf dem mittleren erstarrte eine steile, doppelgekrümmte Kurve. Chandrasekars Augen funkelten. »Also doch periodisch!« rief er. Dann huschte ein blasses, um Verzeihung bittendes Lächeln über seine Lippen.

»Es muß Ihnen unmenschlich erscheinen, daß ich in dieser Situation...«

Er brach ab, schwankte, wich einen Schritt zurück und lehnte sich an die glänzende Seitenfläche des Pultes. Das Licht, das von oben herabfiel, beschien seine eingefallenen Schläfen und Wangen. Jetzt erst wurde mir bewußt, daß er in der letzten Zeit den Marax überhaupt nicht mehr verlassen hatte. Tag und Nacht leuchtete das rote Licht über der Kabinentür.

»Das macht nichts!« sagte er. »Sie kehren zurück, wenn... Er vollendete den Satz nicht. »Wo ist Arsenjew?«

»Oben.«

»Möchten Sie ihn, bitte, hierherrufen? Sagen Sie, es sei sehr wichtig.«

Ich traf den Anstronomen auf dem Oberdeck an. Über das Gravimeter gebeugt, verfolgte er gespannt die Ausschläge des Zeigers. Neben ihm zerfloß die säulenstarke weiße Lichtgarbe des Reflektors im dichten Dunst.

»Einstweilen wächst die Intensität nicht«, sagte Arsenjew leise, als hätte er mich nicht gehört. Ich wiederholte deshalb, daß ihn Chandrasekar bitte, hinunterzukommen. Plötzlich richtete er sich auf.

»So, ist es schon soweit? Nun, was für eine?«

Ich verstand nicht, wonach er mich eigentlich fragte. Dann erinnerte ich mich an den Ausruf des Mathematikers und antwortete auf gut Glück: »Eine periodische.«

Ohne noch ein Wort zu verlieren, lief Arsenjew zur Schleuse.

»Soll ich zum Ufer fahren?« fragte ich ihn. Er blieb stehen.

»Nein! Dort können Sie nichts helfen! Behalten Sie, bitte, das Radargerät und den Reflektor im Auge. Die Leuchtpistole liegt dort an der Seite.« Er tauchte im Schleusenschacht unter.

Der Talkessel war von heißem Dunst eingehüllt. Der Rumpf der Rakete hob sich schwarz wie der Leib eines toten Wales davon ab. Neben dem Scheinwerfer stand das tragbare Radargerät. Seine beiden elliptischen Antennen waren auf das Ufer gerichtet. Ich umfaßte mit beiden Händen den Steuerkreis. Im Schirm wurde der steinige Zipfel oberhalb der Bucht sichtbar, über den die Gefährten zurückkehren mußten. Er war öde und leer. Einige Rauchwolken, dunkler als der Nebel, zogen darüber hin. Ich blickte auf das Fotoelement, das unter dem Schirm eingesetzt war. Es zeigte die Temperatur der

Uferfelsen an: Zweihundertsechzig Grad. Meine Finger krampften sich um den metallenen Handgriff des Gerätes. Zweihundertsechzig Grad! Auch die Lufttemperatur war stark angestiegen. Sie erhitzte sich immer mehr: achtzig, fünfundachtzig, neunzig Grad... Wie lange konnte das ein Mensch, selbst in einem isolierten Schutzanzug, aushalten?

Die Minuten vergingen, und jede währte eine Ewigkeit. Das Zischen des Wassers, das bei der Berührung mit den glühendheißen Uferfelsen zu kochen begann, klang herüber. Ich drehte die Antenne von einer Seite zur anderen, wollte sie schon umstellen, als etwas im Gesichtsfeld aufflimmerte. Dort drüben ging ein Mensch!

Ich schaltete die Alarmglocke ein und sprang wieder zum Radarschirm zurück. Der schwarze Fleck schob sich langsam durch die Felstrümmer, verschwand für eine Weile... erschien wieder und zerfiel in zwei kleinere, aber eigenartig verzerrte Gestalten. Bald konnte ich es deutlich erkennen: Zwei Menschen trugen einen dritten. Sie bemühten sich, über die Steine, die aus dem Wasser hervorragten, zum Motorboot zu gelangen. Zwischen dem letzten Stein und dem Boot aber lag ein dunkler Streifen Wasser. Sie blieben stehen. Allem Anschein nach berieten sie sich. Wie bedauerte ich jetzt, daß ich nicht doch, entgegen dem Befehl des Astronomen, hinübergefahren war. Ich hätte ihnen helfen können. Ich rief, gab ihnen Ratschläge und wurde mir gar nicht bewußt. daß sie mich nicht zu hören vermochten. Plötzlich war der eine von ihnen kleiner geworden. Ich begriff: er bückte sich und versuchte das Motorboot an der Leine, mit der es am Ufer festgemacht war, heranzuziehen. Auf dem Radarschirm sah ich, daß dies unmöglich war; denn dicht unter der Wasseroberfläche lag ein Riff. Allein hätten sie mühelos den anderthalb Meter großen Abstand überspringen können, aber der dritte... Schon wollte ich zum Fallreep laufen, da gab der eine, der an dem Seil gezogen hatte, die weiteren Versuche auf, wandte sich seinem Gefährten zu und machte ihm ein Zeichen. Beide hoben den regungslosen Körper auf und gingen, ihn hoch über ihren Köpfen tragend in das kochendheiße Wasser. Bis zu den Hüften wateten sie hindurch und waren für einige Augenblicke von Dampfschwaden verhüllt. Dann warfen sie den Gefährten in das Boot und kletterten selbst hinein. Wieder verstrichen endlose Sekunden; endlich quirlte das Wasser auf, und das Boot setzte sich in Bewegung.

»Warum schreien Sie denn? Na, so hören Sie doch! Warum schreien Sie denn so...?« sagte Arsenjew nach einer Weile zu mir. Hinter ihm standen – in Skaphandern – Tarland und Chandrasekar. Ich merkte gar nicht, daß ich lachte und vor Freude schrie, brüllte... Und da legte das Motorboot am Fallreep an, und wir liefen alle drei hinunter.

»Mich nicht – ich kann allein...«, ächzte Soltyk, als ich ihm von der letzen Sprosse aus die Hand entgegenstreckte, um ihm zu helfen.

»Ich kann allein... schnell den Professor Lao... sein Skaphander ist zerrissen...«

Professor Lao Tsu

Wir trugen den Professor und Oswatitsch in die Schleusenkammer. Nachdem ich das Motorboot an Bord gehievt hatte, stieg ich in den Korridor hinunter. Dort betteten Rainer und Tarland gerade die beiden hilflosen Körper in den Skaphandern, so wie wir sie aus dem Boot gehoben hatten, auf Tragbahren. Nur die Helme hatte man ihnen abgenommen. Ihr Gesicht war schweißüberströmt und bleich wie Wachs. Ich wollte helfen; doch Arsenjew befahl mir, in die Zentrale zu gehen. Er ordnete den sofortigen Start an.

In der Erregung der letzten Minuten hatte ich überhaupt nicht mehr daran gedacht, was sich draußen über dem See abspielte. In den Fernsehschirmen wirbelten gelbliche Knäuel, wie der Rauch von brennendem Schwefel. Die Rakete hob und senkte sich auf den Wellen. Die ganze Gegend war zu einem finsteren Hexenkessel geworden, in dem es grollte, brummte, sauste, zischte und pfiff. – Als ich in die Zentrale trat, krachte der erste Donner in den Wolken.

Ich schaltete die Atomsäule ein, und ohne zu warten, bis sie ihre volle Antriebskraft erreichte, stellte ich die Hebel des Prädiktors auf Start und Hilfstreibstoff. Feurige Gase wirbelten den See auf. Dumpf gluckste und blubberte das kochende Wasser. Der »Kosmokrator« erzitterte, und gleich darauf schoß er, leicht zur Seite geneigt, über die Oberfläche hin, schob einen riesigen Wasserberg vor sich her; rasend schlugen die Wellen nach ihm, aber er glitt immer rascher über sie hinweg. Und dann stieg er in das Reich des tosenden Sturmes empor. Auf den Schirmen bogen und verzerrten sich die Uferfelsen wie in Krämpfen. Nur nicht mit ihnen zusammenstoßen, dachte ich und erhöhte ständig die Verbrennung in den Reaktionsturbinen. Erst als die Atommotoren ihr mächtiges Lied anstimmten, atmete ich erleichtert auf. Ihr Brausen übertönte das Donnern der Wogen und das Heulen des Sturmes. Über die Schirme jagten weißblaue Dunststreifen. Einmal stieß die Rakete in eine so dichte Wolke, daß es dunkel wie im tiefsten Waldesdickicht wurde.

Ich war aufgeregt und unruhig; denn zum erstenmal in dem schwierigen Augenblick des Starts stand ich allein, ganz auf mich selbst angewiesen, am Prädiktor. Es ging aber alles gut. Der Fahrtwind pfiff in den Steuerflächen; doch die Motoren arbeiteten gleichmäßig, störungsfrei, die Geschwindigkeit wuchs. Jeden Augenblick sprangen violette Feuerströme von Wolke zu Wolke über, zersprühten unter lang anhaltenden Donnerschlägen. Soltyk trat in die Zentrale. Ohne den Blick von den Instrumenten zu wenden, überschüttete ich ihn mit Fragen. Es dauerte eine Weile, bevor er zu erzählen begann. Wie sich herausstellte, hatte er, bevor er ins Wasser stieg, die Kombination mit Luft aufgeblasen. Diese isolierende Schicht schützte ihn vor Verbrühungen. Schlimmer stand es um den Professor. Er konnte dieses Schutzmittel nicht anwenden, da sein Skaphander am Helmansatz gerissen war. Während des ganzen Weges hatte er die schadhafte Stelle mit der einen Hand zugehalten. Als sie aber Oswatitsch über das Wasser trugen, mußte er beide Hände frei haben. In dieser kurzen Zeitspanne hatten sich bereits die Formaldehydgase und das Kohlendioxyd mit der Atemluft vermengt. Im Motorboot verlor Lao Tsu das Bewußtsein.

»Und wie steht es mit Oswatitsch, wo hat er ihn gefunden?« fragte ich.

Soltyk zögerte mit der Antwort. Er stand vor der Tafel mit den Zeigern der Bremsvorrichtung und betrachtete sie scheinbar mit größter Aufmerksamkeit, obwohl die Bremsvorrichtung gar nicht in Betrieb war.

»Oswatitsch hat einen Hitzschlag erlitten«, sagte er schließlich. »Aber ich glaube nicht, daß es allzu schlimm um ihn steht. Als wir ihn getragen haben, hat er sich schon wieder gerührt.«

»Na, Gott sei Dank! Wo war er denn?«

»Ich weiß es nicht.«

»Das weißt du nicht?«

Auf den Schirmen zogen zwischen hellen, wallenden Nebelstreifen dunkle Wolken vorbei. Sie erweckten den Eindruck, als flögen wir über eine bergige Inselgruppe.

»Der Professor gab mir das Seil... Wir knüpften es uns um den Leib, dann befahl er mir, so hinter ihm herzugehen, daß es immer gespannt bleibe... und ging voraus. Und dann fand er Oswatitsch.«

»Wo?«

»Ich weiß es nicht. Auf einmal war er verschwunden.«

»Der Professor?«

»Ja. Er war verschwunden, als hätte ihn die Erde verschluckt. Und dabei spürte ich seine Bewegungen; denn wir waren ja durch das Seil verbunden. Begreifst du das? Nein, das kannst du nicht begreifen. Ich sage dir, so wie du mich hier vor dir siehst, so sah ich das Seil vor mir. Es endete in der Luft – gespannt – und dahinter war nichts...«

»Nichts?«

»Das heißt – Steine waren da, Luft; aber weder der Professor noch Oswatitsch war zu sehen – Nach vielleicht einer Minute ruckte das Seil an... Das war das verabredete Zeichen. Ich fing an zu ziehen und zog beide heraus. Der Professor hatte einen Riß im Skaphander.«

»War er gestürzt?«

»Ich weiß es nicht. Sicher...«

»Wo war er denn gewesen?«

»Ich sagte dir schon, ich weiß es nicht.«

»Wieso... hast du ihn denn nicht gefragt?«

»Nein... Du hättest es auch nicht getan, nach dem...«

Er wandte mir plötzlich sein dunkelrotes, verzerrtes Gesicht zu.

»Als du weg warst... habe ich mich wie ein junger Hund benommen! Ich winselte..., dann schrie ich ihn an; denn er ging allmählich wie in einem Laboratorium mit seinem Apparat umher... Ich wußte doch nicht, ich konnte es doch nicht wissen, warum!«

Nach einer Weile fügte er ruhiger hinzu: »Noch auf der Erde hatte mir einer gesagt, daß Lao Tsu wie gehärtetes Glas sei, durchsichtig, glatt, unscheinbar. Wer es aber zu beißen versuche, der breche sich daran die Zähne aus. – Hör weiter: Ich wollte mich rechtfertigen. Er antwortete mir mit irgendeinem Sprichwort... Die Steine brannten unter unseren Füßen, ich glaubte, daß wir zerschmelzen müßten, und er... Weißt du, was seine ersten Worte waren, als er jetzt in der Kabine wieder zu sich kam? Er fragte Chandrasekar: ›Haben wir bereits die Ergebnisse der Berechnungen?‹«

Der »Kosmokrator« hatte seine Reisegeschwindigkeit erreicht. Ich trat von den Schirmen zurück, vermied es aber, Soltyk anzusehen. Es war wohl besser für ihn. Lao Tsu hatte ihm eine Lektion der Ruhe erteilt, und unter welchen Umständen! Ich dachte an mein Abenteuer im Toten Wald...

»Wenn du willst, geh zu ihm«, sagte Soltyk. »Ich vertrete dich. Ich kann ihm nicht in die Augen sehen.«

Das ließ ich mir nicht zweimal sagen. Als ich in die Kabine trat, entfernte Tarland gerade das Zellophanzelt von Oswatitschs Bett, unter dem eine künstliche Sauerstoffatmosphäre geschaffen worden war. Der Kranke, der auf hochgetürmten Kissen lag, hatte bereits wieder rote Wangen bekommen; sein Atem ging regelmäßig. Die Wissenschaftler saßen um den Tisch und unter ihnen zu meiner größten Verwunderung auch der Chinese. Er trug nicht, wie gewöhnlich, einen dunklen Anzug. Zum erstenmal sah ich ihn in einem langen kirschroten, mit prächtigen Drachen bemalten seidenen Schlafrock. Er war bis an die Hüften in eine Decke gehüllt. unter der die verbundenen Füße hervorlugten. Lao Tsu war ruhig wie immer, nur ein wenig blasser als sonst. Arsenjew rückte zur Seite. Ich setzte mich. Oswatitsch hatte gerade angefangen, über sein Erlebnis zu berichten. Mit wenigen Worten schilderte er unsere Wanderung um die weiße Kugel und kam nun zu dem Augenblick, in dem ich mich, durch die Form jenes dunklen Steines getäuscht, von ihm entfernt hatte. Wie er erzählte, war er weitergegangen; denn er hatte meine Rufe nicht gehört. Plötzlich war alles um ihn herum verschwunden.

»Hintereinander begannen sämtliche Farben des Regenbogens, vom hellsten Gelb bis zum tiefsten Violett, zu leuchten. Gleichzeitig zog mich etwas zu Boden. Ich verlor das Gleichgewicht, torkelte einige Schritte weiter – plötzlich flammte ein so greller Schein vor mir auf, daß ich einige Minuten wie geblendet war. Als ich die Augen öffnete, befand ich mich im Innern einer riesigen, von weißem Licht erfüllten Kugel. Vollkommen glatte, gewölbte Wände umgaben mich von allen Seiten. Ich dachte zuerst, daß sich eine Öffnung hinter mir befinden müsse, durch die ich ins Innere gelangt sei. Ich wandte mich um, aber ich sah nichts. Überall die gleiche glatte Wand. Der Boden, auf dem ich stand, war felsig, mit Steinen übersät. – Drücke ich mich auch klar genug aus? – Es war so, als hätte jemand einer Hohlkugel den unteren Teil abgeschnitten und mich wie eine Fliege darin gefangen, indem er sie über mich stülpte. Langsam, Schritt für Schritt näherte ich mich, jeden Stein untersuchend, der Mitte des Kreises.

Nun geschah etwas ganz Sonderbares. Ich war vielleicht vier oder fünf Meter weitergegangen, als sich die gewölbte Wand vor mir zurückzog. Ich machte noch zwei Schritte vorwärts – und stand vor einer senkrechten, völlig flachen Wand. Ich drehte mich um. Hinter mir war undurchdringliches Dunkel. Ich trat auf die flache Wand zu, und je weiter ich herankam, um so stärker wölbte sie sich, als ob sie jemand von der Rückseite her aufbliese... Ich war ihr bereits so nahe, glaubte, sie mit der Hand berühren zu können. Auf einmal stand ich unter der Wandung einer riesigen Kugel. Diesmal war ich außerhalb der Kugel...

Ich lief um sie herum. Sie war so groß wie die weiße Kugel, überall glatt, ohne eine Spur von Spalten und Löchern. Die Tatsache, daß ich den Hohlraum hinter mir hatte und ins Freie gelangt war, beruhigte mich. Ich nahm an, daß ich auch aus dem Dunkel, das mich umgab, hinausfinden würde. Kaum aber hatte ich mich einige Schritte entfernt, da begann die Kugel ihre Gestalt zu verändern. Sie zog sich in der Höhe und Breite auseinander, dehnte sich aus, und plötzlich bedeckte sie mich von neuem. Wieder befand ich mich in ihrem Innern. Nun lief ich bald nach rechts und bald nach links. Sooft ich zur Mitte kam, ebneten sich die Wände vor mir, rollten sich auf der entgegengesetzten Seite zusammen, und ich stand wieder in tiefster Dunkelheit vor der Kugel. Ging ich aber in dieses Dunkel hinein, dann dehnte sich die Kugel hinter mir aus, flachte sich ab, zog sich zusammen und umschloß mich wieder von allen Seiten. Ich dachte zuerst, daß es irgendein Mechanismus sei; aber ein solcher hätte doch nicht in dieser Weise wirken können. Dann versuchte ich, mit einigen raschen Sprüngen hinauszugelangen, stürzte wie irr nach dieser oder jener Richtung, immer aber traf ich auf eine glatte Wand.

Es war zu furchtbar, als daß es sich beschreiben ließe. – Vollkommen schwarze, undurchdringliche Finsternis – in der Mitte der Kugel, die mich einmal in sich einschloß, dann wieder hinauswarf, und dabei keine Spur einer Öffnung! Wohin ich mich auch wandte, immer stieß ich auf die glatte Wand. Diese großen, weißen Flächen drehten sich vor meinen Augen, wendeten sich, verschlangen mich, spien mich wieder aus, immerzu... Ich weiß nicht, wie lange es dauerte, vielleicht eine Stunde. Nach einiger Zeit wurde es unerträglich heiß.

Der Boden glühte unter meinen Füßen. Mir war, als hätte sich mein Helm bereits bis zur Rotglut erhitzt. Das Atmen fiel mir immer schwerer, die Luft im Skaphander brannte wie Feuer. Der Kühlapparat half nicht mehr, ich war am Ersticken. Und dann stürzte ich und schlug mit dem Kopf gegen einen Stein. Wie es weiter ging, weiß ich nicht...«

Oswatitsch, der sich etwas aufgerichtet hatte, sank erschöpft in das Kissen zurück. Dann fuhr er leise fort: »Das ist alles. Verstehen tue ich davon gar nichts. Es ist auch nicht die Spur von Sinn darin zu finden.«

»Da bin ich anderer Meinung«, warf Arsenjew ein.

»Glauben Sie vielleicht, daß ich Gespenster gesehen habe?«

»Keineswegs. Was aber die ›Sinnlosigkeit‹ einer Umgebung anbelangt, nun, so könnte eine Ameise, die in eine Schreibmaschine fiel, das gleiche behaupten. Die Welt dreht sich nicht um uns, und hier sind wir zufälligerweise in den Wirkungsbereich unbekannter Kräfte geraten.«

»Obwohl wir noch nicht alles wissen«, sagte Lao Tsu, »so können wir doch das Abenteuer unseres Gefährten erklären. Ich bin zwar imstande, die Frage zu beantworten, auf welche Weise dieses oder jenes geschah; aber es beunruhigt mich, daß ich noch nicht weiß, zu welchem Zweck das alles geschieht.«

»Sie können mir erklären, wie ich in das Innere der verschlossenen Kugel gekommen bin?«

»Ja, das kann ich.«

»Und wieso ich mich einmal außerhalb von ihr und dann wieder in ihrem Innern befand?« »Auch das.«

»Und woher dort das Licht kam, obwohl ringsherum völlige Dunkelheit herrschte?«

»Ja.«

»Dann reden Sie doch endlich!«

»Zwei Wörter nur sind der Schlüssel zu diesem Geheimnis«, sprach der Physiker. »Sie waren im ›sphärischen Raum‹.«

Er rückte näher an den Tisch heran.

»Auf welche Weise sehen wir einen Gegenstand? In dem die von ihm reflektierten Lichtstrahlen unsere Augen erreichen. Wenn aber nun alle Strahlen in einen begrenzten Raum eingeschlossen werden und darin verbleiben müssen, so wird dieser Raum für den außerhalb stehenden Beobachter unsichtbar, und das nicht etwa so, als befände sich an dieser Stelle, den Ausmaßen des Raumes entsprechend, ein dunkler Fleck. Die Lichtstrahlen umgehen entweder diesen Ort oder fallen hinein. In beiden Fällen aber bleibt der sphärische Raum – das ist eben diese ›Lichtfalle‹ – unsichtbar. Der Beobachter hat den Eindruck, daß dieser Raum aus dem Bild der umgebenden Landschaft herausgeschnitten wurde und daß sich die Ränder dieses Ausschnittes auf eine nicht wahrzunehmende Weise miteinander verbunden haben. Als Sie bei dem ersten Oszillographen auf der Bodenerhebung standen, wußten Sie nicht, was Sie tun sollten, daß Sie die weiße Kugel auf einmal nicht mehr sahen. Sie war verschwunden. So war es doch, nicht wahr?«

Oswatitsch und ich nickten.

»Nun, sie war noch immer da, aber unsichtbar für Sie. Und hier ist die Erklärung: Wenn die Kugel tätig ist, so bildet sie ein Gravitationsfeld, das den Raum krümmt. Übersteigt die Krümmung eine bestimmte Grenze, dann rollt sich der Raum sozusagen in sich zusammen und schließt sich in sich. Der auf diese Weise entstehende sphärische Raum kann sich je nach der Feldstärke wie eine Blase ausdehnen oder zusammenziehen. Als Oswatitsch beim zehnten Gerät anlangte, trat ein plötzliches Ansteigen des Gravitationspotentials ein, der sphärische Raum dehnte sich aus und verschluckte scheinbar den Platz, auf dem Oswatitsch gerade stand. Kurze Zeit später verringerte sich die Gravitation wieder: Der sphärische Raum zog sich zusammen. Während dieser Zeit war aber Oswatitsch bereits näher an die weiße Kugel herangekommen, und deshalb konnte Smith nur den leeren Raum sehen. Das ist die Lösung des ersten Rätsels. Nun weiter. Sie bemerkten einen Regenbogen«, wandte sich der Physiker an Oswatitsch. »Das ist sehr aufschlußreich. In diesem Augenblick befand sich nämlich die Grenze zwischen dem sphärischen und dem normalen Raum genau an der Stelle, wo Sie standen. Infolge der Interferenz und spezifischer Berechnungsbedingungen bricht sich das weiße Tageslicht an der Berührungsstelle zweier Arten von Räumen wie in einem Prisma. Woher kam nun das Licht, das Sie blendete? Solange die weiße Kugel mit genügend großer Intensität tätig ist, wird der sphärische Raum um sie herum sowohl bei Tage als auch bei Nacht von den Lichtstrahlen erleuchtet, die am Tage im sphärischen Raum eingefangen wurden. Sie können nicht mehr entweichen und kreisen nun gefangen in diesem Raum. Gehen wir weiter. Die Kugel, in deren Innern Sie zu sein glaubten, war natürlich die weiße Kugel. Sie befanden sich aber die ganze Zeit über außerhalb von ihr, und die Täuschung, daß Sie in ihr Inneres gelangt seien, wurde durch die Perspektive des sphärischen Raumes verursacht, die von der linearen Perspektive der uns umgebenden Welt verschieden ist. Sie benahmen sich – bitte verzeihen Sie mir diesen Vergleich – wie ein Betrunkener, der ständig um einen runden Kiosk herumläuft und lamentiert, daß man ihn darin eingesperrt habe. Ihre Gefangenschaft im Innern der Kugel war nur eine scheinbare.«

»Das ist unmöglich.«

»Meinen Sie?« Lao Tsu griff nach einem Bogen Papier und zeichnete, während er weitersprach: »Im gewöhnlichen Raum sehen wir eine Kugel auf diese Weise,

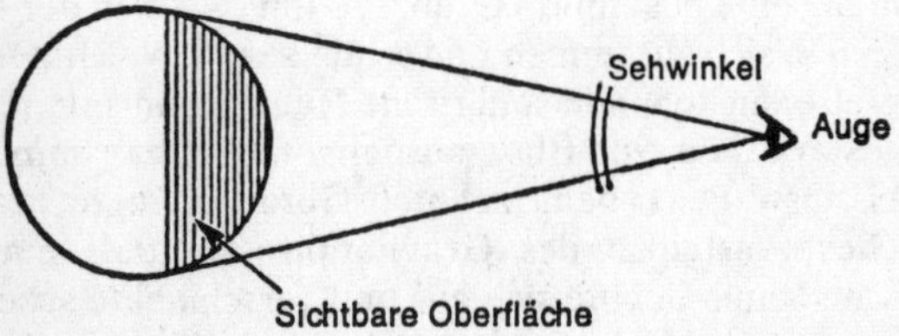

und zwar deshalb, weil das Licht auf kürzester, also gerader Strecke vom betrachteten Gegenstand zu unseren Augen gelangt. Im sphärischen Raum dagegen beschreibt das Licht kreisförmige Bahnen. Als Sie daher vor der weißen Kugel standen, sahen Sie diese auf folgende Weise:

Das in Punkt A befindliche Auge nimmt nicht nur den vorderen Teil der Kugel wahr, der ihm gegenüberliegt, sondern auch den rückwärtigen Teil, der unter normalen Verhältnissen für uns unsichtbar ist. Wann aber sehen wir auch unter normalen Bedingungen die ganze Oberfläche einer Kugel auf einmal? Nur dann, wenn wir uns in ihrem Innern befinden. Und so glaubten Sie also, im Innern der Kugel zu sein. Der Mensch sieht die Kugel in der beschriebenen Art, wenn er den sphärischen Raum eben betreten hat. Geht er weiter in dessen Tiefe, so bemerkt er, daß die Kugel ihre Gestalt verändert, sich zuerst abplattet und dann ausbaucht. Diese Täuschungen

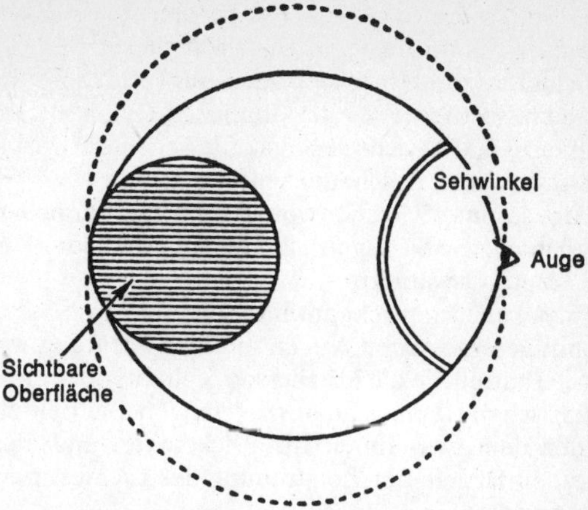

werden gleichfalls durch die Eigenart der sphärischen Perspektiven verursacht.

Wenn sich im gewöhnlichen Raum ein Gegenstand von uns entfernt, so erscheint er uns immer kleiner. Niemand von uns denkt in diesem Augenblick daran, daß die Verkleinerung durch die Gesetze der Perspektive bedingt ist. In dem Raum aber, der die weiße Kugel umgibt, in einem Raum also, in dem sich das Licht in kreisförmigen Bahnen bewegt, herrscht die sphärische Perspektive. Ein Gegenstand, in unserem Fall also die Kugel, erscheint, aus der Nähe betrachtet, wie ein gewöhnlicher Körper, aus größerer Entfernung als unendliche Ebene, aus noch größerer als konkave Fläche. Ich könnte es Ihnen mühelos beweisen, indem ich die Bilder der sphärischen Perspektive mittels stereographischer Projektion der Kegel der Lichttangenten konstruieren würde. Zu diesem Zweck genügt es, die Durchmesser der Kreisbahnen zu kennen, die von dem Licht beschrieben werden. Doch ich möchte mich hier lieber auf Vergleiche beschränken. Bei Eisenbahnschienen haben wir den Eindruck, daß sie am Horizont zusammenlaufen, obwohl wir genau wissen, daß sie immer noch parallel sind und ihr Zusammenlaufen nur eine perspektivische Täuschung ist. Ebenso war auch der Eindruck eine Täuschung, daß sich die Kugel abwechselnd abflachte und wölbte. Lebten wir von Geburt an im sphärischen Raum, so würden wir die gesehenen Bilder nicht mehr für wirkliche Änderungen der Formen halten, sondern lernen, mit ihrer Hilfe die Entfernung zu schätzen, so wie wir im gewöhnlichen Raum aus der Entfernung lernen, daß sich Gegenstände scheinbar verkleinern, wenn sie sich vom Beschauer entfernen.«

»Warum konnte ich aber von dort nicht herauskommen, wenn ich mich, wie Sie sagen, ständig außerhalb der Kugel befand?« fragte Oswatitsch.

Der Physiker lächelte kaum merklich. »Wären Sie aus der Kugel mit geschlossenen Augen in einer Richtung weitergegangen, so hätten Sie die Möglichkeit gehabt, über die Grenze des sphärischen Raumes hinauszugelangen. Sie richteten sich aber nach dem, was Ihnen Ihr Blick sagte, und dieser gehorchte den Regeln der Zerstreuung des Lichtes in Kreisen. Sie gingen so.«

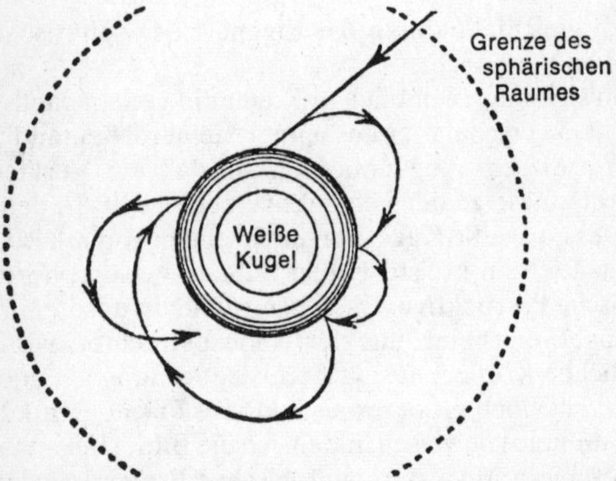

»Und warum kam ich nicht in diesen Raum hinein«, fragte ich, »obwohl ich die ganze Umgebung genau absuchte?«

»Weil Sie das Opfer einer ähnlichen Täuschung wurden wie Oswatitsch. Ich bezeichne den Punkt, wo Oswatitsch verschwand, mit einem O, und nun zeigen Sie mir bitte mal, in welcher Richtung Sie Ihren Gefährten suchten.

»In dieser und dieser«, antwortete ich, und zeichnete zu dem Punkt, den der Physiker auf der Skizze gemacht hatte, die entsprechenden Pfeile ein.

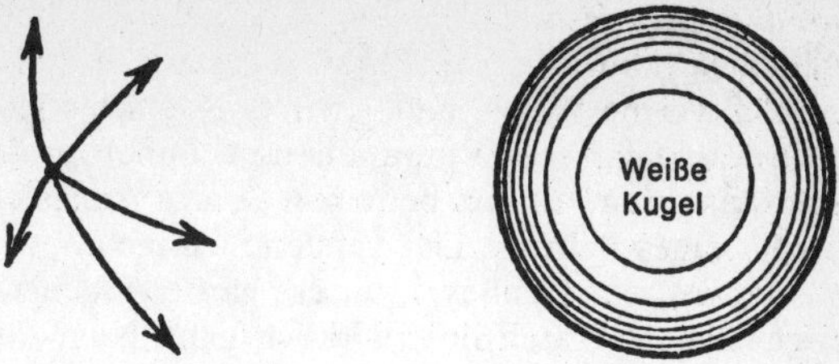

»So schien es Ihnen«, sagte der Professor; »das war aber eine Täuschung. In Wirklichkeit sind Sie so gegangen.«

»Wieso denn?«

»Weil auch Sie sich nach den Weisungen des Auges richteten und das Auge ein Diener des Lichtes ist. Die Lichtstrahlen beugen sich an der Grenze des sphärischen Raumes und verlaufen so wie die von mir eingezeichneten Pfeile.«

Ich hob meinen Blick von dem Papier und sah den Physiker an. »Wußten Sie das alles bereits, als Sie mit uns zusammentrafen, Professor?«

»Nein. Ich wußte nur, daß die Gravitation wuchs. Erinnern Sie sich daran, daß wir zur Seite geneigt gingen, als wollten wir jeden Augenblick umfallen?«

»Ach ja! Tatsächlich! Ich fragte Sie sogar...«

»Das erklärt sich daraus, daß zu der Einwirkung der normalen, senkrecht nach unten gerichteten Schwerkraft die von der weißen Kugel ausgeübte Anziehung hinzukam; das brachte mich auf diesen Gedanken.«

»Und das genügte Ihnen?«

»Schließlich – bin ich doch Physiker«, sagte er.

»Und auf welche Weise fanden Sie Oswatitsch wieder?«

»Um in den sphärischen Raum gehen zu können, mußte man sich eines anderen Führers bedienen als des Auges.«

»Was für eines Führers. Das verstehe ich nicht.«

»Es ist etwas sehr Großes... unsere ganze Arbeit war ihm bisher gewidmet, erraten Sie es wirklich nicht? Nun, das Rohr! Ich fand sein Echo mit Hilfe des Induktionsapparates und folgte der Spur, die geradenwegs zur weißen Kugel führte. Der sphärische Raum beugt nur Lichtstrahlen, aber keine Gegenstände.«

»Wie einfach das alles ist!«

»Nicht wahr? Der Ingenieur und ich banden uns mit dem Seil aneinander... Er blieb draußen, ich ging in den Raum und fand Oswatitsch.«

»Es war ein eigenartiger Anblick...«, sagte Lao Tsu nach einer Weile. »Das Seil spannte sich von mir aus in gerader Linie und riß plötzlich, mitten im Raum, ab.«

»Wieso mitten im Raum?«

»Wo denn sonst nach Ihrer Meinung?«

»An der Grenze...«

»Das Besondere an der Grenze des sphärischen Raumes ist, daß man sie nicht sehen kann. Skizzieren wir also auch noch das, was wir beide, Soltyk und ich, beobachteten, als das Seil an einer bestimmten Stelle die Grenze des sphärischen Raumes durchschnitt. So war es wirklich,

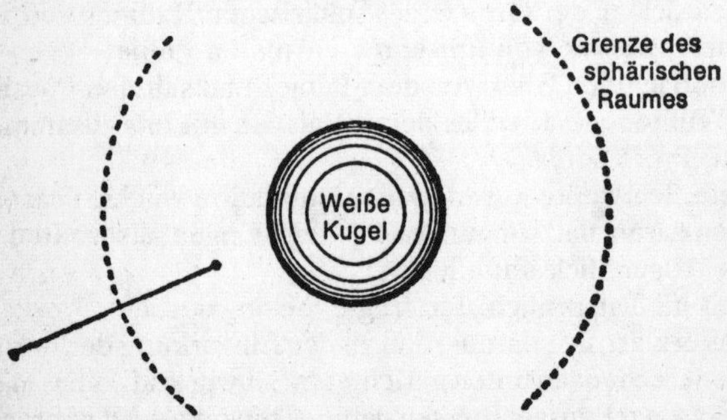

und so sahen wir es – er von außen und ich von innen.«

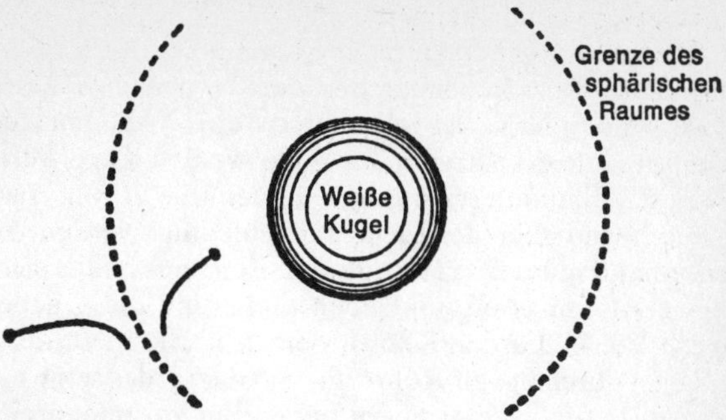

»Erstaunlich!« sagte ich.

»Nicht erstaunlicher«, versetzte er, »als die Erscheinung, daß ein Löffel, den man in ein Glas mit Wasser stellt, gebrochen erscheint. Es ist alles eine Sache der Gewohnheit.«

»Warum hatten Sie sich mit Soltyk durch das Seil verbunden?« wollte ich wissen. »Hätte Sie das Rohr nicht ebenso aus den sphärischen Raum hinaus- wie hineingeführt?«

»Möglich«, sagte der Physiker gleichmütig. »Ich befürchtete aber, dort die Besinnung zu verlieren. Die Temperatur stieg ständig an.«

»Und wobei zerrissen Sie sich den Skaphander? Und, Professor«, platzte ich heraus, »ich sah, wie Sie und Soltyk in das Wasser gingen! Also, das war...« Es fehlten mir die Worte.

»Es war heiß...«, sagte Lao Tsu. »Nun, wir besprachen jetzt bestimmte Erscheinungen, die wir beobachtet haben. Ich gestatte mir, mich des Beispiels zu bedienen, das Professor Arsenjew angeführt hat. Er verglich uns mit einer Ameise, die unversehens in das Innere einer Schreibmaschine geraten ist. Das, worüber wir eben sprachen, war nur eine allgemeine Erklärung, wie die Maschine funktioniert; aber wir haben noch nicht über weit wesentlichere Dinge gesprochen, nämlich darüber, wer auf dieser Maschine welchen Text schreibt. Es würde mich freuen, wenn sich Professor Chandrasekar zu diesem Thema äußern wollte; denn er hat ja das Werk gekrönt...«

»Das Sie begannen«, bemerkte der Mathematiker.

»Das wir gemeinsam vollbrachten«, warf Arsenjew ein; »denn ein jeder von uns hat seine Pflicht erfüllt.«

Chandrasekar blätterte in den Papieren und Filmen, die vor ihm lagen, und zog die Aufnahme jener doppelt gekrümmten Kurve hervor, die ich einige Stunden vorher im Schirm des Marax gesehen hatte. Er musterte sie eine Weile nachdenklich, dann sagte er: »An der Basis der weißen Kugel vermute ich einen Vakuumbeschleuniger, in dem die Atome fast bis zur Geschwindigkeit des Lichtes beschleunigt werden. Übereinstimmend mit der Transmutation Einsteins bilden sich ungeheure Atommassen, und eben diese sind die Quelle der Energie, die Milliarden Kilowatt erreicht. Sie fließt der weißen Kugel durch die elf Rohre zu, von dem jedes seine eigene Frequenz besitzt. Ich erinnere daran, um zu unterstreichen, daß wir uns ohne den Marax mit der Analyse der Schwingungen keinen Rat gewußt hätten. Es ist uns nunmehr bekannt, daß ein Tätigkeitszyklus der weißen Kugel zweihundertsechsundneunzig Stunden währt und sich aus zwei grundsätzlichen Phasen zusammensetzt. In der ersten, der positiven, wird die erzeugte Gravitation zu der Anziehungskraft des Planeten addiert, in der zweiten Phase, der negativen, wird die Anziehungskraft aufgehoben. Wie Sie wissen, besteht jede Phase aus einer Reihe niedriger Leistungsspitzen. Wir kamen zu einem Zeitpunkt in den Wirkungsbereich der weißen Kugel, als die Spannung des Feldes eine positive war. Sie schwächte sich bereits erheblich ab, und die Schwierigkeiten, in die wir gerieten, wurden durch diesen kleinen Sprung hier in der Kurve verursacht.«

Wir beugten uns über den Tisch und betrachteten das geringfügige Ansteigen und Absinken der Kurve, auf das der Mathematiker zeigte, während er fortfuhr: »Schlimmer wäre es zur Zeit der negativen Phase gewesen: Ein jeder, der sich der Kugel genähert hätte, wäre, der Anziehungskraft des Planeten ledig, wie ein Ballon in die Höhe gestiegen und würde nun im interplanetaren Raum kreisen...

Nun, darum handelt es sich ja augenblicklich nicht. Es dreht sich, nach den Worten unseres Kollegen Lao, vielmehr darum, wie diese Maschine arbeitet. Viel wichtiger aber ist für uns die Antwort auf die Frage, was dieser verwickelte Gravitationszyklus bedeuten soll, der zweihundertsechsundneunzig Stunden dauert und nach dessen Ablauf sich sämtliche Sprünge und Verzögerungen unverändert von Anfang an wiederholen.

Was kann die Bestimmung, der Sinn so gewaltiger Energieentladungen sein?«

Der Mathematiker unterbrach sich einen Augenblick, und als er weitersprach, schlug er bei jedem Wort mit dem Knöchel auf den Tisch: »Diese Erscheinungen, die durch die weiße Kugel hervorgerufen werden, können uns Forscher und Wissenschaftler weder erschrecken noch in Erstaunen versetzen. Uns wundert und erschreckt vielmehr etwas ganz anderes: nämlich daß diese Erscheinungen keinen Sinn haben und zu überhaupt nichts dienen!«

Ich spürte, daß mir ein eisiger Schauer über den Rücken lief. »Wie... wie verstehen Sie das, Herr Professor?« fragte ich, und meine Stimme zitterte.

»So, wie ich es gesagt habe. Ich kann kein einziges Wort hinzufügen.«

»Einen Augenblick... gestatten Sie... aber das ist mir völlig rätselhaft... Die Schaffung eines derartigen Gravitationspoles hat nach Ihrer Ansicht keinen Sinn? Vielleicht würden wir auf der Erde etwas Derartiges nicht bauen, aber...«

»Das ist ein Mißverständnis«, sagte der Physiker. »Wir kennen keinen Zweck, zu dem man einen solchen Gravitationspol schaffen kann. Ich denke an das Abfeuern interplanetarer Geschosse.«

»Also wäre die weiße Kugel...«

»Lassen Sie mich, bitte, ausreden. Wir verwenden auf der Erde Raketen, die durch Atomenergie angetrieben werden. Nach der Katastrophe, die dem auf die Erde entsandten Geschoß widerfuhr, ist es möglich, daß die Venusbewohner es vorzogen, in Zukunft eine andere Methode anzuwenden. Sie beschlossen, die Gravitation eben mit der Gravitation zu bekämpfen!« »Und wie?«

»Eine genaue Erklärung würde zu weit führen. Genug, daß es hierbei um etwas ging, was man, bildlich gesprochen, als das Bohren eines Loches in das Schwerkraftfeld des Planeten bezeichnen könnte. Sie wissen doch, daß man eine elektrische Ladung durch eine Ladung mit entgegengesetztem Vorzeichen neutralisieren kann.«

»Natürlich.«

»Ähnlich ist es hier: Die Venusbewohner beseitigen örtlich die Anziehungskraft des Planeten mit Hilfe einer künstlich geschaffenen Gravitation, die im entgegengesetzten Sinne wirkt. Zum Start eines Weltraumfluges genügt unter diesen Umständen eine minimale Antriebskraft.«

»So ist das also...«, sagte Oswatitsch, und ich fügte hinzu: »Die weiße Kugel hat also einen Zweck, und zwar einen ganz eindeutigen. Warum sagte also Professor Chandrasekar, daß...«

»Vielleicht hatte sie einmal einen Zweck«, sprach der Mathematiker, jedes einzelne Wort betonend, »aber jetzt... hat sie keinen mehr.«

»Ja, wieso denn, um alles in der Welt?«

»Ich kann wohl den Sinn und Zweck eines Automaten begreifen, der Weichen und Signale vor anrollenden Zügen stellt«, sagte Chandrasekar und blickte mich dabei mit seinen dunklen Augen prüfend an. »Ich kann aber nicht den Sinn eines Automaten begreifen, der den Weg vor niemandem und für nichts frei macht.«

»Wie...? Wie soll ich das auffassen?«

»Ganz einfach. Die Kugel bildet in bestimmten Zeitabständen ein Gravitationsfeld, das die Anziehungskraft des Planeten aufhebt. Es dient zu nichts, und es dient niemandem. Die interplanetaren Geschosse sind nicht vorhanden, und es fehlt das geringste Anzeichen dafür, daß irgend jemand beabsichtigt, welche starten zu lassen. Diese ganze Anlage ist nichts anderes als ein gewaltiges Katapult, das nach einer gewissen Zeit mit einem ungeheuren Energieaufwand den Raum öffnet und nichts, nichts in ihn hinausschleudert!«

»Das ist tatsächlich schwer zu verstehen«, sagte Oswatitsch. Mit gefurchter Stirn, die Lippen zu einer scharfen Linie zusammengekniffen, blickte er wie abwesend in die Ferne.

»Sie haben recht, es ist sehr schwer zu verstehen«, erwiderte Chandrasekar mit einem leichten Seufzer. »Ich habe schon über die verschiedensten Möglichkeiten nachgedacht. Vielleicht wollen Sie etwas dazu sagen?«

»Ich könnte mir vorstellen, daß ein oder mehrere Raumschiffe bereits abgeschossen worden sind und die weiße Kugel jetzt tätig ist, weil die Rückkehr erwartet wird«, meinte Oswatitsch. »Vielleicht ist es leichter, sie in ständiger Tätigkeit zu halten, als sie nur dann in Gang zu bringen, wenn ein Schiff abfliegt oder landen will.«

Chandrasekar nickte. »An eine solche Möglichkeit haben wir gedacht. Diese Annahme fällt jedoch im Feuer einer physikalisch-mathematischen Analyse zu einem Nichts zusammen. Die weiße Kugel kann innerhalb weniger Sekunden in Tätigkeit gesetzt werden. Die Energieverschwendung, mit der sie zur Zeit arbeitet, ist bei so hervorragenden Konstrukteuren, wie es die Bewohner der Venus sind, erstaunlich. Nach flüchtiger Berechnung beträgt die Leistung dieser Anlage rund hundert Milliarden Kilowatt.«

»Vielleicht sind es Versuche?« warf ich ein.

»Versuche?!« rief Arsenjew. Er sprang auf und stützte sich mit den Fäusten auf den Tisch. »Das sollen Versuche sein? Versuche, die schon monatelang andauern? Denn so viel Zeit ist bereits verflossen, seit wir hier angekommen sind, und die Kugel ist stets nur in der gleichen Weise tätig. Das sollen Versuche sein? Daran glaube ich nicht. Neben den rein verstandesmäßigen Voraussetzungen habe ich auch noch meinen Instinkt als Physiker und Mathematiker. Wenn ich diese graphischen Darstellungen betrachte, so kommt alles in mir hoch. Dieses Zu- und Abnehmen, dieses träge Fluten der Ströme, diese plötzlichen Sprünge und das ebenso plötzliche Absinken der Spannung, was soll das alles bedeuten?« Er schlug mit der Faust auf den Tisch. »Drei Stunden habe ich über dem Kram gesessen. Das ist alles so ungereimt, unsinnig, idiotisch. Ganz einfach idiotisch, versteht ihr! Übrigens... Was bedeutet dieses geborstene, zerrissene Rohr in der Schlucht? Und der Krater? Das sollen wohl Spuren der ›Versuche‹ sein, was?«

Er machte eine hilflos wütende Handbewegung und ließ sich in den Sessel fallen.

»Da ist noch eines... Vielleicht sollte man es in Betracht ziehen...«, sagte Oswatitsch. Er sprach sehr leise, als ob er sich seiner Sache noch nicht sicher sei. »Ich denke an das Protoplasma im schwarzen Fluß. Wäre es nicht möglich, daß das... daß es dies alles schuf und dann degenerierte, das heißt, irgendeiner Vertierung unterlag?«

»Ach, Sie sind der Meinung, daß das Plasma der einzige Bewohner der Venus ist?«, rief ich. Dieses Bild warf mich durch seine Ungewöhnlichkeit geradezu um. – Tief im Innern des Planeten fließt eine trübe, schleimige Gallerte, unterhöhlt

Kontinente, dringt an die Oberfläche, durchbohrt Berge. Der ganze Planet ist ihr Bett. Ein starres Netz von Kanälen und Rohren mit atmender, blinder Materie angefüllt, schafft Basen für Weltraumschiffe. Lebende Flüsse... Lao Tsu beugte sich über den Tisch.

»Damit wäre das Problem nicht gelöst. Meiner Meinung nach ist das Plasma nicht ›jemand‹ an sich, sondern dient ›jemandem‹. Mit anderen Worten, es ist eine Art ›Werkzeug‹, wie es für uns die Hefe oder die Penizillinpilze sind.«

Es tat mir beinahe leid um das unheimlich-phantastische Bild, das die Annahme Oswatitschs in mir heraufbeschworen hatte.

»Besteht nicht die Möglichkeit, daß es eine hohe Intelligenz besitzt?« begann ich. Doch der Chinese schüttelte den Kopf.

»Nein, das Plasma kann keine Intelligenz besitzen; denn es ist auf ein enges Spezialgebiet beschränkt. Es vermag nur das eine: Elektrizität zu erzeugen.«

»Vielleicht ist gerade dies ein Beweis für eine weit fortgeschrittene Entwicklung«, gab ich zu bedenken, »und die Intelligenz...«

»Das hat mit Intelligenz nichts zu tun«, erklärte der Chinese. »Halten Sie vielleicht die Sonne für intelligent, weil sie so sparsam mit der Atomenergie zu wirtschaften versteht? Intelligenz zeichnet sich nicht durch eine enge Spezialisierung aus, sie ist das genaue Gegenteil davon – eine universelle Vielseitigkeit.«

»Ja aber, wo sind denn nun eigentlich die wirklichen Bewohner dieses Planeten?« rief ich. »Warum sind wir ihnen bis jetzt nicht begegnet? Wo verbergen sie sich?«

»Ich befürchte... nirgends«, sagte der Chinese. Er stand auf, hüllte sich in die bunte Seide seines Schlafrockes und hinkte langsam zur Tür. Als er die Kabine verlassen hatte, blieb ein unfaßbares Grauen zurück.

Die Stadt

Der »Kosmokrator« beschrieb in einer Höhe von vierzig Kilometern große Kreise um die Venus. In der dünnen Atmosphäre bildete sich um die glühendheißen Auspuffgase kondensierter Dampf, der als riesiger Nebelring unbeweglich über den Wolken hing und als Regenbogen unter den Strahlen der tiefstehenden Sonne blinkte, wenn wir, ständig kreisend, auf unserer eigenen Spur zurückkehrten. Wir rasten bereits seit vielen Stunden um den Planeten. Ungefähr alle fünfundvierzig Minuten erschien die Sonne in den Leuchtschirmen, tauchte die Wände der Zentrale in blendendhelles Licht und verschwand wieder. Die Motoren sangen ihr leises, monotones Lied, und unter uns breitete sich die ungetrübte, schneeweiße Ebene der Wolken aus.

Ich wechselte mich mit Soltyk am Steuer ab. In der dienstfreien Zeit begegnete ich einige Male Arsenjew. Er schritt mit finsterem Gesicht, die Hände auf dem Rücken, im Mittelgang der Rakete auf und ab. Einmal sprach ich ihn an; aber er antwortete nicht, sondern verschwand in der Kabine des Marax, über deren Tür wieder ununterbrochen das rote Schild leuchtete. Etwas später sah ich Rainer. Er brachte eine Filmkassette aus dem Laboratorium. Im Vorübergehen streifte er mich nur mit einem abwesenden Blick.

Als ich nach einer Stunde wieder am Laboratorium vorüberkam, hörte ich Musik. Vorsichtig öffnete ich die Tür und trat ein. Aus dem Lautsprecher ertönten die majestätischen Klänge der Fünften Sinfonie von Beethoven. Regungslos wie eine Statue stand Chandrasekar neben dem Apparat. Ich rührte mich nicht, bis die Musik verstummt war. Der Mathematiker verharrte in seiner Haltung, den Kopf leicht erhoben, als lauschte er in die Stille, die uns umgab.

»Professor...«, sagte ich leise.

Erst jetzt bemerkte er mich.

»Bitte?«

»Ich wollte..., darf man fragen, an was Sie zur Zeit arbeiten?«

»Er spielt mit uns wie die Katze mit der Maus«, murmelte Chandrasekar und ging an mir vorbei auf die Tür zu.

»Wer denn, Arsenjew?« fragte ich noch.

»Aber nein! Der Marax!«

Mehr erfuhr ich nicht von ihm. Ich begab mich zurück in die Zentrale. Es war dunkle Nacht geworden, die Lämpchen an den Meßinstrumenten flimmerten und warfen ein unbestimmtes, schwaches Leuchten gegen die Wände. Im Hintergrund blitzten grell die Kontrollinstrumente des Marax, als wachte nur er allein in der riesigen Rakete, die in tiefen Schlaf versunken war. Diese Ruhe war aber nur eine scheinbare. Als ich wieder in den Korridor trat, hörte ich, wie die Wissenschaftler erregt über irgend etwas diskutierten. Ich unterschied den Bariton Arsenjews. Lao Tsu antwortete ihm mit ruhiger, leidenschaftsloser Stimme. Bis zu meinem Dienst waren es noch zwei Stunden. Ich hatte jedoch keine Lust, meine Kabine aufzusuchen, und ging deshalb wieder in die Zentrale. Soltyk saß unter den Schalttafeln des Marax, von ihrem hellen Schein umflossen, und betrachtete aufmerksam einen großen Bogen Papier, der wie ein Stadtplan aussah.

»Was ist denn das?« fragte ich ihn.

»Warschau«, entgegnete er, ohne den Kopf zu heben. Er fuhr mit dem Finger langsam über den Plan, irrte sich und kehrte wieder, wie bei der Wanderung, die er wohl in Gedanken durch die Straßen der Stadt machte, zum Ausgangspunkt zurück, um den verlorenen Weg zu suchen.

»Ist das deine Heimatstadt? Ich war noch nie dort. Erzähle mir von Warschau.«

Er blickte mich zerstreut an, dann wandte er sich wieder seinem Plan zu.

»Du warst noch nie in Warschau?« fragte er mich in einem Ton, als wollte er sagen, du hast noch nie die Sonne gesehen? Ich setzte mich auf die Lehne des Sessels und schaute auf die verschiedenfarbigen Vielecke. Soltyk faltete behutsam den Bogen zusammen.

»Wenn ich an die Erde denke«, sprach er, »dann denke ich an Warschau, dann...« Er stockte. »Es gibt viel größere Städte...«

Wieder zögerte er.

»Und viel prächtigere, aber sie ist... sehr schön.«

Wir schwiegen beide. Für einen Augenblick tauchten über dem Grün von Bäumen weiße, hochragende Mauern vor mir auf. Plötzlich erscholl das laute Signal des Summers. Ich fuhr zusammen. Der Ingenieur deutete zu den Meßinstrumenten des Marax hinauf.

»Siehst du? Er hat ja auch seit sechzehn Stunden nicht ein einziges Mal stillgestanden.« Soltyk hob den Hörer ab. Arsenjew meldete sich und bat mich, sofort mit dem Werkzeug in die Kabine zu kommen, da an den Kühlanlagen des Marax etwas beschädigt sei. In der Kabine waren Arsenjew, Chandrasekar und Lao Tsu. Der Geruch überhitzter Leitungen hing noch in der Luft. In langen Reihen leuchteten die roten Signale der blockierten Schalter. Arsenjew ging zwischen den geöffneten Verteilertafeln auf und ab.

Es stellte sich heraus, daß eine Pumpe der Kühlanlagen ausgefallen und dadurch die Temperatur der Röhren über die Sicherheitsgrenze angestiegen war.

Trotzdem hatten die Wissenschaftler den Marax erst ausgeschaltet, als die Berechnungen abgeschlossen waren. Eine Viertelstunde lang war ich zwischen den riesigen Kapazitronen beschäftigt. Dann kletterte ich durch enge Schächte unter den Fußboden der Kabine, wo sich die Zentrifugalpumpen befanden. Dort, inmitten all der Kabel, die sich wie die Wurzeln eines Baumes über mir und um mich herum wanden, wechselte ich in unerträglicher Hitze und Enge das heißgelaufene Lager aus.

Als der Schaden beseitigt war und ich gerade die Kabine verlassen wollte, hielt Arsenjew in seiner Wanderung inne und blieb vor mir stehen. »Sie wissen, daß wir über dem Toten Wald kreuzen?«

»Ja.«

»Wie denken Sie über seine Entstehung?«

»Ich bin kein Fachmann, kein Geologe, also...«

»Das macht nichts. Sie haben sich doch etwas gedacht. Na, sagen Sie es ruhig!«

»Vielleicht ist es der Boden eines Meeres, das allmählich ausgetrocknet ist. Und dabei sind die im Wasser gelösten Salze in diesen wunderlichen Gebilden kristallisiert.«

»Kurzum, Sie halten ihn für eine geologische Formation?«

»Ja.«

»Ja...«, wiederholte der Astronom nachdenklich. Dann begann er von neuem in der Kabine auf und ab zu gehen. Ich

stand noch immer mit den Werkzeugen in der Hand da.
»Ein natürliches Entstehen solcher Kristalle ist unmöglich.«
»So sind es also künstliche Gebilde?«
»Künstliche schon, aber nicht beabsichtigte.«
»Das begreife ich nicht.«
»Auch wir konnten es lange nicht begreifen... Wenn wir auf irgendein Werk lebender Wesen stoßen, so versuchen wir stets seine Bestimmung, seinen Zweck zu ergründen. Der Tote Wald war zu der Zeit, als er gebaut wurde, nicht tot. Er ist die Ruine eines gigantischen Akkumulators für Strahlungsenergie, und wahrscheinlich nur einer von vielen.«
»Wissen Sie auch, welchen Zweck er diente?«
»Eben diese Frage haben wir dem Marax viele Male vorgelegt. Wir gaben ihm die Struktur, die Ausmaße, die Art des Materials an, aus dem sich der Tote Wald aufbaut, und er bemühte sich wie ein Ingenieur, die technischen Daten zu einem logischen Ganzen zusammenzusetzen. Solange uns keine Einzelheiten bekannt waren, standen dem Marax, wenn man so sagen kann, viele Möglichkeiten einer Synthese offen. Er antwortete, daß der Wald eine Anlage zur Veränderung des Klimas oder ein riesiger chemischer Transmulator gewesen sein könnte, der die Zusammensetzung der Atmosphäre regulieren sollte. Als uns aber immer neue Fakten bekannt wurden, fiel eine Hypothese nach der anderen. Die in dem Toten Wald gespeicherte Energie überstieg den Bedarf von Anlagen, wie ich sie eben erwähnte, um das Vieltausendfache. Nun begann der Marax in der Richtung einer ganz bestimmten Lösung zu arbeiten. Wir konnten jedoch mit ihm nicht einer Meinung sein und bemühten uns, seine Schlußfolgerungen in eine andere Bahn zu lenken. Er stellte die verwickelsten Hypothesen auf, untersuchte, ob sie tragbar seien, und antwortete schließlich immer wieder mit einem Nein.«
Arsenjew blieb vor dem erloschenen Kathodenschirm stehen; er kehrte mir den Rücken zu, als er fortfuhr: »Diese Stunde werde ich so bald nicht vergessen. Hartnäckig kam er stets von neuem auf die eine Richtung zurück. Ich hatte den Eindruck, daß dies nichts als die Tücke des Objektes sei, das uns bisher gehorchen mußte und sich nun dafür rächte. Wie Sie wissen, antwortet der Marax nicht mit Worten, sondern in Kurven, aber diese waren so klar, so eindeutig...« Er been-

dete den Satz nicht und wandte sich dem Physiker zu, der mit Hilfe eines kleinen Apparates den Verlauf einer Kurve auf einem Diagramm überprüfte.

»Ich beneide dich um deine Ruhe, Lao...«, sagte er.

»Du hast wenig Ursache, mich zu beneiden«, entgegnete der Chinese. »Es stimmt, daß der Weg von meinem Kopf bis zum Herzen weit entfernt vom Gesicht verläuft..., aber es war mir durchaus nicht leichter als dir zumute.«

Arsenjew blickte in die blanke Platte des Schirmes, als betrachtete er sich in einem Spiegel. Plötzlich drehte er sich um. »Als die Worte der Erklärung fielen, zeigte es sich, daß wir alle sie von Anfang an erwartet hatten; nur wollte sie niemand als erster aussprechen.«

»Und was waren das für Worte. Professor?«

»Vernichtung des Lebens auf der Erde«, sagte der Astronom. Er veharrte eine Weile regungslos in dem Schweigen, das seinen Worten gefolgt war; dann nahm er seine Wanderung wieder auf.

»Der Tote Wald ist die Ruine eines Katapults, das radioaktive Ladungen auf die Erde abschießen sollte.«

In die Totenstille hinein klangen Arsenjews Schritte wie der gleichmäßige Pendelschlag einer Uhr. Ich hörte deutlich das Geräusch, mit dem der Kurvenmesser in den Händen des Physikers über das Papier glitt.

»Ich habe Soltyk beauftragt, den Kurs zu ändern«, sagte der Astronom nach einer Weile mit ruhiger Stimme. »Wir fliegen jetzt dorthin, wo die Steuerrohre zum Toten Wald herkommen...«

Ich rührte mich nicht vom Fleck. Langsam und hart begann mein Herz zu schlagen, wie vor einem Kampf. »Professor, ob sie...«

»Fragen Sie nicht. Ich kann Ihnen vorläufig nicht mehr sagen. Kommen Sie mit in die Zentrale; wir haben bereits siebenhundert Kilometer zurückgelegt und müssen bald am Ziel sein.«

Wir durchschritten schweigend den Korridor. In der Zentrale blickte Arsenjew auf die Meßinstrumente, dann wandte er sich an Soltyk: »Wir gehen jetzt auf sechstausend Meter herunter.«

Er überprüfte den Kurs, den wir einhalten sollten.

»Wenn sich Licht zeigt, bitte ich, mich zu rufen.«
»Was für ein Licht, Professor?« erkundigte ich mich.
»Das werden Sie schon noch sehen.«
Er verließ mit dem Chinesen die Zentrale. Soltyk stellte die entsprechenden Hebel am Prädiktor um. Die Rakete verlor an Höhe, und die Sterne verschwanden wieder, die Schirme des Fernsehers wurden dunkler, bis sie von undurchdringlicher Finsternis erfüllt waren. Wir schalteten auf Radar um; aber das grünliche Licht, das nun die Schirme überzog, beirrte uns nur. Eine Zeitlang flogen wir im Blindflug weiter. Dann erschien in dem gleichförmigen Dunkel ein grauer Schimmer, als dämmerte bereits wieder der Tag herauf – obwohl die Nacht erst vor einigen Dutzend Stunden angebrochen war. Wir verständigten Arsenjew. Er ordnete an, noch tiefer zu gehen. Die Rakete sank rasch auf viertausend, dreitausend und schließlich auf zweitausend Meter. Von Osten her drang ein unbeweglicher grauer Lichtschein durch den Dunst. Unter uns jagte, in Finsternis gehüllt, eine weite Ebene vorüber.
Ich stand zwischen Arsenjew und Soltyk vor den Leuchtschirmen. Wir schickten uns zur Landung an. Einige Sekunden hindurch sackte der »Kosmokrator« in einer stark geneigten Kurve nach unten wie ein Messer, das zu Boden fällt. Plötzlich ging ein jähes Zerren und Zucken durch seinen Rumpf. Flammen zerrissen das Dunkel. Im Donner der Bremsmotoren sauste die Rakete dicht über den Boden dahin. Magnesiumfackeln, die bündelweise nach allen Seiten flogen, beleuchteten unendliche Dünenreihen, die in dem flackernden, flimmernden Licht wie Meereswellen zu wogen schienen. Die Bodenluken öffneten sich. Zwei Reihen breit auseinanderstehender Raupenbänder durchschnitten pfeifend die Luft. Noch einmal dröhnten die Bugdüsen, dann fuhr ein leises, aber deutlich wahrnehmbares Zittern durch den Rumpf. Das vordere Raupenpaar hatte den Rand einer Düne gestreift. Ein mächtiger Stoß … und die Rakete rollte mit durchdringendem Klirren und Rasseln über den Boden. Immer schwerer legte sie sich auf das Fahrgestell. Sand peitschte den Panzer und überschüttete ihn mit dumpfem Rauschen. Der Boden unter unseren Füßen bebte und schnellte bei jeder Unebenheit des Geländes in die Höhe, als wollte sich die Rakete erneut in die Luft erheben. Aber diese Bewegungen gingen

bald in ein sanftes Schaukeln über. Der »Kosmokrator« neigte sich ein letztes Mal nach unten, richtete sich wieder auf und stand. In der Stille war nur noch das Zischen der komprimierten Luft zu hören, die die Zylinder der Amortisatoren füllte.

Nach einer knappen halben Stunde schoben sich die Bodenklappen zur Seite. Über eine hinabgelassene schräge Rampe ratterte ein Gefährt auf Raupenbändern. Ich saß am Steuer, neben mir Arsenjew, der den Strahlungsmesser griffbereit neben sich hatte. Soltyk und Rainer standen hinter uns, auf die Arme einer senkrechten Säule – des Strahlenwerfers – gestützt. Sie konnten die Gegend durch die oberen Scheiben beobachten, ohne dabei die an den Wänden angebrachten Instrumente aus den Augen zu verlieren.

Langsam arbeitete sich das kleine Fahrzeug aus dem tiefen Graben heraus, den der »Kosmokrator« in die losen Sandschichten gepflügt hatte. Im Licht der Scheinwerfer enthüllte sich eine düstere, eintönige Landschaft, flach, soweit das Auge reichte, und von niedrigen Wellen gelbbraunen, feinkörnigen Sandes durchzogen. Hier und da trotzte noch ein glattgeschliffener größerer Gesteinsbrocken der Verwitterung. Wir hatten den Wind von hinten. Wirbelnd trieb er den leichten Sand der Dünen vor sich her und jagte ihn in dicken Staubwolken gegen die Blechwände unseres Gefährtes. Vereinzelt ragten inmitten kleinerer Bruchstücke schartige Kalkfelsen auf. Obwohl sie im Lichte unserer Reflektoren lagen, warfen sie lange, flache Schatten, die entgegengesetzt zu unserer Fahrtrichtung verliefen.

Nach einiger Zeit kamen wir im spitzen Winkel an einen niedrigen Damm heran. Die dem Wind zugekehrte Böschung war hart, wie festgestampft. Als wir hinauffuhren, sahen wir, daß die Dammkrone nach innen gewölbt war und eine flache Rinne bildete. Es schien eine Art Straße zu sein; jedenfalls konnten wir auf den kleinen, zerbröckelten, mit trockenem, dunklem Ton vermengten Steinen, die den Boden bedeckten, viel schneller fahren als im Sand.

Der Lichtschein nahm bereits den halben Himmel ein. Silbrig, bis an die Wolken reichend, stand er genau über uns.

Der Damm wurde immer niedriger, bis er schließlich die gleiche Höhe wie der Boden hatte. Nach zehn Minuten schneller Fahrt – dann tauchte am Horizont, vom Boden her erleuchtet, ein weißlicher Streifen auf. Als wir den Kamm einer der letzten Dünen erreichten, öffnete sich uns der Blick in die Tiefe. Ein Meer von fremdartigen Gebilden, die uns anmuteten wie die Zeichen einer unbekannten Schrift, breitete sich aus, soweit das Auge reichte: sternförmige, vielgliedrige Rümpfe, Torsos, stalagmitenähnliche Türme, Rotunden mit eingesunkenen, schiefen Wänden, terrassenartige Bastionen, im Hintergrund zerfließende, verschwommene Silhouetten... hoch darüber schwangen sich die gewölbten Bogen weißer Viadukte zu einem strahlenförmigen Netz gewaltiger Überführungen zusammen – und das alles war von einem bläulichen Lichtschein überstrahlt, der als riesige Sichel den Horizont umschloß.

»Die Stadt...« flüsterte ich, und meine Hand drosselte unwillkürlich den Motor. Über dem Abhang der Düne blieb der Wagen stehen. Die Sandwellen hinter dem Strahlenbereich der Scheinwerfer waren jetzt ebenfalls von dem gespenstischen Halblicht erhellt.

Ich blickte auf den Astronomen. »Fahren wir weiter?«

»Natürlich, dazu sind wir ja von der Erde hierhergekommen«, antwortete Arsenjew. Ich lockerte die Bremse. Das Gefährt rollte den Abhang hinunter, dann brummte der Motor auf und zog an. Ich gab Gas; aber Arsenjew berührte meinen Arm und bat mich, langsamer zu fahren. Ich beugte mich vor, um durch die Scheibe einen möglichst weiten Raum übersehen zu können. Wir fuhren jetzt höchstens zwanzig Stundenkilometer. Der Motor arbeitete ganz leise, nur die Raupenbänder klirrten und knirschten, wenn sie splitternde, zerbröckelnde Scherben zermalmten. Auf einmal knatterte und knisterte es unter uns, als rolten wir über Blechplatten. Ich richtete den Scheinwerfer gegen den Boden, und in seinem Lichtbündel wurde ein schnurgerader heller Streifen sichtbar – ein Weg. Er war mit einer Sandschicht bedeckt, unter der gesprungene flache, dunkle Platten hervorlugten.

Zu beiden Seiten erschienen lange, sich auseinanderschlängelnde Rollen auf kegelförmigen Füßen. Beim Näherkommen konnte ich unterscheiden, daß es Rohrbündel waren, die aus einem Brunnenschacht heraushingen, der von einem leuchtenden Ring gebildet wurde.

Etwas abseits sah ich die ersten Bauten. Manche erhoben sich in terrassenartig angeordneten Stockwerken, manche waren vollkommen glatt wie in Reihen aufgestellte Bücher; bei anderen waren die Wände in schmale, abwechselnd konkave und konvexe Felder eingeteilt. Ich bemerkte, daß sich einige Formen wiederholten. Besonders sind mir drei eigenartige Säulen im Gedächtnis haftengeblieben; sie standen in gleichem Abstand voneinander, und aus jeder ragten nach drei Seiten glasige, leuchtende »Flossen« hervor. Die Säulen trugen Kapitelle, die wie Schnäbel gekrümmt waren.

Der Weg gabelte sich nun. Links und rechts glitten in unsichtbarem Halbdunkel die kreisförmigen Höhlungen von Tunnels vorüber, die in die Tiefe führten. Immer häufiger überspannten zweite und dritte Straßenzüge in hohem Bogen die niedrigeren Bauwerke. Wir fuhren durch ein Hufeisentor, das von gewellten, zweiarmig geteilten Pfeilern gestützt wurde.

Ein Stück weiter, unter drei Säulen, die durch schlanke Jochbogen in Gestalt eines Dreiecks miteinander verbunden waren, gabelte sich erneut der Weg. Links stieg er in Serpentinen, gleichsam als Brücke zum Luftraum, hoch empor und hob sich dunkel vom hellerleuchteten, bläulichen Hintergrund ab. Rechts bildete er eine breite Allee zwischen senkrechten Lichtern. Ich wählte die Allee.

Die Gebäude wuchsen immer höher und höher empor; doch keine Spur von Türen oder Fenstern war zu entdecken. Überall gleißten nur glatte, leuchtenden Wände, manche eben und manche nach innen gewölbt. Wieder zeigten sich riesige Rohre. Sie traten aus dem Boden und spannten sich in steilen Bogen über die Straße, um auf der anderen Seite in runden Schächten zu verschwinden. Das Fahren wurde immer schwieriger. Die Raupen ächzten, rutschten ab; der ganze Wagen zitterte, wenn sie die Scherben zermalmten, die unter den Strahlen der Scheinwerfer rötlich schimmerten. Hier und da rollten wir über Bruchstücke und Trümmer hinweg, die mit gläsernem Klirren zersprangen, dann wieder mußten sich die Raupen Hunderte Meter weit durch lockeren, schweren Sand wühlen.

Die Allee war zu Ende. Wir befanden uns auf einem Platz, der von weißen Häusergiganten umgeben war. Zuerst war es mir, als ob die Bauten auf langen Säulengängen ruhten. Als wir näher kamen, sah ich, daß die Säulen nicht die Fassaden stützten, sondern mit den Spitzen nach unten wie eine Reihe gewaltiger Eiszapfen herabhingen. Erst jetzt bemerkte ich, daß die Ausfahrt von Bergen dunkler Bruchstücke versperrt war. Die linke Raupe verhaspelte sich in irdendwelche spinnennetzartige ineinanderverwickelte Leitungen, der Wagen drehte sich um sich selbst, der Motor setzte aus. Einige Sekunden lang herrschte dumpfe Stille. Schweigend näherten wir die Helme den Scheiben. Um uns herum standen bläuliche Riesen, unten lag tiefer Schatten, von den gelben Strahlenbündeln unserer Scheinwerfer durchfurcht, die an einen Berg von Schutt und Trümmern stießen. Ich ließ den Motor wieder an und schaltete den Rückwärtsgang ein. Aufheulend fuhr die Maschine bis dicht unter eine hohe senkrechte Wand. Ihr Licht drang durch die Fenster in das Innere des Wagens. Eine Weile flimmerten auf unseren Helmen bläuliche Flämmchen.

Ich wendete. Als wir wieder auf der Allee waren, wählte ich einen anderen Weg. Über eine breite Serpentine gelangten wir auf das obere Straßenniveau. Der Motor arbeitet gleichmäßig und leise. Unter den Gliedern der Raupen knirschten und zersplitterter fortwährend emailharte Brocken. Wir fuhren an die sechzig, siebzig Meter über dem unteren Straßenniveau. Zu beiden Seiten glitten hufeisenartige Überführungen und eiförmige Kuppeln vorüber, zuweilen auch eine flache, auf großen Säulen ruhende Scheibe, die wie das Zifferblatt einer apokalyptischen Sonnenuhr geneigt war. Dann wieder sahen wir Gebäude, die Büchern ähnelten, und solche mit senkrechten Reihen halbkugeliger Ausbauchungen, die von Bündeln glatter Rohre umgeben waren.

Der Motor summte, wir fuhren über Straßen und Straßen hinweg, immer wieder bot sich das gleiche Bild. – Eine endlose, schweigende Stadt, die durch die Finsternis leuchtete. Nur das Knistern und Prasseln des Schuttes unter den Raupen unterbrach die dumpfe Stille. Die Häuserblocks wichen zurück, verbargen sich hintereinander, und an ihre Stelle traten andere, die so groß und hoch waren, daß der kalte Glanz ihrer Spitzen manchmal von dem Nebel, der vom unsichtbaren Himmel sank, verdunkelt wurde.

Hinter einer Kreuzung führte unsere Straße in sanften Windungen herab und mündete auf einen Platz, den ein weiter loser Ring von Gebäuden umschloß. Sie machten, von der Höhe des oberen Straßenniveaus gesehen einen noch monumentaleren Eindruck als die anderen und boten aus der Nähe einen sehr bedrohlichen Anblick. Ein dichtes Netz von schwärzlichen Rissen bedeckte sie. Da und dort waren ganze Wände, erwärmten Wachsplatten gleich, eingesunken, und dicke Geflechte zu Glas geschmolzenen Baustoffes klebten daran. Wir überquerten den Platz und kamen in eine enge Durchfahrt zwischen zwei Flügeln eines Riesenbaues, der bis in die Wolken zu reichen schien. In der Tiefe leuchteten wahre Fackelzüge hoher und niedriger Lichter. Die Umrisse der Gebäude neben uns flossen immer mehr ineinander. Einige waren sonderbar verbeult, verkrümmt und aufgebläht, von den Wänden anderer hingen zur Seite gerollte, zu Röhren, zu Hörnern zusammengedrehte Platten der leuchtenden Masse herab, die noch als feinstzermahlener Staub Licht ausstrahlte. Sogar die eilig um ihre Achse wirbelnden Raupen unseres Wagens begannen von diesem Staub zu flimmern.

Während der endlosen Fahrt überkam mich zuweilen die Vorstellung, daß alles das, was ich bis jetzt gesehen hatte, nichts sei als eine unerklärliche Anhäufung vielfältig gestalteter Mineralformen, durch ganze Epochen hindurch gewachsene Ablagerungen, Schichten gigantischer Kristalle, von vulkanischem Feuer geschmolzen, gesprungen und in den Orkanen der Wüste verwittert; aber dann zeigte sich unter den Trümmern wieder ein Stück Pflaster, glatt wie geschliffenes Glas, oder es huschte an einer Ecke der Stumpf eines Rohres mit deutlichen Spuren von Schweißung auf der gewölbten Oberfläche vorüber – unleugbare Beweise der Arbeit irgendwelcher Lebewesen –, und ich öffnete die Augen noch weiter und preßte den Helm noch dichter an die Scheibe, um endlich wenigstens einen Bewohner dieser schweigenden, prächtig erleuchteten Stadt zu Gesicht zu bekommen.

Immer grotesker, immer unheimlicher wurden die Formen, an denen wir vorüberfuhren. Inmitten glühender Platten wanden sich dunkle Knäuel wie zerfetzte Fühler, wie Schlangen herab; es waren zerrissene Kabel. Als die Straße die dunkle Silhouette einer Brücke überquerte, war es mir, als lägen neben ihren Pfeilern riesige Tierleiber, auf denen sich das

Licht, silbern leuchtend wie auf dem Rücken großer Fische, spiegelte... Aus der Nähe gesehen, waren es herabhängende Konstruktionsteile und unter ihnen zu Stößen angehäufte, lange, flachgedrückte Spindeln, von verbogenen, durcheinandergewirrten spiralförmigen Halskrausen umgeben. Unter der Ruine dieser Brücke versanken wir für eine Weile in vollständiges Dunkel, in das die Scheinwerfer zwei gelbe Gleise pflügten und aus dem wir erst hinter der Brücke wieder auftauchten. Hier war von einer Straßendecke keine Spur mehr vorhanden. Selbst der Schutt hatte sich zu einer halb glasigen, halb schlackenartigen Masse verkrustet. Immer wieder abgleitend, zermalmten die Raupen unter höllischem Knirschen die dünne Decke.

Aus der Ferne schimmerten mächtige glatte Wände und Wälle herüber, die Gebirgszügen täuschend ähnlich waren. Um uns herum breitete sich eine Einöde aus, in der gewaltige Häuserblocks aufragten, als wären sie im Augenblick des Schmelzens in wunderlichen Windungen ineinander verflochten worden und zu Eis erstarrt – heiße Tränen einer zu Ende brennenden Riesenkerze, die herabgetropft und dann erkaltet waren.

Überall starrten skelettartige Bruchstücke von Konstruktionen in die Luft. Zerrissen und zerfetzt leuchteten sie mit ihren braunroten Brandmalen des Rostes in dieser Wüstenei auf, wenn die Strahlen unserer Scheinwerfer sie trafen. Das Dunkel der Nacht, das in den Straßen von den hohen Lichtern der Häuser in die Höhe der Wolken getrieben wurde, stieg hier bis zum Erdboden herab.

Als wir einem flachen Trichter seitlich auswichen, bewegten sich plötzlich im Scheinwerferlicht zwei gebeugte Gestalten. Ich bremste mit aller Gewalt, trat auf den Rückwärtsgang und riß den Wagen zurück. Gleichzeitig richtete ich einen Scheinwerfer nach dieser Seite. Von dem bläulichmatten Hintergrund der Wand hoben sich die Umrisse zweier Zwerge ab. Ich verstärkte das Licht... es waren Säulenstümpfe, die zur Hälfte aus dem Schutt hervorlugten.

Ein Stück weiter verschwanden die Gebäude wie ausgerodet. Nur in der Weite umsäumten sie als heller Ring den dunklen, leeren Raum. An der Stelle, über die wir gerade fuhren, flimmerte der ganze Boden in einem zerstreuten gedämpften Glanz. Der phosphoreszierende Emailstaub war hier mit feinem Sand und braunen Brocken vermengt, die weder aus Stein noch aus Metall bestanden. Das Fahren wurde zur Qual, zumal die ebene Fläche jetzt in niedrige, aber steile Hänge überging. Der Motor heulte, die bis zum Zerreißen gespannten Raupenbänder klirrten durchdringend, wenn sie sich, oft bis an die Achsen, in den Boden wühlten. Plötzlich brüllte der Motor wie befreit auf und riß den Wagen nach vorn. Wir hatten den Gipfel der Bodenerhebung erreicht. Ich trat auf den Bremshebel. Unter uns gähnte ein flacher Krater, der ein unbestimmtes trübes Licht ausstrahlte. Seine Wände waren fleckig und voll schmutzig-violetter, gelblicher und grüner Infiltrationen, die wie Moder aussahen. In der Tiefe des glatten, eingefallenen Bodens verschwammen in einer glasigen Masse, wie in Bernstein eingeschlossen, allerlei seltsame Gebilde – verschlungene Adern, verzerrte, gewundene, ineinandergedrehte Schatten, Rümpfe, Figuren... Was bedeutet das alles, wo sind wir eigentlich –, wollte ich fragen, brachte aber kein Wort aus der zusammengepreßten Kehle. Einer der Gefährten berührte meinen Arm und gab mir ein Zeichen, umzukehren. Ich nickte schweigend und ließ den Motor an. Langsam schob sich der Wagen vom Rande des Trümmerfeldes zurück. Hinter den Scheiben krochen schwarze, in Stücke geschlagene Wälle, zapfenbehangene Blöcke vorüber – anscheinend die zerschmolzenen Teile riesiger Maschinenanlagen. Endlich langten wir wieder unten auf der Straße an.

Leicht über Unebenheiten schaukelnd, fuhr unser Wagen an den Grundmauern großer Bauten entlang. Meine Hände umkrampften das Lenkrad. Ich starrte vor mich hin und lauschte dem gleichmäßigen Brummen des Motors. Endlos wanden sich die Straßen, von anderen Straßenzügen überspannt, dahin. Von oben warfen riesige, glatte Mauern, abgerundete Ecken und Vorsprünge, Säulen und Pfeiler ihr Licht herab.

Ich vermochte den Blick von dieser ungeheuren Folge majestätischer, unbeweglicher Formen nicht abzuwenden. Es war, als sollten sie, die Nacht mit immerwährendem Glanz erfüllend, Ewigkeiten überdauern. Betäubt von dem Zuviel an Eindrücken war ich nicht mehr imstande, klar zu denken; zeitweise vergaß ich sogar meine Gefährten, die dicht neben mir saßen. Nicht Stunden, sondern Jahre bereits – so schien es mir – fuhren wir durch das Dunkel.

Als ich mich einmal umdrehte und bemerkte, daß Rainer und Arsenjew die Angaben der Instrumente notierten und die Bewegungen der Zeiger auf den Strahlungsindikatoren wie in einem Laboratorium verglichen, da war es mir unbegreiflich, daß sie noch an etwas anderes als an das schweigende Leuchten denken konnten, das hinter den Fenstern unseres Wagens war.

Während der letzten Viertelstunde dieser Fahrt berührte der Astronom alle Augenblicke meinen Arm und befahl mir einmal rechts, dann wieder links einzubiegen. Zuerst war mir nicht klar, wonach er sich bei der Wahl des Weges richtete. Dann aber sah ich, wie aufmerksam er die Skala des Induktionsapparates beobachtete.

Als wir in eine breitere Straße gelangten, bat mich Arsenjew zu halten. Der Motor verstummte. Wir zogen instinktiv die Dichtungsklammern der Helme fester an und stiegen durch die Deckenklappe aus dem Wagen. Der Boden war hier wie mit feinen Feilspänen bedeckt, die so hell leuchteten, als wäre in jeden ein silbernes Fünkchen eingeschmolzen. Das Knirschen unserer Schritte hallte in der öden, leeren Straße laut wider. Manchmal jagte der Wind von den Steinplatten Staubwolken auf und schrillte hoch droben wie zerreißendes Blech.

Über uns hing von den Seiten einer glasigen Konstruktion ein Bündel zerfetzter, armdicker Leitungen herab. Etwas weiter erhob sich über einem niedrigen Häuserblock ein in der Mitte zusammengesunkenes Gebäude, dessen Front die Straßenbiegung flankierte. Im Hintergrund gabelte sich die Straße in drei Äste. Zwei führten höher hinauf, der dritte mündete in einen Tunnel, der uns seinen riesigen leuchtenden Rachen zukehrte und dessen Inneres sich wie bei einer Turmmuschel verengte.

Arsenjew blickte eine Weile auf den Indikator, dann nahm er den Induktionsapparat Rainers, hängte ihn über die Schulter und rief uns zu sich. Als letzter kam Soltyk. Er hatte bis jetzt bei der Maschine gestanden und versucht, das Licht des Scheinwerfers in die Tiefe des Tunnels zu lenken.

»Wir werden Werkzeuge brauchen«, sagte Arsenjew. Seit wir ausgestiegen waren, erfüllte ein ständiges, feines, lästiges

Knistern die Hörer. Um uns besser verständigen zu können, mußten wir die Köpfe zusammenstecken.

»Vor allem eine Winde, Brechstangen und Fulgurit«, fuhr der Astronom fort. »Das alles muß von der Rakete hierhergeschafft werden.«

Er sah uns der Reihe nach an, schließlich entschied er: »Smith bleibt bei mir, und Soltyk und Rainer kehren zur Rakete zurück. Ich schicke Sie beide; denn Oswatitsch ist bettlägerig, und Lao Tsu geht es auch nicht viel besser.« Er schaute auf die Uhr.

»Der Hin- und Rückweg dürfte nicht länger als drei Stunden in Anspruch nehmen, die Zeit eingerechnet, die zum Aufladen des Materials erforderlich ist.«

»Soll ich gleich fahren?« Soltyk ging einen Schritt auf den Wagen zu. »Ja.«

Der Ingenieur stieg zuerst ein, dann folgte Rainer und schlug die Klappe hinter sich zu. Der Motor sprang an, und der Wagen setzte sich leicht schaukelnd in Bewegung. Wir blickten ihm nach, bis er hinter der Biegung verschwand. Ein paarmal hörten wir den Motor aufbrummen; wahrscheinlich fuhr der Wagen über Sanddünen oder Schutt – dann verstummte alles, nur der Wind pfiff hoch über uns.

»Professor«, sagte ich. Er gab keine Antwort. Unablässig drang das Knistern an mein Ohr. Es war, wie wenn jemand Mohnkörner auf die Membrane schüttete.

»Professor!« wiederholte ich lauter. »Wo... sind sie?«

Diesmal hatte er mich verstanden; er trat näher. Das Fenster seines Helmes lag im Schatten, und deshalb erschrak ich vor dem gewohnten Anblick des Helmes mit den abstehenden Radarantennen. Ein wahnsinniger Zweifel durchzuckte mich, ob das wirklich Arsenjew, mein Gefährte – ein Mensch sei.

Aber dann sah ich durch das Glas des Helmes seine hellen, klaren Augen.

»Sie sind tot – zugrunde gegangen«, sagte er.

»Alle tot? Und wie kam es?«

»Ich weiß es nicht. Fragen Sie jetzt nicht weiter. Der Induktionsapparat zeigt an, daß ganz in der Nähe unterirdische Leitungen verlaufen...«

»Deshalb haben wir hier gehalten?«

»Ja. Ich suche das Hauptkabel des Kraftnetzes. Es ist möglich, daß es uns gelingt, bis zu der Stelle vorzudringen, an der alles seinen Anfang nimmt...«

Der Astronom schwieg eine Weile, dann fuhr er fort: »Wir müssen uns jetzt trennen. Jeder von uns geht vierhundert Schritte weiter, kehrt dann in einer spiralförmigen Linie zurück und sucht das akustische Echo. Wer es zuerst findet, gibt dies dem andern durch rote Raketen bekannt. Auf die Radioverbindung ist kein Verlaß. Alles klar?«

»Ja.«

Er drehte sich um und entfernte sich mit langen, federnden Schritten. Ich blickte auf die Scheibe des Girokompasses und marschierte nach der anderen Seite.

Als ich die Stromzufuhr zum Radiogerät abgeschaltet hatte, dröhnten die Tritte der eisenbeschlagenen Schuhe mit doppelter Stärke auf den Steinplatten. Hin und her schwankend glitt mein Schatten über das Pflaster. Ich tastete mit meinem Induktionsgerät den Boden ab und zählte die Schritte. Als ich bei vierhundert angelangt war, kehrte ich in einer Spirale zurück. Vorderhand entdeckte ich nichts. Das rote Auge im Innern des Helmes glomm nur schwach; es waren also nur geringe Spuren von Radioaktivität vorhanden. Ihre Intensität nahm zu, wenn ich mich den Wänden näherte. Ich hob den Kopf – die hellen Bastionen dort oben zeichneten sich haarscharf vom pechschwarzen Himmel ab. Auf einmal hörte ich Schritte hinter mir.

Arsenjew war in entgegengesetzter Richtung gegangen, der gleichen, in der der Wagen abgefahren war. Ich wußte, daß niemand außer uns beiden in diesem Stadtteil war, daß kein Mensch hinter mir sein konnte. Und trotzdem hörte ich Schritte. Sie klangen nicht sehr laut – so, als ob mir jemand in einem Abstand von etwa dreißig Metern folgte. Mir war, als stächen mich Hunderte feiner Nadeln in den Rücken, und ich mußte meine ganze Willenskraft aufbieten, um mich nicht umzudrehen. Ich ging weiter... immer das gleichmäßige Klappern hinter mir – eins, zwei – eins, zwei – lauter, wenn die Oberfläche der Straße frei, leiser, wenn sie mit angewehtem Sand bedeckt war. Vielleicht war es doch nur das Echo. Ich trat kräftiger auf. Der Schritt dessen, der hinter mir ging, klang aber nicht lauter.

Es war kein Echo.
Mir rann der Schweiß über das Gesicht. Ich war jetzt völlig sicher, daß etwas hinter mir herkam, und ein Mensch konnte es nicht sein. Ich blieb stehen. Die Schritte des anderen verstummten ebenfalls. Ich ging weiter, und da waren sie wieder. Zorn packte mich. Ich riß den Strahlenwerfer von der Schulter, fuhr herum und legte an.
Die Straße war leer. In dem hellen Licht der Mauern sah ich, wie sie sich in der Ferne immer mehr verengte bis zu der Stelle, wo sie mit anderen Lichtern zusammenlief. Eine ganze Weile blickte ich wie irr um mich. Dann hängte ich den Strahlenwerfer wieder über die Schulter – ging weiter und – hörte Schritte – blieb stehen, riß ihn wieder herunter – und da tappte noch ein Schritt, ein zweiter, ein dritter – Teufel auch! Die Laute, die ich für Schritte gehalten hatte, waren durch das rhythmische Anschlagen einer Riemenschnalle dicht an meinem Ohr verursacht worden.
Beschämt wandte ich mich wieder um. Da stiegen hinter den Gebäuden drei rote Flammen hoch, eine nach der andern. Sie blieben eine Zeitlang in der Luft hängen und glitten dann langsam, einen Schweif purpurfarbener Funken hinter sich herziehend, zu Boden. Ich eilte weiter. Es dauerte nicht lange, da sah ich Arsenjew auf einer elliptischen Bodenerhebung stehen.
»Hier scheint es zu sein«, sagte er. Wir bogen seitlich ab und kamen zu dem Eingang eines flachen Tunnels. Seine Öffnung war mit kurzen Dornen gespickt und erinnerte an einen Haifischrachen. Es war dunkel. Arsenjew schaltete seinen Reflektor ein, und wir stiegen hinein. Der Weg führte in schrägen Spiralwindungen immer tiefer unter die Oberfläche. Er schien kein Ende zu nehmen. Von Zeit zu Zeit sahen wir die ovalen Mündungen anderer Tunnels in den Wänden. Arsenjew blickte dann nur auf die Skala des Induktionsapparates. Wir folgten unverwandt der Spur der unsichtbaren Leitung. Plötzlich gab der Boden unter uns einen anderen Ton von sich. Wir gingen über Metall. Drei dicke Rohre verliefen von einer Wand zur anderen und versperrten uns den Weg. Durch einen Spalt dazwischen sickerte ein ungewisser Lichtschein. Nur mit Mühe konnten wir uns hindurchzwängen. Ich richtete mich als erster auf und mußte geblendet die Augen zukneifen.

Vor uns lag eine lichtüberflutete schräge Rampe. Nach einigen Dutzend Schritten standen wir in einem Saal von ungeheuren Ausmaßen. Die Decke fluoreszierte in einem ständig wechselnden grünlichen Glanz, wie die sonnenbestrahlte Oberfläche des Meeres. Das Leuchten wurde gleichmäßig stärker und wieder schwächer. Der Saal war rund und durch Vorsprünge an beiden Seiten in zwei Hälften geteilt. In dem hellen Lichtschein konnte ich feststellen, daß eine Wahrnehmung, die ich bereits im Tunnel gemacht hatte, nicht auf Täuschung beruhte. Die dünne Glasur an den Steinwänden bewies, daß hier einmal eine unerhörte Glut geherrscht haben mußte. Unter den Vorsprüngen lagen teilweise zerschmolzene Walzen aus einer weißen Masse, die an Porzellan erinnerte. Von der Decke hingen aus Löchern, in denen noch abgebrochene und abgeschmolzene Röhren steckten, Dutzende von zerrissenen Leitungen herab. Einige führten zu den Walzen und zu einem Höcker, genau in der Mitte der Decke, von dem strahlenartig Hörner ausgingen, die in Kugeln endeten. Aber nicht dieses Chaos rätselhafter Einrichtungen war die Ursache, daß wir gleich am Eingang wie versteinert stehenblieben: An der anderen Seite des Saales glitten über eine große konkave Wandfläche schillernde blau und weiß leuchtende Schlangenlinien, die sich hier und da zu Bündeln vereinigten, aufflackerten und nach verschiedenen Richtungen auseinanderliefen wie belebte Schichtenlinien einer großen Karte. Es war eine Karte, eine große, bewegliche Karte.

Als ich sie genauer betrachtete, bemerkte ich, daß sich hinter ihrer glasigen Fläche eine lichterfüllte Tiefe ausdehnte, die voll leuchtender kleiner Funken und großer, von innen erhellter Kugeln war, die sich um ihre Achse drehten, sich entfernten und sich wieder näherten, ihre Bahnen kreuzten und sich gegenseitig anstrahlten.

Arsenjew stand neben mir. Ich hörte seinen hastigen Atem. Vor uns kreisten Gestirne auf ihren Bahnen, zerstoben Sternenhaufen, große dunkle Nebelflecken verdeckten pulsierende Sternenscharen. Dort, wo das Licht nur noch Dämmerung war, stiegen ganze Gruppen von Gestirnen empor und versanken wieder. Von Zeit zu Zeit durchzuckte ein greller Strahl den Raum, als verfolgte er einen der Planeten. Die Karte der Venus aber zog langsam, schwerfällig, gleichgültig vorüber. Die Umrisse unbekannter Kontinente wurden sichtbar.

Es war sehr heiß in dem weiten Raum. An der Decke flammte das Licht auf und verblaßte wieder. Auf dem Fußboden verschwammen oder verschärften sich im gleichen Rhythmus unsere Schatten.

»Wo sind wir eigentlich?« Ich zögerte. »Ist das ein Planetarium?«

Der Astronom ging langsam und schweigend auf die Mitte des Saales zu. Hinter einem der beiden Vorsprünge öffnete sich ein runder Gang. Auf eine kurze Strecke war sein Boden von dem Licht, das aus dem Saal hereinfiel, erleuchtet. Arsenjew hatte bereits die Mitte des Raumes erreicht, als ich mich umwandte, um dieses ungewöhnliche Planetarium noch einmal zu betrachten.

»Das sieht doch aus wie ein Firmament... Sterne...«, sagte ich, »was bedeutet aber diese aufzuckende, grelle Linie?«

Plötzlich fuhr ich zusammen. »Sehen Sie, dort! Die Erde!«

Ich lief näher an den durchsichtigen Leuchtschirm heran, der inmitten der Verwüstung erhalten geblieben war. Aus dem Dunkel tauchte der Globus mit dem Perlenglanz ferner Wolken auf. Langsam drehte er sich um seine gegen die Ekliptik geneigte Achse. Über ihm hing dunkel der Neumond. Durch den sternenerfüllten Raum kam die mattleuchtende Kugel immer näher. Schon krümmte sich ihre Bahn. Aber da, ziemlich tief unter ihr, kreiste doch die Venus! Ich erkannte sie sofort an dem viel lichteren Glanz. Auf einmal zuckte ein blendendheller Strahl von der Venus empor, erreichte die Erde und überflutete mit grausigem Flammenschein das Wolkenmeer.

»Was war das?« flüsterte ich und packte Arsenjew am Arm. Er hob schweigend die Hand und wies auf etwas hin, was ich bis jetzt nicht bemerkt hatte: zwei seitlich in den Stein der Wand gemeißelte, durchgestrichene Ringe.

»Was bedeutet das alles?«

»Jetzt nichts mehr«, sagte Arsenjew, »gar nichts mehr... Es ist nur noch machtlose Bewegung eines einmal in Gang gebrachten Mechanismus, die weiterwähren wird...«

Er brach ab, ohne den Satz zu vollenden, drehte sich um und trat in den dunklen Tunnel. Dieser war so schmal, daß man mit ausgestreckten Armen beide Wände berühren konnte. Wir stiegen über einige Stufen, die von kegelförmigen, nebeneinanderstehenden Vorsprüngen gebildet wurden. Der Tunnel verlief waagerecht. In der Ferne zeigte sich ein Licht, kam uns entgegen; es war der Widerschein unseres Reflektors. Eine Platte aus einer glasartigen Masse, die genau in den runden Querschnitt eingepaßt war, schloß den Tunnel ab. An der einen Seite der Wand war ein Wulst. Sollte dort ein Scharnier sein? Arsenjew stemmte sich gegen die Platte. Ob nun der Mechanismus nicht mehr funktionierte oder ob wir nicht verstanden, ihn zu betätigen – sie rückte und rührte sich jedenfalls nicht. Der Astronom dachte einen Augenblick nach, dann richtete er den Reflektor auf das Hindernis. Obwohl die glasige Masse einen großen Teil des Lichtes verschluckte, konnte man dahinter die Fortsetzung des Tunnels erkennen. Er erweiterte sich in Form eines Trichters.

»Wenden wir den Strahlenwerfer an«, sagte Arsenjew.

Wir zogen uns bis zur nächsten Biegung zurück. Arsenjew kniete nieder und forderte mich durch eine Handbewegung auf, das gleiche zu tun. Ich bemühte mich, das Hindernis nicht aus den Augen zu verlieren. Der Astronom stellte beim Licht des Reflektors die Entfernung ein, zielte und drückte ab. Ein gelbvioletter Blitz zuckte durch den Tunnel. Im Nu war die Platte rotglühend, große Risse durchzogen sie... Geblendet schloß ich die Augen. Als ich sie wieder öffnete, schoß Arsenjew zum zweitenmal. Scherben klirrten schrill und durchdringend. Wir warteten einige Minuten, bis sie abgekühlt waren. Arsenjew trat als erster in den erweiterten Teil des Tunnels. Plötzlich blieb er stehen und hob warnend die Hand.

»Vorsicht!«

Aus der Tiefe kam ein leiser Luftzug. Dann war es für eine Weile vollkommen still. Gleich daruf bewegte sich die Luft wieder, aber in entgegengesetzter Richtung.

»Atem«, flüsterte ich unwillkürlich.

Diese Luftzüge wiederholten sich regelmäßig. Arsenjew stand nachdenklich da und überlegte, was wir beginnen sollten, dann sagte er leise: »Den Strahlenwerfer...«

Ich lockerte den Schulterriemen, wickelte ihn um das Handgelenk und hielt mich so dicht hinter Arsenjew, daß ich seinen Rücken berühren konnte.

Plötzlich wurde es dunkel um mich. »Bücken Sie sich!« raunte mir Arsenjew zu. »Hier wird es eng!«

Das Rauschen der Luft, die uns umströmte, zog immer näher. Es war genau die Zeitspanne eines langsamen Ausatmens. Arsenjew stieß mit dem Rucksack an die Decke. Er versuchte sich durch den Gang zu zwängen, trat aber dann einen Schritt zurück. Mit seinen breiten Schultern versperrte er den ganzen Durchgang. Ich streckte die Hand aus. Er löste die Gurte.

»Halten Sie meinen Rucksack«, bat er mich, »ich muß ihn abnehmen, sonst komme ich nicht durch.«

Ich spürte, wie die Gurte meine Hand herunterzogen. Es wurde wieder hell. Arsenjew war verschwunden. Ich machte einen Schritt vorwärts. Das dumpfe Rauschen schwoll plötzlich an. Zwei Meter vor mir lag, von violettem Licht erfüllt, ein riesiger Raum. Wir standen in einer Öffnung, die vor einer steil abfallenden Wand endete.

Es war das Innere einer ungeheuren Kugel. Runde, dunkle Höhlen in gleichmäßig übereinander angeordneten Kreisen gähnten wie die Logen eines unheimlichen Theaters in der Wandung der Kugel. Mit dem Zenit der Kuppel waren sie durch gläserne Spalten verbunden. Diese strahlten das violette, pulsierende Licht aus, das von dunkler Glut in heftiges, grelles Aufflammen überging. Ich blickte in die Tiefe und packte Arsenjew am Arm, Beinahe hätte ich das Gleichgewicht verloren. Sonst bin ich schwindelfrei, aber hier – gab es keinen Boden. Dort unten wälzten sich dunkle, schlüpfrig schimmernde, feuchte, verworrene, von silbrigen Furchen durchzogene Formen übereinander und durcheinander wie Tausende Seehunde in einem Bassin, aus dem man das Wasser abgelassen hat. Die breiige schwarze Masse floß nicht, sie schob sich aus den unter uns liegenden Öffnungen und ergoß sich, nein glitt in das Becken. Zeitweise glich sie Armen, die sich an die Öffnung klammerten, besonders, wenn der Spiegel in dem Sammelbecken tiefer sank. Dann wurden die Rinnsale dünner, manchmal rissen sie sogar ab; aber gleich darauf summte es in der ganzen Masse, sie schwoll an, stieg höher und höher, die Fetzen wanden sich in der Luft wie Schlangenleiber und fügten sich wieder aneinander.

Lange standen wir am Rande dieses Hexenkessels. Die Luft

strömte auf und ab, immer den Bewegungen der schwarzen Masse folgend. Und im gleichen Rhythmus flackerte auch das violette Licht.

»Plasma«, flüsterte ich. »Das Plasma des lebenden, schwarzen Flusses...«

»Ja«, entgegnete der Astronom, »das gleiche. Aber es ist nur Werkzeug.«

»Wieso denn Werkzeug?«

»Nun, wenn wir an die Erzeugung der Elektrizität denken, so sehen wir Maschinen, Dynamos, Atomsäulen. Es geht aber auch anders. Die Teilchen dieses Plasmas erzeugen elektrische Ladungen, und diese wirken, auf Tausende Kilometer übertragen, an der Basis der weißen Kugel.«

»Professor... Sie... haben diese Stelle hier gesucht? Sie haben das erwartet, was Sie hier sehen?«

»Ja. Denn irgendwo mußte die Quelle sein – die Quelle der elektrischen Energie und der Gravitation.«

»Und die...? Warum sind sie umgekommen?«

Der Astronom starrte schweigend in die Tiefe, in der das dunkle Plasma wogte.

»Professor!«

»Sehen Sie diese Bewegung. Frei und ungehindert ist sie jetzt; sie dient niemandem mehr. Diese Masse dort unten wird auf und ab fluten, solange die gespeicherten Vorräte reichen... vielleicht hundert, zweihundert, vielleicht fünfhundert Jahre...« Seine Stimme war heiser. Ich fragte nicht mehr. Er kniete am äußeren Rande nieder, um besser in die Tiefe blicken zu können; ich tat das gleiche. Das zähe, glänzende Meer stieg immer höher, glitt weich und geschmeidig die Wände empor, schwoll zu einem schwarzen, tausendtonnigen Muskel an, erstarrte – und begann wieder abzusinken.

»Wir haben hier nichts mehr zu suchen. Kehren wir um«, sagte Arsenjew und erhob sich.

Er schaltete den Reflektor ein, und wir gingen zurück. Nach zehn Minuten waren wir wieder in dem großen Saal. Als wir an dem Planetarium vorüberkamen, in dem noch immer die leuchtenden Kugeln kreisten, blickte ich unwillkürlich auf das schwarze Zeichen des doppelten Ringes, das in den Stein gemeißelt war. Ich blieb stehen. Eine Erinnerung tauchte in mir auf. Die gleiche Zeichnung befand sich in der Grotte – die Venus und die Erde, die um die Sonne kreisten. Dort verband die starke Linie die beiden Planeten miteinander. Hier aber nahm sie ihren Anfang bei der Venus, strebte der Erde zu und lief über sie hinweg, als ob sie die Erde aus ihrem Dasein striche.

»Professor!« rief ich. Meine Gedanken gerieten in einen bodenlosen Abgrund. »Professor!« rief ich noch einmal. Doch der Astronom hatte bereits den Saal verlassen. Seine Schritte klangen immer ferner und leiser aus der Tiefe des Tunnels.

Pjotr Arsenjew

Nach der Rückkehr des kleinen Raupenfahrzeuges versuchten wir, in eines der besser erhalten gebliebenen Gebäude hineinzugelangen. Da wir nirgends eine Öffnung, einen Eingang entdeckten, brachten wir in der Nische eines Seitenflügels eine starke Fulguritladung an. Die Explosion schlug eine Bresche in die Wand, durch die wir in das Innere dringen konnten. Aber weder dort noch in anderen Bauten, durch deren dicke Mauern wir uns den Weg bahnten, fanden wir etwas, was an irdische Wohnräume erinnert hätte. Nur die Formen der Räume ähnelten den unseren.

Drinnen herrschte ein fast vollkommenes Dunkel, in das nur hier und da durch Risse in der Wand ein schwacher bläulicher Schein hereinsickerte. Im Licht unserer Scheinwerfer sahen wir ein Durcheinander verbogener Rohre, Tunnels, gleichmäßig geneigte Rampen und geräumige Säle, deren Boden mit metallischem und glasartigem Schutt bedeckt war.

Einige Male stießen wir auch auf Konstruktionsteile, deren Bestimmung wir nicht zu erraten vermochten. Große Hallen waren durch senkrechte, gatterartige Wände geteilt, deren Zwischenräume an der Decke breit waren und sich unten so verengten, daß sich ein Mensch kaum hindurchzwängen konnte. Unter der Straße breitete sich ein Netz von Arterien, Verbindungswegen und Kanälen aus. Sie lagen Stockwerke tief untereinander, manche in vollständiges Dunkel getaucht, manche vom Licht grünlich phosphoreszierender Decken erhellt. An einigen Stellen liefen sie zu fünft oder sechst in Tonnengewölben zusammen. Von dort gingen runde Tunnels aus, die zu den verschiedenen Gebäuden führten. Zahlreiche Durchgänge waren durch Trümmerhaufen versperrt; wir sprengten sie jedoch nicht, da wir befürchteten, daß die über uns hängenden Dutzende Stockwerke bei einer Erschütterung zusammenstürzen würden. An einigen Stellen waren die Überreste senkrechter Schächte zu erkennen, durch die sich früher Aufzüge bewegt haben mochten. Jetzt hingen nur noch geschmolzene Metallfetzen zwischen den rußgeschwärzten Wänden.

In einem Saal, der die Größe eines Kirchenschiffes besaß,

entdeckten wir Kammern mit elliptischen Fenstern aus einer durchsichtigen Masse. Viele davon waren zersplittert. Die Strahlen der Scheinwerfer verloren sich in den silbrigen Staubwolken, die bei jedem Schritt emporwirbelten, sich auf die Helme und Skaphander niederließen und uns als flimmernde Wolke umgaben. Mehrere Stockwerke tiefer lagen auf Steinplatten inmitten von Streben und Trägern die Rümpfe verkohlter Maschinen; es waren einige Dutzend. In gerader Linie, eine neben der anderen aufgestellt, glänzten sie matt und dunkel wie die Wirbel eines riesigen Rückgrates.

Wir schritten langsam von Gebäude zu Gebäude, bis wir zu der Wüste gelangten, die den Krater umgab, an dessen Rand wir vorher mit dem Wagen gehalten hatten. Dort begannen die Wissenschaftler mit Hilfe von Ionisationskammern und Geigerzählern mit systematischen Messungen der Radioaktivität. Vom Krater zweigten einige tiefe Gräben ab, die mit Wällen und Schlacke und metallischen Infiltrationen verstopft waren. Je weiter wir uns vom Zentrum der Explosion entfernten, um so häufiger stießen wir auf Gebäude, die wenigstens teilweise erhalten geblieben waren.

Hier mußte eine Hitze geherrscht haben, die der Sonnentemperatur gleichkam. Der Kraterrand war mit einer blasigen Emailschicht bedeckt, die einmal kochend heiß gewesen und dann langsam erkaltet sein mußte. Es war auffällig, daß die Wand des Kraters an zwei Stellen etwas glatter war und eine fast unmerkliche Vertiefung bildete. Im Scheinwerferlicht traten aus der rauhen Oberfläche zwei verschwommene, nach oben spitz zulaufende Silhouetten hervor. Eine davon war wie im Sturz nach vorn geneigt, die zweite gekrümmt wie ein Mensch, der sich niederkauert und dabei den Kopf einzieht. Beide Schatten waren einen knappen Meter hoch. Der Vergleich mit menschlichen Wesen wurde natürlich nur durch die Einbildungskraft hervorgerufen. Es waren wohl doch nur zwei dunklere Flecke. Die Wissenschaftler untersuchten sie sehr sorgfältig, fotografierten sie bei verschiedener Beleuchtung und maßen die Radioaktivität in diesem Bereich. Arsenjew schickte sogar Soltyk nach plastischem Material zur Rakete, damit Abdrücke gemacht werden konnten. Fünf Stunden Wartens vergingen; aber wir kamen zu keinem Ergebnis. Es war möglich, daß zur Zeit der Explosion zwei Lebewesen dort gestanden hatten, deren Körper, bevor sie in der Hitze von Millionen Grad verdampften, einen Teil der Wand vor der unmittelbaren Einwirkung der Glut geschützt hatten. Da wir aber weder ihre Gestalt noch ihre Größe mutmaßen konnten und auch nicht wußten, in welcher Höhe die Explosion seinerzeit stattgefunden hatte, vermochten wir auch dieses Rätsel nicht zu lösen.

Um unseren Aufenthalt in der toten Stadt nicht unnötig zu verlängern, teilten wir uns in Gruppen zu zweit und machten uns daran, je einen Stadtteil wenigstens flüchtig zu durchsuchen.

Auf Arsenjew und mich entfiel ein Gelände, das aus einem Wald von geborstenen Säulen, aneinandergelehnten Platten, Pfeilern und zerrissenen Brückenkonstruktionen bestand. Es war von einem Gewirr enger, mit Sandhaufen bedeckter Wege durchzogen, die wie Gräben zwischen steilen, glatten Kuppeln verliefen. Alles leuchtete in einem stumpfen, schweigenden Glanz. Nur das Licht unserer Scheinwerfer zauberte in dem Halbdunkel des Bodens ein Gewirr von Schatten hervor.

Wir kletterten auf einen ziemlich hohen Schutthaufen, der von erstarrten metallenen Wellen bedeckt war, und erblickten von dort aus eine Menge eigenartiger Gebilde, die großen Pilzen mit flachen Hüten glichen. Auch das mochten die Überreste irgendwelcher Maschinen sein. Im Hintergrund hoben sich scharf und schwarz die Umrisse eines hohen Gebäudes ab, das im Gegensatz zu seiner Umgebung nicht erleuchtet war. Wir gingen hinüber, und da wir ringsum keinen Eingang entdeckten, bohrten wir einige Sprenglöcher in das Fundament und brachten Fulguritladungen an.

Die Explosion riß eine sternförmige Öffnung in die Wand, durch die wir in das Innere gelangten. Wir stiegen über die Bruchstücke einer Rampe und befanden uns in einer weiten Halle, deren Wände von einer metallischen Kruste bedeckt waren. Verkohlte Überreste irgendeines pelzartigen Stoffes klebten daran, die bei der leisesten Berührung zu Staub zerfielen. Inmitten des Raumes stand ein viereckiger Pfeiler mit zwei runden Öffnungen. Er war hohl und bildete eine Art Schacht. Aus seinen Wänden ragten kurze, nach unten gekehrte Haken hervor. Wir stiegen einige Meter hinunter, krochen dann über einen Trümmerhaufen und stießen auf ein wahres Labyrinth niedriger und schmaler Gänge. Einige verliefen strahlen-, andere spiralförmig und durchschnitten die ersteren unter einem bestimmten Winkel. In den Gängen war es vollkommen dunkel. Im Lichte unserer Reflektoren zeigten sich senkrechte Nischen in den Wänden. In jeder steckte eine schräge dreieckige Platte, die mit einem dichten Netz kleiner Öffnungen versehen war. Diese Fächer enthielten große Mengen jener silbrigen Körner, die ich einst für metallene Insekten angesehen hatte. Arsenjew nahm an, daß dieser Raum so etwas wie ein Archiv oder eine Bibliothek sei. Wir füllten uns die Taschen mit den Metallkörnern und gingen weiter.

Wir brauchten keine Angst zu haben, uns zu verirren, da der Girokompaß jede Wegbiegung und jeden Richtungswechsel untrüglich verzeichnete. Manche Gänge waren so eng, daß wir uns nicht hindurchzwängen konnte, manche wieder erweiterten sich blasenförmig und bildeten ein System kommunizierender Hohlräume. Nachdem wir eine Stunde durch die Unterwelt gewandert waren, kamen wir durch einen anfangs sehr steilen Gang und eine geräumige Halle an die Oberwelt zurück. Der Boden der Halle war mit glatten, schwarzen Platten ausgelegt; sie trugen eine dünne Staubschicht. Als ich zufälligerweise das Lichtbündel des Reflektors seitwärts richtete, bemerkte ich auf der grauen Oberfläche eine Reihe dunkler Flecke. Bei näherem Hinschauen erkannten wir deutlich ovale Spuren von vielleicht vier Zentimeter Durchmesser. Sie sahen aus, als wäre jemand auf Stelzen, die in ovalen Beschlägen endeten, hier entlanggegangen. Arsenjew maß den Abstand zwischen zwei Spuren; er betrug sechsunddreißig Zentimeter. Wir folgten ihnen durch eine lange, allmählich abfallende Galerie, die immer enger wurde, bis sie schließlich einen Stollen mit geneigten Wänden bildete. Stellenweise, dort, wo kein Staub lag, verloren wir die Spur aus den Augen. Aber schließlich gab es keinen anderen Weg als diesen. Plötzlich machte der Stollen eine Biegung. Die glatten Wände gingen in gewachsenen Fels über. Zwischen den Falten des Gesteins befand sich eine schwarze Öffnung. Der Boden davor war mit einer Schicht von hart gewordenem, braungrauem Schlamm bedeckt, in dem sich die Spuren deutlich als ovale

Vertiefungen abzeichneten; sie führten in das dunkle Loch.

Wir mußten uns kriechend vorwärts bewegen. Die Wände dieses natürlichen Ganges bestanden aus unebenem Gestein. Früher einmal mochte hier ein unterirdischer Bach hindurchgeflossen sein. An den engeren Stellen, wo das Wasser sich mit größerer Kraft seinen Weg bahnen mußte, waren die Wände glatt. Da und dort zeigten sich in dem steinharten Ton wieder die ovalen Abdrücke. Hier und da trommelten kleine Steinchen, die von der Decke herabrieselten, auf unsere Helme. Schließlich wurde der Gang so niedrig, daß wir nicht einmal mehr auf allen vieren weiterkamen. Arsenjew leuchtete mit seinem Reflektor den Gang hinunter. »Dort hinten wird es wieder geräumiger«, sagte er und kroch weiter, zog sich aber gleich wieder zurück; denn er war steckengeblieben. Erst als er den Rucksack und den Strahlenwerfer abgeschnallt hatte, gelang es ihm, sich mit meiner Hilfe hindurchzuzwängen. Ich ließ meinen Rucksack unter einem flachen Felsvorsprung zurück und folgte Arsenjew. Da ich schlanker war als er, fiel es mir leichter, mich hindurchzuwinden. Eine Weile umgab mich vollkommenes Dunkel. Plötzlich erzitterte der Boden. Irgend etwas schlug schmerzhaft gegen mein Bein. Ich warf mich mit aller Gewalt nach vorn. Ein langanhaltender dumpfer Donner ertönte, Steine polterten herab…, dann trat Stille ein.

Licht flammte auf. Hier war der Stollen so breit, daß wir nebeneinander stehen konnten. Arsenjew beleuchtete die Öffnung hinter uns. Eine schwarze Trümmerwand glänzte uns entgegen. Ein Felssturz… Wir waren eingeschlossen.

»Fulgurit her!« sagte Arsenjew. Ich hatte noch einige Stangen dieses Sprengstoffes bei mir und reichte sie ihm. Er griff in die Tasche, um Zündkapseln und das Sprengkabel hervorzuziehen. Den Reflektor hatte er sich vor die Brust gehängt. In dem Licht, das der glatte Fels zurückwarf, sah ich Arsenjews Gesicht hinter der Scheibe des Helmes. Plötzlich zuckte er zusammen. Er betastete noch einmal die eine Tasche, dann die andere; er blickte mich an. In seinen Augen las ich etwas, was ich bisher noch nie an ihm bemerkt hatte: Entsetzen.

Es währte nur eine Sekunde, dann ließ er die Lider sinken.

»Hast du keine Zündkapseln?« fragte er.

»Nein.«

»Ich auch nicht. Sie müssen aus der Tasche gefallen sein, als ich mich durch das Loch zwängte.«

Fulgurit ist ein sehr ungefährlicher Sprengstoff. Ohne besondere Zündkapseln explodiert er nicht, selbst wenn man ihn ins Feuer legt. Die vier Ladungen, die wir noch besaßen, hatten also keinen Wert für uns; sie waren nichts als ein harmloses graues Zeug.

Schweigend drehte sich Arsenjew um. Wir gingen weiter den Stollen entlang; er verlief in Windungen. Ich zählte die Schritte: zwanzig. Dann kam eine jähe Biegung, und der Stollen verbreiterte sich. Der Lichtkegel fiel auf eine Felswand.

Wir standen in einer kleinen Grotte, die wie ein Schlangenkopf geformt war. Ihr Durchmesser betrug ungefähr acht Schritte. Ich schlug mit der Picke gegen das Gestein. Die Wand rührte sich nicht. – Es ist ein unterirdisches Bachbett – dachte ich fieberhaft, das Wasser muß doch einen Abfluß gehabt haben, also weitersuchen...

Bald sah ich, wo das Wasser abgeflossen war. Früher einmal hatte das Bachbett tatsächlich eine Fortsetzung gehabt. Aus den oberen Gesteinsschichten hatte sich aber auch hier ein Felsblock gelöst und war mit solcher Gewalt in den Gang gepreßt worden, daß die Seitenwände ein ganzes Netz feiner Sprünge zeigten. Unter dem furchtbaren Druck von oben hatte sich dieses keilförmige Bruchstück so fest mit dem umgebenden Gestein verbunden, daß es sich nur durch seine etwas dunklere Farbe unterschied. Dort, wo es den Boden der Grotte berührte, lag Sand. Darin erblickte ich eine flache, ovale Vertiefung, das letzte Glied der Spur, die uns hierher geführt hatte und die hinter diesem unüberwindbaren Hindernis verschwand.

»Das habe ich nicht voraussehen können«, sagte Arsenjew leise, wie zu sich selbst. Er setzte sich auf einen Stein.

»Schalte den Reflektor aus, damit die Batterie nicht zu schnell verbraucht wird. Sie kann uns noch von Nutzen sein.«

»Wir sind vollkommen eingeschlossen.«

»Ich weiß. Schalte die Lampe aus.«

Ich tat es. Die Finsternis überfiel mich so jäh, als wäre mir ein schwarzer Vogel vor die Augen geflogen. Ich zwinkerte krampfhaft. Gelbe Sterne zersprühten unter den Lidern. Ich blickte auf das Leuchtzifferblatt meiner Uhr. Vier Minuten waren erst vergangen, und ich dachte, daß es mindestens eine halbe Stunde gewesen sei.

Aus dem Dunkel sickerte Unruhe. Ich preßte die Lider zusammen und öffnete sie wieder; aber auch nicht der geringste Lichtschimmer erhellte die Grotte. Plötzlich erhob sich Arsenjew; ich hörte, wie er auf und ab schritt. Dann schaltete er wieder das Licht ein. Er begann die Wände mit dem Hammer abzuklopfen. Überall erklang der gleiche, stumpfe Ton. Wir kehrten nun gemeinsam in den Gang zurück und klopften die Wände und Decke ab. Wir untersuchten noch einmal die Einsturzstelle. Nur noch bis zum Gürtel konnte man in die Öffnung kriechen, dann versperrten Felsblöcke den Weg. Ich stemmte, zog, zerrte, schob, die Adern schwollen an, das Blut hämmerte in den Schläfen; aber die Blöcke rückten und rührten sich nicht, sie lagen so fest aufeinander, als wären sie mit Zement verbunden. Dann versuchte es Arsenjew. Nur unsere beschleunigten Atemzüge waren in der Stille zu hören.

Schweigend gingen wir in die Grotte zurück, setzten uns an die Wand und schalteten beide Scheinwerfer aus. Nach einer Weile erinnerte ich mich an Arsenjews Picke. Meine war beim Rucksack geblieben. Ich schaltete den Scheinwerfer wieder ein, eilte den Gang hinauf und begann, auf die Spalten der steinernen Barrikade einzuhämmern. Feine Quarzsplitter sprangen klirrend von meinem Helm ab.

»Hör auf«, sagte Arsenjew, der mir gefolgt war. »Das hat keinen Sinn.«

Ich beschrieb leuchtende Bögen mit dem blinkenden Stahl, schlug mit allen Kräften zu. Der Fels knirschte, gab aber nicht nach. Nur kleine Bruchstücke flogen durch die Luft. Wut packte mich. Ich holte mit solcher Wucht aus, daß ich beinahe gefallen wäre. Der Stiel vibrierte in meinen Händen. Schrill klang das Eisen beim zwecklosen Aufschlag; dann flog es zu Boden. Dicht an der Picke war der Stiel abgebrochen.

»Wie tief sind wir?« fragte ich Arsenjew, als sich mein Atem etwas beruhigt hatte.

»Ungefähr fünfzehn Meter unter der Straße.«

Wieder saßen wir im Finstern. Nach ungefähr zwanzig Minuten glaubte ich, daß ich die eine Seite des Stollens nicht gründlich genug abgeklopft hätte. Dort konnte sich hinter einer dünnen Scheidewand irgendein Durchlaß, ein Spalt befinden, ein Weg, der in Freie führte... in die Freiheit... Ich sprang auf und schaltete den Reflektor ein. Sein Licht nahm mir den letzten Rest von Selbsttäuschung. Wir hatten das Gestein genau untersucht. Es gab keine Stelle, die wir nicht beachtet hätten, keinen Spalt, nichts, gar nichts.

»Setz dich«, sagte Arsenjew. Durch den riesigen Schatten schien er reglos mit dem Fels verwachsen. »Setz dich und schalte das Licht aus. Es wird schon gelblich.«

Es war tatsächlich etwas schwächer geworden. Man müßte die Batterie auswechseln... Sie war dort, wo ich sie zurückgelassen hatte – im Rucksack.

Aufmerksam betrachtete ich das glühende Wolframfädchen in der Birne, dann schaltete ich den Reflektor aus und ließ mich schwer zu Boden sinken. Wir waren seit anderthalb Stunden verschüttet, auf die Uhr mochte ich nicht mehr sehen. Ich preßte den Helm gegen den Felsen.

Dumpfe, rauschende Stille war um uns.

Langsam gewöhnte ich mich an die Finsternis. Reglos saß ich da. Allmählich wurde ich schläfrig. Die erschöpften Muskeln verlangten Ruhe. Ich hatte während des ganzen vergangenen Tages schwer geschuftet, Schutt beseite geräumt, geholfen, den Wagen über Trümmerfelder zu schieben...

Ich schrak plötzlich aus dem Halbschlaf auf mit dem Gedanken, daß noch etwas zu tun sei – die Batterie im Reflektor mußte ausgewechselt werden. Als ich richtig zu mir gekommen war, merkte ich, daß es Blödsinn war, daran zu denken. Ärgerlich über mich selbst, schloß ich wieder die Augen. – Ich bin zu Hause, eine dunkle Oktobernacht – kalt – aber ich schlafe gern bei offenem Fenster. Stille – kaum hörbar schwebt der Wind in den Zweigen. Um acht Uhr früh soll ich nach Kairo fliegen. Da kann ich noch bis zum Morgendämmern ruhig schlafen... Ich versuchte es mir einzureden; aber es half nichts. Nun schaute ich doch wieder auf die Uhr: drei Viertel sieben. Auf einmal fiel mir ein, daß Arsenjew mit Vornamen Pjotr hieß. Nie mehr war er mir in den letzten Wochen so nahe gewesen, wie damals während der Reise.

»Pjotr«, sagte ich.

Er antwortete sofort. »Was?«

»Nichts...«, sagte ich leise. – »Ich wollte nur wissen, ob du schläfst.«

So verging langsam die Nacht. Gegen Morgen schlief ich ein; aber es war kein Ausruhen. Ich wachte mit dem Gefühl auf, daß etwas Furchtbares geschehen war. Meine Hände strichen über den nackten Fels. Es war kühl. Ich schaltete den Scheinwerfer ein.

Arsenjew lag auf dem Rücken. Er wirkte noch riesenhafter als sonst. Seine graue Kombination war zerknittert und mit Kalkflecken bedeckt. Er schlief nicht.

»Es ist fünf«, sagte er und blickte mich durch das Fenster des Helms an, »fünf Uhr früh.«

»War in der Nacht nichts zu hören?«

Ich wußte genau, daß unsere Gefährten, selbst dann, wenn sie uns suchten, uns nicht finden würden; aber ich fragte trotzdem.

»Nein.« Arsenjew stand auf.

»Wohin gehst du denn?«

»Ich seh mir den Felsen an.«

Seine Schritte verhallten, dann wurde es still, sehr lange... Der unbewegliche runde Strahlenkegel von Arsenjews Reflektor erleuchtete den Felsschlund nur bis zur Biegung und schimmerte als schmaler Lichtstreif zu mir herüber. Große flache Schatten hingen wie vertrocknete Fledermäuse an der Decke. Mich packte die Angst. Ich rief. Die Schritte kehrte zurück.

»Was ist denn los?«

Ich antwortete nicht. Nun, da es wieder hell um mich war, atmete ich tief auf. Ich erhob mich und begann hin und her zu gehen, von der einen Seite der Grotte bis zur anderen.

»Setz dich hin«, sagte Arsenjew, »du machst dich unnütz müde. Außerdem verbrauchst du mehr Luft, wenn du dich bewegst.«

»Ich will ja mehr verbrauchen!« rief ich. Sein Gleichmut reizte mich. Ich mußte mich zwingen, um ruhig zu bleiben. Ich setzte mich wieder hin.

Arsenjew brachte seinen Skaphander in Ordnung, er strich Falte für Falte glatt, lockerte die Riemen und zog alles, was er in den Taschen hatte, heraus. Ein Täfelchen Traubenzukker, ein Notizbuch, Streichhölzer, den Elektrometer und einen kleinen Revolver, der wie ein Spielzeug aussah.

Er trug ihn stets bei sich; denn es war ein Geschenk, das ihm jemand vor dem Abflug überreicht hatte, mit der scherzhaften Widmung: »Zur Jagd auf das Venuswild.«

Arsenjew wog den Traubenzucker auf der Hand.

»Hast du noch deinen?«

»Nein, ich hab ihn schon im Wagen gegessen.«

»Schade.«

Dieses Bedauern wegen einer Handvoll Zucker wunderte mich. Ich wollte ihm schon eine bittere Antwort geben, besann mich aber und schwieg. Arsenjew nahm eine Patrone aus dem Revolver. Ich glaubte zu wissen, was er im Sinn hatte.

»Das nützt nichts«, sagte ich. »Damit kann man das Fulgurit nicht entzünden.«

Arsenjew schaltete seinen Reflektor ein. Der leuchtete nur noch schwach. »Meine Batterie macht auch nicht mehr lange«, sagte er. »Schalte das Licht aus!«

Wieder umgab uns die Finsternis wie eine Mauer. Ich hatte das Gefühl, als wäre mein Körper endlos, als ginge er ohne jede Begrenzung in das Dunkel über. Grüne Flecken quollen unter meinen Lidern hervor, sanken als grelle Funken zu Boden. Leise tickte die Uhr. Die Stunden verrannen: neun, zehn, elf...

Plötzlich fragte Arsenjew so unerwartet, daß ich zusammenschrak: »Wen hast du auf der Erde?«

Ich überlegte eine Sekunde, es war schon alles so weit, so fern.

»Meinen Vater.«

»Sonst niemanden?«

»Niemanden.«

»Ich habe dort meine Frau, du weißt ja...« Hastig fuhr er fort. Ich sollte wohl nicht glauben, er sage dies aus Sorge und Leid. »Ich habe nämlich gerade eine Berechnung durchgeführt, und dabei mußte ich an sie denken. Als ich sie kennenlernte, unterhielten wir uns über Mathematik. Ich arbeitete damals an meiner Dissertation und hatte eine bestimmte Idee, die Theorie der pulsierenden Sterne. Ich erzählte ihr davon.« Arsenjew verstummte eine Weile, als wunderte er sich selbst darüber, daß er soviel sprach. »Einmal saßen wir im Garten des Observatoriums und lasen in einem Buch, das von den Bewohnern anderer Welten handelte. Du kennst es sicher nicht; es ist ein sehr altes Buch, von dem Franzosen Flammarion. Es war ein Juliabend, die Dämmerung brach an. Wir blätterten gemeinsam die Seiten um. Das Papier wurde immer grauer, und wir lasen immer noch – so wie man nur in der Jugend lesen kann... Erst als die letzten Worte vor unseren Augen verschwammen, hoben wir den Kopf. Über uns war der Himmel und darin die Sterne und jene Welten, die uns aus den Seiten des Buches erstanden waren... Damals...«

Er stockte.

»Pjotr?« Hatte er nicht leise noch etwas vor sich hingemurmelt? »Was hast du gesagt, Pjotr?«

Plötzlich sprach er mit ruhiger, beinahe verträumter Stimme: »Wenn ich noch einmal ihr Gesicht berühren könnte...«

»Hör auf!« schrie ich. »Hör auf!«

Er verstummte.

Bis jetzt hatten mich keine Gesichte heimgesucht, keine Gedanken oder Erinnerungen. Ich spürte weder Angst noch Verzweiflung, nur eine ständig wachsende, innere Anstrengung, als wäre mir eine schwere Last aufgebürdet, die mich zu erdrücken drohte. Ich war wie ein Mensch, der einen Sack voll greulicher Unholde an sich preßte, ihn krampfhaft zuhält, und dieser Sack zuckt und zappelt immer heftiger in seiner Hand. Ich raffte meine letzten Kräfte zusammen, um auch mich in solch einem eisernen Griff zu halten; denn ich wußte, daß etwas Schreckliches geschehen mußte, wenn ich nachließ, wenn ich gegen mich selbst schwach wurde. Ich wußte, daß ich dann wie in einer Schmutzlache zerfließen würde, und fürchtete nicht so sehr den letzten Atemzug, den Tod, sondern eben dieses wahnwitzige Geschöpf, in das ich mich verwandeln könnte.

Das, was Arsenjew gesagt hatte, traf mich wie Messerstiche. Für Sekunden rang ich mit mir selbst, dann gab ich auf. Ich spürte – erinnern kann man es nicht nennen –, ich spürte den unbeschreiblich schönen Geruch frisch gepflügter Erde, es war, als stünde ich inmitten schnee-entblößter Vorfrühlingsfelder auf einer Anhöhe, umflutet vom Odem blauer Horizonte, und atmete trunken den würzigen Hauch, der die Erwartung neuen Lebens, der das Leben selber ist.

Das war das Ende. Es erfaßte, durchdrang mich eine eiserne Ruhe. Ich wußte, was ich zu tun hatte, und neigte mich in der Finsternis zu Arsenjew hinüber, ich fühlte seine Schulter und tastete das erkaltete Gewebe der Kombination entlang. Wie ein Dieb faßte ich in seine Tasche. Zunächst merkte er nichts. Dann aber, als ich nach seinem Revolver griff, wurde ihm klar, was ich wollte. Ein lautloser Kampf begann. Nur unser keuchender Atem wurde hörbar. Arsenjew war der Stärkere, er richtete sich auf und drückte mich gegen die Felswand, dann bekam er den Schalter meines Reflektors zu fassen. Ein Keil gelben Lichtes zwängte sich zwischen uns.

»Gib ihn...«, stieß ich heiser hervor. »Gib... nur eine Patrone!«

Er antwortete nicht, sondern preßte mich noch fester gegen die Wand.

»Gib mir den Revolver...«, ächzte ich, »sei nicht kindisch!« Ich machte keine Anstrengungen mehr, mich loszureißen.

»Kantschindschinga...«, flüsterte er mir ins Ohr.

»Gib mir den Revolver... Es ist doch alles zu Ende.«

»Und damals?«

»Damals fand sich noch ein Ausweg. Pjotr, gib ihn mir!«

»Auch für uns wird sich noch ein Ausweg finden.«

»Das ist nicht wahr!«

Plötzlich ließ er mich los und trat einen Schritt zurück.

»Willst du, daß ich allein zurückbleibe?« Ganz langsam hatte er dies gesagt. Und nun stand er vor mir, riesengroß, und hinter ihm sein gigantischer Schatten.

Mir schnürte es die Kehle zu. Einen Augenblick wehrte ich mich, wie von Krämpfen geschüttelt, gegen mich selbst; dann liefen mir die Tränen über die Wangen. Ich sank in die Knie. Er setzte sich neben mich und legte mir seine große schwere Hand auf die Schulter.

»Na, na...«, sagte er. »Na, na...«

Ich wurde ruhiger. »Hör mal, Pjotr, sie werden niemals erfahren, wie wir umgekommen sind. Übrigens finden sie uns auch so nicht mehr. Es gibt keine Hoffnung. Warum sollen wir noch warten? Wenn wir Sprengstoff hätten...«

»Wir haben welchen«, sagte er und berührte die Flasche meines Sauerstoffapparates.

»Sauerstoff?!«

»Ja, flüssigen Sauerstoff.«

Ich sprang auf, sank aber gleich wieder in mich zusammen.

»Das nützt ja alles nichts. Ich habe auch schon daran gedacht. Sauerstoff allein explodiert doch nicht. Er muß doch mit einem brennbaren Stoff vermengt werden.«

»Richtig.«

»Wir haben aber nichts Brennbares.«

»Doch, wir haben etwas.«

»Was?«

Er zog zwei kleine, flache Päckchen aus der Tasche. Es war der gepreßte Zucker. In meinem Kopf dämmerte es.

»Pjotr!«

»Du weißt doch, daß man Sprengstoff herstellen kann, indem man flüssigen Sauerstoff mit Kohlenstaub oder Ruß mischt. Bei der Entzündung verbindet sich der Sauerstoff explosionsartig mit dem Kohlenstoff. Zucker ist eine Kohlenwasserstoffverbindung und ist mithin brennbar. Unser Zucker hier ist fein wie Staub und zerbröckelt leicht.«

»Deshalb hast du also vorhin gefragt?«

»Ja.«

»Und hast mir nichts gesagt?«

»Ich habe erst einmal berechnet, welche Energie die Ladung entwickeln kann, über die wir verfügen. Ich weiß nicht, auf welche Länge die Decke des Stollens niedergebrochen ist. Wenn es nur an dieser Verengung der Fall ist, dann schaffen wir es vielleicht. Brennstoff, Zucker besitzen wir am wenigsten. Sauerstoff haben wir reichlich, weil wir glücklicherweise den doppelten Vorrat mitgenommen haben. Sollte uns die Sprengung gelingen, so reicht er auch noch für später, wenn wir draußen sind. Es besteht aber eine andere Schwierigkeit. So eine Ladung muß auf elektrischem Wege zur Explosion gebracht werden.«

Ich nickte eifrig. »Wir haben doch die Batterien.«

»Ja, wir haben die Batterien, und deshalb spare ich auch mit dem Licht. Aber es fehlt uns ein Kabel. Hier, das ist unser ganzer Reichtum.« Er zeigte mir ein ungefähr drei Meter langes Stück isolierten Draht. »Ich habe ihn aus dem Elektrometer herausgenommen. Aus dem Skaphandern können wir keinen herausziehen; denn wir dürfen ja die Helme nicht absetzen, und deshalb...«, er stockte, »...und deshalb muß jemand die Ladung an Ort und Stelle anzünden.«

»Deshalb hast du also nicht mit mir darüber gesprochen?«

»Ja.«

Plötzlich kam mir ein Gedanke. »Da hast du wohl gar nicht geschlafen, Pjotr?«

»Nein.«

»Die ganze Nacht hindurch nicht?«

»Nein. Ich suchte nach einer anderen Möglichkeit.«

»Und hast du eine gefunden?«

»Nein. Wir dürfen ja die Helme nicht abnehmen«, wiederholte er. »Wir würden uns doch sofort vergiften.«

»Vielleicht können wir mit dem Pulver aus den Revolverpatronen eine Lunte machen«, schlug ich vor.

»Das geht nicht. Die Explosion würde entweder überhaupt nicht eintreten oder zu schwach sein. Gewiß, das Pulver brauchen wir auch noch, wir müssen es ans Ende der Drähte schütten, damit es die Detonation verursacht. Die Zündung aber muß durch Elektrizität erfolgen.«

»Warte... könnte man nicht mit dem Revolver in die Ladung schießen?«

»Auch daran habe ich gedacht. Meine Berechnungen haben jedoch ergeben, daß wir genau fünf Sprengladungen brauchen, und die müssen gleichzeitig zur Entzündung gebracht werden. Sonst bahnen wir uns keinen Weg ins Freie, sondern vergrößern nur noch den Einbruch.«

»Ja...«, antwortete er nach einem Zögern. »Du hast recht. Einer von uns muß es tun... Wollen wir losen?«

»Ich mag dies nicht dem Zufall überlassen. Es wäre erniedrigend.«

»Was soll also geschehen?«

Er schwieg.

»Vielleicht gibt es doch noch einen Ausweg?«

»Den gibt es. Erstens weiß ich als Physiker genau, unter welchen Bedingungen sich die Explosion am stärksten auswirkt und zweitens... als Leiter der Expedition...«

»Ich verstehe. Sprich nicht zu Ende. Es kommt überhaupt nicht in Frage.«

»Ich bin aber sicher, daß es mir gelingen würde. Freilich, ich will dir nicht befehlen, es mir zu überlassen.«

»Dazu hast du auch kein Recht!«

»Ich habe kein Recht dazu?«

»Nein, aus zwei Gründen... nach dem, was ich tun wollte. Ich gehe!«

Arsenjew zog die Streichholzschachtel aus der Tasche und reichte sie mir. »Gerade Zahl – dann gehst du, ungerade – ich.«

Ich zählte die Hölzchen auf den Stein. Es sah wie ein Spiel aus. Ich legte ein weißes Streichholz neben das andere, meine Lippen bewegten sich: »Dreizehn, vierzehn, fünfzehn, sechzehn, siebzehn...«

»Leer«, sagte Arsenjew.

Ich schüttelte die Schachtel. Es fiel noch ein Streichholz heraus.

Arsenjew wandte sich um und begann den Zucker mit der abgebrochenen Picke zu zerkleinern. Ich drehte aus Notizbuchblättern kleine Tüten und füllte den Zucker hinein. Keiner von uns sprach ein Wort. Vorsichtig lösten wir mit dem Messer die Kugeln aus den Hülsen und schütteten das Pulver heraus. Dann gingen wir durch den Stollen zur Einbruchsstelle.

Arsenjew bezeichnete fünf Risse zwischen den Gesteinstrümmern, die ich mit der Spitze der Picke erweiterte. Er selbst goß inzwischen den Sauerstoff ein. Zischend und kochend floß die schwach bläulich schimmernde Flüssigkeit in die Tüten, die anfangs weich und biegsam waren und nun spröde, brüchig, dann hart wie Stein wurden. Ohne Handschuhe hätte man sie nicht anfassen können. Selbst durch das dichte, isolierte Gewebe hindurch brannte die furchtbare Kälte wie Feuer an den Fingern.

Die fertigen Ladungen verbanden wir durch den Draht miteinander und schoben sie tief in die Öffnungen hinein. Das eine Ende der Leitung schloß Arsenjew an der Batterie an, das andere legte er griffbereit auf den Boden. Nachdem wir die Sprenglöcher mit Gesteinsbrocken verkeilt und mit Tonschlamm verstopft hatte, preßte sich Arsenjew an die Wand und sagte zu mir: »So mußt du dich hinstellen. Da bist du am besten gegen die Explosionswelle geschützt. Dann berührst du mit dem Draht den Kontakt und läßt dich gleichzeitig mit dem Gesicht zu Boden fallen. Das ist alles.«

Eine Sekunde lang stand er noch regungslos vor mir; plötzlich aber schloß er mich in die Arme, drückte mich mit aller Kraft an sich und ließ mich dann los, als wollte er mich zurückstoßen. Ich wartete, bis seine Schritte hinter der Biegung verhallt waren. Langsam nahm ich die Batterie auf.

Ein Pol war bereits angeschlossen. Ich preßte mich so flach wie möglich an die Wand des Ganges.

»Achtung!« rief ich. »Jetzt!«

Ein winziger Funke sprang auf den Draht über. Ein glühender Hammer schlug gegen meine Brust, fegte mich vom Boden. Ich stürzte in eine aufbrüllende Feuerwolke...

Leben gegen Leben

Helles, starkes Licht weckte mich. Dicht über mir brannte eine Jupiterlampe. Ich war auf etwas Kühles, Weiches gebettet. Als ich die Hand schützend vor die Augen halten wollte, vermochte ich sie nicht zu heben. »Sie müssen jetzt ganz ruhig liegen«, hörte ich jemanden sagen.

Allmählich wurde mir etwas klarer im Kopf. Ich schielte zur Seite und sah Tarland im weißen Kittel. Er beugte sich über einen kleinen Wagen mit gläsernen Zylindern und Apparaten, auf denen sich das Licht spiegelte. Meine linke Hand lag auf einem Gummikissen, im Unterarm steckte eine Nadel. Ein Gummischlauch verband sie mit einem Glasrohr, durch das eine hellrote Flüssigkeit strömte. Ich spürte nun auch, wie etwas Warmes, Kribbelndes durch meine Adern pulste.

Was soll das bedeuten, dachte ich verwundert, eine Transfusion? Mir wurde immer wärmer. Alles um mich herum war so sonderbar still und unwirklich. Tarland schob den Apparat beiseite, zog rasch die Nadel aus dem Arm und drückte ein Stück Gaze gegen die kleine Wunde.

»Wer singt denn hier?« fragte ich. Ich hörte eine hohe, sanfte Melodie und fühlte mich sehr wohl dabei. Langsam, träge krochen meine Gedanken dahin. Düstere Bilder zogen an mir vorüber: eine Wanderung durch totenstille, hellerleuchtete Hohlwege, geborstene, kristallene Wände, dunkle Gänge, Galerien... wo war das alles? In einem Gletscher? Im Himalaja? Oder war es nur ein Traum? Plötzlich tauchte in meinem Gedächtnis die letzte Spur des noch bewußt Erlebten auf: die Grotte – finstere Felstrümmer, dumpfe, tiefe Stille und zwei Drähte, über die ich mich beugte, um...

Ich schloß die Augen. Als ich sie wieder öffnete, fiel mein Blick auf den Schirm des Fernsehgerätes an der gegenüberliegenden Wand. Auf dem schwarzen Hintergrund blinkten viele helle Pünktchen. Sterne?

Der Gesang war also die Stimme der Motoren. Wir flogen. Zwei Leute traten in die Kabine, Rainer und Arsenjew.

»Wie fühlst du dich?« fragte der Astronom.

»Gut.«

Ich weiß nicht, wie ich darauf kam; jedenfalls war die erste

Frage, die ich an die beiden richtete: »Wieso hat eigentlich die Stadt geleuchtet? War das Luzit?«

Die Gefährten warfen sich einen Blick zu.

»Nein, dieses Bariumsoda-Email hat nichts mit Luzit zu tun. Es leuchtet deshalb, weil es bei der Explosion einer starken Strahlung ausgesetzt war«, antwortete Rainer, offensichtlich sehr zufrieden, daß er mir einen so genauen Bescheid geben konnte.

»Eine Explosion? Ach richtig... der Krater«, sagte ich. »Hört mal...«

Tarland unterbrach mich. »Sie dürfen aber jetzt nicht sprechen. Wir haben so viel Zeit; da werden Sie schon noch alles erfahren.«

Er bat die beiden Wissenschaftler, die Kabine zu verlassen. Ich hörte, wie er an der Tür etwas von Gehirnerschütterung sagte und daß ich keine Aufregungen haben dürfe.

»Ich möchte aber wissen, wie es weitergegangen ist«, protestierte ich schwach, als er zurückkam. »Hat sich der Durchgang geöffnet?« Tarland fühlte mir den Puls.

»Professor Arsenjew hat Sie aus der Unterwelt wieder ans Licht gebracht, und ich – habe Sie neu erschaffen.« Er lächelte. Ich wollte noch etwas fragen; aber auf einmal war alles vor meinen Augen verschwommen, in weiter Ferne zerflossen. Ich sah blauen Himmel über mir... Vögel sangen... und dann schlief ich ein. Nach einiger Zeit erst erfuhr ich aus Gesprächen, die der wachsame Tarland immer wieder unterbrach, wie Arsenjew mich aus dem Gang heraufgetragen hatte, wie er sich bemühte, die Risse in meinem Skaphander abzudichten, wie es ihm einen Augenblick lang schien, als läge ich in Todeszuckungen, und wie dann der durch Raketensignale herbeigerufene Krankenwagen gerade noch rechtzeitig kam, um uns zur Rakete zurückzubringen.

Bewußtlos, vergiftet von der fremden Atmosphäre, mit gebrochenen Rippen, hatten sie mich auf den Operationstisch gelegt. Dreißig Stunden vergingen, ehe ich die Augen zum erstenmal aufschlug. Dann aber machte meine Gesundung rasche Fortschritte. Ich schlief fast den ganzen Tag über und wachte zur Essenszeit mit einem wahren Wolfshunger auf. Als ich aufstehen konnte, empfahl mir Tarland Höhensonne und das Einatmen künstlicher Gebirgsluft.

Es war mir noch immer nicht gestattet, die Gefährten nach der toten Stadt und den Bewohnern der Venus zu fragen. Tarland begründete sein Verbot damit, daß ich nach meiner Gehirnerschütterung vor jeder Aufregung bewahrt werden müsse. Vergeblich erklärte ich ihm, daß unbefriedigte Neugier eine sehr starke Aufregung verursache. Darauf riet er mir, mich in der Zentrale vor den großen Leuchtschirmen aufzuhalten, da es für einen Genesenden nichts Beruhigenderes als den Anblick des gestirnten Himmels geben könne. Nach meinem Unfall hatte der »Kosmokrator« noch sechs Tage über dem Planeten gekreuzt, hatte sich dann in einer spiralförmigen Bahn entfernt und den Rückflug angetreten.

Das Betrachten der Sterne beruhigte mich natürlich nicht, ich wollte endlich etwas über die Forschungsergebnisse wissen. Ich quälte Tarland so lange, bis ich ihn am dritten Tage unseres Rückfluges, als er mir die Fäden zog, umzustimmen vermochte.

Die Wissenschaftler arbeiteten in der Kabine des Marax. Eine Zeitlang ging ich im Korridor auf und ab. An diesem Tage waren die Motoren ausgeschaltet worden, und der »Kosmokrator« flog nun infolge der Anziehungskraft der Sonne weiter. Die Stille, die in der Rakete herrschte, schien aus der Ewigkeit zu kommen. Als ich in die dunkle Kabine trat, standen die Gefährten am Schaltpult. Die Gestalten im Raum zeichneten sich als schwärzliche Schatten von den grünlichschimmernden Leuchtschirmen ab. Eintönig summten die Elektromotoren. Aus der Tiefe des Marax wanden sich Drahtbündel hervor und liefen über gerillte Platten zu Elektromagneten, wo sie sich aufspulten. Chandrasekar warf einen der Hebel herum. Das Ende des letzten Drahtes krümmte sich eine Weile wie ein metallener Wurm auf der Pultplatte, zappelte dann in der Luft und verschwand in der Aufspulvorrichtung. Die Leuchtschirme überzogen sich mit einem grauen Schleier, in dem nun das dichte Gedränge und Durcheinander grüner Hieroglyphen erstarrte und verblaßte. Die kreisförmige Röhre der Deckenbeleuchtung erhellte sich wieder.

Arsenjew ging in der Kabine auf und ab, fuhr sich mit dem Handrücken über die Stirn, blieb stehen und sah mir in die Augen.

»Willst du es wissen?« Ich nickte.

»Es ist nicht leicht, aus erhalten gebliebenen Fragmenten die Geschichte einer fremden Welt zu rekonstruieren..., besonders dann, wenn es eine Geschichte der Vernichtung, des Unterganges ist...«

Der letzte Lichtschimmer auf den Leuchtschirmen erlosch. Grau und tot blickten sie von der Wand.

»Die Chroniken, die wir besitzen, umfassen in Bruchstücken einen Zeitraum von annähernd einhundertachtzig Jahren. Der erste Abschnitt, den wir entziffern konnten, enthält den Plan einer Invasion auf die Erde. Anfangs vermutete ich, daß die Beherrschung der Erde für die Venusbewohner die Erfüllung eines mythisch-religiösen Gebotes gewesen sei. Die Darstellung der beiden durchgestrichenen Kreise, auf die wir in den Ruinen stießen, hielt ich für ein entsprechendes Symbol. Die Chroniken enthüllten jedoch ein Bild, das von dieser Hypothese abweicht: Den Planeten bewohnte eine kühl berechnende Gattung von Lebewesen. Schon hundertfünfzig Jahre bevor sie an die Verwirklichung ihres Planes gingen, erwogen sie, ob sie die Menschen nicht in irgendeiner Form für ihre Zwecke gebrauchen könnten. Sie kamen zu der Meinung, daß wir keinen Wert für sie besäßen und daher beseitigt werden müßten. Da sie aber unsere Städte, Straßen und Fabriken nicht beschädigen wollten, um sie später selbst benutzen zu können, beschlossen sie, eine radioaktive Wolke gegen die Erde zu schleudern. Nach dem Absinken der Ionisierung hätte dann die weiße Kugel ihre Tätigkeit aufgenommen und Tausende von Weltraumschiffen auf die nun tote Erde geschickt. Sie wollten das Leben vernichten und das Leblose erhalten. Obwohl sie dabei alle erdenklichen Größen in Rechnung stellten, vergaßen sie eine einzubeziehen: sich selbst. Als dann die riesigen Strahlenwerfer und die weiße Kugel vor ihrer Vollendung standen, begannen die Venusbewohner gegeneinander Krieg zu führen. Es gelang ihnen, das gesteckte Ziel zu erreichen, aber – auf ihrem eigenen Planeten!«

Die Kabinenwand mit ihren Schalttafeln und Geräten verschwamm vor meinen Augen. Ich sah nur noch Arsenjews Gesicht als weißen Fleck vor einem dunklen Hintergrund. Ruhig fuhr er fort: »Ihr Verhältnis zu den Maschinen ist uns unklar. Es kann sein, daß die Maschinen die höchste Staatsmacht verkörperten. Auf jeden Fall waren sie es, die den genauen Plan des Angriffes gegen die Erde ausarbeiteten. Sie schufen auch die Kriegspläne und schickten die Bewohner ihres Planeten in den Tod.«

»Und um was kämpften sie?«

Arsenjew nahm ein Bündel Drähte von der Platte und wog es in der Hand.

»Das ist nicht klar zu erkennen. Vielleicht um das Recht der Ansiedlung auf der Erde. Die Bewohner der Venus besaßen eine hochentwickelte Kultur; aber all die vorzüglichen Konstrukteure und Baumeister unter ihnen hatten sich und ihr ungeheures Können in den Dienst der Vernichtung gestellt. Eine solche Gemeinschaft von Lebewesen mußte sich früher oder später gegen sich selbst kehren. Denk an gewisse Analogien unserer eigenen Geschichte. Der Krieg auf der Venus dauerte viele Jahre. Einige seiner Phasen sind uns vollkommen unverständlich, ganz abgesehen von den großen zeitlichen Lücken in den Chroniken der Archivhöhle. Verborgen unter der Oberfläche des Planeten, beschossen sie einander mit verdichteten Energieladungen, überschütteten sich gegenseitig mit Wolken giftigen Staubes, riefen künstliche Bodenverschiebungen und tektonische Beben hervor. Sie verbrauchten und verschwendeten in diesen Kämpfen Energiemengen, die genügt hätten, um ihren Planeten in einen blühenden Garten zu verwandeln.

Unter den Bewohnern der Venus sonderte sich eine Gruppe von Wesen höchster Intelligenz ab. Ihr Ziel war es, denkfähige Maschinen zu schaffen und sich ihrer zu bedienen. Diese Wesen blieben eine gewisse Zeitlang scheinbar neutral; denn sie dienten beiden kämpfenden Parteien zugleich. Unter anderem lieferten sie ihnen auch die Pläne zur gegenseitigen Vernichtung.«

»Das ist doch widersinnig.«

»Und trotzdem war es so. Je länger der Krieg dauerte, desto tiefer sank das Niveau der Zivilisation. In diesem Prozeß gab es, bedingt durch vorübergehende friedliche Perioden, zeitweilige Rückkehr zu früherer Blüte. Danach wurden aber die Kämpfe stets um so erbitterter fortgesetzt. Die großen energetischen Zentralen wechselten mehrmals ihre Herren. Es kam vor, daß die Kraftanlagen stillstanden, da den Siegern das erforderliche technische Wissen fehlte, um sie wieder in Gang zu bringen. In diesen Zeiten bemühten sich wahrscheinlich die ›neutralen‹ Venusbewohner, die Schöpfungen der Zivilisation, die Chroniken und Dokumente vor der Vernichtung zu bewahren und legten zu diesem Zwecke in Wüsten, inmitten von Bergen Schutzräume an. Auf die Ruine eines solchen Raumes stießen wir während unserer Expedition zur weißen Kugel.

Allmählich begann eine der feindlichen Parteien die Oberhand zu gewinnen. Sie war ihres Sieges bereits so sicher, daß sie die Rakete auf die Erde sandte, die im Jahre 1908 über der Taiga niederging. Hier bricht die Chronik ab. Den weiteren Verlauf der Ereignisse können wir nur mutmaßen. Es ist denkbar, daß die große Katastrophe während des Endkampfes um die Beherrschung des energetischen Systems eintrat; es kann aber auch sein, daß man zuletzt einfach die Kontrolle über die komplizierte Maschinenwelt verlor, daß man sich über die Auswirkungen dieses einmal in Tätigkeit gesetzten Räderwerkes gar nicht im klaren war. Vielleicht aber gab es noch eine andere Ursache für die grauenvolle Selbstvernichtung dieser Lebewesen, und wer weiß, ob diese Deutung nicht die wahrscheinlichste ist, daß nämlich die unterliegende Partei zu einer letzten Möglichkeit griff, um sich vor dem Untergang zu retten: zu den Deuteronenladungen, die zur Vernichtung der Erde bestimmt waren.«

»Und wann soll dies geschehen sein?«

»Im April 1915 veröffentlichte ein junger belgischer Gelehrter eine Arbeit, in der er auf einen eigenartigen Sprung in der durchschnittlichen Jahrestemperatur der Venus hinwies. Die Werte, die er für einen Zeitraum von vierzehn Jahren zusammengestellt hatte, schwankten um vierzig Grad Celsius; im letzten Beobachtungsjahr hingegen wurden zweihundertneunzig Grad verzeichnet. Dieser abnorme Temperaturanstieg dauerte einen knappen Monat. Die Arbeit erschien während des Ersten Weltkrieges, und damals beschäftigte sich niemand mit astronomischen Phantastereien. Die Sache wurde als spekulative Anfängerarbeit eines jungen Forschers abgetan und geriet bald in Vergessenheit...«

Das Telefon summte. Oswatitsch rief den Astronomen in die Zentrale: Die Erde hatte sich gemeldet. Arsenjew ging hinaus.

»Sind sie denn alle umgekommen?« wandte ich mich an Lao Tsu, der noch immer über das Pult gebeugt saß und mit einer großen Lupe Zeichnungen und Fotografien untersuchte. »Wie war das möglich? Warum flüchteten sie denn nicht selbst in die tiefsten unterirdischen Räume, dort, wo das schwarze Plasma ist..., oder leben vielleicht an irgendeiner entlegenen Stelle des Planeten noch einige?«

»Die Gewißheit haben wir natürlich nicht«, erwiderte der Chinese. »Und wenn wir trotzdem fest davon überzeugt sind, dann nur deshalb, weil wir in die überragende Geisteskraft dieser Wesen großes Vertrauen setzen. Das klingt wie Hohn; aber es ist tatsächlich so.«

Ich schwieg.

»Sich selbst vernichten im Glauben, daß man damit die ganze Welt vernichtet – das ist eine große und furchtbare Versuchung...«

Der Chinese kniff die Augen zusammen und blickte mich scharf an. Nach einer Weile trat Arsenjew in die Kabine. Er war sichtlich aufgeregt.

»Hört«, rief er, »ihr erinnert euch doch noch an die Stelle des Rapports, die uns so in Erstaunen versetzte. Wir nahmen damals an, daß die etwaigen Insassen des Weltraumschiffes die Menschen nicht beachtet hätten, weil sie die ›anderen‹, die wirklichen Schöpfer der irdischen Zivilisation, suchten. Nun hat sich dieser Irrtum aufgeklärt! Man ist nämlich jetzt auf der Erde dabei, mit Hilfe unseres Materials die Übersetzung des Rapports noch einmal zu bearbeiten, und hier haben wir das erste Resultat: Sie suchten keineswegs die Schöpfer unserer Zivilisation oder irgendwelche Lebewesen, sondern forschten nach Einrichtungen, die imstande gewesen wären, die vernichtenden Ladungen abzufangen und auf die Venus zurückzuschleudern.«

»Ja, das ist möglich«, sagte Lao Tsu und stand auf. »Wurde uns bereits der volle Text gesendet?«

»Einstweilen noch nicht. Dubois will ihn mir in einer halben Stunde übermitteln. Du und Kollege Chandrasekar, ihr kommt dann bitte gleich mit mir hinüber in die Zentrale. Wir können bei der Gelegenheit die Fortsetzung der Berechnungen funken.«

Der Mathematiker, der bis jetzt hinter der Isolationswand

des Marax gearbeitet hatte, tauchte zwischen den Verteilertafeln auf. Wie aus weiter Ferne hörte ich die Wissenschaftler miteinander reden.

»So war also das Ende...«, sagte ich. »Sie wollten uns vernichten. Eines aber ist mir unbegreiflich: Waren sie tatsächlich ihrer Veranlagung nach böse?«

Nach meinen Worten trat Stille ein. Chandrasekar, der am Pult des Marax arbeitete, ließ die Hand mit dem Werkzeug sinken. »Ich glaube nicht daran«, erwiderte er.

»Das heißt...?«

Chandrasekar warf das Kabelende, das er in der anderen Hand hielt, auf die Pultplatte. »Was wissen wir über die Bewohner dieses Planeten? Nichts. Wir wissen nicht, wie sie ausgesehen haben, wir können es nicht einmal mutmaßen, wir wissen nicht, wovon ihr Leben erfüllt war... und von all ihrem Gedankengut kennen wir lediglich eines: den Plan und die Methode, uns zu vernichten.«

Er schwieg einen Augenblick, dann fuhr er fort: »Es ist uns bekannt, daß die Materie blind ist. Der Mensch bringt Ordnung in den unermeßlichen Raum des Weltalls; denn er schafft Werke. Wesen aber, die sich die Vernichtung anderer zum Ziel setzen, tragen den Keim des eigenen Verderbens in sich – und wenn sie noch so mächtig sind. Was wollen und können wir über sie denken? Die Vorstellungskraft versagt, der menschliche Geist schreckt vor dem Riesenmaß an Leiden und Sterben zurück, das in dem Worte, ›Untergang eines Planeten‹ enthalten ist. Sollen wir diese Geschöpfe verdammen? Waren es Ungeheuer, die die Venus bewohnten? Ich glaube es nicht. Gab es nicht auch auf der Erde, innerhalb der menschlichen Gemeinschaft, die furchtbarsten Kriege, in denen Bauern, Fischer, Töpfer, Zimmerleute, Beamte und Künstler verleitet und gezwungen wurden, einander umzubringen? Und waren etwa die Millionen und aber Millionen, die in den Kriegen zugrunde gingen, schlechter als wir? Verdienten sie nichts anderes als diesen sinnlosen Tod? Professor Arsenjew ist der Meinung, daß Maschinen die Bewohner der Venus in den Abgrund trieben. Das steht noch nicht fest; aber nehmen wir an, daß es tatsächlich so gewesen ist. Ja, gab es auf der Erde nicht auch Wesen, die das taten, was Ihnen, Pilot, als widersinnig erscheint – gab es bei uns keine Händler des

Todes, die in den Kriegen beiden kämpfenden Parteien dienten und ihnen Waffen verkauften?

Wir können hier so manche Parallele finden, und das ist kein Zufall; denn es müssen gemeinsame Gesetze bestehen, denen die Geschichte vernunftbegabter Wesen unterworfen ist. Vernunftbegabter – wie bitter klingt das Wort in diesem Zusammenhang!

Es besteht jedoch zwischen uns und den Venusbewohnern ein Unterschied, der ebenso groß ist wie der zwischen Leben und Tod. Über allen Städten dieses Planeten schwebten Atomsonnen, die nicht für Ewigkeiten leuchteten, um Leben zu spenden und sein Gedeihen zu fördern, sondern nur für einen einzigen Augenblick – um es auszulöschen. In einer Temperatur von Millionen Grad siedeten und zerschmolzen ihre prächtigen Gebäude, verbrannten die Maschinen, barsten die Maste der Radiosender und zersprangen die unterirdischen Rohrleitungen. So entstand das Landschaftsbild, das wir wenige Jahrzehnte nach der Katastrophe erblickt haben: Ruinen, Trümmerfelder, Wüsten, Wälder erstarrter Kristalle, Flüsse gärenden Plasmas und – die weiße Kugel, die letzte Zeugin dieses Weltunterganges, deren Schaltwerke, von niemandem geregelt, noch immer rastlos tätig sind. Ohne jeden Zweifel und Nutzen werden ungeheure Energien entfesselt, und das wird so lange weitergehen, wie noch das schwarze Plasma in den unterirdischen Speichern und Leitungen pulsiert, Hunderte von Jahren vielleicht... falls nicht inzwischen der Mensch von diesem Planeten Besitz ergreift.«

»Eine furchtbare Hinterlassenschaft«, flüsterte ich.

»Ja«, sagte Arsenjew, »aber das Leben allein gibt der Welt ihren Sinn. Deshalb werden wir auch den Mut haben, auf die Venus zurückzukehren. Wir werden für immer ihrer Tragödie ein Andenken bewahren, der Tragödie des Lebens, das sich gegen das Leben erhob und dabei selbst vernichtet wurde.«

Arsenjew trat an den Televisor.

»Freunde. Die Expedition zur Venus ist nur eine Etappe, der erste Schritt auf einem Wege, dessen Endziel keiner von uns vermuten kann. Ich bin fest davon überzeugt, daß wir auch die Grenzen unseres Sonnensystems überschreiten, daß wir auf Tausende Himmelskörper, die um andere Sonnen kreisen, unseren Fuß setzen werden. Nach Millionen, vielleicht nach

Milliarden Jahren wird die Zeit kommen, wo der Mensch die ganze Milchstraße bevölkert und die Lichter des nächtlichen Himmels ihm so nahe, so vertraut sind wie die Lichter entfernter Häuser. Wir können diese Zeiten nur dunkel ahnen; aber eines weiß ich, daß die Liebe bis dahin nicht zu bestehen aufhört; denn erst durch sie spiegelt sich die Schönheit der Welt in den Augen des Nächsten wider.«

Arsenjew stand unter dem Leuchtschirm. Ein schwacher Abglanz von den Schwärmen flimmernder Sternenstäubchen schien auf sein Gesicht zu fallen. Lange Zeit verharrten wir in Schweigen, als lauschten wir Stimmen aus unendlich fernen Welten.

Da klingelte das Telefon. Lao Tsu nahm den Hörer ab, dann legte er ihn neben den Apparat und blickte zu Arsenjew hinüber.

»Die Erde ruft uns!«

Von Stanisław Lem
erschienen im Suhrkamp Verlag

Robotermärchen. *Bibliothek Suhrkamp* Band 366. 1973
Das Hohe Schloß. Prosa. *Bibliothek Suhrkamp* Band 405. 1974
Solaris. Roman. *suhrkamp taschenbuch* Band 226. 1975
Die Jagd. Neue Geschichten des Piloten Pirx. *suhrkamp taschenbuch* Band 302. 1976
Transfer. Roman. *suhrkamp taschenbuch* Band 324. 1976
Nacht und Schimmel. Erzählungen. *suhrkamp taschenbuch* Band 356. 1976
Der futurologische Kongreß. *Bibliothek Suhrkamp* Band 477. 1975 und *suhrkamp taschenbuch* Band 534. 1979
Die Maske. Herr F. Zwei Erzählungen. *Bibliothek Suhrkamp* Band 561. 1977
Die Untersuchung. Kriminalroman. *suhrkamp taschenbuch* Band 435. 1978
Die Astronauten. *suhrkamp taschenbuch* Band 441. 1978
Sterntagebücher. *suhrkamp taschenbuch* Band 459. 1978
Golem XIV und andere Prosa. *Bibliothek Suhrkamp* Band 603. 1978
Memoiren, gefunden in der Badewanne. *suhrkamp taschenbuch* Band 508. 1979
Der Schnupfen. Kriminalroman. *suhrkamp taschenbuch* Band 570. 1979
Dialoge. *edition suhrkamp* Band 1013. 1980
Mondnacht. Hör- und Fernsehspiele. *suhrkamp taschenbuch* Band 729. 1980
Imaginäre Größe. *suhrkamp taschenbuch* Band 658. 1981
Summa technologiae. *suhrkamp taschenbuch* Band 678. 1981
Die vollkommene Leere. *suhrkamp taschenbuch* Band 707. 1981
Provokation. Besprechung eines ungelesenen Buches. *Bibliothek Suhrkamp* Band 740. 1981
Terminus und andere Geschichten des Piloten Pirx. *suhrkamp taschenbuch* Band 740. 1981
Das Hospital der Verklärung. Roman. *suhrkamp taschenbuch* Band 761. 1982
Die Ratte im Labyrinth. *suhrkamp taschenbuch* Band 806. 1982
Robotermärchen. *suhrkamp taschenbuch* Band 856. 1982
Die Stimme des Herrn. Roman. *suhrkamp taschenbuch* Band 907. 1983
Eine Minute der Menschheit. Eine Momentaufnahme. *suhrkamp taschenbuch* Band 955. 1983
Waffensysteme des 21. Jahrhunderts oder The Upside Down Evolution. *suhrkamp taschenbuch* Band 998. 1983
Das Katastrophenprinzip. Die kreative Vernichtung in der Natur. *suhrkamp taschenbuch* Band 999. 1983

Über Stanisław Lem. *suhrkamp taschenbuch* Band 586. 1981

Von Stanisław Lem
erschienen im Insel Verlag

Sterntagebücher. 1973
Die vollkommene Leere. 15 fiktive Rezensionen. 1973
Die Astronauten. 1974
Der futurologische Kongreß. Aus Ijon Tichys Erinnerungen. 1974
Memoiren, gefunden in der Badewanne. 1974
Die Untersuchung. *Kriminalroman.* 1975
Das Hospital der Verklärung. *Roman.* 1975
Der Unbesiegbare. *Roman.* 1976
Summa technologiae. 1976
Imaginäre Größe. 1976
Der Schnupfen. *Kriminalroman.* 1977
Phantastik und Futurologie I. 1977
Mondnacht. Hör- und Fernsehspiele. 1977
Eden. Roman einer außerirdischen Zivilisation. 1978
Pilot Pirx. 1978
Erzählungen. 1979
Der phantastische Lem. 1980
Phantastik und Futurologie II. 1980
Essays. 1981
Dialoge. 1981
Die Stimme des Herrn. *Roman.* 1981
Mehr phantastische Erzählungen. 1981
Kyberiade. Fabeln zum kybernetischen Zeitalter. 1983
Nacht und Schimmel. 1972 *(in dieser Ausgabe vergriffen)*
Die Jagd. 1973 *(in dieser Ausgabe vergriffen)*

In Anthologien

Die Ratte im Labyrinth. 1971
Polaris 1. *insel taschenbuch* Band 30. 1973
Polaris 5. *suhrkamp taschenbuch* Band 713. 1981
Phaïcon 1. *insel taschenbuch* Band 69. 1974
Phaïcon 2. *insel taschenbuch* Band 154. 1975
Blick vom anderen Ufer. Europäische Science-fiction. *suhrkamp taschenbuch* Band 359. 1977
Pfade ins Unendliche. Insel Almanach auf das Jahr 1972
Stanisław Lem. Der dialektische Weise aus Kraków. Insel Almanach auf das Jahr 1976
Wie der Teufel den Professor holte. *suhrkamp taschenbuch* Band 629. 1979
›Quarber Merkur‹. Aufsätze zur Science-fiction und Phantastischen Literatur. *suhrkamp taschenbuch* Band 571. 1979
Phantastische Träume. *suhrkamp taschenbuch* Band 954. 1983

Phantastische Bibliothek
in den suhrkamp taschenbüchern
Eine Auswahl

Aldiss, Brian W.: Der unmögliche Stern. Science-fiction-Geschichten. Aus dem Englischen von Rudolf Hermstein. st 834
Ballard, J. G.: Das Katastrophengebiet. Science-fiction-Erzählungen. Aus dem Englischen von Alfred Scholz und Rudolf Hermstein. st 924
– Der tote Astronaut. Science-fiction-Erzählungen. Aus dem Englischen von Michael Walter. st 940
– Billennium. Science-fiction-Erzählungen. Aus dem Englischen von Alfred Scholz und Michael Walter. st 896
– Hallo Amerika! Science-fiction-Roman. Aus dem Englischen von Rudolf Hermstein. st 895
– Der ewige Tag und andere Science-fiction-Erzählungen. st 727
Becher, Martin Roda: An den Grenzen des Staunens. Aufsätze zur phantastischen Literatur. st 915
Bioy Casares, Adolfo: Morels Erfindung. Phantastischer Roman. Aus dem Spanischen von Karl August Horst. Mit einem Nachwort von Jorge Louis Borges. st 939
– Die fremde Dienerin. Phantastische Erzählungen. Aus dem Spanischen von Joachim A. Frank. st 962
Blackwood, Algernon: Besuch von Drüben. Gruselgeschichten. Deutsch von F. Polakovics. st 411
– Das leere Haus. Phantastische Geschichten. Deutsch von F. Polakovics. st 30
Blick vom anderen Ufer. Europäische Science-fiction. Hg. F. Rottensteiner. st 359
Braun, Johanna u. Günter: Conviva Ludibundus. Utopischer Roman. st 748
– Der Irrtum des Großen Zauberers. Phantastischer Roman. st 807
– Das kugeltranszendentale Vorhaben. Phantastischer Roman. st 948
Bulwer-Lytton, Edward: Das kommende Geschlecht. Roman. st 609
Dick, Philip K.: UBIK. Science-fiction-Roman. Deutsch von Renate Laux. st 440
Erckmann-Chatrian. Das Eulenohr und andere phantastische Erzählungen. Herausgegeben von Kalju Kirde. Aus dem Französischen von Hilde Linnert. st 989
Franke, Herbert W.: Transpluto. Science-fiction-Roman. st 841
– Einsteins Erben. Erzählungen. st 603
– Sirius Transit. Roman. st 535

52/1/8.84

Phantastische Bibliothek
in den suhrkamp taschenbüchern
Eine Auswahl

Franke, Herbert W.: Ypsilon minus. st 358

Hodgson, William Hope: Stimme in der Nacht. Unheimliche Seegeschichten. Deutsch von Wulf Teichmann. st 749

Lem, Stanisław: Die Astronauten. Utopischer Roman. Deutsch von R. Pabel. st 441

– Der futurologische Kongreß. Deutsch von I. Zimmermann-Göllheim. st 534

– Die Jagd. Neue Geschichten des Piloten Pirx. Deutsch von R. Buschmann, K. Kelm, B. Sparing. st 302

– Memoiren, gefunden in der Badewanne. Deutsch von W. Tiel. Mit einer Einleitung des Autors. st 508

– Nacht und Schimmel. Erzählungen. Deutsch von I. Zimmermann-Göllheim. st 356

– Die Ratte im Labyrinth. Ausgewählt von Franz Rottensteiner. Aus dem Polnischen von Roswitha Buschmann, Caesar Rymarowicz, Jens Reuter und Klaus Staemmler. st 806

– Robotermärchen. st 856

– Sterntagebücher. Deutsch von C. Rymarowicz. Mit Zeichnungen des Autors. st 459

– Die Untersuchung. Kriminalroman. Deutsch von J. Reuter und H. J. Mayer. st 453

Lexikon der phantastischen Literatur. Hrsg. Rein A. Zondergeld. st 880

Lovecraft, H. P.: Stadt ohne Namen. Deutsch von Charlotte Gräfin von Klinckowstroem. Mit einem Nachwort von Dirk Mosig. st 694

– Berge des Wahnsinns. st 220

– Cthulhu. Geistergeschichten. Deutsch von H. C. Artmann. Vorwort G. Manganelli. st 29

– Der Fall Charles Dexter Ward. Zwei Horrorgeschichten. Deutsch von R. Hermstein. st 391

Über H. P. Lovecraft. Hg. F. Rottensteiner. st 1027

Maupassant, Guy de: Die Totenhand und andere phantastische Erzählungen. Aus dem Französischen v. W. Widmer u. a. st 1040

Mercier, Louis-Sébastien: Das Jahr 2440. Ein Traum aller Träume. Deutsch von Christian Felix Weiße (1772). Herausgegeben, mit Erläuterungen und einem Nachwort versehen von Herbert Jaumann. st 676

Poe, Edgar Allan: Der Fall des Hauses Ascher. Deutsch von A. Schmidt und H. Wollschläger. st 517

52/2/8.84

Phantastische Bibliothek in den suhrkamp taschenbüchern

Eine Auswahl

Ray, Jean: Die Gasse der Finsternis. Phantastische Erzählungen. Aus dem Französischen v. W. Thaler. st 1034

Schattschneider, Peter: Zeitstopp. Science-fiction-Geschichten. st 819

Smith, C. A.: Saat aus dem Grabe. Phantastische Geschichten. Aus dem Amerikanischen von Friedrich Polakovics. st 765

Strugatzki, Arkadi und Boris: Montag beginnt am Samstag. Aus dem Russischen von Hermann Buchner. st 780

– Picknick am Wegesrand. Aus dem Russischen von A. Möckel. st 670

– Die Schnecke am Hang. Deutsch von H. Földeak. Nachwort D. Suvin. st 434

Szilard, Leo: Die Stimme der Delphine. Utopische Science-fiction-Erzählungen. Mit einem Vorwort von Carl Friedrich von Weizsäcker. st 703

Weisser, Michael: DIGIT. Science-fiction-Roman. st 873

– SYN-CODE-7. Science-fiction-Roman. st 764

Die andere Zukunft. Phantastische Erzählungen aus der DDR. Herausgegeben von Franz Rottensteiner. st 757

Zulawski, Jerzy: Auf dem Silbermond. Science-fiction-Roman. Aus dem Polnischen von Edda Werfel. Mit einem Vorwort von Stanisław Lem. st 865

– Der Sieger. Ein klassischer Science-fiction-Roman. Aus dem Polnischen von Edda Werfel. st 916

– Die alte Erde. Science-fiction-Roman. Aus dem Polnischen von Edda Werfel. st 968

52/3/8.84

Alphabetisches Gesamtverzeichnis der suhrkamp taschenbücher

Abe: Die vierte Zwischeneiszeit 756
Achternbusch: Alexanderschlacht 61
– Der Depp 898
– Das letzte Loch 803
– Der Neger Erwin 682
– Servus Bayern 937
– Die Stunde des Todes 449
Rut Achternbusch: Der Herzkasperl 906
Adorno: Erziehung zur Mündigkeit 11
– Studien zum autoritären Charakter 107
– Versuch, das ›Endspiel‹ zu verstehen 72
– Versuch über Wagner 177
– Zur Dialektik des Engagements 134
Aitmatow: Der weiße Dampfer 51
Alain: Die Pflicht, glücklich zu sein 859
Aldis: Der unmögliche Stern 834
Alegría: Die hungrigen Hunde 447
Alewyn: Probleme und Gestalten 845
Alsheimer: Eine Reise nach Vietnam 628
– Vietnamesische Lehrjahre 73
Alter als Stigma 468
Anders: Erzählungen. Fröhliche Philosophie 432
Ansprüche. Verständigungstexte von Frauen 887
Arendt: Die verborgene Tradition 303
Arguedas: Die tiefen Flüsse 588
Artmann: How much, schatzi? 136
– Lilienweißer Brief 498
– The Best of H. C. Artmann 275
– Unter der Bedeckung eines Hutes 337
Augustin: Raumlicht 660
Babits: Der Storchkalif 976
Bachmann: Malina 641
Bahlow: Deutsches Namenlexikon 65
Balint: Fünf Minuten pro Patient 446
Ball: Hermann Hesse 385
Ballard: Der ewige Tag 727
– Die Tausend Träume 833
– Kristallwelt 818
– Billennium 896
– Der tote Astronaut 940
– Das Katastrophengebiet 924
Barnet: Der Cimarrón 346
– Das Lied der Rachel 966
Beach: Shakespeare and Company 823
Becher: Martin Roda, An den Grenzen des Staunens 915
Becker, Jürgen: Die Abwesenden 882
– Gedichte 690
Becker, Jurek: Irreführung der Behörden 271
– Der Boxer 526
– Jakob der Lügner 774
– Nach der ersten Zukunft 941
– Schlaflose Tage 626
Becker/Nedelmann: Psychoanalyse und Politik 967
Beckett: Das letzte Band (dreisprachig) 200

1/1/6.84

– Der Namenlose 546
– Endspiel (dreisprachig) 171
– Glückliche Tage (dreisprachig) 248
– Malone stirbt 407
– Mercier und Camier 943
– Molloy 229
– Warten auf Godot (dreisprachig) 1
– Watt 46
Behrens: Die weiße Frau 655
Beig: Raben krächzen 911
Beißner: Der Erzähler F. Kafka 516
Bell: Virginia Woolf 753
Benjamin: Deutsche Menschen 970
– Illuminationen 345
– Über Haschisch 21
Zur Aktualität Walter Benjamins 150
Beradt: Das dritte Reich des Traums 697
Bernhard: Das Kalkwerk 128
– Der Kulterer 306
– Frost 47
– Gehen 5
– Salzburger Stücke 257
Bertaux: Hölderlin 686
– Mutation der Menschheit 555
Beti: Perpétue und die Gewöhnung ans Unglück 677
Bienek: Bakunin: eine Invention 775
Bierce: Das Spukhaus 365
Bioy Casares: Fluchtplan 378
– Die fremde Dienerin 962
– Morels Erfindung 939
– Schlaf in der Sonne 691
– Tagebuch des Schweinekriegs 469
Blackwood: Besuch von Drüben 411
– Das leere Haus 30
– Der Griff aus dem Dunkel 518
– Der Tanz in den Tod 848
Blatter: Zunehmendes Heimweh 649
– Schaltfehler 743
– Love me tender 883
Böni: Ein Wanderer im Alpenregen 671
Bohrer: Ein bißchen Lust am Untergang 745
Bonaparte: Edgar Poe: 3 Bde. 592
Brandão: Null 777
Brasch: Kargo 541
– Der schöne 27. September 903
Bratny: Die Hunde 877
Braun: J. u. G., Conviva Ludibundus 748
– Der Fehlfaktor 687
– Der Irrtum des Großen Zauberers 807
– Unheimliche Erscheinungsformen auf Omega XI 646
– Das kugeltranszendentale Vorhaben 948
– Der Utofant 881
– Der unhandliche Philosoph 870
– Die unhörbaren Töne 983
Braun: Das ungezwungene Leben Kasts 546
– Gedichte 499
– Stücke 1 198
– Stücke 2 680
Brecht: Frühe Stücke 201
– Gedichte 251
– Gedichte für Städtebewohner 640
– Geschichten von Herrn Keuner 16
– Schriften zur Gesellschaft 199
Brecht in Augsburg 297

1/2/6.84

Bertolt Brechts Dreigroschenbuch 87
Brentano: Berliner Novellen 568
– Theodor Chindler 892
Broch, Hermann: Werkausgabe in 17 Bdn.:
– Briefe I 710
– Briefe II 711
– Briefe III 712
– Dramen 538
– Gedichte 572
– Massenwahntheorie 502
– Novellen 621
– Philosophische Schriften 2 Bde. 375
– Politische Schriften 445
– Schlafwandler 472
– Schriften zur Literatur 1 246
– Schriften zur Literatur 2 247
– Die Schuldlosen 209
– Der Tod des Vergil 296
– Die Unbekannte Größe 393
– Die Verzauberung 350
Brod: Tycho Brahes Weg zu Gott 490
Broszat: 200 Jahre deutsche Polenpolitik 74
Buch: Jammerschoner 815
Budgen: James Joyce u. d. Entstehung d. Ulysses 752
Büßerinnen aus dem Gnadenkloster, 632
Bulwer-Lytton: Das kommende Geschlecht 609
Campbell: Der Heros in tausend Gestalten 424
Carossa: Ungleiche Welten 521
– Der Arzt Gion 821
Über Hans Carossa 497
Carpentier: Die verlorenen Spuren 808
– Explosion in der Kathedrale 370
– Krieg der Zeit 552
Celan: Atemwende 850
Chalfen: Paul Celan 913
Chomsky: Indochina und die amerikanische Krise 32
– Kambodscha Laos Nordvietnam 103
Cioran: Die verfehlte Schöpfung 550
– Vom Nachteil geboren zu sein 549
– Syllogismen der Bitterkeit 607
Cisek: Der Strom ohne Ende 724
Claes: Flachskopf 524
Cortázar: Album für Manuel 936
– Bestiarium 543
– Das Feuer aller Feuer 298
– Die geheimen Waffen 672
– Ende des Spiels 373
Dahrendorf: Die neue Freiheit 623
– Lebenschancen 559
Das sollten Sie lesen 852
Degner: Graugrün und Kastanienbraun 529
Dick: LSD-Astronauten 732
– Mozart für Marsianer 773
– UBIK 440
Die Serapionsbrüder von Petrograd 844
Döblin: Materialien zu »Alexanderplatz« 268
Dolto: Der Fall Dominique 140
Dorst: Dorothea Merz 511
– Stücke I 437
– Stücke 2 438
Dorst/Fallada: Kleiner Mann – was nun? 127
Dort wo man Bücher verbrennt 905
Duke: Akupunktur 180
Duras: Hiroshima mon amour 112

1/3/6.84

Ehrenberg/Fuchs: Sozialstaat und Freiheit 733
Ehrenburg: Das bewegte Leben des Lasik Roitschwantz 307
– 13 Pfeifen 405
Eich: Ein Lesebuch 696
– Fünfzehn Hörspiele 120
Eliade: Bei den Zigeunerinnen 615
Eliot: Die Dramen 191
Ellmann: James Joyce: 2 Bde. 473
Enzensberger: Gedichte 1955-1970 4
– Der kurze Sommer der Anarchie 395
– Der Untergang der Titanic 681
– Museum der modernen Poesie: 2 Bde. 476
– Politik und Verbrechen 442
Enzensberger (Hg.): Freisprüche. Revolutionäre vor Gericht 111
Eppendorfer: Der Ledermann spricht mit Hubert Fichte 580
Erbes: Die blauen Hunde 825
Erikson: Lebensgeschichte und hist. Augenblick 824
Eschenburg: Über Autorität 178
Ewen: Bertolt Brecht 141
Fanon: Die Verdammten dieser Erde 668
Federspiel: Paratuga kehrt zurück 843
– Der Mann, der Glück brachte 891
– Die beste Stadt für Blinde 979
Feldenkrais: Abenteuer im Dschungel des Gehirns 663
– Bewußtheit durch Bewegung 429
Fleißer: Der Tiefseefisch 683
– Eine Zierde für den Verein 294
– Ingolstädter Stücke 403
– Abenteuer aus dem Engl. Garten 925
Frame: Wenn Eulen schreien 692
Franke: Einsteins Erben 603
– Keine Spur von Leben 741
– Paradies 3000 664
– Schule für Übermenschen 730
– Sirius Transit 535
– Tod eines Unsterblichen 772
– Transpluto 841
– Ypsilon minus 358
– Zarathustra kehrt zurück 410
– Zone Null 585
Freund: Drei Tage mit J. Joyce 929
Fries: Das nackte Mädchen auf der Straße 577
– Der Weg nach Oobliadooh 265
– Schumann, China und der Zwickauer See 768
Frijling-Schreuder: Was sind das – Kinder? 119
Frisch: Andorra 277
– Der Mensch erscheint im Holozän 734
– Dienstbüchlein 205
– Forderungen des Tages 957
– Herr Biedermann / Rip van Winkle 599
– Homo faber 354
– Mein Name sei Gantenbein 286
– Montauk 700
– Stiller 105
– Stücke 1 70
– Stücke 2 81
– Tagebuch 1966-1971 256
– Wilhelm Tell für die Schule 2
Materialien zu Frischs »Biedermann und die Brandstifter« 503
– »Stiller« 2 Bde. 419

1/4/6.84

Fromm/Suzuki/de Martino: Zen-Buddhismus und Psychoanalyse 37
Fuchs: Todesbilder in der modernen Gesellschaft 102
Fuentes: Nichts als das Leben 343
Fühmann: Bagatelle, rundum positiv 426
Gabeira: Die Guerilleros sind müde 737
Gadamer/Habermas: Das Erbe Hegels 596
Gall: Deleatur 639
Gandhi: Mein Leben 953
García Lorca: Über Dichtung und Theater 196
Gauch: Vaterspuren 767
Gespräche mit Marx und Engels 716
Gilbert: Das Rätsel Ulysses 367
Ginzburg: Ein Mann und eine Frau 816
– Caro Michele 863
– Mein Familienlexikon 912
Gorkij: Unzeitgemäße Gedanken über Kultur und Revolution 210
Goytisolo: Spanien und die Spanier 861
Grabiński: Abstellgleis 478
Griaule: Schwarze Genesis 624
Grimm/Hinck: Zwischen Satire und Utopie 839
Gulian: Mythos und Kultur 666
Gründgens' Faust 838
Habermas/Henrich: Zwei Reden 202
Handke: Als das Wünschen noch geholfen hat 208
– Begrüßung des Aufsichtsrats 654
– Chronik der laufenden Ereignisse 3
– Das Ende des Flanierens 679
– Das Gewicht der Welt 500
– Die Angst des Tormanns beim Elfmeter 27
– Die linkshändige Frau 560
– Die Stunde der wahren Empfindung 452
– Die Unvernünftigen sterben aus 168
– Der kurze Brief 172
– Falsche Bewegung 258
– Die Hornissen 416
– Ich bin ein Bewohner des Elfenbeinturms 56
– Stücke 1 43
– Stücke 2 101
– Wunschloses Unglück 146
Hart Nibbrig: Rhetorik des Schweigens 693
Heiderich: Mit geschlossenen Augen 638
Heller: Enterbter Geist 537
– Thomas Mann 243
Hellman: Eine unfertige Frau 292
v. Hentig: Die Sache und die Demokratie 245
– Magier oder Magister? 207
Hermlin: Lektüre 1960-1971 215
Herzl: Aus den Tagebüchern 374
Hesse: Aus Indien 562
– Aus Kinderzeiten. Erzählungen Bd. 1 347
– Ausgewählte Briefe 211
– Briefe an Freunde 380
– Demian 206
– Der Europäer. Erzählungen Bd. 3 384
– Der Steppenwolf 175
– Die Gedichte: 2 Bde. 381
– Die Kunst des Müßiggangs 100
– Die Märchen 291
– Die Nürnberger Reise 227

1/5/6.84

– Die Verlobung. Erzählungen Bd. 2 368
– Die Welt der Bücher 415
– Eine Literaturgeschichte in Rezensionen 252
– Gedenkblätter 963
– Gertrud 890
– Das Glasperlenspiel 79
– Innen und Außen. Erzählungen Bd. 4 413
– Italien 689
– Klein und Wagner 116
– Kleine Freuden 360
– Kurgast 383
– Legenden 909
– Lektüre für Minuten 7
– Lektüre für Minuten. Neue Folge 240
– Morgenlandfahrt 750
– Narziß und Goldmund 274
– Peter Camenzind 161
– Politik des Gewissens: 2 Bde. 656
– Roßhalde 312
– Siddhartha 182
– Unterm Rad 52
– Von Wesen und Herkunft des Glasperlenspiels 382
Materialien zu Hesses »Glasperlenspiel« 1 80
Materialien zu Hesses »Glasperlenspiel« 2 108
Materialien zu Hesses »Siddhartha« 1 129
Materialien zu Hesses »Siddhartha« 2 282
Materialien zu Hesses »Steppenwolf« 53
Über Hermann Hesse 1 331
Über Hermann Hesse 2 332
Hermann Hesse – Eine Werkgeschichte von Siegfried Unseld 143
Hermann Hesses weltweite Wirkung 386
Hildesheimer: Hörspiele 363
– Mozart 598
– Paradies der falschen Vögel 295
– Stücke 362
Hinck: Von Heine zu Brecht 481
– Germanistik als Literaturkritik 885
Hinojosa: Klail City und Umgebung 709
Hodgson: Stimme in der Nacht 749
Höllerer: Die Elephantenuhr 266
Holmqvist (Hg.): Das Buch der Nelly Sachs 398
Horváth: Der ewige Spießer 131
– Der jüngste Tag 715
– Die stille Revolution 254
– Ein Kind unserer Zeit 99
– Ein Lesebuch 742
– Geschichten aus dem Wiener Wald 835
– Jugend ohne Gott 1063
– Sladek 1052
Horváth/Schell: Geschichte aus dem Wiener Wald 595
Hrabal: Erzählungen 805
Hsia: Hesse und China 673
Hudelot: Der Lange Marsch 54
Hughes: Hurrikan im Karibischen Meer 394
Huizinga: Holländische Kultur im siebzehnten Jahrhundert 401
Innerhofer: Die großen Wörter 563
– Schattseite 542
– Schöne Tage 349
Inoue: Die Eiswand 551
– Der Stierkampf 944
James: Der Schatz des Abtes Thomas 540
Jens: Republikanische Reden 512
Johnson: Berliner Sachen 249

1/6/6.84

– Das dritte Buch über Achim 169
– Eine Reise nach Klagenfurt 235
– Zwei Ansichten 326
Joyce: Anna Livia Plurabelle 751
– Ausgewählte Briefe 253
Joyce: Stanislaus, Meines Bruders Hüter 273
Kästner: Der Hund in der Sonne 270
– Offener Brief an die Königin von Griechenland. Beschreibungen, Bewunderungen 106
Kaminski: Die Gärten des Mullay Abdallah 930
Kasack: Fälschungen 264
Kaschnitz: Der alte Garten 387
– Ein Lesebuch 647
– Steht noch dahin 57
– Zwischen Immer und Nie 425
Katharina II. in ihren Memoiren 25
Kawerin: Das doppelte Porträt 725
Kirchhoff: Einsamkeit der Haut 919
Kirde (Hg.): Das unsichtbare Auge 477
Kiss: Da wo es schön ist 914
Kleinhardt: Jedem das Seine 747
Kluge: Lebensläufe, Anwesenheitsliste für eine Beerdigung 186
Koch, Werner: Jenseits des Sees 718
– Pilatus 650
– See-Leben I 132
– Wechseljahre oder See-Leben II 412
Königstein: Schiller-Oper in Altona 832
Koeppen: Amerikafahrt 802
– Das Treibhaus 78
– Der Tod in Rom 241
– Eine unglückliche Liebe 392
– Nach Rußland und anderswohin 115
– Reisen nach Frankreich 530
– Romanisches Café 71
– Tauben im Gras 601
Koestler: Der Yogi und der Kommissar 158
– Die Nachtwandler 579
– Die Wurzeln des Zufalls 181
Kolleritsch: Die grüne Seite 323
Komm schwarzer Panther, lach noch mal 714
Komm: Der Idiot des Hauses 728
– Die fünfte Dimension 971
Konrád: Der Besucher 492
Konrád/Szelényi: Die Intelligenz auf dem Weg zur Klassenmacht 726
Korff: Kernenergie und Moraltheologie 597
Kracauer: Das Ornament der Masse 371
– Die Angestellten 13
– Kino 126
Kraus: Magie der Sprache 204
Kroetz: Stücke 259
Krolow: Ein Gedicht entsteht 95
Kücker: Architektur zwischen Kunst und Konsum 309
Kühn: Josephine 587
– N 93
– Die Präsidentin 858
– Siam-Siam 187
– Stanislaw der Schweiger 496
– Und der Sultan von Oman 758
Kundera: Abschiedswalzer 591
– Das Buch vom Lachen und Vergessen 868
– Das Leben ist anderswo 377

1/7/6.84

– Der Scherz 514
Laederach: Nach Einfall der Dämmerung 814
Langegger: Doktor, Tod und Teufel 879
Laqueur: Terrorismus 723
Laxness: Islandglocke 228
Le Fanu: Der besessene Baronet 731
– Maler Schalken 923
le Fort: Die Tochter Jephthas und andere Erzählungen 351
Lem: Astronauten 441
– Das Hospital der Verklärung 731
– Das Katastrophenprinzip 999
– Der futurologische Kongreß 534
– Der Schnupfen 570
– Die Jagd 302
– Die Ratte im Labyrinth 806
– Die Stimme des Herrn 907
– Die Untersuchung 435
– Die vollkommene Leere 707
– Eine Minute der Menschheit 955
– Imaginäre Größe 658
– Memoiren, gefunden in der Badewanne 508
– Mondnacht 729
– Nacht und Schimmel 356
– Robotermärchen 856
– Solaris 226
– Sterntagebücher 459
– Summa technologiae 678
– Terminus 740
– Waffensysteme des 21. Jahrhunderts 998
– Über Stanisław Lem 586
Lenz, Hermann: Andere Tage 461
– Der Kutscher und der Wappenmaler 934
– Der russische Regenbogen 531
– Der Tintenfisch in der Garage 620
– Die Augen eines Dieners 348
– Die Begegnung 828
– Neue Zeit 505
– Tagebuch vom Überleben 659
– Verlassene Zimmer 436
Lepenies: Melancholie und Gesellschaft 63
Leutenegger: Ninive 685
– Vorabend 642
Lexikon der phantastischen Literatur 880
Liebesgeschichten 847
Link: Das goldene Zeitalter 704
– Die Reise an den Anfang der Scham 840
– Tage des schönen Schreckens 763
Literatur aus der Schweiz 450
Loerke: Die Gedichte 1049
Lovecraft: Cthulhu 29
– Berge des Wahnsinns 220
– Das Ding auf der Schwelle 357
– Die Katzen von Ulthar 625
– Die Stadt ohne Namen 694
– Der Fall Charles Dexter Ward 391
– In der Gruft 779
Mächler: Das Leben Robert Walsers 321
Mädchen am Abhang, Das: 630
Machen: Die leuchtende Pyramide 720
Majakowski: Her mit dem schönen Leben 766
Malson: Die wilden Kinder 55
Mao Dan: Shanghai im Zwielicht 920
de la Mare: Aus der Tiefe 982
Mayer: Außenseiter 736
– Georg Büchner und seine Zeit 58

1/8/6.84

– Richard Wagner in Bayreuth 480
Mayröcker. Ein Lesebuch 548
Maximovič: Die Erforschung des Omega-Planeten 509
McCall: Jack der Bär 699
Meier: Der schnurgerade Kanal 760
– Die Toteninsel 867
Mein Goethe 781
Mercier: Das Jahr 2440 676
Meyer: Die Rückfahrt 578
– Eine entfernte Ähnlichkeit 242
– In Trubschachen 501
– Ein Reisender in Sachen Umsturz 927
Miller: Drama des begabten Kindes 950
– Am Anfang war Erziehung 951
– Du sollst nicht merken 952
Miłosz: Verführtes Denken 278
Minder: Kultur und Literatur in Deutschland und Frankreich 397
Mitscherlich: Massenpsychologie ohne Ressentiment 76
– Thesen zur Stadt der Zukunft 10
– Toleranz – Überprüfung eines Begriffs 213
Mitscherlich (Hg.): Bis hierher und nicht weiter 239
Molière: Drei Stücke 486
Mommsen: Goethe und 1001 Nacht 674
– Kleists Kampf mit Goethe 513
Morante: Lüge und Zauberei 701
Moser: Gottesvergiftung 533
– Grammatik der Gefühle 897
– Lehrjahre auf der Couch 352
– Stufen der Nähe 978
Muschg: Albissers Grund 334
– Baiyun 902
– Entfernte Bekannte 510
– Fremdkörper 964
– Gegenzauber 665
– Gottfried Keller 617
– Im Sommer des Hasen 263
– Liebesgeschichten 164
– Noch ein Wunsch 735
Myrdal: Politisches Manifest 40
Nachtigall: Völkerkunde 184
Nachwehen. Verständigungstexte 855
Neruda: Liebesbriefe an Albertina Rosa 829
Nesvadba: Die absolute Maschine 961
Nizon: Im Hause enden die Geschichten. Untertauchen 431
Nossack: Das kennt man 336
– Der jüngere Bruder 133
– Nach dem letzten Aufstand 653
– Spirale 50
– Um es kurz zu machen 255
Örkény: Interview mit einem Toten 837
Offenbach: Sonja 688
Onetti: Das kurze Leben 661
Overbeck: Krankheit als Anpassung 973
Oviedo (Hg.): Lateinamerika 810
Owen: Wohin am Abend? 908
Painter: Marcel Proust, 2 Bde. 561
Paus (Hrsg.): Grenzerfahrung Tod 430
Payne: Der große Charlie 569
Pedretti: Harmloses, bitte 558
– Heiliger Sebastian 769
Penzoldts schönste Erzählungen 216
– Die Kunst das Leben zu lieben 267
– Die Powenzbande 372

1/9/6.84

Pfeifer: Hesses weltweite Wirkung 506
Phaïcon 3 443
Phaïcon 4 636
Phaïcon 5 857
Phantasma 826
Phantastische Träume 954
Plenzdorf: Die Legende vom Glück ohne Ende 722
– Die Legende von Paul & Paula 173
– Die neuen Leiden des jungen W. 300
– Gutenachtgeschichte 958
– Karla 610
Plank: Orwells 1984 969
Plessner: Diesseits der Utopie 148
– Die Frage nach der Conditio humana 361
– Zwischen Philosophie und Gesellschaft 544
Poe: Der Fall des Hauses Ascher 517
Polaris 4 460
Polaris 5 713
Polaris 6 842
Polaris 7 931
Politzer: Franz Kafka. Der Künstler 433
Portmann: Biologie und Geist 124
Prangel (Hg.): Materialien zu Döblins »Alexanderplatz« 268
Prinzhorn: Gespräch über Psychoanalyse zwischen Frau, Dichter, Arzt 669
Proust: Briefe zum Leben: 2 Bde. 464
– Briefe zum Werk 404
– Die Entflohene 918
– Die Gefangene 886
– Die Welt der Guermantes: 2 Bde. 754
– Im Schatten junger Mädchenblüte: 2 Bde. 702
– In Swanns Welt 644
– Sodom und Gomorra: 2 Bde. 822
Psycho-Pathographien des Alltags 762
Puig: Der schönste Tango 474
– Der Kuß der Spinnenfrau 869
Pütz: Peter Handke 854
Quarber Merkur 571
Rama (Hg.): Der lange Kampf Lateinamerikas 812
Ramos: Karges Leben 667
Rathscheck: Konfliktstoff Arzneimittel 189
Recht: Verbrecher zahlen sich aus 706
Regler: Das große Beispiel 439
Reinshagen: Das Frühlingsfest 637
– Sonntagskinder 759
Ribeiro: Maíra 809
Rochefort: Eine Rose für Morrison 575
– Frühling für Anfänger 532
– Kinder unserer Zeit 487
– Mein Mann hat immer recht 428
– Das Ruhekissen 379
– Zum Glück gehts dem Sommer entgegen 523
Rodoreda: Auf der Plaça del Diamant 977
Rodriguez, Monegal (Hg.): Die Neue Welt 811
Rossanda: Einmischung 921
Rosei: Landstriche 232
– Reise ohne Ende 875
– Wege 311
Rottensteiner (Hg.): Blick vom anderen Ufer 359
– Die andere Zukunft 757

1/10/6.84

Roumain: Herr über den Tau 675
Rüegg: Antike Geisteswelt 619
Rühle: Theater in unserer Zeit Bd. 1 325
– Bd. 2: Anarchie in der Regie 862
Russell: Autobiographie I 22
– Autobiographie II 84
– Autobiographie III 192
– Eroberung des Glücks 389
Russische Liebesgeschichten 738
Rutschky (Hg.): Jahresbericht 1982 871
– Jahresbericht 1983 974
Sanzara: Das verlorene Kind 910
Sarraute: Zeitalter des Mißtrauens 223
Schattschneider: Zeitstopp 819
Schiffauer: Die Gewalt der Ehre 894
Schimmang: Das Ende der Berührbarkeit 739
– Der schöne Vogel Phönix 527
Schleef: Gertrud 942
Schneider: Der Balkon 455
– Elisabeth Tarakanow 876
– Der Friede der Welt 1048
– Die Hohenzollern 590
– Macht und Gnade 423
Schmidt, G.: Selektion in der Heilanstalt 945
Über Reinhold Schneider 504
Schultz (Hg.): Politik ohne Gewalt? 330
– Wer ist das eigentlich – Gott? 135
Schur: Sigmund Freud 778
Scorza: Trommelwirbel für Rancas 584
Semprun: Der zweite Tod 564
– Die große Reise 744
– Was für ein schöner Sonntag 972
Shaw: Der Aufstand gegen die Ehe 328
– Der Sozialismus und die Natur des Menschen 121
– Die Aussichten des Christentums 18
– Politik für jedermann 643
– Wegweiser für die intelligente Frau . . . 470
Smith: Saat aus dem Grabe 765
– Herren im All 888
– Planet der Toten 864
Soriano: Traurig, Einsam und Endgültig 928
Spectaculum 1-15 900
Sperr: Bayrische Trilogie 28
Spuk: Mein Flirt . . . 805
Steiner, George: Der Tod der Tragödie 662
– Sprache und Schweigen 123
Steiner, Jörg: Ein Messer für den ehrlichen Finder 583
– Schnee bis in die Niederungen 935
– Strafarbeit 471
Sternberger: Panorama oder Ansichten vom 19. Jahrhundert 179
– Heinrich Heine und die Abschaffung der Sünde 308
– Über den Tod 719
Stierlin: Adolf Hitler 236
– Das Tun des Einen ist das Tun des Anderen 313
– Delegation und Familie 831
– Eltern und Kinder 618
Stolze: Innenansicht 721
Strätz: Frosch im Hals 938
Strausfeld (Hg.): Aspekte zu José Lezama Lima »Paradiso« 482
Strawinsky 817
Strehler: Für ein menschlicheres Theater 417

1/11/6.84

Strindberg: Ein Lesebuch für die niederen Stände 402
Struck: Die Mutter 489
– Lieben 567
– Trennung 613
Strugatzki: Die Schnecke am Hang 434
– Montag beginnt am Samstag 780
– Picknick am Wegesrand 670
– Fluchtversuch 872
– Die gierigen Dinge des Jahrhunderts 827
– Der ferne Regenbogen 956
Stuckenschmidt: Schöpfer der neuen Musik 183
– Maurice Ravel 353
– Neue Musik 657
Suvin: Poetik der Science-fiction 539
Suzuki: Leben aus Zen 846
Szillard: Die Stimme der Delphine 703
Tendrjakow: Mondfinsternis 717
– Die Nacht nach der Entlassung 860
Timmermans: Pallieter 400
Tod per Zeitungsannonce 889
Ulbrich: Der unsichtbare Kreis 652
Unseld: Hermann Hesse – Eine Werkgeschichte 143
– Begegnungen mit Hermann Hesse 218
– Peter Suhrkamp 260
Unseld (Hg.): Wie, warum und zu welchem Ende wurde ich Literaturhistoriker? 60
– Bertolt Brechts Dreigroschenbuch 87
– Zur Aktualität Walter Benjamins 150
– Erste Lese-Erlebnisse 250
Unterbrochene Schulstunde. Schriftsteller und Schule 48
Utschick: Die Veränderung der Sehnsucht 566
Vargas Llosa: Das grüne Haus 342
– Der Hauptmann und sein Frauenbataillon 959
– Die Stadt und die Hunde 622
Vidal: Messias 390
Vogt: Schnee fällt auf Thorn 755
Vossler: Geschichte als Sinn 893
Waggerl: Brot 299
– Das Jahr des Herrn 836
Waley: Lebensweisheit im Alten China 217
Walser: Martin: Das Einhorn 159
– Das Schwanenhaus 800
– Der Sturz 322
– Die Anselm Kristlein Trilogie, 3 Bde. 684
– Ein fliehendes Pferd 600
– Ein Flugzeug über dem Haus 612
– Gesammelte Stücke 6
– Halbzeit 94
– Jenseits der Liebe 525
– Seelenarbeit 901
Walser: Robert: Briefe 488
– Der Gehülfe 813
– Geschwister Tanner 917
– Jakob von Gunten 851
– Der »Räuber«-Roman 320
– Poetenleben 388
Über Robert Walser 1 483
Über Robert Walser 2 484
Über Robert Walser 3 556
Warum lesen 946
Watts: Der Lauf des Wassers 878
Weber-Kellermann: Die deutsche Familie 185
Weg der großen Yogis, Der: 409

1/12/6.84

Weill: Ausgewählte Schriften 285
Weischedel: Skeptische Ethik 635
Weiss: Peter: Das Duell 41
– Der andere Hölderlin. Materialien zu Weiss' »Hölderlin« 42
Weiß: Ernst: Der Aristokrat 792
– Der arme Verschwender 795
– Der Fall Vukobrankovics 790
– Der Gefängnisarzt 794
– Der Verführer 796
– Die Erzählungen 798
– Die Feuerprobe 789
– Die Galeere 784
– Die Kunst des Erzählens 799
– Franziska 785
– Georg Letham 793
– Ich – der Augenzeuge 797
– Männer in der Nacht 791
– Mensch gegen Mensch 786
– Nahar 788
– Tiere in Ketten 787
Weisser: SYN-CODE-7 764
– Digit 873
Weltraumfriseur, Der: 631
Wie der Teufel den Professor holte 629
v. Wiese: Das Gedicht 376
Winkler: Menschenkind 705
Wolf: Pilzer und Pelzer 466
Wollseiffen: König Laurin 695
Zeemann: Einübung in Katastrophen 565
– Jungfrau und Reptil 776
ZEIT-Bibiliothek der 100 Bücher 645
ZEIT-Gespräche 520
ZEIT-Gespräche 2 770
Zengeler: Schrott 922
Die andere Zukunft 757
Zulawski: Auf dem Silbermond 865
– Der Sieger 916
– Die alte Erde 968

1/13/6.84